Romanzi e Racconti   364

Di Domenico Cacopardo
nel catalogo Baldini Castoldi Dalai *editore*
potete leggere:

Virginia

Domenico Cacopardo

L'accademia di vicolo Baciadonne

Baldini Castoldi Dalai
Editori dal 1897

http://www.bcdeditore.it   e-mail: info@bcdeditore.it

Salvo i fondali delle scene e, in parte, alcune figure che li animano, fatti, personaggi e situazioni sono frutto della fantasia dell'autore e non hanno alcun riferimento alla realtà.

© 2006 Baldini Castoldi Dalai *editore* S.p.A. - Milano
ISBN 88-8490-876-0

INDICE

Le persone della storia 9

Aprile 2002 11

Giugno 2002 23

Luglio 2002 63

Agosto 2002 259

Settembre 2002 325

Gennaio 2003 339

Gli altri 343

Man sollte einen Schriftsteller als einen Misse-
täter ansehen, der nur in den seltensten Fällen
Freisprechung oder Begnadigung verdient: das
wäre ein Mittel gegen das Überhandnehmen
*der Bücher.**

---

*   Friedrich Nietzsche, *Umano, troppo umano* (I, 1878, 193). «Si dovrebbe considerare uno scrittore come un malfattore che solo rarissima-
mente merita l'assoluzione o la grazia: sarebbe un rimedio contro l'ec-
cesso di libri.»

LE PERSONE DELLA STORIA[*]

Italo Agrò, procuratore della Repubblica di Viterbo

Marta Aletei, commissaria di pubblica sicurezza nella questura di Viterbo

Grazia Bastanti, sostituto procuratore della Repubblica di Viterbo

Hàlinka Hadràsek, moglie dell'ambasciatore Claudio Raminelli

Girolamo Maralioti, magistrato della procura della Repubblica di Roma

Agostino Raminelli del Vischio, capitano dei Lancieri di Montebello

Claudio Raminelli del Vischio, ambasciatore in pensione

---

[*] Gli altri a pag. 343.

Martedì 2

1

Disteso le braccia sui braccioli, poggiato la testa sulla spalliera, il sostituto procuratore della Repubblica Italo Agrò dormiva della grossa in uno scompartimento di prima classe dell'Intercity Milano-Roma. Era salito a Parma e sarebbe stato nella capitale a tarda sera.

Era andato nella città ducale da solo – Roberta non lo aveva voluto accompagnare –, per la laurea di Italo, il figlio di suo fratello Ettore, medico nella città emiliana. Il giovane aveva studiato legge e intendeva fare il magistrato come lui. Laura, la madre, quand'era nato, aveva voluto dargli il nome del cognato, come testimonianza di affetto e di stima.

La discussione dell'elaborato c'era stata quella mattina, ma la sera precedente Italo e il nipote erano rimasti alzati sino a tardi per riesaminare la tesi, un lavoro di oltre cinquecento pagine, e per confrontarsi sulle varie questioni che il testo sollevava in materia di costituzionalità delle più recenti riforme del diritto e della procedura penale. Avevano rivisto pareri e articoli di illustri giuristi in modo da rinfrescare la memoria del giovane e consentirgli un esame brillante.

Ed era stato proprio così: la commissione s'era imbattuta

in un candidato convincente che esponeva argomenti sicuri, parlantina appropriata e comportamento disinvolto.

Dopo, ascoltato il presidente della commissione che annunciava un bel centodieci e lode e si complimentava per la rapidità con la quale il ragazzo aveva completato il corso di studi, tutti i familiari avevano festeggiato in casa insieme agli amici di Italo iunior, brindando senza parsimonia, tanto che il magistrato s'era sentito un po' troppo allegro, quasi brillo.

E, infatti, passati pochi minuti dalla partenza del treno, accomodatosi nella sua carrozza, era piombato in un sonno profondo, animato da un sogno che ricorreva, soprattutto quando, non riuscendo ad addormentarsi, era costretto a prendere il sonnifero preferito.

Sognò l'infanzia e gli apparve la casa del nonno materno, nella quale passava qualche mese di vacanza ogni anno. E lì non smetteva di studiare, tanto per tenersi in esercizio come volevano i suoi genitori, poiché c'era a disposizione la zia Luce che era anche la maestra del paese. Il palazzo era proprio al centro di un villaggio tra i monti Peloritani, Melía. Di fronte c'era l'ex Casa del Fascio, dove gli anziani andavano per la partita a carte. Il piano terreno era destinato a sala da gioco e sede delle riunioni politiche dei vari partiti. In un angolo c'era una radio a transistor. Nel sogno gli venne in mente il giorno in cui i russi riuscirono a mandare in orbita il primo satellite con Jurij Gagarin. Era il '61. Pasquale, il custode, aveva alzato il volume e s'era rivolto a Gaetano, un pensionato democristiano, facendogli il segno dell'ombrello. Lui, un ragazzo, aveva attraversato la strada per raggiungere il nonno che se ne stava a fumare il sigaro in giardino, con una vecchia rivista in mano. Tutto d'un fiato gli aveva ripetuto quello che la radio aveva annunciato, pensando che sarebbe stato felice della bella notizia. Invece quello s'era messo a ridere dicendo a voce alta: «Cazzate! Ci sono cose molto più serie a cui pensare. Altro che viaggi nello spazio».

Nel sonno sentì tra le narici l'odore speciale che aleggiava in ogni stanza dell'abitazione. Nello studio, dove il nonno dormiva di notte poiché la moglie russava e lui voleva star tranquillo, c'erano due mobili altissimi, tutti cassettini, in cui erano sistemati i conti dei vari poderi. Quei cassettini sapevano di cannella dato che un tempo avevano ospitato preziose spezie d'Oriente comprate all'Emporio coloniale di Messina, quello di piazza Cairoli, sempre affollato da clienti golosi che si disputavano gli ultimi arrivi.

Sognò il profumo del vecchio: un misto di sigaro e di lavanda Col di Nava, che si passava in viso come fosse un rinfrescante dopobarba.

Immaginò di rivedere la distesa dei tetti del paese che si poteva scrutare dalla finestra della sua stanza. Da lì spiava Regina, la figlia del cavaliere Piedimonte, un ricco commerciante di agrumi, uno dei pochi a possedere un'automobile, una Lancia Aurelia con i sedili di pelle rossa. La bambina abitava lì accanto e aveva un paio d'anni in più di lui. Era alta, i capelli neri pettinati in due trecce non molto lunghe. E gli occhi scuri misteriosi, diversi da quelli di coloro che facevano facilmente intravedere pensieri e sentimenti. Lei invece no: guardava la gente in silenzio e non lasciava trapelare nulla del proprio umore. Gli apparve subito come la osservava un paio di volte la settimana, quando la madre le disfaceva le trecce e le lavava la testa. Poi l'asciugava con un telo rosa che, da lontano, sembrava morbido come una spugna, e la pettinava con un pettinino stretto che le strappava qualche grido di dolore. Incordonava di nuovo i lunghi ciuffi in lucide gomene nere. Il ritmo della toletta era sempre lo stesso: ogni lunedì verso le quattro e ogni venerdì un po' più tardi, dopo che Regina era tornata dal catechismo. Così era semplice per lui non perdere l'appuntamento.

Gli tornò un sentimento di piacere, poiché Regina gli garbava, eccome.

A quel punto del sogno, lei uscì di casa, il tempo era bello, portando il cerchio. Nonostante dormisse profondamente si rese inconsciamente conto che l'immagine era anacronistica. Quello, gli anni Sessanta, era già il tempo delle Barbie e dei Ken. Ma rammentò che era proprio per i suoi anacronismi che la bambina appariva singolare e affascinante.

Lei si recò nella piazza davanti alla chiesa. Cominciò a correre in tondo, la bacchetta nella mano sinistra, perché era mancina, e a dare piccoli colpi alla leggera ruota di legno dipinta di bianco. Lui, dopo essere rimasto di guardia alla finestra, quando la vide sbucare nella strada, si precipitò da basso e la raggiunse. Dopo molti giri Regina, sorridendo, gli domandò: «Lo vuoi?»

Allora lui lo raccolse e fece un paio di corse intorno alla piazza, solo un poco, perché non vedeva l'ora di sederle accanto e di guardarla dappresso. Aveva comprato la liquirizia da don Giulio, che la chiamava, chissà perché, *rigolizia*, quattro pezzetti avvoltolati in un triangolo di carta di giornale. Li sentì nella tasca, pronti per essere offerti. Quando le sedette vicino, glieli porse.

Lei sorrise, aprì l'involto e prese uno di quei pezzetti. Tirò fuori la lingua, vi poggiò il piccolo tronchetto e, finché non lo finì, continuò a estrarre la lingua e a mostrare la liquirizia.

Poi il sogno passò a una vendemmia di quelle a cui partecipava allora. Ogni volta tutti dicevano che quella volta l'uva era speciale, come mai era stata, tanta e zuccherina.

La zia Teresina aveva organizzato la solita festa campestre e c'era tanta gente, parenti e amici. Erano arrivati tutti a mezza mattinata, prima dell'ora in cui i braccianti sospendevano il lavoro per mangiare quello che la zia aveva preparato: pane, cipolle, olive, acciughe salate e le grandi frittate che Betta, la domestica, cucinava immancabilmente, una vendemmia dopo l'altra.

La zia gli apparve all'improvviso, i capelli bianchi e una sigaretta tra le labbra, per dire solo: «Quest'anno trecento uova di frittata feci».

Gli invitati si diressero alle rasole, ognuno con un cesto in mano, per aiutare lavoranti e familiari nella raccolta dei grappoli. Dopo aver riempito ciascuno il proprio cesto scendevano al cancello dove aspettavano gli asini del palmento e qualche *Lapa*.

Sorrise pensando alla *Lapa*, l'espressione dialettale che intendeva il motocarro Ape della Piaggio.

La gente scaricava l'uva e riprendeva a vendemmiare. Capitò che uno degli asinai portasse tra i filari un secchio colmo del succo preso dalla vasca di raccolta. Gli uomini l'assaggiarono, assentendo con la testa, e, ispirati, dissero la frase immancabile: «Mai come quest'anno».

Regina, all'improvviso, mentre i grandi bevevano il mosto fresco, lo prese per mano e lo guidò verso una rasola alta. Avevano entrambi un cesto con il fondo foderato di foglie di fico.

Appena furono tra le piante di vite, in mezzo ai pampini, e nessuno avrebbe potuto osservarli, lei lo baciò sulle labbra. Lui rimase a bocca chiusa e lei si insinuò decisa con la lingua. Sentì in quel momento, nel sonno, che gli saliva al viso lo stesso rossore di quel giorno in cui quel che ricordava in sogno era effettivamente accaduto. Lo capiva, pur dormendo, che quello era un sogno, soltanto un sogno di rievocazione d'una forte emozione, la prima del genere.

Era esperta, la ragazzina. Mentre lo baciava, infilò la mano nei calzoncini corti e lo toccò. Poi s'interruppe, prese la sua di mano e la portò sotto le gonne per farsi toccare.

Stavano così, toccandosi e baciandosi in silenzio, quando si sentì un rumore di frasche calpestate.

Lei si ritrasse, si ricompose e iniziò a raccogliere grappoli d'uva, invitandolo con un gesto a fare altrettanto.

Erano arrivati i suoi genitori, anche loro con i cesti in mano. Li guardarono senza accorgersi di nulla. La madre disse al padre: «Guarda come sono belli... la bellezza dell'innocenza, beati loro».

Proprio allora, all'epilogo di quella scena, un sussulto lo risvegliò: il treno era entrato in Santa Maria Novella e si stava arrestando. Il sonno gli aveva impedito di accorgersi di tutte le fermate precedenti.

Si stirò, prese «la Repubblica» e iniziò a scorrere i titoli, soffermandosi sulle notizie politiche. Non riuscì, però, a dimenticare il sogno e a evitare di volerlo interpretare. All'università, a Napoli, aveva seguito un corso di psicologia e, pur senza vantarsi, pensava di intendersene. Così, cercò di ricostruire le immagini che avevano popolato il sonno e di darsi una spiegazione razionale: non c'era che da ammetterlo, quello era il segnale ripetuto che, nel profondo, qualcosa lo rendeva insoddisfatto e alla ricerca di una donna diversa da Roberta. Infastidito, scacciò questo pensiero e si immerse nelle pagine culturali del suo quotidiano.

Mercoledì 3

2

«Solo sei mesi. Non un giorno di più», disse il dottor Italo Agrò, sostituto procuratore della Repubblica di Roma, al consigliere Alfonso De Majo Chiarante, componente togato del Consiglio superiore della magistratura.

Erano al palazzo dei Marescialli, la sede del CSM in piazza Indipendenza, e il sostituto aveva appena accettato l'incarico di procuratore della Repubblica di Viterbo.

Il concorso per l'attribuzione di quella funzione molto delicata era andato deserto, dopo che polemiche astiose avevano spinto il titolare dell'ufficio a presentare le proprie irrevocabili dimissioni e gli altri membri della procura a declinare un mandato anche temporaneo.

Così, su segnalazione del procuratore capo di Roma Goffredo Mantovani, il Consiglio si era orientato a designare lui quale procuratore *ad interim* in attesa di poter avviare un nuovo concorso in un clima meno esasperato.

«E la decorrenza?» domandò Italo Agrò, prima di andarsene.

«Se tutto andrà per il meglio, come prevedo, potrebbe essere dall'inizio di giugno, cioè dal primo giorno feriale del mese. Il due è domenica, quindi il tre», rispose De Majo Chiarante.

Il sostituto sorrise, si alzò e, salutato l'amico, rientrò a palazzo di giustizia.

Qui, invece di recarsi nella propria stanza, si diresse da Mantovani con il quale intendeva passare in rassegna i processi che stava trattando e che avrebbe dovuto abbandonare non appena quel trasferimento, sia pure provvisorio, fosse divenuto ufficiale.

Alle sette e un quarto il giudice fu di nuovo nel suo ufficio. Accese una sigaretta e telefonò a Roberta, la fidanzata.

Parlarono qualche attimo e decisero di vedersi un po' più tardi.

Allora lui scese in garage, salì sulla sua Punto e se ne andò a casa, giusto per rinfrescarsi con una doccia veloce. Alle nove raggiunse il portone di Roberta e le citofonò.

Lei arrivò quasi subito. Indossava un paio di pantaloni di cotone e una camicetta di lino, al collo aveva un filo di perle. Due perle anche come orecchini. Quel corpo slanciato, gli occhi neri, le labbra volitive e le gambe sottili gli suscitarono le solite fantasie. La immaginò nuda, distesa sul letto, una Marlboro in mano e lo sguardo invitante: un brivido di desiderio gli corse per la schiena.

Roberta, invece, si dichiarò stanca e accaldata e gli propose: «Voglio bere qualcosa, un aperitivo gelato. Sediamoci da qualche parte. Ho bisogno di rilassarmi, prima di andare a cena».

«Piazza Navona ti va bene?» le domandò.

Lei assentì con il capo. Salirono in macchina e, dopo un brevissimo tragitto, parcheggiarono in largo Febo. Camminando senza fretta, entrarono nella grande piazza, animata come sempre nella stagione primaverile. Si accomodarono tra gli ombrelloni di un bar e ordinarono due aperitivi. Seduto a un tavolo vicino c'era un ex ministro, un personaggio molto noto della prima Repubblica. A un altro tavolo un anziano cronista parlamentare conversava con alcuni senatori del partito di maggioranza, piuttosto conosciuti per frequenti apparizioni televisive. Più in là si notavano dei turisti stranieri, ben riconoscibili per le guide della città appoggiate tra i bicchieri e, distaccato in un angolo, un americano. Sul marciapiede lì accanto, in piedi, quasi fossero in un fondale di teatro, vigilavano le guardie del corpo dello straniero.

«Richard Gere», spiegò Roberta che sapeva tutto sul cinema.

Italo non dedicò un attimo di attenzione all'attore e, invece, volle osservarla meglio: era tesa, affaticata, lo stato d'animo che l'aveva accompagnata durante l'ultimo anno. Continuava inutilmente a sperare che ritrovasse l'ammiccante allegria che un tempo l'aveva sedotto. Si sentì, come gli stava capitando spesso, stanco di quel comportamento e pieno di dubbi. Certo, era affezionato a Roberta, forse un'abitudine, ma avvertiva un senso di esaurimento, più mentale che fisico. Era combattuto perché, nonostante tutto, il desiderio di lei finiva sempre per riaffiorare, insieme alla sensazione che fosse la donna giusta, quella con cui sarebbe stato bello condividere il futuro.

Rimasero seduti a lungo in silenzio, finché non gli sorrise: «Possiamo andare, ora sto proprio meglio».

Mentre tornavano all'auto il responsabile della scorta si avvicinò al sostituto. Erano anni che lo proteggeva ed era ormai in una certa confidenza con lui: «Ha visto passare il figlio di Craxi?»

«Certo che l'ho visto. È deputato, adesso. Mi sembra improprio identificarlo soltanto come figlio di un padre tanto importante...» Il magistrato non perdeva mai il vizio di un linguaggio un po' troppo formale.

Il poliziotto incassò la critica e aggiunse: «Gli piace a Craxi-figlio passeggiare per piazza Navona. Lo vedo ogni tanto qui, soprattutto di mattina».

Agrò bofonchiò un neutro: «Umh», mise in moto e raggiunse via della Lungara. Una volta parcheggiata l'auto, la coppia imboccò via Benedetta dirigendosi verso la piazza di Santa Maria in Trastevere, seguita con discrezione dagli agenti della tutela.

Cenarono da Gino, in via della Lungaretta, un posto tranquillo, piuttosto economico. Poiché era frequentato in prevalenza da turisti, si aspettavano di non essere disturbati dall'improvvisa irruzione di qualche conoscente.

Lui si infervorò nel raccontare del nuovo incarico, che lo promuoveva alla testa di un ufficio di medie dimensioni, conferendogli una piena responsabilità organizzativa.

Roberta invece era distratta, lontana, con la testa altrove.

Agrò cercò di trasmetterle il proprio buonumore: voleva parlare, discutere i progetti per quei mesi a venire. Insieme avevano visitato spesso l'alto Lazio e immaginava che avrebbero potuto ripercorrere alcuni dei loro itinerari preferiti.

La donna, però, lo disilluse subito. «Pensi esclusivamente alla carriera, Italo», lo freddò, pronunciando con tono aspro parole che gli sembrarono pesanti come pietre: «È bene che tu te ne renda conto, una volta per tutte. Sei eccitato come un bambino con un nuovo giocattolo in mano».

Lui, ferito, la guardò negli occhi e tacque. Poi, sperando di aiutarla a ritrovare un po' di ottimismo, le accarezzò il braccio e, senza ribattere a quelle espressioni scortesi, riprese: «Farò il pendolare. Non riuscirai a sbarazzarti di me».

«Ma non lo capisci che è il sesso a unirci ormai, nient'altro», replicò Roberta. «E, oltre al sesso, sono le mie difficoltà a eccitarti. Lo vedo con chiarezza, non c'è dubbio.» Dietro il concetto di «difficoltà», in sostanza, si celava Valerio, il ragazzo del centro sociale Giorgiana Masi al quale insegnava informatica e con il quale aveva avuto una specie di relazione.

Il ricordo di un episodio – tempo addietro Italo aveva scoperto Roberta e Valerio sul fatto – turbò il sostituto. Nonostante il ben celato disappunto che quella situazione suscitava in lui, non evitò l'argomento e parlò tra sé e sé, come se stesse formulando una osservazione personale, una semplice constatazione alla quale non aspettava risposta: «Sono convinto… penso che non hai più visto Valerio. Se lo avessi visto me l'avresti detto».

«Sì, certo, non ci sono più andata a letto. Ma lo incontro lì, al centro, e ogni volta sfuggo il suo sguardo con difficoltà», spiegò lei sempre più dura. «Non c'è che dire: la ferita è rimasta aperta in entrambi. Mi domando di continuo se la prossima volta riuscirò a evitare i suoi occhi, a non desiderarlo e a non raggiungerlo sul retro della sala computer.»

Invece di suscitare nel suo sangue siciliano una reazione di gelosia, quelle parole gli accesero un inatteso desiderio. Pensò di chiederle di interrompere la cena e di correre a casa per fare l'amore. Glielo propose così, senza perifrasi: «Basta, smettiamo di mangiare. Andiamo da te: ti leverò dalla testa questa idea di un amore un po' perverso e un po' materno con il giovane allievo».

Lei, altrettanto imprevedibilmente, sorrise e, senza rispondere, appoggiò la posata sul piatto, lasciò il tavolo e lo seguì fuori dal locale, mormorandogli: «È venuta voglia anche a me».

Quella notte il sogno di Regina non tenne compagnia a Italo: riposò tranquillamente sino alle otto, sereno e appagato.

Martedì 25

3

Il recital di Mirna Doris, una della maggiori interpreti della canzone napoletana, in programma nella Sala degli Angeli del Circolo ufficiali di palazzo Barberini, stava per iniziare. Il generale Pagano, preoccupato dall'assenza dei suoi ospiti, l'ambasciatore Claudio Raminelli del Vischio e la consorte Hàlinka, compose il loro numero di casa sulla tastiera del cellulare. Non rispose nessuno. Si disse: "Sono usciti", e riprovò sul telefono portatile di Claudio. Anche questo suonò a lungo a vuoto, finché la comunicazione non si interruppe. Il generale rifletté: "Se avessero avuto dei problemi, mi avrebbero avvisato. Saranno in arrivo", e cercò di non pensarci più. Dopo qualche minuto, decise di lasciare i biglietti di invito alla maschera dell'ingresso e si apprestò a entrare in sala.

Un giovane in borghese lo salutò.

Lo riconobbe quasi subito: era Agostino Raminelli, capitano dei Lancieri di Montebello e figlio dell'amico diplomatico. Ne approfittò per domandargli notizie del padre e il giovane lo rassicurò: «Non dovrebbe tardare oltre. Stamattina mi ha detto che ci saremmo visti qui per il concerto e che sarebbe partito da Viterbo verso le cinque».

Tuttavia, la manifestazione ebbe inizio e giunse al termine in poco più di un'ora e mezzo, senza che i coniugi Raminelli comparissero.

La cantante riscosse un grande successo ed ebbe un uragano di applausi. Il generale Pagano attese che l'entusiasmo per Mirna Doris si placasse e, piuttosto seccato, cercò l'ufficiale nel salone d'entrata. Lo avvicinò ed espresse all'incolpevole militare il proprio disappunto per quell'assenza.

Agostino, mortificato, chiamò di nuovo il padre e la moglie: prima sul cellulare e, poi, ai numeri delle case di Roma e di Viterbo. Non ottenne alcuna risposta. Provò con la villa di Capodimonte: anche lì nessuno. Per scrupolo, imbarazzato, lo riferì al generale e si avviò verso il parcheggio. L'inattesa assenza del padre e di Hàlinka lo preoccupava. Continuò a telefonare per tutta la serata. Verso l'una di notte, sempre più agitato, si rivestì e si diresse verso l'appartamento romano dell'ambasciatore, in lungotevere Flaminio. Parcheggiò e guardò in alto, verso il quinto e ultimo piano: le luci erano spente. Suonò senza esito al citofono. Ricompose il numero del cellulare di Hàlinka: attese invano che squillasse sino a quando entrò in funzione la segreteria telefonica. Trascorsi dieci minuti in inutili tentativi con il campanello del portone, Agostino si decise e citofonò a Brumati: un vicino di casa, collega del padre che, ora, si godeva la pensione. Con un tono assonnato, Brumati fece sentire la propria voce. Agostino si scusò per l'orario e chiarì il motivo della chiamata.

Alla fine, l'uscio venne aperto. L'ufficiale salì al quinto piano, dove era l'appartamento dei Raminelli, e bussò a lungo. Avvicinò il viso alla porta, odorò e sospirò di sollievo. Il dubbio di una improvvisa fuga di gas risultò senza fondamento. Rasserenato, tornò al piano terra, salì in macchina e prese la strada per Viterbo. La Cassia era deserta e la sua Fiat Barchetta molto veloce. In meno di un'ora raggiunse via del Macel gattesco, accostò l'auto e alzò gli occhi verso il palazzotto di famiglia. Le luci al secondo piano erano accese. Agostino non seppe che pensare. Suonò il campanello diverse volte: ma anche in questa occasione inutilmente. Continuò a lungo, finché, assalito da un brutto presentimento, non telefonò al Centotredici.

Mercoledì 26

4

Il dottor Agrò non aveva chiuso occhio tutta la notte: un lungo temporale con tuoni e fulmini aveva colpito Viterbo e il frastuono lo aveva tenuto sveglio, nel piccolo appartamento mobiliato in via Cavour affittatogli dalle sorelle Galamini, due anziane signorine che vantavano una lontana parentela con Giacomo Leopardi. Alle otto meno un quarto entrò in bagno. Mentre si sbarbava, si esaminò con attenzione. Lo faceva di rado, quando non si sentiva a posto e voleva controllare le condizioni del proprio viso. Era dell'idea che un volto esprimesse meglio di un discorso lo stato d'animo di una persona. Si trovò invecchiato e ingrassato. Negli ultimi tempi a tavola aveva ecceduto: colpa del cibo genuino viterbese che lo attirava molto, nonostante fosse di gusti semplici e austeri. Notò che i capelli erano grigi e opachi e le occhiaie profonde più del solito. Pensò a Roberta e ai problemi che aveva con lei. "Colpa mia che mi sono lasciato distogliere. Non mi sono reso conto… E, poi, ho smesso anche con lo sport… Debbo reagire, ritrovarmi e riprendere a correre", si raccomandò, infastidito, "e basta con i ristoranti". Ormai cominciava a rendersi conto di essere finito in una piccola città di provincia, sonnolenta e conservatrice. Si era abituato a Roma, alla sua vivacità, ai suoi ritmi accelerati, al mondo di giornalisti, di intellettuali, di magistrati e avvocati che aveva modo di frequentare. Uno dei primi giorni dopo l'arrivo a Viterbo aveva deciso di compiere a piedi l'intero periplo delle mura. Era partito da Porta Romana e si era diretto verso Piano Scarano. In meno di un'ora si era ritrovato là da dove si era mosso, deluso per la brevità della passeggiata. Gli mancava anche l'anonimato di cui godeva nella capitale: qui era riconosciuto, additato, osservato; là poteva camminare per ore senza incontrare un amico, un conoscente. In compenso, il piccolo centro era tenuto abbastanza bene, il clima fresco e ventilato, la gente cordiale e solida. La diffidenza per le novità, che aveva spinto i viterbesi a chiedere al governo nazionale di deviare su Orte la linea ferroviaria Roma-Firenze prima e l'autostrada del Sole dopo, si coglieva in mille particolari della vita quotidiana. Smise di rimuginare. Stava per infilarsi sotto la doccia, quando lo chiamò la dottoressa Aletei, la funzionaria di polizia che comandava la minuscola squadra omicidi della città: aveva avuto ordine dal questore di avvisare senza indugio e di persona il procuratore capo dei reati più importanti.

Era questa la prima innovazione che Agrò aveva introdotto nelle procedure investigative della procura della città dei papi, sapendo che nelle ore immediatamente successive alla scoperta di un reato è più facile trovare indizi che, altrimenti, andrebbero perduti.

«Dottore, due omicidi in via del Macel gattesco quarantadue», annunciò la poliziotta. «Un ambasciatore in pensione e la giovanissima moglie: una ventottenne di Praga...»

«Come?» chiese lui, che non aveva capito il senso di quell'indirizzo, via del Macel gattesco.

«In via del Macel gattesco, dottore», insistette la funzionaria.

«Come?» ripeté il capo della procura.

La Aletei comprese che la domanda riguardava lo stranissimo nome della strada e spiegò: «Via del Macel gattesco, dove c'è il palazzo Raminelli del Vischio, luogo dei delitti, prende il nome dalla strage della famiglia Gatti, avvenuta nel Duecento».

«Vengo subito», la rassicurò il magistrato. Ora aveva messo a fuoco l'accaduto, anche se non riusciva a ricordare quella strada dal nome improbabile, dalla quale era forse passato in uno dei suoi giri. Finì di lavarsi, si vestì, prese un caffè e uscì. Scoprì che la via era a due passi: con l'auto di servizio in pochi minuti fu sul posto. C'erano già alcune volanti e un'ambulanza. Due poliziotti stazionavano al portone e lo salutarono con esplicita simpatia. Agrò, per la polizia e i carabinieri di Roma e del Lazio, era una specie di eroe, capace di andare sempre a fondo nelle inchieste che gli erano affidate.

L'edificio era imponente, rinascimentale, a tre livelli, oltre a un sottotetto con finestre. C'erano molti nomi sul citofono al portone, segno che ormai era stato trasformato in condominio.

Il procuratore percorse quattro rampe di scale circolari dalla pedata bassa come si usava nel Rinascimento perché i cavalli potessero salirle senza pericoli. Al secondo piano c'era la grande porta di legno massiccio che costituiva l'entrata dell'appartamento della famiglia Raminelli. Varcata la soglia, si trovò in un'ampia sala con le pareti coperte da quadri ottocenteschi, molti di soggetto militare, dipinti alla maniera di Fattori. Su un lato un'antica specchiera di legno scuro con intarsi di avorio era illuminata dal riflesso delle finestre che davano sul cortile. C'era un tavolo di scuola senese, anch'esso intarsiato, e una cassapanca fiorentina, nella quale, accanto a un giglio stilizzato, si notava uno stemma nobiliare, applicato a bassorilievo. Sul tavolo una minuscola testina, non più grande di un pugno. Le labbra erano cucite con lacci di fibra che formavano un piccolo ciuffo penzolante, della stessa lunghezza della capigliatura. Una figura inquietante che faceva venire in mente i cacciatori di teste e i loro macabri trofei.

Sulla parete, una specie di rastrelliera mostrava cinque armi da taglio, pugnali orientali e corte sciabole da arrembaggio.

Guidato da un agente, Agrò imboccò un corridoio-vestibolo dai grandi armadi a muro. In esso si aprivano varie porte. Una era spalancata: dava nella stanza da letto padronale, nella quale c'erano i cadaveri.

La donna, nuda, aveva assunto una posizione innaturale: il tronco per terra e le gambe, ripiegate, appoggiate sul letto. La parte superiore della testa era sfigurata: un proiettile, sparato da vicino, probabilmente a bruciapelo, le era penetrato nella tempia sinistra e aveva devastato la scatola cranica. L'addome, invece, era stato colpito da un'arma da taglio ed era aperto. Il sacco peritoneale fuoriusciva dall'ampia ferita.

L'uomo, completamente vestito in un abito grigio scuro gessato, era sdraiato sul letto in una posizione normale, la testa poggiata sul cuscino. Nella mano destra, socchiusa, stringeva una pistola Smith & Wesson calibro 9. Mostrava una ferita alla tempia destra. A un primo esame superficiale sembrava che l'ambasciatore avesse assassinato la moglie, infierendo sul cadavere, e poi, si fosse suicidato.

«E il coltello?» domandò il giudice alla Aletei. Si voltò e si accorse che era appena entrata nella stanza la dottoressa Grazia Bastanti, sostituto procuratore: «Ciao, Grazia. Quando sei arrivata?»

«Sono qui da un quarto d'ora e sto valutando la disposizione dell'appartamento», rispose la Bastanti, una donna sotto i quaranta, inelegante, senza trucco né rossetto, che lo aveva accolto sin dall'inizio con malcelata diffidenza.

Intanto la poliziotta gli mostrò una busta di plastica nella quale era custodito un coltello, dicendo: «Eccolo. L'abbiamo trovato sotto il letto».

«Bene, faccia proseguire i rilievi», ordinò il magistrato. «Mi racconti come è stato scoperto il delitto e chi ci ha avvertiti.»

«Il figlio dell'ambasciatore, Agostino, questa notte. Aspettava il padre e la moglie per un concerto al Circolo ufficiali di palazzo Barberini a Roma, ma non si erano presentati. Da alcune ore non riusciva a contattarli per telefono, così ha preso la macchina ed è venuto Viterbo. Qui, dato che le luci dell'appartamento erano accese e che nessuno gli apriva, ha chiamato il Centotredici», riferì la funzionaria. «Agostino Raminelli è un uomo giovane, avrà trent'anni, ed è un militare di carriera: capitano dei Lancieri di Montebello in servizio alla caserma di via Flaminia Vecchia a Roma.»

«E il Centotredici ha avvisato lei», aggiunse Agrò che domandò ancora: «E il capitano dov'è, ora?»

«Di là in cucina, con la zia, una sorella della madre», rispose la poliziotta.

«C'è stato un furto? Mancano oggetti, denaro?» insistette il giudice.

Grazia Bastanti seguiva la discussione senza intervenire: sembrava che stesse studiando le mosse del nuovo procuratore e volesse farsi un'idea del suo modo di lavorare.

«Finora», fece la Aletei, «non abbiamo rilevato il furto di nessun oggetto. La cassaforte è aperta, ma, a detta del figlio, lo è sempre stata, nel senso che il padre la usava solo per appoggiarvi carte e documenti di normale e frequente consultazione. Non la chiudeva mai.» Si arrestò guardando la dottoressa Bastanti, come se si aspettasse un suo intervento. Visto che la sostituta continuava a tacere, la commissaria ricominciò: «Debbo anche precisarle che, quando siamo arrivati nella stanza da letto, abbiamo trovato la televisione accesa e ad alto volume. Era sintonizzata su un canale satellitare ceco».

Italo la osservò con attenzione. Era piuttosto piccola, aveva i capelli castani, quasi fulvi, e lo sguardo diretto che non abbassava mai. Indossava jeans e maglietta. Sopra portava una specie di gilet che nascondeva la fondina della pistola di servizio, sotto l'ascella destra: era mancina.

La Bastanti, intanto, s'era accomodata su una poltrona e sembrava capitata lì per caso.

Il capo della procura scrutò con cura anche lei: era il genere di donna che cerca di dimenticare e di far dimenticare la propria femminilità. Vestita con un abito informe senza maniche, color carta da zucchero, aveva una camicetta blu, con il collo alto e le maniche corte. Teneva gli occhi abbassati. Lo sguardo era obliquo, senza espressione.

Agrò si scosse, sospese quella specie di silenzioso esame delle collaboratrici e, accompagnato da entrambe, raggiunse il figlio dell'ambasciatore.

Agostino Raminelli era seduto al tavolo della cucina, la barba lunga, una camicia spiegazzata indosso e gli occhi fissi nel vuoto. Con lui c'era una signora distinta e anziana: i lineamenti e il modo di fare spingevano a immaginare un antico fascino.

Il procuratore dette una rapida occhiata all'ambiente, giusto per memorizzarlo: era una cucina datata, anni Cinquanta, le piastrelle di Vietri alle pareti, un vecchio e monumentale frigorifero Westinghouse, una grande credenza di noce e il tavolo, anch'esso molto ampio. Lavandino e piano di cottura occupavano un'intera parete. Sopra di essi erano appese antiche stoviglie di rame.

Il dottor Agrò pronunciò qualche parola di circostanza e cercò di attirare l'attenzione del giovane chiedendogli di parlare del padre. In questo modo voleva valutarlo, farsene un'idea immediata. La ricostruzione della precedente serata, dall'appuntamento mancato sino all'arrivo della polizia, l'avrebbe letta nel rapporto della Aletei. Il capitano non aprì bocca, rimanendo girato verso la parete.

La signora inclinò il busto in avanti e intervenne: «Una grande disgrazia. Da quando Claudio aveva preso in casa quella ragazza, temevo, anzi ero certa, che sarebbe accaduto qualcosa di brutto. Un tipo poco raccomandabile, si notava a prima vista. Gli aveva svuotato il conto corrente e gli stava mangiando il resto».

Agostino si scosse e replicò: «Non dire queste cose, Enrica. Il dottore potrebbe esserne influenzato. E Hàlinka», si fermò e impallidì, «non gli imponeva nulla. Mio padre voleva vivere così come viveva. Lascia che il procuratore svolga le indagini in assoluta libertà, senza l'influenza delle tue antipatie».

«Mia sorella Adriana, la madre di Agostino, è stata la prima moglie di Claudio. Ora vive a Roma, a Monte Mario, con il suo compagno, un generale dell'aeronautica piacente e giovanile, del Trentatré», insistette la signora, ignorando le osservazioni del nipote. Aveva sottolineato l'età dell'ufficiale, come per conferire alla relazione della sorella la rispettabilità che deriva dall'età avanzata. «Lei e Claudio divorziarono appena fu possibile, verso il Settantasette. Lui si era risposato con Giada di Ravasio, la vedova del marchese Lapo Castrilli che è morta tre anni fa lasciandogli una bellissima casa a Kios, un'isola greca vicina a Rodi. E mio nipote è l'unico figlio dell'ambasciatore.» Aveva le idee confuse sulla collocazione geografica e sulla proprietà di Kios, ma il capitano dei Lancieri di Montebello, l'unico là in mezzo che sapesse come stavano le cose, era troppo turbato per intervenire.

Il magistrato rifletté. Sul momento non gli venne in mente nessun'altra domanda. Li salutò con un cenno e uscì dalla cucina. Nel corridoio, però, fece marcia indietro e chiese all'ufficiale: «Il palazzo è tutto di vostra proprietà?»

Il giovane si scosse dal torpore e negò: «No, dottore. Mio nonno, dopo la prima guerra mondiale, lo divise in appartamenti che vendette».

«E la testina sul tavolo, all'ingresso, sa da dove viene?» Quell'immagine non era scomparsa dalla mente di Agrò e ancora lo turbava, come se si trattasse di un indizio importante.

«L'aveva in casa da poco tempo, l'ambasciatore», l'ufficiale parlava di suo padre in terza persona, quasi volesse prendere le distanze, e con una voce all'improvviso distaccata, quasi ostile.

"Ma che rapporti c'erano tra il diplomatico e il figlio…?

L'interrogativo sorse naturale nella mente del giudice, tanto strano gli era sembrato quel tono inaspettato.

«...e mi aveva detto che si trattava di una testina amazzonica, di una tribù di tagliatori di teste, specializzati nel rimpicciolire i trofei per farne oggetti rituali...» Ora, nel parlare, Agostino Raminelli non manifestava più alcuna emozione né ostilità. «Le armi da taglio, invece, sono asiatiche, dei Moros filippini.»

Agrò lo ringraziò e lo lasciò. Appena fu in soggiorno, prima di andarsene in procura, ordinò alla funzionaria di seguire di persona i rilievi della scientifica, di sollecitare l'autopsia su entrambi i corpi e di non perdere di vista l'ufficiale: «Quando ha finito l'ispezione dei luoghi, accompagni Raminelli in questura e lo interroghi. Mi raccomando: senza alcuna fretta cerchi di tirargli fuori tutto quello che sa o che pensa sui rapporti della coppia. Faccia controllare le utenze telefoniche delle vittime, fisse e cellulari. L'eventuale furto di documenti, oggetti e denaro non è ancora escluso. Su questo punto bisognerà approfondire le indagini. Identifichi la domestica che accudisce la casa. E poi vediamo se troviamo qualche esperto che possa classificare la testina e le armi dell'ingresso».

Si rivolse alla sostituta e le chiese di accompagnarlo.

La Bastanti, durante tutto il sopralluogo, era rimasta in silenzio. Aveva il volto contrariato e sembrava insoddisfatta del suo modo d'agire. Non era abituata alla diretta discesa in campo del capo dell'ufficio e pretendeva di seguire un caso senza dover sottostare ad alcuna interferenza dall'alto. Questo era stato il principale motivo dei suoi dissidi con il predecessore di Agrò. Era evidente che ora temeva che anche l'attuale procuratore, con il suo modo di indagare, la estromettesse dalle inchieste più importanti.

La donna allora sbottò: «Appena saremo in ufficio voglio chiarire la mia posizione. Ti dico subito, però, che l'assassinio dei coniugi Raminelli intendo gestirlo io, in prima persona, quale sostituta anziana».

Lui, infastidito, non replicò. Salirono in macchina e rientrarono a palazzo di giustizia.

Qui la Bastanti lo accompagnò nella sua stanza e ribadì la proprie vedute, sottolineando come ritenesse di dover svolgere il ruolo di magistrato operativo, lasciandogli il coordinamento dell'attività, una sorta di vigilanza superiore senza impegni specifici.

L'altro, tuttavia, aveva già deciso come procedere. Le rispose secco che era fresco di positive esperienze e di significativi risultati e che, in linea generale, non avrebbe delegato la titolarità delle indagini. Per attenuare il duro impatto di quelle parole, aggiunse che le chiedeva di non estraniarsi dalle attività giudiziarie riguardanti i reati più gravi e di collaborare in pieno spirito di amicizia. Precisò anche che per tutto il corso dell'inchiesta ci sarebbe stata una riunione quotidiana del gruppo investigativo perché ogni componente potesse essere aggiornato sui progressi compiuti e perché fossero definiti gli ulteriori passi da compiere.

La Bastanti decise di non contestare per il momento la posizione del collega. Era convinta che, strada facendo, Agrò – se non fosse stato influenzato da preconcetti – avrebbe acquistato fiducia in lei. Allora, era certa, sarebbe stata libera di operare con l'autonomia che pretendeva.

Ma Italo, prima di salutarla, volle formulare un'ulteriore precisazione: «Il mio metodo è analitico-induttivo. Evito di partire con una o più ipotesi precostituite e avvio un'indagine a tappeto per cerchi concentrici: prima i parenti stretti, poi gli amici e i conoscenti. Interrogo tutti, nessuno escluso, e inizio a ragionare sui risultati: concordanze e discordanze. Insomma: combatto contro i preconcetti».

«Lavoro anch'io nello stesso modo», tentò di rassicurarlo Grazia Bastanti che voleva allentare la tensione e guadagnare spazi di autonomia. In fondo, sapeva che la propria esperienza di sostituto procuratore era abbastanza modesta: lei era piuttosto portata a farsi un'idea appena constatato il reato e a lavorare intorno alla propria ipotesi. «Ma sono certa di una cosa: il mio intuito non sbaglia mai», dichiarò nell'andarsene: non aveva colto l'insanabile contrasto tra la propria affermazione e le teorie analitiche del nuovo capo dell'ufficio ed era anzi convinta di lasciare dietro di sé un'impressione positiva.

Giovedì 27

5

Alle sette e un quarto Agrò uscì da casa, salì sulla Punto e si diresse verso il quartiere dei Cappuccini. Giunto in prossimità della chiesa parrocchiale, parcheggiò, si levò i pantaloni della tuta e, rimasto in calzoncini, iniziò il jogging. Era la prima corsa che faceva a Viterbo: riprendeva così a praticare lo sport preferito e si sentiva certo che questo l'avrebbe aiutato a recuperare serenità psicologica e forma fisica. Ne aveva proprio bisogno, visto il difficile rapporto con Roberta. Imboccò la strada della Palanzana, per dedicarsi al percorso mostratogli da Biscetti, l'ispettore di pubblica sicurezza della scorta che era iscritto alla squadra delle Fiamme Oro e giocava a pallavolo nella formazione della Polizia. L'aria frizzante e un leggero vento di tramontana invogliavano a darci dentro. Poche nubi scorrevano rapide nel cielo e l'eccellente visibilità faceva risaltare l'altura di Montefiascone che, con il cupolone della cattedrale, dominava tutto il panorama. Si riscaldò per qualche minuto muovendosi con lentezza, poi accelerò il passo sino a raggiungere la velocità abituale. Anche se la strada si snodava in salita, Italo non rallentò. Sostò alla fontana delle Sette Cannelle per una bevuta ristoratrice prima di prendere la via del ritorno.

Erano appena passate le nove quando entrò in ufficio, giusto in tempo per ricevere la telefonata del fratello Ettore, medico nell'ospedale di Parma. Dopo avergli domandato notizie sul nuovo lavoro, Ettore gli preannunciò una visita a Viterbo, visto che non conosceva ancora la città. Concordarono una data verso la fine di luglio e si salutarono.

La mattinata trascorse nell'esame degli atti di un delicato processo per pedofilia e droga: erano state imputate persone molto note e la vicenda aveva suscitato un grande scalpore. La città si era divisa tra innocentisti e colpevolisti e c'erano state evidenti pressioni della stampa viterbese per una chiusura rapida dell'istruttoria. E lui, dal canto suo, non intendeva ritardare la conclusione delle indagini, anche se voleva rendersi conto dei risultati dell'inchiesta.

Proprio quel giorno il prefetto lo aveva invitato a colazione al palazzo di governo. Ci sarebbero stati anche il sindaco, il presidente della provincia e quello del tribunale. Secondo un'abitudine inveterata, instillatagli da un anziano collega quando muoveva i primi passi in magistratura, prima di recarsi a quella specie di pranzo ufficiale volle farsi un'idea di coloro che avrebbe incontrato. A questo scopo convocò il comandante del Gruppo Carabinieri di Viterbo, chiedendo-gli informazioni sulle autorità locali.

Il colonnello Altiero Ambigliani, un emiliano dal viso aperto e cordiale, una barbetta leggermente ingrigita, le mani robuste e grassottelle, rispose con franchezza. Poiché il giudice l'aveva esortato a parlare con sincerità in un colloquio del tutto riservato, sentendosi appagato nell'amor proprio da quella confidenza, aveva aderito volentieri: gli piacevano i modi diretti e informali del magistrato. L'ufficiale chiarì, quindi, che Viterbo era amministrata dal centro-destra, ma che in definitiva il potere reale era ancora nelle mani della locale S.I.S.

Il procuratore non capì l'acronimo e chiese chiarimenti.

«Dottore, mi scusi la battuta.» Ambigliani sembrava in difficoltà. «S.I.S. significa "Sempre in sella". La locale borghesia, molto critica, definisce così i politici che, pur cambiando varie bandiere, continuano a comandare. A Viterbo si perpetua l'impero, cauto e ovattato, di una nutrita famiglia di politici democristiani, già seguaci di Andreotti. Tutta gente passata indenne attraverso tempeste di ogni genere di cui l'intera città è al corrente, e che ora ha aderito al partito di governo. Qui il vento di Tangentopoli è giunto smorzato, è stato solo una lieve brezza molto breve. Anche le denunce più scandalose, soldi nascosti in Svizzera o appalti truccati, si sono piano piano dissolte fra ritrattazioni, insufficienze di prove e reali estraneità. L'opinione pubblica, del resto, dimentica con facilità. Ciò non è accaduto ai nostri archivi, come può immaginare.»

«E oggi?» domandò il magistrato, quasi infastidito da quei richiami al passato.

«Quanto all'oggi», aggiunse l'ufficiale, «debbo anche riferirle che c'è un forte disagio nei confronti di questi esponenti del S.I.S. in molti aderenti all'ex Movimento Sociale, che si trovano alleati con persone che avevano combattuto con durezza. Per le istituzioni statali posso sottolineare che il prefetto è stato nominato di recente. Probabilmente nutre simpatie verso il centro-destra. Tuttavia, consapevole del proprio ruolo, cerca di manifestare una certa autonomia dal potere politico.» Il colonnello si fermò, ritenendo di avere esaurito la risposta.

Invece il procuratore insistette ancora, chiedendogli di parlare anche del presidente del tribunale.

L'ufficiale tentò di sottrarsi alla pressione. Era in visibile imbarazzo e si guardava intorno come per trovare un'ispirazione che gli evitasse di rispondere all'ultima domanda: temeva che Agrò lo sfidasse sul terreno dei pettegolezzi. Poi si rese conto che quello lo stava mettendo alla prova e che doveva, quindi, proseguire nel modo più professionale possibile: «Valerioti…» Si accorse che quella eccessiva confidenza non era ammessa dal galateo istituzionale e si corresse: «Il presidente del tribunale… è un uomo onesto e di equilibrio, dottore. I figli vivono e lavorano in città e non può che comportarsi come fa, con serenità e, appunto, equilibrio. Una persona benvoluta, senza asperità caratteriali. E un giurista eccellente e rispettato». Osservò il suo interlocutore e, soddisfatto, comprese che quello non si aspettava altro. Sospirò di sollievo e tacque.

Italo archiviò il colloquio e gli chiese di accompagnarlo. Si diressero a piedi verso la piazza del Municipio, dove era situato anche il palazzo della prefettura. Era l'una e mezzo. Lungo il tragitto incontrarono due persone che il colonnello presentò: «Gli avvocati Aldo Perugi e Luigi Manganiello, della Fondazione della Cassa di risparmio».

Il magistrato registrò nella propria mente i nomi, salutò tutti e, a passo svelto, raggiunse l'appartamento del prefetto.

La colazione si svolse in modo formale e corretto, per l'evidente attenzione dei presenti a non infastidire o turbare il nuovo venuto, la cui fama di persona moderata, ma di sinistra, si era diffusa sin dal giorno della nomina. L'attenzione si appuntò sul recente assassinio dei coniugi Raminelli. Benché fossero ben conosciuti, nessuno si azzardò a esprimere giudizi su di loro o sui possibili moventi, confermando che in città l'accaduto veniva considerato un irresolubile mistero.

Rientrato in ufficio, Agrò si rituffò nel procedimento per pedofilia: due grossi faldoni erano stati impilati sul tavolo da riunioni, con i documenti ordinati in perfetta successione cronologica. Poi, nel tardo pomeriggio, ricevette una compagna di scuola, Adele Pifani. La donna era a Viterbo in visita alla figlia Veronica che studiava beni culturali nella locale università.

Il procuratore riuscì a malapena a dissimulare la sorpresa quando si vide di fronte la ragazza, una straordinaria bellezza immatura, adolescenziale. Alta e procace, la giovane portava una minuscola minigonna che metteva in risalto le lunghissime gambe. Non avrebbe mai immaginato che la sua coetanea avesse una figlia così grande. Si ricordò, però, che in seconda liceo, a Messina, c'era stato uno scandalo: Adele, incinta, aveva lasciato la scuola per celebrare un semisegreto matrimonio di riparazione. E, quindi, non poté trattenersi dal chiedere che età avesse la fanciulla.

«Ventiquattro, ma ne dimostra sedici», gli rispose la madre, orgogliosa. «È la mia seconda. Ti ricordi? A diciotto anni ebbi un maschio che ora ha trent'anni ed è sposato. Veronica è la mia migliore amica. Ci raccontiamo tutto, amori e delusioni.»

Il giudice fissò la sua compagna per qualche minuto: l'allusione ad amori e delusioni gli sembrò innaturale sulla bocca di una persona come Adele con la quale non c'era mai stata una particolare familiarità. Ma, dopo un attimo, abbandonò ogni perplessità e decise di invitare le due donne a cena.

A tavola la ragazza si mostrò spigliata e matura, intrattenendosi in una approfondita discussione sul proprio futuro professionale e sulla situazione dei beni ambientali della penisola italiana. Veronica si definì molto preoccupata dalle notizie di stampa riguardanti la nuova legge sugli immobili demaniali che, secondo lei, avrebbe potuto consentire il saccheggio del patrimonio artistico. E prese anche le difese del sottosegretario Sgarbi, da poco defenestrato dall'incarico proprio a causa del suo disaccordo sulla medesima legge.

Italo non temeva di esporsi esprimendo il proprio giudizio, era anzi convinto che il ruolo istituzionale non dovesse impedirgli di manifestare opinioni politiche. Perciò spiegò alla giovane di essere contrario alla nuova legge, illustrandone la pericolosità.

Prima di salutarsi, Adele gli chiese se, in caso di necessità, la figlia Veronica potesse rivolgersi a lui: «Vive qui, da sola. Vorrei contare su di te, se occorresse. Mi sentirei più tranquilla».

Lui non rifiutò, ma, con un sorriso, precisò: «La tua Veronica mi sembra tutt'altro che bisognosa di aiuto. Vedrai che se la caverà benissimo. Comunque, se serve per la tua tranquillità, ti assicuro che potrà contare su di me».

Venerdì 28

6

Il tempo era ancora a tramontana e la temperatura più primaverile che estiva. Italo si svegliò molto presto e si dedicò subito al jogging. Cambiò il precedente itinerario, dirigendosi sulla strada provinciale per Orte. Non si rivelò una buona scelta: il traffico intenso e i marciapiedi stretti e mal pavimentati resero la corsa tutt'altro che piacevole. Tuttavia, proseguì. Raggiunse Bagnaia e la attraversò. Era ancora una volta infastidito dal sogno di Regina, che era tornato quella notte e lo aveva agitato come un incubo, tanto da costringerlo a svegliarsi in un bagno di sudore. La scena, infatti, era andata oltre i limiti posti dalla sua mente che imponevano l'arrivo dei genitori della bambina. Invece, quella notte i genitori di Regina non s'erano visti e i bambini avevano proseguito con i loro amplessi sino a quando erano stati scoperti. Decise di non crucciarsi di più e di non dare peso ai propri sogni. Si concentrò sul percorso e dette gas.

Superato il borgo medievale e un tratto di curve strette e cieche, si trovò su alcuni rettilinei pianeggianti sui quali accelerò l'andatura. Nel punto in cui la strada cominciò a inerpicarsi di nuovo, in prossimità del bivio per Soriano nel Cimino, guardò l'orologio, si rese conto che era trascorsa quasi un'ora e rientrò.

La Bastanti e la Aletei si erano presentate in ufficio di prima mattina.

Quando, alle nove meno un quarto, il procuratore fu nell'ampia stanza con vista sull'antichissima Fontana Grande, le trovò in anticamera ad aspettarlo. Con un'occhiata capì che le donne non erano affatto in sintonia. Ebbe anzi la netta impressione che la magistrata nutrisse dell'astio verso la poliziotta e fosse lì più per impedirle di lavorare a diretto contatto con lui che per altro.

La Bastanti pretese di riferire per prima e iniziò a parlare. Era rossa in viso e agitata. La delicatezza di alcuni dei particolari la metteva in imbarazzo, nonostante avesse precisato sin dall'inizio: «Le mie parole saranno una relazione asettica su risultanze obiettive ed eviterò ogni possibile interpretazione, almeno per il momento». Osservò la reazione di Agrò a quella che le era sembrata una introduzione molto professionale. Ma l'altro rimase impassibile e non dette alcun segno di consenso o di dissenso. La sostituta allora sentì crescere il proprio disagio, mentre proseguiva, continuando a scrutare l'espressione del superiore: «Debbo iniziare fornendo una sintesi dei rilievi eseguiti sulla *crime scene*». Le piaceva intercalare i propri discorsi con qualche frase in inglese, dopo averlo imparato bene negli Stati Uniti, alla Georgetown University, in un corso pagato dal ministero della giustizia. «L'evidenza più significativa da segnalare riguarda la sala destinata a studio dell'ambasciatore. Qui abbiamo rinvenuto, nascosta in un cassetto della scrivania ben chiuso a chiave, una collezione di fotografie pornografiche in bianco e nero. Protagonisti Hàlinka Hadràsek e uno sconosciuto. In alcuni fotogrammi la signora Raminelli è ripresa durante l'accoppiamento. Di questo partner non si vede mai il volto. La testa è fotografata dal retro. Altre pose mostrano i due in atteggiamenti…» La Bastanti si arrestò. Non trovava le parole giuste. Finalmente aggiunse: «Insomma, basta esaminare il materiale per capire tutto». In evidente difficoltà, preferì coinvolgere la commissaria. Così le domandò: «Quante erano le pose che abbiamo trovato?»

Questa mostrò di essere un tipo spigliato e, senza fare una piega, andò avanti nel racconto: «Centoventidue pose di varie fasi di più rapporti con l'uomo misterioso che chiameremo signor X. Trentadue sono scattate nella stessa casa di via del Macel gattesco, le altre in campagna, è da presumere nei prati e nel bosco intorno al casale che l'ambasciatore possedeva in comune di Capodimonte, sul lago di Bolsena. Oltre a momenti, come dire, normali, ci sono sodomizzazioni e *fellationes*, il tutto con l'uso di strumenti erotici, quali falli di varie dimensioni e colori». La donna parlava con tranquillità, senza timidezze. «C'è anche una variazione sul tema che ha per protagonista una bottiglietta di Coca-Cola. L'uomo che appare nelle foto, come ha già detto la dottoressa Bastanti, non è stato ancora riconosciuto ma spero che non sarà difficile identificarlo. A Viterbo non ci sono sconosciuti. Ci vuol poco a sapere vita, morte e miracoli di ognuno. I fotogrammi trovati e i loro ingrandimenti basteranno. E azzardo una ipotesi: mi pare molto probabile che dietro la macchina fotografica, a scattare le istantanee, ci sia stato l'ambasciatore in persona.»

Il procuratore non profferì parola. Aprì un cassetto della scrivania, prese mezzo sigaro Toscano e iniziò a masticarlo. Rifletté qualche attimo sulle possibili illazioni della collega, poi si decise e ordinò: «Fammi vedere...»

Sorpresa, Grazia si volse verso alla Aletei che pescò in un capace borsone quattro buste.

Agrò estrasse le foto e le sparse sulla scrivania. Questa era una delle incombenze più sgradevoli del suo mestiere: studiare le immagini in cui si imbatteva in un'inchiesta, pose porno e cadaveri i soggetti prevalenti. Agli inizi gli era sembrato di fare il guardone e aveva temuto che dietro la curiosità professionale si celasse una sorta di perversa attenzione.

Poi ci aveva fatto il callo e si era reso conto che avrebbe volentieri fatto a meno di quel genere di spettacolo, solo che gli fosse stato possibile. Usando una lente di ingrandimento, osservò i reperti. Come sempre in questi casi, i protagonisti delle scene si mostravano in atteggiamenti del tutto innaturali, quasi volessero togliere qualsiasi attendibilità ai fotogrammi. Lei, Hàlinka, aveva il pube rasato e sulla coscia destra una specie di piccola macchia. Aveva un bel corpo ed era molto, forse troppo, magra. A mano a mano che passava a foto successive, tuttavia, le linee del corpo della donna si andavano addolcendo, tanto che il ventre sembrava meno piatto, anche se mai pronunciato. L'uomo, raffigurato di spalle, era di carnagione scura.

"Un siciliano o un greco", pensò il magistrato. Era muscoloso e di media statura. Era, però, composto, come se subisse le fantasie della donna o di chi stava dietro la macchina fotografica.

Il silenzioso esame delle foto occupò più di mezz'ora. Quando ebbe terminato, Agrò le raccolse in un unico mucchietto che consegnò alla commissaria, chiedendole: «E della domestica ci sono notizie? L'avete identificata?»

«Sì, l'ho identificata», intervenne la sostituta. «Si chiama Gina Fattinnanzi e lavorava dai Raminelli sino alle tre del pomeriggio. Tutti i giorni, salvo la domenica. Se n'era andata all'orario stabilito. Al mattino dopo, vista la polizia e tutto quel movimento intorno al palazzo, aveva preferito non entrare. Per il momento, è estranea al fatto e dice di ignorare i particolari della vita della coppia. Puliva la casa, rassettava, cucinava e se ne andava. Quando c'era qualche pranzo, l'ambasciatore chiamava un tale Toto, che si presentava con un cameriere e provvedeva a tutto.»

Il procuratore rimase soprappensiero, senza rispondere.

Grazia Bastanti, quindi, poiché il passaggio scabroso delle foto sembrava superato, riprese la relazione: «Ieri ho provato a telefonare alla villa di Raminelli, a Capodimonte. Mi ha risposto un uomo al quale ho chiesto chi fosse. "Sono il giardiniere di sua eccellenza Raminelli del Vischio", mi ha spiegato con un'enfasi esagerata, forse secondo lui appropriata all'importanza del padrone. Allora mi sono qualificata e l'uomo ha detto di chiamarsi Giovanni Cattola e ha precisato che stava pulendo la piscina e di avere in mano un telefono portatile – cioè, dico io, un cordless. Di sicuro preoccupato, anche se ha evitato con cura di dire qualcosa che dimostrasse la conoscenza dell'assassinio dell'ambasciatore e della moglie, voleva continuare a fornire particolari sul proprio lavoro, finché non l'ho interrotto per domandargli se in casa ci fosse qualcun altro. "Fra poco arriverà Angela Margheritini, cioè 'Pallina', la domestica", ha detto. "L'uomo di fatica, un rumeno di nome Costantino, è partito per Bucarest, l'altro ieri mattina." Ci tengo a sottolinearlo: il rumeno si è dileguato mercoledì scorso, qualche ora dopo l'omicidio». Fece una pausa per dare maggiore rilievo alle sue valutazioni. La parola «dileguato» sembrava un vero e proprio giudizio, come se considerasse la circostanza un elemento risolutivo. Quindi si voltò verso la funzionaria di polizia, dicendole: «Questo Costantino deve essere ricercato senza perdere tempo. Dottoressa Aletei, vada in giornata a Capodimonte a parlare con Cattola e con Pallina. Prima però finisca di riferire sulle sue risultanze». Il tono di voce era inutilmente aspro e aggressivo.

La commissaria non raccolse la provocazione, i suoi occhi, però, lampeggiarono.

Agrò si sorprese a immaginarla nell'intimità. Indugiò un attimo e, per allontanare il pensiero, accese una sigaretta.

Intanto la funzionaria di polizia stava riferendo: «Ci sono altri particolari di un certo interesse che deve conoscere, dottore. Prima di tutto la Hadràsek, la moglie dell'ambasciatore cioè, aveva due tatuaggi. Uno era sull'avambraccio sinistro, sopra il polso, e raffigurava un lungo e stilizzato serpente, un disegno orientaleggiante. Il secondo, sul lato interno della coscia destra, rappresentava una farfalla dalle ali rosa…»

«Ecco cos'era quella macchia che si vedeva nelle fotografie…» la interruppe il procuratore.

La Aletei si arrestò un attimo e riprese: «Ho rilevato che era depilata nelle parti intime, un'operazione che doveva avere eseguito di recente, dato che non c'era traccia di peluria. Ho notato, inoltre, dalla perquisizione dei cassetti del comò, che buona parte della biancheria personale della vittima – intendo mutandine, sottovesti e camicie da notte – è ricamata a "punto Irlanda". Ci ho fatto caso perché si tratta di un ricamo molto difficile, diffuso in una zona ristretta, l'alto viterbese, la bassa Toscana e l'Umbria. Di un simile lavoro di cucito si è persa la scuola: a parte qualche anziana donna, non si conosce nessuno che lo usi al giorno d'oggi. Stabilire chi le avesse fornito quegli indumenti potrebbe aiutarci a capire meglio quale fosse la sua vita. Quanto ai tatuaggi, qui c'è un solo specialista. Si chiama Galeoni Roso, in onore di santa Rosa da Viterbo, ed è nato a Cura di Vetralla. È detto "Lo sgozzato" perché, durante una lite per motivi d'amore, Eutizio Crispigni, il socio e compagno con cui gestiva una bottega artigiana di scalpellini – erano specialisti nel realizzare magnifici caminetti in peperino, identici a quelli medievali – gli ha tagliato la gola. A quei tempi i due convivevano *more uxorio* e sembra che Roso si fosse innamorato di un aviere della Vam in servizio all'aeroporto militare. Così Eutizio, furioso di gelosia, lo aveva aggredito con uno degli strumenti del mestiere, un punteruolo affilato. Lui, il Galeoni, a seguito di quell'incidente, non si è mai più separato da una sciarpa che nasconde la ferita al collo e ha iniziato a parlare con una voce roca. Lo sgozzato in città esercita il *tatooing* in una stanza all'interno di un'accademia di danza, la Sing-song, in vicolo Baciadonne, abbastanza vicino alla casa dell'ambasciatore. Aprono alle quattro del pomeriggio: più tardi andrò a sentirli».

«E della testina e delle armi è riuscita a sapere qualcosa?» chiese Agrò.

«Sì, dottore. Il professor Carmine Priore, che insegna etnologia all'università della Tuscia, mi ha scritto un breve appunto. Se vuole glielo leggo, tanto è molto breve», rispose Marta Aletei che, visto il silenzioso assenso del magistrato, proseguì: «Testina denominata *tsantsa* proveniente dall'America del Sud, classificabile come opera di qualche indiano della tribù Jivaros, specialisti nel rimpicciolimento delle teste. Il trofeo era utilizzato come talismano, come oggetto di evocazioni rituali nelle quali, attraverso lo spirito del nemico morto, si riesce a comunicare con l'aldilà e ad avere indicazioni, precognizioni, insomma, la previsione del futuro. È anche usata per sedute spiritiche e messe nere. Per esempio, il noto reverendo Moon possedeva una collezione di *tsantsas* che usava nei suoi macabri riti. Le armi da taglio, sono varie specie di *panabas* e provengono dalle Filippine».

«E le autopsie? E le utenze telefoniche?» l'incalzò ancora Italo.

«Domani dovrei avere i tabulati», rispose la commissaria.

«Mentre per l'esito delle autopsie bisognerà aspettare la prossima settimana. Debbo anche riferire che ieri sera si sono presentati in questura i genitori e il fratello di Hàlinka Hadràsek. Padre e madre non dicono una parola che non sia nella loro lingua. Sono affranti e non riescono a capire cosa sia successo alla figlia. Il fratello, invece, parla un inglese fluente e se la cava benissimo anche con l'italiano. Ho cercato di spiegare la situazione, precisando che ci vorranno alcuni giorni perché il cadavere di Hàlinka sia restituito alla famiglia. Appena possibile intendono trasferire la salma a Praga.»

«Hai qualcosa da aggiungere?» domandò il procuratore alla sua sostituta.

La dottoressa Bastanti, infastidita, alzò le spalle: «Per il momento, nulla».

«Dunque, per oggi abbiamo finito. Appuntamento a domani, alla stessa ora. Iniziate oggi stesso a interrogare i parenti di Raminelli», concluse allora il capo rivolgendosi a entrambe.

Le due donne uscirono dalla stanza ma, trascorso qualche minuto, la funzionaria di polizia vi rientrò. Era sola: rossa in volto e accaldata. Sostenne lo sguardo del giudice senza abbassare gli occhi. «Ho un'ultima cosa da dirle, dottore», spiegò. «Il capitano Raminelli ha deposto un mazzo di ventiquattro rose rosa nell'ingresso della casa paterna, qui a Viterbo. Un omaggio al padre e alla cosiddetta matrigna, addirittura più giovane del figliastro, un donna avvenente e – come ha sentito anche lei – spregiudicata.»

«Ne è sicura?» domandò, ironicamente, il magistrato, prima di revocare l'ordine datole con tono di dispetto dalla sostituta: «E a Capodimonte non è necessario che ci vada di persona: ci mandi qualcuno di sua fiducia». Sembrava che il rilievo avesse acceso le luci del sospetto sull'ufficiale, il cui ruolo nella sanguinosa vicenda era tutto da verificare.

7

Roberta arrivò a metà pomeriggio. A Roma-San Pietro aveva preso un treno che alle quattro sarebbe stato a Viterbo-Porta Romana.

Il procuratore, liberatosi con uno stratagemma degli angeli custodi, la aspettava sul marciapiede della piccola stazione, un posto popolato soprattutto da extracomunitari. Al chiosco dell'Ente provinciale del turismo si era procurato ogni genere di dépliant illustrativo della città e della provincia.

Con un po' di ritardo, il convoglio si arrestò sul primo binario.

Agrò scorse Roberta e la raggiunse. La abbracciò e tentò di baciarla.

Lei, però, si ritrasse mormorando: «...sei il procuratore... C'è tanta gente...»

Lui si guardò in giro e replicò: «Nessuno che sia interessato a noi...» Si riavvicinò, ma la donna, svelta, si allontanò di nuovo.

Era la prima visita di Roberta, che aveva accettato di venire sino a Viterbo per le sue continue insistenze. Nel frattempo si erano incontrati con regolarità a Roma, giacché il magistrato rientrava nella capitale ogni week-end.

A piedi percorsero il breve tragitto per via Cavour e l'appartamento nel quale abitava durante la settimana. Qui l'uomo poté vincere la resistenza della donna e baciarla. Mentre erano abbracciati iniziò a spogliarla.

Lei lo assecondò di malagrazia, poi si staccò preoccupandosi di piegare gli indumenti e di sistemarli per bene su una sedia. Si spostò in bagno e si rinfrescò.

Quando uscì, fecero l'amore subito, senza preliminari, i gesti meccanici, come fosse stato una specie di impegno da onorare.

Dopo, fumando una sigaretta, Italo osservò con un tono di voce spento come se le sue parole non avessero destinazione e senso: «Una volta avevi così voglia di me da buttare gli abiti in terra...»

Roberta non rispose. Si alzò e tornò in bagno.

Si rivestirono in assoluto silenzio, una tensione impalpabile pesava su di loro, e, quindi, uscirono. L'assenza della scorta, che Agrò aveva messo in libertà, dette ai due un insolito senso di sollievo: erano soli e senza protettori. Un'illusione di breve durata, però. Uno dei carabinieri addetti alla vigilanza dell'abitazione, vedendolo allontanarsi, avvisò il comando e gli uomini preposti alla tutela che ricomparvero alle spalle della coppia, come angeli custodi, sgraditi e inevitabili.

Italo mostrò a Roberta la città descrivendole i particolari che aveva scoperto in quelle settimane. Visitarono Santa Maria della Verità con il pulpito dal quale san Bernardino da Siena aveva predicato ai pellegrini accorsi da tutta la cristianità, quindi si fermarono nella piazza del Duomo, innanzi alla loggia duecentesca, detta «dei Papi», in ricordo di un conclave celebre per l'interminabile durata. Un tempo così lungo da indurre i viterbesi a murare la sala con i cardinali per costringerli a decidere. Lo stratagemma era risultato efficace, tanto che in pochi giorni il pontefice era stato eletto. In piazza Plebiscito ammirarono il sacello della Bella Galiana, proprio sulla facciata della barocca chiesa di Sant'Angelo. Il magistrato riferì anche alla fidanzata di avere appreso che in anni recenti a Viterbo c'erano state tre sorelle bellissime, le sorelle Galiano, e si diceva discendessero dalla più famosa Galiana. Accompagnò Roberta al belvedere del palazzo comunale, anche questo un antico edificio, che era detto «dei Priori». Le mostrò il simbolo della città scolpito nel peperino: un leone con palma. E le spiegò che leone e palma erano il segno della partecipazione della città e di qualche importante viterbese a una crociata. Presero una bibita nel bar Centrale nella stessa piazza prima di dirigersi in auto verso Montefiascone. Superata un'ultima ripida salita, di fronte ai giardini pubblici del paese, il giudice ordinò agli agenti della scorta di attenderlo lì. Riprese, quindi, a percorrere la via Cassia, fermandosi, dopo un paio di chilometri, al ristorante albergo Il caminetto, una specie di grande baita a picco sul lago. Il sole stava tramontando e illuminava di traverso le due isole del lago di Bolsena, la Martana e la Bisentina, e i paesini di Marta e di Capodimonte. Colpita dalla romantica suggestione del posto, Roberta gli si avvicinò e gli strinse il braccio, in un improvviso gesto di tenerezza.

L'uomo sentì un brivido percorrergli la schiena: come ai vecchi tempi la seduzione della sua donna riaffiorava prepotente.

Cenarono assaggiando i piatti tipici del luogo: *sbroscia*, la zuppa di pesce d'acqua dolce, e coregone alla griglia.

Vicino al loro tavolo due anziani piuttosto corpulenti, entrambi con occhiali bifocali dalle montature antiquate, pelato l'uno e baffuto l'altro, chiacchieravano ad alta voce. Il loro discorso era incentrato sulla politica, sul governo e sulle riforme in cantiere. Il pelato, a un dato momento, si accorse del fastidio arrecato ai vicini e si rivolse ad Agrò: «Dottore, lei e la signora ci scuserete. Anzi, permetta che mi presenti, visto che la conosco: ho visto le sue foto sui giornali». Si alzò e si accostò al tavolo della coppia, sorridendo cordiale. «Mi chiamo Edrio Scriboni.» Indicò l'altro tipo che era rimasto seduto e proseguì: «Io e il mio amico Gioacchino Feroce Gatto, un magistrato come lei, ma della giustizia amministrativa, vi auguriamo buon appetito e vi promettiamo di non disturbarvi più».

Il magistrato sorrise al collega che, mostrando di non volere attaccare discorso, sorrise a sua volta facendo un breve cenno di saluto.

Era già notte, quando, esauriti gli argomenti più banali in una parvenza di disinvolta serenità, accompagnò Roberta sulla terrazza del locale. Qui, quasi per superare l'inerzia che dominava il loro rapporto, tornò su una questione importante da tempo accantonata: il matrimonio. E, come se si trattasse di un buon rimedio al disagio che affiorava così spesso tra di loro, le propose di nuovo di sposarlo. Infatti le loro nozze si sarebbero dovute celebrare il venticinque novembre del Duemila a Taormina, ma erano state annullate all'improvviso a causa dell'anonima rivelazione della sua breve relazione con l'avvocata Franca Vajnotto. Prima che la fidanzata gli rispondesse, si azzardò, forzando il proprio temperamento schivo e riservato, a inserire una frase di cui da tempo sentiva l'urgenza: «Vorrei un figlio… comunque… e presto». Sapeva che il fatto di non averlo sposato inibiva inconsapevolmente a Roberta la maternità.

Ancora una volta, la donna ebbe un repentino cambio d'umore e lo bloccò: «Non intendo decidere ora. Non so se voglio o vorrò mai sposarti. Né, per accontentarti», era tesa e aggressiva, «intendo svolgere il ruolo di fattrice personale del signor procuratore, l'eccellentissimo amante di scrittori, poeti e buona cucina, il dottor Agrò Italo di Sant'Alessio Siculo, amena località di mare in provincia di Messina. Ci penserò. Per ora sto bene così». Lo sfidava con aria sprezzante come se avesse voglia di litigare. Lasciò trascorrere qualche minuto e tornò a sfidarlo in modo aperto, aggiungendo: «E allora, perché adesso non prendi il tuo Quasimodo e mi reciti una bella frase adatta alla circostanza?»

L'uomo non replicò. Passarono diversi minuti prima che le dicesse qualcosa senza raccogliere la provocazione: «Non ricorro a Quasimodo, dici? Sarà perché in questo momento credo di essere in grado di padroneggiare da solo i miei problemi».

Un silenzio gelido scese tra loro. Uscirono dal locale, Italo pensieroso, senza parole. Salirono in macchina e, dopo un paio di curve, lei, notando uno spiazzo riparato, gli disse: «Fermati». Aveva un tono di voce diverso, più dolce di prima, caldo e sensuale, mentre la sua mano faceva scorrere la zip dei pantaloni.

Verso l'una furono a letto.

Spensero la luce e rimasero vicini l'uno all'altra.

"Questa notte non dovrei sognare", si disse Italo, certo di avere messo in fuga il suo incubo ricorrente.

Invece, anche quella notte il solito sogno tornò ad agitarlo. C'era Regina ed erano entrambi più grandicelli e facevano l'amore, un amore maldestro e frettoloso, presi com'erano dalla paura che qualcuno li scoprisse. Ma Regina aveva qualcosa di diverso: il suo viso era sfocato e i lineamenti erano strani, come se fossero sovrapposti ad altri. Fortunatamente, il sogno si dissolse in breve lasciando riposare Italo, come non gli riusciva da tempo.

Sabato 29

8

L'appuntamento con Scuto era stato stabilito per le sette e mezzo nel porto di Santa Marinella. La sera prima, però, il procuratore gli aveva comunicato che lui e la sua fidanzata intendevano rinunciare alla partita di pesca. Sarebbero, quindi, arrivati verso mezzogiorno, pronti per una nuotata e per il pranzo a casa dell'ispettore Marrocco. A Roberta non era piaciuta l'idea di passare alcune ore in barca, al sole, mentre gli altri si dedicavano a lenze ed esche puzzolenti.

Appena svegli, Agrò propose a Roberta un giro di jogging. Si prepararono e raggiunsero Pratogiardino, l'ampia villa comunale di Viterbo. Un complesso ben tenuto e adatto alla corsa, ombreggiato da alberi secolari. Si diressero verso un palazzo patrizio di scuola vanvitelliana, di cui un tempo quel giardino era il parco privato. Proseguirono seguendo le mura di recinzione sino a ritrovarsi al punto di partenza. Inanellarono numerosi giri finché, verso le dieci, rientrarono a casa.

Poco dopo partirono per Santa Marinella.

Il commissario Scuto, insieme alla moglie Cristiana, al nipote Franchino e all'ispettore di polizia Rolando Marrocco li aspettavano al porto.

Parcheggiata la macchina, si imbarcarono sul gozzo di Rolando, l'*Albatros*. Il motore diesel si avviò con vari sussulti. Il battello lasciò l'ormeggio e, raggiunto il mare aperto, fece rotta su Santa Severa. Il tempo era girato a scirocco: qualche onda disturbava la navigazione e il caldo umido non veniva affatto attenuato dal vento. Al largo di un vecchio castello trasformato in condominio di lusso per politici danarosi, calata l'àncora, fecero il bagno, mentre il padrone della barca ingannava il tempo pescando con il bolentino violette e occhiate. Data l'alta temperatura il bagno risultò molto gradevole: nessuno aveva voglia di lasciare il mare e di rientrare sulla terraferma per il pranzo. Così furono nell'appartamento di Marrocco alle tre passate, sistemandosi in una terrazza coperta in parte da una tenda e in parte da una specie di pergola su cui si arrampicava un florido caprifoglio.

Come Scuto aveva preannunciato, la padrona di casa era una cuoca provetta.

Servì agli ospiti una sontuosa zuppa di pesce in bianco, secondo l'uso di Civitavecchia, la città vicina. Fragolini, cocci, fagianelle, calamari e mazzancolle costituivano la base di quel piatto saporito e, allo stesso tempo, delicato. Sul barbecue, acceso in un angolo del terrazzo, il padrone di casa iniziò ad arrostire grandi triglie di scoglio, pezzogne e mormore.

Agrò amava le triglie sin da quand'era ragazzo, al tempo in cui era facile trovarle nel mare su cui si affacciava il suo paese, Sant'Alessio Siculo. Le chiamavano triglie imperiali, quei pesci di circa un chilo che venivano cotti sulla brace di legno d'olivo in pochi minuti, pronti per essere immersi nel salamoriglio prima di finire in bocca ai commensali. Lì, a Santa Marinella, anche se più piccole, le triglie risultarono altrettanto buone.

Marrocco insistette perché lui e Roberta assaggiassero anche le pezzogne e le mormore. La donna, diffidente, domandò: «Ma che pesci sono?»

Agrò, che se ne intendeva, le spiegò: «La mormora è quella che noi chiamiamo aiola. La pezzogna è il mupo, te lo ricordi? Lo mangiammo insieme a Letojanni, da Nino. Io, di recente a Messina, insieme a un collega, Pio Pavia, te lo ricordi?, ne ho fatto una scorpacciata da Anselmo, al Capo Faro, vicino al Lago Grande di Ganzirri. Pesci eccellenti, raffinati. Proviamoli».

Mentre affrontavano pezzogne e mormore, la moglie di Scuto, Cristiana, che era allegra e comunicativa, spinta dagli altri, si esibì in alcune riuscite imitazioni, senza evitare, a generale richiesta, quella dello stesso Italo.

In compagnia di questi amici, il procuratore si sentiva in famiglia, per l'affetto e la simpatia che gli dimostravano. Quel giorno, però, abbandonò presto la tavola: intendeva parlare con Scuto del delitto Raminelli. Appena terminato il pesce alla griglia, gli chiese di raggiungerlo all'interno dell'appartamento e, una volta rimasti soli, gli raccontò dei due cadaveri ritrovati in via del Macel gattesco a Viterbo, sottolineando che aveva bisogno di collaborazione. Infatti occorreva ancora definire il quadro completo della vita romana dell'ambasciatore, sia per il periodo in cui era in servizio al ministero sia dopo il collocamento a riposo.

«Lanfranco, raccolga tutto come sempre, mi raccomando», concluse il magistrato. «Le relazioni e gli interessi di Raminelli e della giovane sposa vanno chiariti sino in fondo, in modo da farci capire le loro abitudini, le loro amicizie e – ci sono di sicuro – i loro segreti. Come sempre quando non abbiamo elementi, non abbandoniamo il nostro metodo e focalizziamo l'attenzione sulle vittime... le vittime ci condurranno per mano sino all'assassino. Oltre a me, la potranno chiamare, per questa indagine, la sostituta Bastanti o la dottoressa Aletei, una sua collega.»

«Stia tranquillo, dottor Agrò», lo rassicurò il poliziotto. «So come lei lavora e ciò che pretende dai collaboratori. E poi, la Aletei la conosco: è una brava ragazza, molto intelligente. Si può fidare.»

Domenica 30

9

L'ottocentesco teatro Unione di Viterbo, molto apprezzato dagli amanti della musica per sobrietà architettonica ed eccellente acustica, pullulava di gente stipata in ogni ordine di palchi. La platea era stata riservata alle autorità. In primo piano il prefetto, il presidente del tribunale e il vescovo, che, seguendo l'augusto esempio del papa, riteneva suo dovere non disertare nessuna cerimonia, presenziando comunque e ovunque.

L'aria condizionata funzionava bene, forse troppo, e la temperatura era particolarmente bassa.

Arrivando in leggero ritardo, il dottor Agrò fu costretto a sistemarsi un po' indietro. Non si dispiacque affatto del posto defilato. Sapeva in quali circostanze fosse necessario farsi vedere e a Roma aveva adottato un tecnica efficace: si collocava in prossimità di un'uscita e, non appena iniziava la cerimonia, quando il pubblico era preso dagli interventi dei vari oratori, se la svignava all'inglese. A Viterbo, purtroppo, sia per la carica che rivestiva sia per il meno nutrito numero di partecipanti, squagliarsela s'era già rivelato molto più difficile, spesso impossibile. Quel giorno, forse, nella posizione in cui si trovava gli si sarebbe potuta presentare l'occasione buona per andarsene.

Al teatro comunale era atteso l'onorevole Bastiano Angliesi, ministro della ricerca, per la firma di un protocollo tra l'Università della Tuscia e l'amministrazione statale: con esso sarebbe stato avviato un importante programma di svariate sperimentazioni e ricerche riguardanti tutte le facoltà dell'ateneo. Si andava dalle colture innovative nella tecnologia agraria all'avvio di una modernissima informatizzazione degli uffici dei giudici di pace.

Alcune hostess distribuirono materiale illustrativo confezionato in una pretenziosa cartella di similpelle. "In stile coi tempi", pensò il procuratore mentre ne prendeva una copia. La sfogliò distratto sino alle note biografiche del ministro, nelle quali era sottolineato il ruolo di giovane esponente della sinistra socialista e la costante presenza nel consiglio comunale della sua città, Mascalucia. "Insomma, un 'terza schiera', un piccolo quadro politico di paese..." si trovò a considerare il magistrato, ricordando il personaggio che aveva intravisto in qualche manifestazione in provincia di Messina. Si guardò intorno e si rese conto d'essere seduto vicino all'anziano avvocato Cassio Del Prete, che aveva conosciuto nelle aule giudiziarie. "Del Prete", pensò, "cioè figlio di un prete..." e sorrise tra sé e sé. Quando rispose al suo saluto, quello si accostò e iniziò a chiacchierare.

«Vede, dottore illustre», gli fece, «la Viterbo che lei sta conoscendo in queste settimane è una città ben diversa da quella della mia gioventù. Allora oltre quaranta conventi – le lascio immaginare quanti fossero i preti, i monaci e le suore – costituivano l'ossatura di uno straordinario sistema di potere e di controllo sociale. Pensi che, se mancavo alla messa della domenica, non solo lo venivano a sapere mio padre e mia madre, ma anche il vescovo era tempestivamente informato. E il rimprovero arrivava subito, la sera dello stesso giorno, tanto quel tam-tam era efficiente. È vero che la mia famiglia aveva un qualche rilievo sociale poiché un fratello di mio nonno era stato tra i fondatori del Partito popolare, prima del fascismo, e, dopo la caduta, della Democrazia cristiana. È altresì indiscutibile che tra Azione cattolica, giovani esploratori, parroci, frati e professori di religione non ci fosse la benché minima possibilità di sfuggire all'attenzione delle autorità cattoliche. Gli altri, i rivoluzionari, erano in qualche modo isolati. Penso a Giggi Petroselli, che è diventato il primo sindaco comunista di Roma, a Ennio Canettieri, studente modello e comunista anche lui. A Romano Scriboni, dalla penna generosa e dalla vena polemica proverbiale.»

«Insomma», stava continuando il legale, «un gruppo di persone che rappresentava la parte emersa di una forte opposizione popolare. La scelta politica delle classi dominanti del tempo fu niente ferrovia, niente autostrada, niente industria nella giusta convinzione – che, a dire il vero, non mi appare discutibile neanche oggi – che una società chiusa sia meglio controllabile di una società aperta alla modernità.» L'uomo si interruppe e gli domandò: «La sto annoiando?»

Il giudice negò con decisione: il ministro tardava e la compagnia di Del Prete aveva il pregio di far passare il tempo più rapidamente.

Così, l'avvocato riprese: «Tutta questa zona era feudo andreottiano. Il proconsole di don Giulio era l'onorevole Iozzelli, un maestro di scuola elementare con la fissa della letteratura. Pensi che ebbe la presunzione di tenere una conferenza su Manzoni al Circolo degli impiegati. Per il nostro godimento – facevo parte del gruppo fanfaniano – fu massacrato da "Tuscia goliardica", il giornalino degli universitari comunisti. Poi, nell'orizzonte democristiano, apparvero i giovani leoni, soprattutto i fratelli Gigli che presero il controllo del partito. Diventarono i più potenti. Uno di loro, Rodolfo, è stato presidente della regione Lazio. Un altro ha presidiato le case popolari, come direttore».

Si vide del movimento e il ministro entrò nel teatro: un

uomo piccolino, asciutto, con occhiali da sole Web – nonostante si fosse al chiuso –, il passo breve e deciso. Vestito in
modo elegante – il blazer e la cravatta blu a pois bianchi molto di moda nel giro politico dominante – irradiava successo
e potere. Era scortato da un gruppo di guardie del corpo oltre che dal prefetto – che, avvisato da un addetto, gli era andato incontro all'ingresso del teatro – dal sindaco e dal rettore. Di tanto in tanto il personaggio si arrestava di fronte a
qualcuno che gli veniva presentato dalle ossequiose autorità.
Con fare compiacente ascoltava saluti e complimenti. Quando c'era una petizione o un appunto, la gente del seguito si
avvicinava per prendere in custodia i documenti che gli venivano presentati. Per l'attraversamento della platea ci volle
un interminabile quarto d'ora, dato il numero dei postulanti
e la sua esagerata dimostrazione di disponibilità.

L'avvocato Del Prete abbassò la voce e spiegò: «Vede
quei tre signori che stanno incollati al ministro. Bene, quello
con la camicia bianca è Mario Manicotti, il segretario particolare. Un tipo, diciamo qua, "pezze al culo e fregne nel cervello". Capisce che voglio dire? Senza una lira ma con idee
di grandezza. Gli altri due non so chi siano, anche se li ho già
visti da qualche parte…»

Lui, seguendo quelle parole, li esaminò con cura. I tre, vestiti allo stesso modo del ministro, erano però più alti e pre-
stanti. Manicotti, scuro di capelli e di carnagione, sembrava
un meridionale come il suo capo. Gli altri, invece, erano
biondi con i lineamenti vagamente nordici e l'andatura pesante, da contadino. Davano l'impressione di non trovarsi a
proprio agio negli abiti alla moda che indossavano.

«Li conosco bene, Manicotti e il ministro», proseguì Cassio Del Prete, «perché sono del mio stesso partito…» E ag-

giunse, dandosi importanza: «Ho presieduto uno dei circoli di Viterbo, il primo e il più numeroso, e sono componente del comitato regionale».

Agrò si produsse in un sorriso enigmatico, mentre sul palco iniziava la cerimonia.

L'avvocato si zittì, soddisfatto.

Il magistrato capì il messaggio sottinteso in quel lungo discorso: "A lei, comunista e procuratore, insomma persona detestabile e detestata, ho voluto mandare l'indicazione giusta in modo che d'ora innanzi stia ben attento a come si muove... e a come mi tratta..."

Lunedì 1

10

La Bastanti e la Aletei sedevano innanzi a lui.

«Molte buone novelle, Italo caro», fece subito la sostituta. Rimarcava quella dimestichezza con il collega per sottolineare il rango inferiore della funzionaria di polizia.

Ma quella stessa familiarità, quell'atteggiamento studiato, fatto apposta per porre in posizione distante e subordinata la commissaria, lo infastidì. Agrò, infatti, non considerava accettabile un comportamento che non fosse cameratesco tra i componenti del suo team impegnati nel raggiungimento di comuni risultati. Senza parere posò gli occhi sul volto della commissaria. Si accorse che anche lei lo osservava.

C'era una specie di complicità nell'espressione della ragazza.

Il giudice sentì un brivido percorrergli la schiena e, per recuperare l'abituale aplomb, si affrettò a prendere un sigaro Toscano e a portarlo alla bocca.

«Prima di tutto», continuò la Bastanti, ignara dell'irritazione provocata dalle parole di esordio, «ho il referto autoptico: i decessi sono avvenuti tra le quattordici e trenta e le sedici e trenta di martedì venticinque giugno. Dalla lettura del referto medesimo si può escludere che si tratti di un omicidio eseguito dall'ambasciatore, successivamente suicida. La messa in scena del vero assassino spingeva in questa direzione, ma al primo esame non ha retto. I coniugi Raminelli sono stati storditi con colpi alla testa e solo in seguito ammazzati.» Soddisfatta, la magistrata si fermò per lanciare un'occhiata al procuratore. Prima di andare avanti, voleva capire la sua reazione.

Il capo dell'ufficio, però, non mostrò alcuna particolare emozione: aveva vissuto inchieste e momenti ben più difficili e c'era qualcosa che non lo convinceva nel modo di fare della collega. Così le domandò: «Il capitano Agostino Raminelli del Vischio ha dichiarato che, arrivando a notte fonda a Viterbo, aveva notato che la casa del padre era illuminata. Quindi si può presumere che le lampade fossero state accese in pieno giorno, dato che il delitto è stato compiuto nel primo pomeriggio. Abbiamo una convincente spiegazione di questo fatto?»

La Bastanti sembrò perplessa, prima di rispondere: «Non ho approfondito la circostanza. Potrebbe forse bastare la spiegazione più semplice: l'ambasciatore amava la luce artificiale. Nient'altro che questo».

Agrò ebbe la sensazione che l'altra avesse qualcosa da dire e la invitò a parlare.

Lei non lo deluse. Infatti, sorniona come una gatta in attesa della preda, pronunciò prima un cauto: «Non avrei nulla da aggiungere, dottore…» e proseguì: «Tranne la constatazione che, nel momento dell'accesso degli agenti del Centotredici, in piena notte, un notte piuttosto fresca, andava anche l'aria condizionata».

La sostituta fece una smorfia come per sottolineare la banalità dell'intervento della funzionaria.

«Questa potrebbe essere la spiegazione delle luci accese... Raminelli aveva attaccato luci e condizionatore durante il giorno... un'inconscia manifestazione di opulenza...» commentò il procuratore che ricordava bene come al suo paese l'agiatezza fosse testimoniata da tante luci accese anche di giorno.

La Bastanti agitò bruscamente le mani con un gesto che intendeva sottolineare l'irrilevanza della cosa e, indispettita dall'andamento della discussione, riprese: «Torniamo ai rilievi autoptici. La pistola Smith & Wesson è stata messa nel palmo della mano del diplomatico senza che avesse sparato. Il professor Scaleno, il nostro perito-settore, ha infatti rilevato che nelle mani della vittima non c'erano residui d'esplosivo e il guanto di paraffina ha dato il medesimo risultato. Raminelli dunque non ha premuto né il grilletto della Smith & Wesson né quello di un'altra arma. Deduco da ciò che l'assassino sia stato tranquillamente introdotto nell'abitazione in quanto persona ben nota a entrambe le vittime. In subordine, potrebbe trattarsi di due persone». La dottoressa Bastanti bevve un bicchiere d'acqua e accese una sigaretta, prima di continuare: «Ora c'è la notizia più sorprendente che l'autopsia ci ha riservato. La donna era incinta e il figlio che portava in seno non era del marito. Non corro troppo se deduco: *ergo*, l'uomo delle foto potrebbe essere il padre».

«Ecco la ragione per cui nelle foto più recenti sembrava essersi arrotondata e la pancia era meno piatta che nelle prime... Ogni teoria è legittima, anche se credo che sia troppo presto per ancorarsi a una linea investigativa.» Era scettico Agrò, quasi scortese. Quella collega continuava a non piacergli: doveva sforzarsi per non lasciarlo trapelare.

Contrariata dalla parole di Italo, la Bastanti cercò di portare a termine il proprio ragionamento: «Io, invece, su questo punto ho elementi concreti, ne sono certa. Ho deciso di condurre l'inchiesta in prima persona e venerdì scorso sono andata io stessa», con la voce evidenziò quell'«io», come per rivendicare la titolarità dei positivi risultati in arrivo dimenticando la presenza al sopralluogo della Aletei e dell'ispettore Pergolizzi, «a Capodimonte, alla villa dei Raminelli. Ho parlato con il giardiniere e con Pallina, un soprannome del tutto improprio per definire una specie di donna cannone, alta e grossa, oltre cento chili. Comunque, ho mostrato loro diverse inquadrature dell'immagine dell'uomo che compare nelle foto dell'ambasciatore. Voglio dire: la testa, anzi, la nuca. È ovvio, ho ritagliato quel particolare e non ho mostrato il resto, cioè la parte scandalosa delle istantanee. Giovanni Cattola, il giardiniere, e Angela Margheritini, cioè la domestica Pallina, hanno riconosciuto senza alcun dubbio la testa dell'uomo: secondo loro è Costantino, il domestico rumeno che prestava servizio in villa da un paio d'anni. Questo Costantino il giorno dopo il delitto si è dileguato, partendo in macchina – un Doblò Fiat che l'ambasciatore gli permetteva di usare – per il suo paese». Fissò gli occhi sul suo capo prima di sottolineare: «L'avevo notato sin dall'inizio il particolare di questo inserviente che s'era dileguato il giorno dopo i delitti». Fece passare un po' di tempo perché il richiamo fosse apprezzato come si doveva, prima di calare sul tavolo l'ineluttabile conclusione: «Italo, sono convinta di avere trovato l'omicida. E di certo si tratta di un delitto maturato in prossimità delle degenerazioni dei coniugi Raminelli. Con ogni probabilità, l'uomo era ossessionato e non ne poteva più. Perciò si è liberato una volta per sempre della coppia che abusava di lui. E, una volta compiuta l'operazione, è partito per la Romania sperando che perdessimo le sue tracce». Qui la sostituta si fermò, assumendo un'aria trionfante. Era sicura di avere fatto centro e di avere risolto il mistero del doppio delitto Raminelli. Quello era ormai un successo innegabile e le avrebbe procurato l'ammirazione dei suoi concittadini: avrebbero capito che non si era candidata come procuratore della Repubblica solo per modestia. Di lì a qualche mese, rientrato Agrò a Roma, quel posto sarebbe stato suo.

L'altro, anziché complimentarsi, mugugnò qualcosa di inintelligibile.

Solo allora la dottoressa Bastanti capì di non averlo affatto convinto e iniziò a perorare la propria tesi, con gli argomenti che riteneva più calzanti ed efficaci.

Lui però l'interruppe, chiedendo: «E i ricami? Hai capito da dove vengono? E i tatuaggi? E la loro vita? Le loro amicizie? E il figlio ufficiale? Comunque, Grazia, è il metodo che non condivido: l'hai detto tu stessa che si tratta di una deduzione. Io, al contrario, parto dalle vittime per cercare induzioni, somme di fatti e di indizi che spingano con ineluttabilità verso una soluzione, che, alla fine, è l'unica soluzione, la verità possibile con tutti i riscontri combacianti».

La sostituta reagì con stizza: «Dei ricami non so ancora nulla. Mi sembra, però, che si tratti di un particolare senza importanza. Quanto ai tatuaggi, ho acclarato», e calcò l'accento sull'espressione «acclarato», come se il termine burocratico aumentasse il valore di ciò che stava dicendo, «che la signora Raminelli frequentava l'accademia di danza Singsong e che proprio Lo sgozzato aveva eseguito i due tatuaggi. Il titolare dell'accademia, Alfredo Esposito, che si fa chiamare "Pepito tango", è in realtà un napoletano che asserisce di essere vissuto per vent'anni in Argentina. Mi ha confermato che la signora Raminelli era iscritta all'accademia e frequentava i corsi di tango figurato e Flash dance e che era abbastanza assidua. Aveva dei dvd di registrazioni effettuate con una telecamera digitale sulle performance della donna, che naturalmente ho sequestrato».

«E da parenti e amici avete acquisito altre informazioni?» chiese Agrò.

La Aletei ebbe di nuovo l'occasione di intervenire. E subito, senza diplomatiche riserve, manifestò il proprio disaccordo dall'opinione espressa dalla sostituta: «Penso che dovremo ulteriormente indagare sull'ipotesi di un amante segreto della Hadràsek. Non mi pare che la pista del rumeno sia così sicura. Comunque, ho inviato una circolare telegrafica e spero che l'uomo possa essere fermato alla frontiera o all'imbarco ad Ancona, a Brindisi o a Bari. Ho iniziato ieri sera a interrogare il giro più stretto di congiunti e amici della coppia. Qui a Viterbo sono un numero sterminato. Lui aveva sempre fatto base in città e la natura stessa della sua professione diplomatica lo aveva reso popolare. Non c'era manifestazione, festa o ricevimento che non lo vedesse tra gli invitati di riguardo. Aveva inoltre stretti rapporti con l'università: teneva lezioni di storia degli Stati d'Europa e delle relazioni diplomatiche. Ho cominciato a sentire i compagni di scuola, perché aveva frequentato elementari, medie e il liceo classico Umberto I qui in città. Sino a questo momento non ne è venuto fuori niente».

«Bisogna almeno scoprire che tipi fossero quei due: un'idea se l'è fatta?» le domandò il capo che l'aveva ascoltata con attenzione.

«L'ambasciatore era un vecchio donnaiolo», rispose la

funzionaria. «Aveva sempre avuto mogli e amanti bellissime, finché, tre anni fa, non aveva incontrato la Hadràsek a Budapest. In poco tempo lei si era trasferita in ambasciata e, ancor prima di essere sposata, aveva cominciato a comportarsi come una vera e propria consorte. In politica Raminelli era stato vicino ai socialisti, anche se aveva importanti amicizie democristiane. Non era religioso. Anzi potrei affermare che fosse proprio ateo. Negli ultimi mesi si era sparsa la voce che la moglie gli costasse molto e che avesse iniziato a vendere, una dopo l'altra, le proprietà di famiglia.»

La commissaria tacque. Dette un'occhiata alla Bastanti e comprese che la sostituta voleva tornare a farsi ascoltare.

«Veniva considerato un agnostico, non ateo», puntualizzò la magistrata. «Era amico del parroco di San Giovanni, la chiesa romanica di via Mazzini danneggiata qualche anno fa da ignoti vandali. Il prete tuttavia non è mai riuscito a indirizzarlo sulla strada della fede. Di lei, della moglie intendo, sappiamo poco.»

«Ma allora, Grazia, ti sei convinta delle mie perplessità o, secondo te, è sempre quella del rumeno la strada giusta?» la provocò il procuratore.

«In coscienza, sono convinta della colpevolezza del rumeno e lo sai meglio di me, Italo, che questa è l'unica pista che abbiamo in mano. Se vogliamo risolvere il caso, dobbiamo percorrerla senza incertezze», replicò, piena di presunzione, la sostituta.

Agrò storse la bocca in segno di dissenso: «Non bisogna essere frettolosi. Procederemo a un secondo giro di interrogatori: richiamate le stesse persone che avete già sentito. Alcuni li voglio vedere anch'io. È necessario capire che tipi fossero le vittime e incrociare le varie versioni dei testimoni. Soprattutto le dichiarazioni sulla giovane ceca, che può essere la chiave di volta del mistero. È sempre l'antica tecnica di Maigret: indagare sulla vittima, in modo che sia lei a indicare il colpevole. Riguardo ai miei dubbi sulla pista del rumeno, ti basti pensare a un riscontro non ancora effettuato: quello dei Dna del domestico e del feto che la signora Raminelli aveva in grembo. E bisogna anche riflettere su una circostanza precisa: alla donna è stato aperto l'addome. Se l'assassino avesse saputo della gravidanza, la ferita infertale potrebbe assumere un preciso significato. Uno sfregio, la vendetta di un uomo geloso che non era il padre della creatura. O, viceversa, un uomo terrorizzato dalla paternità e deciso a mettere a tacere l'amante. Insomma abbiamo una lunga strada da percorrere».

Si interruppe per bere un bicchiere d'acqua e si rivolse alla commissaria: «Prenda subito contatto con il dottor Scuto, alla questura di Roma. Gli ho parlato sabato. Procederà in parallelo a noi sviluppando l'inchiesta negli ambienti frequentati da Raminelli a Roma. I nuovi interrogatori inizieranno domani. Ora vediamo l'elenco dei testi, in modo da poter individuare le priorità».

Esaminarono i nomi delle persone da interrogare e si divisero i compiti. La Bastanti e la Aletei stavano per uscire, quando il capo dell'ufficio aggiunse: «C'è un software con il quale si può incrociare un numero infinito di versioni dello stesso episodio, di descrizioni di una persona, insomma mettere insieme varie ipotesi ed evidenziare le differenze e i contrasti tra esse. In questura lo avete?»

«Sì, lo abbiamo, è il "Version kit" e ho imparato a usarlo l'anno scorso, quando il ministero ce l'ha fornito», lo rassicurò la funzionaria di polizia.

«Bene, al momento opportuno ricorreremo al computer», fu la sua conclusione.

11

A mezzogiorno e mezzo, telefonò Veronica La Piana. Lì per lì, Italo non comprese chi fosse: ricordava Adele, la compagna di scuola, con il cognome da signorina, Pifani, e, solo dopo aver ascoltato per qualche secondo le parole della ragazza, si rese conto che si trattava della figlia.

Veronica voleva parlargli con urgenza.

In un lampo lui immaginò le maliziose reazioni di chi lo avesse visto in un qualche locale con quell'avvenente e giovanissima fanciulla. Si rese conto però di non potersi sottrarre all'incontro, soprattutto avendo promesso alla madre di aiutare Veronica. Decise di riceverla in ufficio: così sarebbe stato più difficile equivocare sulla natura della visita. Le dette perciò appuntamento nel pomeriggio e si immerse nei vari fascicoli che erano accatastati sul tavolo.

La ragazza arrivò verso le quattro.

Il segretario del procuratore, nell'annunciarla, si mostrò molto imbarazzato: «Dottore... di là c'è una... una ragazza... che dice di avere un appuntamento».

Agrò comprese chi fosse la visitatrice e ordinò: «La faccia entrare».

Al giudice la giovane apparve più bella della volta precedente. Era abbronzata, indossava un top leggero che sottolineava le forme del florido seno, senza reggipetto, e l'immancabile vertiginosa minigonna, in versione ancora più spinta. Era, infatti, una gonna a portafoglio e, quando Veronica si sedette, i due lembi dell'indumento si aprirono scoprendole le cosce e una mutandina color vinaccia.

Per prima cosa Veronica lo avvisò di non avere riferito ad Adele – chiamava la madre con il nome di battesimo – nulla di ciò che stava per dirgli. Poi iniziò a raccontare animatamente del proprio padrone di casa, un tipo di mezza età che le aveva affittato un piccolo appartamento mobiliato in via della Palazzina. L'uomo, da qualche tempo, le aveva domandato un aumento del canone. Lei pagava cinquecento euro e quello, ora, ne voleva settecento, a meno che non lo accogliesse nel suo letto due volte la settimana. Per indurla ad accontentarlo, il padrone di casa le aveva comunicato, come se si trattasse della cosa più naturale del mondo, che molte studentesse arrotondavano in quel modo la borsa di studio e l'assegno della famiglia. Presentatale quell'inaudita proposta e nonostante lo sdegnato rifiuto, ogni giorno l'attendeva al portone d'ingresso del palazzo quando rientrava dall'università, ricordandole ciò che le aveva chiesto. «Per una settimana, non di più, mi accompagni a casa la sera, dottore», concluse Veronica. «Dirò che è mio zio e quello la smetterà di importunarmi.»

Lui, però, sapeva bene, per le disavventure già vissute a causa della brevissima relazione con Franca Vajnotto, quali rischi avrebbe corso accontentando Veronica. Anche nell'ipotesi più innocente, che tutto rimanesse nei limiti di una semplice camminata sin sulla porta dell'edificio – e, oltretutto, non avrebbe potuto disporre che la scorta non lo seguisse – in città il pettegolezzo sarebbe stato inarrestabile. Il procuratore della Repubblica e la giovanissima studentessa universitaria: signore bene e meno bene ci avrebbero ricamato sopra per settimane.

Italo pensò: "Adele mi aveva detto che si raccontavano tutto, come amiche intime. Mi ha lasciato proprio un bel regalino…" e intuendo che qualcosa nelle parole della ragazza non quadrava, fece cadere il discorso e le chiese invece le generalità del padrone di casa.

A quel punto lei passò da un atteggiamento disinvolto all'incertezza e tergiversò. Era perplessa, forse preoccupata dalla piega che aveva preso la conversazione: «Ci penserò su. Non voglio arrivare a una denuncia vera e propria. Mi sembra eccessivo… in sostanza la mia parola contro la sua… mi lasci riflettere. Presto mi farò viva».

"Per il momento ha rinunciato all'aggancio", concluse tra sé e sé il procuratore nel salutarla. Stava per andarsene a cena al circolo del Tennis, quando lo chiamò la Aletei, informandolo che il rumeno Costantino Rudescu era stato fermato alla frontiera di Opicina. Nelle ore successive sarebbe stato tradotto a Viterbo.

La notte di Italo fu di nuovo agitata dal sogno: era giovinetto e s'era nascosto nella vigna di suo nonno insieme a Regina, una Regina sempre più sfocata. Era lei, ma non era lei, era qualcun'altra che lui non riusciva a riconoscere. Forse la riconosceva e non lo ammetteva, tenendo nascosta l'identità anche a se stesso. Lei era ancora bambina e lui era preso da un senso di colpa violento che lo faceva stare male. Si svegliò più volte prima di decidere di alzarsi, di accendere il televisore e di fumare una sigaretta. Ci volle una mezz'ora e un Tavor perché si calmasse e potesse tornare a letto.

Martedì 2

12

«Ho la parte conclusiva delle valutazioni del perito-settore, il professor Scaleno», iniziò la Bastanti. «Secondo lui sia la Hadràsek che l'ambasciatore sono stati immobilizzati con il nastro isolante e colpiti con violenza al capo. È stata usata una ceneriera di cristallo che abbiamo individuato nella stanza da letto. Sulla superficie sono stati rinvenuti minuscoli frammenti di cuoio capelluto delle vittime, oltre alle impronte loro e di altri, per il momento non identificati. I coniugi Raminelli, subita l'aggressione, hanno perso i sensi. Quindi l'assassino – e ormai sono convinta che si tratti di una sola persona ben conosciuta dalle vittime – ha sparato prima alla donna poi al marito. Un unico proiettile ciascuno, esploso da vicino con una pistola munita di silenziatore. Dopo, solo dopo i corpi sono stati liberati dal nastro isolante e la Smith & Wesson del diplomatico, che non aveva esploso nemmeno un colpo, è stata messa nella sua mano destra, come per simulare un suicidio. Nessuno sarebbe potuto cadere nella messinscena e l'omicida lo sapeva benissimo: a un esame anche superficiale, sarebbe stato subito accertato che la pistola di Raminelli non era stata usata. Quindi è stato un diversivo, il tentativo di gettare un po' di sabbia nell'ingranaggio dell'indagini.»

«E sul rumeno, ci sono novità?»

«Arriverà in giornata», assicurò l'Aletei.

«Appena sarà qui bisognerà procedere a un esame del suo Dna per compararlo con quello del bambino della signora Raminelli. E bisogna capire come mai ci abbia messo tutto questo tempo per percorrere il tragitto. Cinque giorni per sei-settecento chilometri mi sembrano troppi», disse il magistrato mentre gettava nel cestino il secondo Toscano della mattinata, se ne metteva in bocca un terzo, e chiedeva: «Avete proseguito con gli interrogatori di parenti e amici?»

«Dalle conversazioni che abbiamo avuto», iniziò Grazia Bastanti accantonando l'idea di replicare al collega sulla questione del Dna di Rudescu, «la figura dell'ambasciatore viene delineata in modo molto contraddittorio. Per i congiunti, Claudio Raminelli del Vischio era una persona per bene che tuttavia aveva deviato dalla via della correttezza dopo avere conosciuto la Hadràsek. Il modo con il quale era entrata in casa sua a Budapest aveva scandalizzato tutti. Raccontano che il suo improvviso insediarsi in ambasciata come conclamata amante dell'ambasciatore avesse creato molti imbarazzi allo stesso ministero degli esteri, tanto che il capo del personale lo aveva convocato a Roma, facendosi promettere che, al rientro nella capitale magiara, la avrebbe, come dire, buttata fuori, evitando di coinvolgerla ancora in un ruolo di rappresentanza.»

Agrò si inserì per chiedere alla Aletei di chiamare Scuto: voleva che il commissario procedesse alla identificazione di quel direttore del personale e al suo interrogatorio sullo specifico episodio.

La sostituta, seccata dall'interruzione, tornò a parlare. Ormai aveva perso la calma: «Invece, avuto il colloquio romano di cui stavo dicendo, appena fu di nuovo a Budapest, Raminelli sposò la ragazza ceca. Fece celebrare il matrimonio dal cancelliere dell'ambasciata e risolse il problema. Nessuno da quel momento avrebbe più potuto contestare la presenza della moglie nella legazione italiana. Una volta sposati, non ci furono quattrini che bastassero alla coppia. Per far fronte alle spese, vendette una bella proprietà sul Trasimeno, in comune di Castiglione del Lago. Proprio lì, nella casa padronale della tenuta, era nato suo figlio Agostino. Quello era un possedimento ricco, di grande valore, nel quale si producevano olio pregiato e un ottimo vino bianco, il Colli del Trasimeno».

«Voglio che qualcuno vada sul posto, a Castiglione del Lago, e interroghi, se sono reperibili, i dipendenti dell'azienda agricola, i vecchi domestici e gli amici di Claudio Raminelli», intervenne il procuratore.

La magistrata ebbe uno scatto d'ira: «Italo, ti prego, lasciami finire. Se non ti interessano le mie parole, dimmelo. Non mi dispiacerebbe risparmiare il fiato».

Stupito dall'insofferenza della collega, lui la fissò per un attimo in silenzio prima di invitarla freddamente: «Vai avanti, ti ascolto».

La Bastanti riprese: «Dunque, in seguito Claudio Raminelli vendette due appartamenti in via dell'Orologio Vecchio, qui a Viterbo, in pieno centro. In complesso, con le tre operazioni si mise in tasca circa un milione e seicentomila euro. Nei conti correnti della coppia, però, non c'è traccia di quel denaro, sono rimasti appena cinquemila euro. Sono stati effettuati numerosi bonifici su un conto presso una banca di Praga a favore del fratello di Hàlinka, Jiri. Non ho i totali. E risultano tanti, davvero tanti, prelevamenti in contanti. Un prospetto completo delle operazioni sarà pronto fra un paio di giorni. Alla Carivit, la Cassa di risparmio di Viterbo, hanno dato incarico a due contabili di lavorare sui conti della coppia».

«E dagli amici, cosa avete ricavato?»

«Dica lei, dottoressa», si schermì la sostituta, lasciando la parola alla commissaria. Non aveva smaltito l'ira e non voleva sottoporsi di nuovo a quella specie di esame orale con un professore che, andava convincendosi, era decisamente prevenuto nei suoi confronti.

«Una valutazione diversa e più impietosa di quella dei parenti, in genere», precisò la funzionaria. C'era una sorta di implicita presa diretta nel suo tono, come se solo lei e il giudice capissero fino in fondo i problemi di un'indagine del genere. «Tutti affermano che sin da ragazzo Raminelli era un libertino e un dissipatore. Durante il periodo dell'università, prima a Roma poi a Firenze, aveva perso una fortuna a poker. E i genitori erano stati costretti a vendere diversi immobili, compresa una tenuta in Francia, nel Périgord, un bene dotale materno al quale erano molto affezionati. Dal che si deduce che non è stata la giovane sposa ceca a spingerlo sulla strada della liquidazione dei beni di famiglia. Aveva già cominciato da tempo: la ragazza ha soltanto accelerato il processo. Prima di conoscerla, l'ambasciatore pensava a una serena vecchiaia tra Viterbo e Roma, in attesa delle visite del figlio. E, ritengo, meditava un riavvicinamento a Milena Baschi, una vecchia fiamma che era rimasta vedova e che, prima di incontrare Hàlinka, aveva ricominciato a frequentare. Raminelli dormiva spesso a casa di questa donna, una villa sulla «strada della montagna» – come qui a Viterbo chiamano il percorso che attraversa i Cimini –, in prossimità del bivio per Canepina. Il suo arrivo in città accompagnato dalla giovane e bellissima moglie ha gettato nella disperazione la Baschi, che è caduta in una vera e propria depressione. Ha tentato il suicidio prima di vendere tutto per allontanarsi dalla zona. Ora passa il tempo in campagna, in un casale a Castello della Sala, vicino a Orvieto.»

«Controllate se questa Milena fosse in rapporti o, comunque, conoscesse il rumeno. Bisogna chiederle un alibi per il giorno degli omicidi e verificarlo», ordinò il procuratore.

«Buona idea», ebbe il coraggio di commentare la Aletei, che vedeva all'opera un magistrato attento a non trascurare ogni possibile indizio. «Interrogherò la donna. Finora ho sentito tutti i compagni di scuola dell'ambasciatore. L'unico che mi manca è un certo Aldo Tossi, che vive all'estero, a Praga. Mi è stato detto che un mese fa era a Viterbo e che si era incontrato con Raminelli: i due erano molto amici e avevano studiato insieme dalle elementari all'università. Durante la permanenza di Tossi in Italia, avevano passato un fine settimana insieme all'Argentario. Sono stati visti verso la fine di maggio nel porto di Talamone, dove l'ambasciatore teneva una barca, un *dahu* di fabbricazione yemenita con il nome di *Mangrovia*. La sorella di Tossi mi ha informato che arriverà entro domani, perché vuol seguire gli sviluppi delle indagini e partecipare ai funerali dell'amico.»

La riunione poteva considerarsi finita. Agrò rimase in silenzio a riflettere: quel caso lo inquietava. Non conosceva l'ambiente diplomatico né quello viterbese e gli elementi che affioravano non lo potevano indurre ad alcuna ipotesi. La sua mente divagò e si trovò all'improvviso a pensare a Roberta. Fu preda di una acuta sensazione di fastidio, rivedendosi nell'atto di chiederle di sposarlo e di confessarle il desiderio di paternità, durante la cena al ristorante Il caminetto. Gli corsero davanti agli occhi le immagini della reazione negativa e inattesa della fidanzata, la sua ostilità, ormai motivo ricorrente dei loro incontri, salvo le improvvise manifestazioni di tenerezza che in fondo, però, dimostravano il disagio di Roberta e le sue contraddizioni. E gli venne in mente il suo sogno, ormai un incubo, e cercò di collegarlo alla situazione sentimentale che stava vivendo.

Un colpo di tosse della Bastanti lo riportò alla realtà: la sostituta ora guardava il soffitto, mentre la Aletei lo stava osservando con attenzione. Aveva un'espressione concentrata e inquieta, quasi gli stesse leggendo nel pensiero.

Mercoledì 3

13

«Intendo interrogare personalmente, oggi stesso, Pepito tango, Lo sgozzato e i parenti di Hàlinka Hadràsek», annunciò il procuratore, appena fu con le collaboratrici. La sorda rivalità che continuava a manifestarsi tra di loro lo preoccupava: sapeva che, se non fosse riuscito a creare un gruppo affiatato, le indagini avrebbero sofferto del male che affliggeva molti uffici giudiziari. Disguidi e incomprensioni erano il terreno di coltura dei peggiori insuccessi investigativi. Gli era chiaro che, ormai, non avrebbe potuto delegare nemmeno parti marginali dell'inchiesta: doveva assumere sulle proprie spalle tutta l'effettiva gestione del caso. Non che la cosa gli dispiacesse, anzi era il suo metodo abituale. Temeva, però, che iniziative inconsulte della Bastanti compromettessero il lavoro comune. Come gli accadeva di sovente nei momenti critici, gli affiorò in capo Quasimodo e il verso: *La speranza ha il cuore sempre stretto*. E un motto del proprio paese siciliano, una specie di automatico richiamo alla saggezza delle tradizioni popolari, un'espressione che gli ripeteva sempre il padre ogni volta che un politico importante passava da

Sant'Alessio con il solito bagaglio di promesse elettorali: *Fa-ri fatti e parrari picca*, fare fatti e parlare poco.

Per il vero, il presidente del tribunale lo aveva informato, non appena aveva saputo dell'avvio delle indagini per i due omicidi, che i dissapori tra la Bastanti e la Aletei erano storia vecchia, di quando la commissaria era andata a vivere con un ispettore di pubblica sicurezza che aveva abbandonato la moglie e un bambino piccolo. La sostituta, senza nemmeno poter vantare un rapporto di amicizia, aveva preso l'iniziativa di affrontare di persona la funzionaria, ingiungendole di porre termine alla relazione. Aveva però ricevuto in tutta risposta un secco invito a occuparsi dei fatti propri, e da quel momento era sorto in lei un palese rancore nei suoi confronti. E anche ora, nonostante la storia fosse ormai finita, non si era esaurito il malanimo della magistrata verso la poliziotta.

«Dividiamoci i compiti», proseguì il giudice, con un ennesimo Toscano spento tra le labbra. «Dottoressa Aletei, cerchi un interprete dal ceco. Se avesse delle difficoltà, chiami Scuto a Roma: ha un elenco di traduttori qualificati. Lei mi assisterà negli interrogatori che inizieremo oggi pomeriggio, alle tre e mezzo. Mentre tu», e si rivolse alla Bastanti, della quale intendeva comunque giovarsi, indirizzandola nella direzione più opportuna, «interrogherai il rumeno, appena sarà arrivato. Ci rivedremo qui verso le sette, per fare il punto della situazione.»

La sostituta si irritò per l'ennesima volta e si irrigidì ancora di più. Era furibonda per quelle disposizioni minuziose. Pensò: "Compitini decisi da Agrò come se io fossi una semplice impiegata. Per non perdere il controllo del caso, dovrei essere presente a tutte le operazioni. Invece, mi dà un incarico del tutto trascurabile". Inconsciamente, temeva anche che la commissaria finisse per esercitare sul capo un'influenza nefasta. In questa prospettiva il suo ruolo in procura sarebbe stato posto in discussione e il successo si sarebbe allontanato. Non ebbe dubbi che fosse necessario protestare senza indugi, chiedendo di non essere esclusa dagli incontri in programma per quel giorno.

Ma non era facile indurre il procuratore a modificare la via che si era tracciato: «Procederemo come ho deciso. Grazia, ti devi rendere conto che, a tutt'oggi, il rumeno è il principale indiziato e che il fatto che ti delego l'interrogatorio è un indiscutibile atto di fiducia».

La magistrata sembrò convincersi. Il volto, sin lì corrucciato, si distese mentre rispondeva, rassicurante: «Farò a modo tuo. Ma vedrai, Italo, in breve riuscirò a dimostrarti che la mia è l'unica soluzione possibile del caso Raminelli».

Marta Aletei, sulla sedia accanto a quella della Bastanti, non nascose un'espressione perplessa, come se non credesse a nessuna delle sue parole.

14

Più l'inchiesta procedeva, più la giovane funzionaria di pubblica sicurezza acquisiva fiducia nel nuovo pubblico ministero. Quel pomeriggio lo avrebbe visto direttamente all'opera. Intanto aveva trovato un interprete ceco, un certo Giovanni Antetomaso, un giovane di madre praghese, e lo aveva mandato a prendere con un'auto della polizia. Alle due e un quarto, consumato un veloce hamburger da Schenardi, era passata in ufficio e vi aveva trovato, come previsto, un primo elenco di numeri ai quali i coniugi Raminelli erano soliti telefonare.

Aveva fatto una fotocopia e se l'era messa nella borsa con l'originale.

Alle tre precise la funzionaria arrivò nell'anticamera del giudice. C'erano anche Alfredo Esposito e Roso Galeoni, cioè Pepito tango e Lo sgozzato. I genitori e il fratello di Hàlinka sarebbero stati accompagnati lì alle quattro e mezzo da un ispettore di polizia.

Il procuratore aprì la porta dello studio, salutò tutti e disse alla Aletei di entrare.

Appena dentro, lei gli mostrò il tabulato telefonico che le era stato consegnato in questura.

Il giudice prese a esaminarlo. La commissaria, dal canto suo, si apprestò a seguirlo sulla copia che aveva estratto dalla borsa insieme all'originale.

Il dottor Agrò sorrise perché quel modo di agire era identico a quello, meticoloso, di Scuto. Erano questi i particolari che apprezzava in un collaboratore. Denotavano una cura, una precisione, una capacità di anticipare le sue mosse che avrebbero dato frutti positivi. Volle dirglielo così, senza perifrasi.

Marta arrossì.

Il magistrato la osservò interdetto, poi le chiese: «L'ho imbarazzata?»

Lei avvampò, scosse la testa e rispose semplicemente: «Dottore, i complimenti fanno sempre piacere…»

Agrò finse di non sentire e si immerse nella lettura del tabulato. Quando ebbe finito, commentò: «Non si nota nulla di insolito, a parte le frequentissime chiamate della signora al cellulare del capitano Agostino Raminelli. La spiegazione più logica è che il telefono di Hàlinka fosse usato pure dal marito. Anche il capitano chiamava spesso la moglie del padre e, credo, per lo stesso motivo. Comunque, dottoressa, recuperi pure i tabulati delle utenze dell'ufficiale. I titolari delle altre linee debbono essere identificati e interrogati. Quanto ai numeri esteri, innanzitutto chiederemo ai parenti di Hàlinka. Ora procediamo. Faccia entrare Esposito e, durante l'esame del teste, si comporti come crede meglio. Cioè proponga le domande che le vengono in testa e non si preoccupi per la mia presenza».

Il padrone dell'accademia Sing-song era un uomo piccolino, magro. Aveva l'occhio furbo e un fare scattante. Si presentava con un unico ornamento frivolo, di certo un ammiccamento verso le sue clienti: una collanina di piccolissime gocce di Rodocrocita, una pietra dura tipica dell'Argentina, quasi volesse mostrare d'averci vissuto a lungo. Confermò che la signora Raminelli era iscritta alla scuola e che la frequentava con regolarità.

Qui, la Aletei lo interruppe: «Il falegname all'angolo di vicolo Baciadonne sostiene che la signora Raminelli veniva quasi tutti i giorni all'accademia. Di pomeriggio e, qualche volta, anche la mattina».

«Non mi risulta», fece Pepito tango. «Un paio di volte la settimana, di sicuro. Di più lo escludo. Certo, spesso passava, mi salutava, beveva una vodka ben gelata e se ne andava, dopo avere parlato con me per qualche minuto.»

«E cosa le diceva?» insistette lei.

«Si discorreva del più e del meno. Si lamentava del marito, sostenendo che era anziano e noioso e le faceva incontrare solo i suoi amici, tutti vecchi decrepiti», chiarì l'uomo.

Per indurlo a una maggiore confidenza, il capo dell'ufficio rivolse a Pepito tango una domanda personale: gli chiese come fosse finito a Viterbo a dirigere un'accademia di ballo. Il procuratore si comportava così quando voleva instaurare un rapporto colloquiale, quasi amichevole, con l'interrogato di turno.

«L'*amour*, dottore», l'uomo sembrò sorridere al ricordo. «Ho conosciuto una ragazza italiana a Bariloche, sulle Ande argentine, un posto alla moda dove insegnavo danza durante le ore di riposo degli sciatori. Sa, la gente che va in montagna non vuole avere un minuto libero e io mi davo da fare per occupare il suo tempo. Organizzavo gare di tango e di samba nei migliori alberghi. Una ragazza italiana, una proprio bella, mi creda, mi colpì e riuscì a fregarmi. La sera in cui ci incontrammo, ballammo insieme sino all'alba vincendo tutti i premi in palio. Non poteva che essere così, ero io il padrone della scuola!» Si mise a ridere in modo sguaiato.

Agrò gli lanciò un'occhiataccia e quello si calmò immediatamente, completando il racconto: «Ci siamo innamorati. Lei è Sabrina Gordone ed è di Viterbo. Quindi, siamo venuti a sposarci qui. Questo è tutto. Le risparmio la storia dell'accademia, una vecchia istituzione nata verso la fine degli anni Venti, sull'onda del successo del fox-trot. Il massimo fulgore lo ebbe con l'arrivo degli americani nel Quarantaquattro. Nell'accademia si insegnò il boogie-woogie. Poi la musica moderna. Quando l'ho rilevata era praticamente chiusa. Il vecchio Cecé D'Ambrosio, il napoletano che l'aveva rilanciata dopo la guerra, era diventato mezzo cieco e faceva lezione una volta alla settimana, il venerdì pomeriggio. Ma se la fece pagare! Eccome se se la fece pagare!»

«Leggo in questo appunto suoi precedenti penali», lo interruppe il giudice, piuttosto infastidito dalle divagazioni di Pepito tango.

«Tutta roba vecchia, di prima che andassi in Argentina», replicò Esposito. «Di recente non ho che la denuncia di una scema per tentata violenza. Mia moglie mi voleva accoppare. Poi quella stupida ha ritirato la querela senza che io glielo chiedessi, dimostrando di essere una vera mitomane.»

Il magistrato fece una smorfia alla Aletei per segnalarle che considerava quell'interrogatorio terminato.

La funzionaria capì e condusse fuori il testimone, facendo entrare Roso Galeoni, Lo sgozzato. L'uomo dei tatuaggi era tutt'altro tipo dal Pepito tango che lo ospitava nell'accademia. Indossava pantaloni attillati di lino di colore grigio-azzurro e una polo gialla. In mano teneva un borsello color cuoio. Portava i capelli lunghi con il codino pettinato a crocchia e un orecchino – un piccolo bottone di corallo Pelle d'angelo – al lobo dell'orecchio sinistro. Aveva poco da dire. La signora Raminelli era stata lì per due sedute e, ogni tanto, la incontrava nella reception dell'accademia, quando chiacchierava, fumando, con Esposito. Del resto, tanti viterbesi passavano dal suo laboratorio.

Roso Lo sgozzato fu rimandato a casa: non aveva riferito niente di importante.

Venne il momento dei familiari di Hàlinka che furono introdotti nell'ufficio del procuratore in compagnia dell'interprete Antetomaso. I discorsi rimasero nell'ambito formale: i genitori non avevano elementi e si limitarono a manifestare il dolore per l'assassinio della figlia. Chiesero che la salma fosse loro riconsegnata al più presto. Poiché dai dati bancari erano emersi numerosi bonifici verso un conto corrente di Praga intestato al loro figlio Jiri, spiegarono con semplicità che il genere era molto generoso. Mandava spesso del denaro in regalo e aveva loro raccomandato di usarlo per vivere meglio. Così lo spendevano per se stessi, ma anche per comprare oggetti e mobili antichi per la figlia.

Più interessante risultò il colloquio con Jiri, il fratello di Hàlinka. Il giovane confermò subito gli estremi del conto corrente bancario ceco sul quale affluivano in prevalenza le rimesse di Claudio Raminelli e precisò che era intestato sia a lui che alla sorella. Con i fondi che riceveva, a parte ciò che dava ai genitori, aveva acquistato un palazzotto lungo il fiume Moldava, in Stare Mesto, il quartiere vecchio di Praga. Volevano farne un albergo di lusso, di poche camere. I lavori di ristrutturazione e di restauro erano già cominciati e sarebbero terminati prima dell'inverno. Chiarì anche che nel conto bancario c'erano ancora i soldi occorrenti per pagare tutte le opere in corso e l'arredamento.

Il pubblico ministero, che teneva a una linea di condotta sempre esplicita e trasparente, benché Jiri dimostrasse una sufficiente conoscenza dell'italiano, esortò l'interprete a spiegare bene al giovane che, con ogni probabilità, gli uffici giudiziari impegnati nel caso avrebbero chiesto alle autorità ceche il sequestro cautelare dei beni di Hàlinka Hadràsek. E gli ordinò di aggiungere nella traduzione che una leale e ampia cooperazione avrebbe, forse, potuto evitarlo. Prova della volontà di collaborazione sarebbe stata l'invio di un estratto conto aggiornato che indicasse tutti i movimenti dalla data di apertura della posizione in poi.

Il teste promise che avrebbe chiamato la banca di Praga chiedendo l'elaborato e assicurò che lo avrebbe fatto trasmettere per fax. Interrogato sui numeri telefonici cechi che comparivano nei tabulati delle utenze italiane, ne identificò alcuni: appartenevano ai genitori, a lui e a due amiche della sorella. Di altri tre non seppe dire nulla. Finita la deposizione, firmò il verbale e uscì.

Le testimonianze, per quel giorno, era terminate.

La Aletei commentò: «Forse qualche piccolissimo passo avanti l'abbiamo fatto».

Ma Agrò, più consumato alle complessità di una investigazione per omicidio, dissentì: «Se i passi siano grandi o piccoli lo si capirà strada facendo o, addirittura, alla fine». Un'affermazione, si rese conto, un po' troppo saccente. Cercò con gli occhi il volto della commissaria e, per attenuare l'effetto delle sue parole, le sorrise.

Lei rispose appena al sorriso e riprese: «Debbo dirle un'altra cosa, dottore. Anch'io sono una frequentatrice della Sing-song. Ballo il tango figurato. E ho vinto un premio a Orbetello, l'inverno scorso. E in accademia qualche volta ho incontrato proprio la Raminelli».

Il procuratore rimase in silenzio, si alzò, raccolse dal tavolino il pacchetto delle Marlboro e propose alla donna di andare a prendere un caffè al bar Neri in piazza Fontana Grande. Sulla porta, mentre uscivano, senza volere si trovarono l'uno accanto all'altra, così vicini che i loro fianchi si toccarono. Lei non si allontanò, come se consentisse al contatto, anzi rimase ferma in modo da costringerlo a spostarsi.

Appena superata la porta, si guardarono in faccia e scoppiarono in una risata.

Per battere la propria timidezza, l'uomo volse il discorso al tempo, un buon e collaudato diversivo: «Sono in completo disaccordo con chi si lamenta che il caldo non sia scoppiato». Rammentando l'incontro di qualche giorno prima nel ristorante Il caminetto di Montefiascone e la chiacchierata al teatro Unione con l'avvocato Cassio Del Prete, riacquistata un'aria professionale, domandò alla ragazza notizie su Edrio Scriboni e sul dottor Feroce Gatto, il suo amico magistrato.

«Scriboni è un esponente dei DS e dicono che sia una testa lucida. Dell'altro, il suo amico giudice amministrativo, so solo che è un siciliano che ha studiato a Viterbo. Se vuole approfondisco», chiarì lei.

«No, lasci perdere. Era una curiosità senza importanza.» Non volle insistere: l'apparente interesse che aveva manifestato per i due nascondeva il desiderio di tenere viva con la donna una conversazione non legata al caso Raminelli.

Consumarono il loro caffè centellinandolo con gusto e rientrarono in procura. Si erano appena seduti quando comparve, trafelata, la dottoressa Bastanti: «Italo, ferma tutto: abbiamo il colpevole», annunciò. «Costantino Rudescu era in viaggio con cinquemila euro sul Doblò di Raminelli. La macchina era strapiena di bagagli: generi di abbigliamento di varie taglie, articoli di profumeria, giocattoli, tre lettori di cd e due televisori. L'hanno fermato i finanzieri di Opicina, insospettiti dal carico dell'auto.»

«Ma questo già lo sapevamo, è accaduto l'altro ieri. Comunque, ha confessato?» domandò il procuratore.

«No, che non ha confessato.» La sostituta era inviperita. Non riusciva proprio a entrare in sintonia con il capo. «Ha ammesso però di essere stato il protagonista delle foto pornografiche che abbiamo sequestrato. Le scattava l'ambasciatore in persona che, dopo, gli regalava sempre molti soldi: ogni volta non meno di cinquecento euro. Ha detto che quelle cose gli facevano schifo, ma che eseguiva i desideri della coppia per mantenere la famiglia, in Romania: moglie e tre figlie femmine. I quattrini li mandava puntualmente a casa o li

portava di persona quando se ne andava in patria, d'estate.»
Grazia Bastanti si era infervorata nel parlare. Era proprio sicura di avere trovato la soluzione dei delitti: «Ha anche dichiarato di non sapere che i padroni erano stati ammazzati.
Si è fermato cinque giorni da un cugino che fa il bracciante
in provincia di Vicenza e sta in una cascina isolata senza luce
né televisione. Poi è ripartito per la Romania dove si sarebbe
trattenuto sino a fine agosto. Sarebbe stato a Capodimonte il
primo settembre, giusto in tempo per la festa di santa Rosa.
Il giorno tre, l'ambasciatore, come ogni anno, avrebbe invitato tutti gli amici nella villa per una cena con fuochi d'artificio sul lago. Ho verificato la sosta nel vicentino e, per il momento, il parente di Rudescu ha confermato la versione. Ciò
non ha nessuna importanza giacché a questa storia della sua
estraneità ai delitti non credo affatto. Il piano dell'assassino
è ormai chiaro, elementare. Italo, ora ci vuole un mandato di
custodia cautelare per Costantino Rudescu, con l'accusa di
omicidio. In prigione ritroverà la memoria, vedrai».

«E il movente?»

«È di tutta evidenza: il Rudescu era ossessionato dalle
aberrazioni sessuali dei coniugi Raminelli e voleva tornare a
vivere in Romania, con la sua famiglia. *Ergo* se ne è liberato.»
La sostituta era certa di quello che stava sostenendo.

«E nella casa di via del Macel gattesco si sono trovate impronte di Costantino Rudescu?» insistette lui.

«Fino a ora no, non si sono trovate. La circostanza non
dimostra nulla, come dovresti sapere bene.» La Bastanti era
tagliente.

«E il feto? Hai avuto il confronto tra il Dna del bambino
e quello di Rudescu?» chiese ancora Agrò.

«Ancora non ho questi elementi. Tuttavia sono disposta a

scommettere che il Dna dimostrerà la paternità di Rudescu», replicò la Bastanti, sempre più irritata dagli ostacoli che era convinta il procuratore frapponesse tra lei e la brillante conclusione del caso.

In quel momento suonò il telefono. Il segretario del pubblico ministero, l'agente Doberdò, annunciò che il dottor Scuto lo cercava da Roma. Prese la cornetta e disse: «Pronto», assentì un paio di volte per concludere: «Non è vero niente. Siamo in alto mare».

Si rivolse alla Bastanti e, con un tono del tutto inconsueto, la aggredì: «Il telegiornale regionale di Rai3 ha annunciato che l'assassino dei coniugi Raminelli è stato arrestato a Viterbo. Che si tratta di un rumeno di cui ha dato le generalità senza aggiungere altro. E che la brillante operazione è stata condotta dalla sostituta Grazia Bastanti. Ti estrometto dal caso, Grazia. Lo seguirò di persona, senza di te. E ti prego di uscire».

La sostituta lo fissò in volto, impallidì e sembrò sul punto di scoppiare in lacrime mentre mormorava con voce alterata: «Non finisce qui!» Si drizzò sulla schiena, girò sui tacchi e si allontanò.

Appena la Bastanti fu fuori, Agrò si alzò, accese una sigaretta e si rivolse con calma alla dottoressa Aletei: «Durante un'indagine, subire la Beffa di Zonher è facilissimo».

La commissaria non capì, lo si vedeva dall'espressione interrogativa apparsa sul suo viso.

«Nathan Zonher nel Novantasette», iniziò il magistrato che aveva così trovato il diversivo giusto per rompere la tensione di un momento prima, «fu l'autore di una beffa che è divenuta celebre. Promosse una raccolta di firme per la messa al bando dell'ossido di idrogeno. In breve, tanti si mobilitarono in America, presidiando i tavoli con i registri da firmare. Ai curiosi veniva consegnato un volantino nel quale era spiegato che il biossido di idrogeno nella forma gassosa può provocare ustioni, è il principale componente delle piogge acide, è la causa dell'erosione dei terreni, riduce l'efficacia dei freni delle auto, se inalato può uccidere e, infine, è accertata la sua presenza nei tessuti dei pazienti malati terminali di cancro. Il settantasei per cento dei cittadini che si fermarono ai tavoli sottoscrisse la petizione.» Ora sembrava allegro, quasi sollevato dall'allontanamento della Bastanti.

La funzionaria di polizia lo capì e sorrise.

Lui colse quel sorriso e continuò: «Solo il quattordici per cento degli americani si accorse che la formula chimica dell'ossido di idrogeno altro non era che la formula dell'acqua, della normale acqua che esce dai rubinetti di tutti gli acquedotti del mondo. Se ci si riflette, si può constatare che nessuna delle valenze negative attribuite all'elemento è falsa. Il vapore acqueo può ustionare; l'acqua piovana trasporta gli acidi e riduce l'efficacia dei freni delle auto. Insomma erano tutte affermazioni rigorosamente vere, tuttavia la realtà era ben diversa da quella che fu accettata dal settantasei per cento di creduloni».

Marta, stupita, non seppe che dire.

«La morale della favola?» concluse l'altro. «Un'inchiesta giudiziaria, soprattutto per omicidio, nasconde numerose beffe di Zonher e bisogna stare attenti alle osservazioni e ai riscontri, perché si rischia di essere ingannati con facilità.»

«Com'è solenne, dottor Agrò.» Ora la commissaria era tornata a sorridere. L'espressione che le era spuntata sul viso aveva un che di ammiccante. «Non c'era bisogno di questo giro di parole per dirmi che il metodo Bastanti non le piace.»

91

Il procuratore, un po' sconcertato, la guardò e scoppiò a ridere: «Mi ha beccato in flagrante trombonismo, dottoressa Aletei. Forse è frutto dell'età».

Ora il sorriso di Marta divenne più tenero, quasi invitante: «Né trombone né vecchio, l'ho tanto seguita in questi giorni e ho molto apprezzato il suo entusiasmo e la sua determinazione».

Lui notò il gergo burocratico usato dalla ragazza. Non se ne stupì. Anzi colse in quelle parole una nota di sincerità e si azzittì, come ogni volta che riceveva un complimento diretto e inaspettato. Ma una domanda improvvisa gli frullò in capo: "Aletei... aletei... ma non è greco, questo?"

15

Marta si sentiva felice: ora era lei a condurre i fili di quella conversazione un po' oziosa. In un primo momento era stata imbarazzata per lo scontro andato in scena in sua presenza e per le gelide e decise parole del pubblico ministero. E non aveva nemmeno capito sino in fondo il motivo per cui le era stata raccontata la beffa di Zonher. Agrò aveva forse voluto attenuare il disagio e distrarla dal litigio increscioso cui aveva assistito.

Il procuratore, che la stava osservando in silenzio, all'improvviso scrollò le spalle come se volesse scacciare il lieve imbarazzo, prese il pacchetto delle Marlboro e gliene offrì una.

Accesero le sigarette e iniziarono a fumare in silenzio. Quando terminarono, il giudice consultò l'agendina, alzò il telefono e, dopo averle detto: «Rimanga», compose il numero del cellulare del dottor Girolamo Maralioti, un giovane sostituto che aveva collaborato con lui nell'ultima inchiesta portata a termine prima della partenza da Roma. Lo salutò ed entrò subito in argomento: «Ho bisogno di te, Girolamo. Se tu fossi d'accordo, chiederei la tua applicazione alla procura di Viterbo per quattro mesi, più o meno il tempo che ho da passare ancora qui. C'è una montagna di lavoro e un caso delicatissimo. Lo seguiresti affiancandomi e collaborando con un'eccellente funzionaria di polizia, la dottoressa Aletei».

A quelle parole il viso della ragazza si imporporò di soddisfazione.

Agrò non ci mise molto per convincerlo. Chiamò allora De Majo Chiarante, il componente del Consiglio superiore della magistratura di cui era amico, e gli prospettò il trasferimento temporaneo del collega, ricevendo qualche assicurazione. Chiuse il telefono e commentò: «Maralioti è un giovane di grande valore. Se ce lo manderanno, la nostra capacità di azione si raddoppierà». E, come se avesse ricevuto un'inattesa ispirazione, trovò la risposta alla domanda che s'era posto poco prima: «Dottoressa, il suo cognome in greco antico significa "verità". Complimenti: spero che sia di buon augurio per la soluzione di questo caso. Adesso vorrei vedere il rumeno. Sa dov'è trattenuto?»

«È al Mammagialla, il carcere circondariale. E, riguardo ad *aleteia*, lo so che significa verità. Ho fatto anch'io studi classici», rispose la ragazza. C'era un che di sardonico nella sua voce, come se, ricordando il proprio passato scolastico, volesse manifestare una velata disapprovazione per lo sfoggio di cultura del procuratore.

Lui ignorò l'implicito rimprovero e proseguì: «Prima di muoverci, chiami il direttore del "Corriere di Viterbo" e i capi delle redazioni locali del "Messaggero" e del "Tempo". Raccomandi loro di stare cauti nel riferire in cronaca la vicenda Rudescu, perché il rumeno potrebbe essere estraneo agli omicidi. Inoltre, se conosce di persona questi giornalisti, nei prossimi giorni me li presenterà. Ho sempre avuto amici nel mondo della stampa e anche qui desidero fraternizzare».

La commissaria non perse tempo. Uscì e, telefonando ai cronisti della giudiziaria, trasmise il messaggio. Raggiunse quindi il magistrato. Insieme lasciarono la procura e salirono in macchina per dirigersi verso il nuovo carcere circondariale di Mammagialla.

Ci volle un quarto d'ora perché fossero nella prigione: in una saletta accanto all'ufficio del direttore interrogarono Costantino Rudescu. L'uomo era giovane e muscoloso, non molto alto e con un fisico asciutto. Aveva i baffi e le basette lunghissimi, come si usava negli anni Settanta. Indossava jeans e maglietta. Quando vide la poliziotta, Agrò e due agenti in divisa, scoppiò a piangere.

Il giudice lo esortò a calmarsi e a sedere di fronte a lui: «Se non ha nulla da farsi perdonare, può rimanere tranquillo. A me interessa sapere dove è stato martedì venticinque giugno scorso dopo le tredici».

«Dottore!» gridò Rudescu. Aveva la faccia sconvolta e gli occhi rossi. Le mani gli tremavano. «L'ambasciatore lo sa», non aveva pienamente realizzato che il padrone era stato assassinato, «quando non è in villa, a pranzo e a cena lavoro, ho una seconda occupazione. Sono cameriere al ristorante Da Gino a Marta. Prima di partire avevo bisogno di soldi e così anche l'ultimo giorno ho lavorato. Sono andato al ristorante alle dodici e mezzo, ho servito a tavola sino alle tre e mezzo. Poi il *sor* Marcello, il proprietario, mi ha fatto imbiancare la sala invernale, quella che per ora tiene chiusa. Ne avevo dipinto più di metà il lunedì e l'ho finita martedì.

Quindi ho cenato con gli altri camerieri e ho di nuovo servito a tavola sino alle undici di sera. Dottore, la prego, il sor Marcello mi paga al nero e non vorrei inguaiarlo.»

«Dottoressa, accerti subito la circostanza con questo sor Marcello», ordinò, deciso, il capo. «Lo chiami, gli chieda conferma e lo convochi domani mattina per raccogliere la sua testimonianza.»

Una telefonata chiarì la situazione: infatti, dopo aver tergiversato un po' per il timore di conseguenze, il proprietario del ristorante ribadì quanto il rumeno aveva già riferito.

Sorridente, Agrò gli diede la buona notizia: «Costantino, l'alibi per il giorno del delitto è confermato: potrà riprendere il viaggio verso casa tra qualche giorno. Per esigenze istruttorie debbo attendere l'esame del suo Dna. Torni a Capodimonte e aspetti notizie. Al più presto ci faremo sentire. Stia sereno e pensi alla famiglia».

Era quasi mezzanotte.

«Dove si può mangiare a quest'ora?» chiese alla Aletei.

«Possiamo provare da Morano, a Montefiascone, vicino al lago», fece lei. «Avviso che stiamo arrivando.» Prese il cellulare e si mise in contatto con il titolare del locale, che, nonostante fosse molto tardi, non mosse obiezioni.

«Saremo in cinque», aggiunse il pubblico ministero, includendo tra i commensali anche l'autista e i due uomini di scorta.

Cenarono velocemente, limitandosi a ordinare una grigliata mista di pesci di lago, coregone, persico e anguilla. Assaggiarono una crostata casalinga e meno di un'ora dopo l'arrivo ripresero la via di Viterbo.

Ma prima di andare a dormire, il magistrato esortò la funzionaria a disporre affinché le esequie dei coniugi Raminelli, fissate per l'indomani nella chiesa di Sant'Angelo, fossero filmate in segreto e da più angolazioni, in modo da inquadrare gli intervenuti. Successivamente, con calma, gli specialisti della questura avrebbero proceduto all'identificazione di tutti i presenti e all'analisi accurata delle reazioni di ciascuno durante le varie fasi della triste cerimonia.

Giovedì 4

16

Quando, alle otto del mattino, iniziò a sfogliare la mazzetta dei giornali nel bar Neri di piazza Fontana Grande, solo grazie al proprio eccellente autocontrollo Agrò evitò che la tazzina del caffè gli cadesse dalle mani. Nella prima pagina della cronaca di Viterbo del «Messaggero», infatti, troneggiava un'intervista a Grazia Bastanti, tutta dedicata al caso Raminelli e al nuovo procuratore della Repubblica, che la collega definiva «sopraffattore e incompetente». Comprese allora lo sguardo circospetto con il quale il padrone del locale lo aveva accolto quando era entrato. Lesse l'articolo con attenzione, senza far trapelare alcun segno di nervosismo, sorridendo anzi, come se invece di un attacco diretto e personale si fosse trovato di fronte a una semplice notizia di cronaca rosa. Ripiegò il giornale e chiese un altro caffè.

Nel prepararlo, il barista, che ormai aveva preso una certa dimestichezza, azzardò un commento mentre gli poneva davanti la bevanda fumante: «Oggi prende due caffè, uno dietro l'altro, il nostro giudice. La Bastanti gliel'ha fatta grossa».

Il procuratore finse di non avere sentito, svuotò d'un fiato la tazzina e si diresse verso l'ufficio.

La funzionaria di polizia lo aspettava. L'aria preoccupata dimostrava che aveva già visto il quotidiano.

Agrò la salutò con fare rassicurante, quasi allegro.

La donna intuì le ragioni di quella disinvoltura e senza inutili giri di parole domandò, solidarizzando: «Rispondiamo?»

Lui, nient'affatto turbato, replicò: «Con i fatti, esclusivamente con i fatti». Si fermò per qualche attimo prima di concludere recitando un verso: «*Un corvo... gira su arenarie bige*».

«Come?» fece la Aletei che non aveva capito l'ultima frase.

«Non si preoccupi né si spaventi. *Un corvo... gira su arenarie bige* è una citazione del mio poeta preferito, Salvatore Quasimodo. Un siciliano come me. Spesso mi rifaccio a lui, perché trovo nei suoi versi ciò che sento e voglio dire.»

La commissaria scoppiò in una risata: «Lo dovevo immaginare che si trattava del suo amico Quasimodo!»

L'orologio della torre di piazza Plebiscito suonò le nove: era tempo di mettersi al lavoro.

«Prima di ascoltare il nostro teste, voglio informarla», la funzionaria di polizia era di nuovo seria e professionale, «che un mio collega di Orvieto è andato a Castello della Sala per parlare con Milena Baschi, la vecchia amica dell'ambasciatore Raminelli. Ha trovato una donna depressa, spenta, dedita ad allevare cani e gatti, in un casale semiabbandonato. Senza contatti con il mondo esterno: non ha né radio né televisione, né legge i giornali. Ignorava che il diplomatico e la moglie fossero stati assassinati. Pista fredda, insomma, mi pare.»

Lui ascoltò e non commentò.

A quel punto venne introdotto Aldo Tossi che precisò di essere arrivato la sera prima in macchina. Era un bell'uomo di sessantanove anni, vestito in modo piuttosto trascurato, con abiti modesti, da grande magazzino dell'Est Europa. Aveva però un fare distinto e, nel comportamento, mostrava una buona educazione borghese. Parlava con la proprietà di linguaggio e l'efficacia di chi ha completato un ciclo completo di studi superiori. Un leggero accento straniero si sovrapponeva all'inflessione viterbese che riaffiorava di tanto in tanto.

Agrò lo squadrò per bene: gli sembrò un tipo navigato e acuto, con chissà quale storia alle spalle. Gli sarebbe piaciuto conoscerlo meglio e farsi raccontare. Fantasticò sul testimone, scrutandone la fisionomia e gli occhi mobilissimi. Notò una corta cicatrice sul collo, sul lato sinistro. L'orecchio, sul medesimo lato, mancava del lobo. Con disinvoltura, osservò l'altro lobo che invece era del tutto normale, semmai un po' piccolo. Tornò a fantasticare: "Due colpi di pistola, uno dietro l'altro, andati a segno in parte".

Il testimone si agitò sulla sedia per richiamare la sua attenzione. Il procuratore cominciò con qualche discorso di routine su Praga, sulla Repubblica ceca ormai separata dalla Slovacchia, su Marienbad. E gli chiese come mai fosse venuto in auto a Viterbo.

Tossi spiegò che usava sempre l'automobile per i suoi rari viaggi in Italia: ogni volta tornava a Praga caricato d'ogni ben di Dio viterbese. Olio, vino, legumi, strozzapreti e le crostate alle visciole di sua sorella che era una vera specialista.

Il giudice sorrise. Pensò che in Cechia i tedeschi la facevano da padroni e immaginò che l'uomo avesse una veloce berlina germanica. Così gli chiese che macchina avesse.

«Una Skoda Fabia del Novantanove», rispose quello. «Roba nazionale, robusta ed economica.»

Agrò colse in quelle parole una sorta di richiamo a una

condizione di vita modesta, niente a che vedere con i mafiosi dell'Est che scorrazzavano per i posti più belli d'Italia al volante di automobili di lusso con al fianco splendide accompagnatrici. Decise di entrare nel vivo dell'interrogatorio ma non gli venne nessuna speciale ispirazione. Tutto gli appariva scontato, domande e risposte, come nel *Manuale del perfetto inquisitore*, se mai qualcuno avesse avuto l'idea geniale di scrivere un testo del genere.

Neppure la commissaria ebbe l'idea giusta per far decollare un colloquio che risultò, tutto sommato, deludente. A parte un normalissimo fine settimana, l'ultimo di maggio, passato in barca, all'Argentario, con Claudio Raminelli e la moglie, i riferimenti alla gioventù trascorsa insieme all'ambasciatore, e il riconoscimento che due delle tre utenze ceche di cui non era ancora stato identificato il titolare erano le sue, Tossi non ebbe altro da dire e fu congedato presto.

Le esequie dei coniugi assassinati erano fissate per le undici, nella chiesa di Sant'Angelo, nel cuore della città. Un edificio sacro meta di numerosi turisti, pronti ad ammirare la facciata sulla quale si stagliava la tomba della Bella Galiana che il pubblico ministero aveva già visitato insieme alla fidanzata Roberta in uno dei loro giri per la città.

Il magistrato e la poliziotta arrivarono per tempo e si accomodarono su una delle panche in fondo alla chiesa. C'era molta gente, così tanta che una parte della folla era stata costretta a sostare sulla corta e ripida scalinata e sulla piazza, seguendo il rito dall'esterno. Sotto il trecentesco palazzo del comune stonavano le numerose auto blu delle personalità giunte da Roma, con rumorosi autisti dalle uniformi nere. Tra i presenti si potevano notare anche alcuni ambasciatori stranieri, che avevano conosciuto Raminelli quando era in servizio ed erano diventati suoi amici. C'era la prima moglie con il compagno e il figlio ufficiale dei Lancieri. Quest'ultimo era confortato da un nutrito gruppo di commilitoni in divisa. L'officiante fu molto lento e, al termine della funzione, alcuni presenti presero la parola per commemorare il defunto. Per ultimo parlò Aldo Tossi che pronunciò poche parole, molto commosse. Ricordò, fra l'altro, che lui e Claudio dopo quarant'anni si erano rivisti proprio a Viterbo pochi mesi prima e avevano avuto modo di rinverdire un legame che datava dalle elementari, e che sembrava dissolto a causa del suo trasferimento a Praga e della professione diplomatica dell'amico. Infine, auspicò che la giustizia degli uomini mettesse presto le mani su chi aveva compiuto quei due orrendi delitti.

Ascoltando la commemorazione di Tossi, Agrò scrisse su un foglietto che passò alla Aletei: «Chieda a Scuto di indagare sui viaggi dei Raminelli: date e ore, eventuali voli con gli elenchi dei passeggeri, alberghi frequentati. Per il momento, deve approfondire l'ultimo anno: dal giugno Duemilauno alla data dell'assassinio».

Venerdì 5

17

Camilla Biondo era una pugliese introversa e sospettosa. Faceva l'inviata per «la Repubblica» e, dopo le polemiche innescate dalla Bastanti, si era catapultata a Viterbo, il capoluogo della Tuscia, sicura di portare allo scoperto i retroscena della piccola procura e le manovre del nuovo procuratore. Si era adeguatamente documentata a Roma con i colleghi della cronaca giudiziaria e con qualche amico del palazzo di giustizia. Da uno di questi aveva ricevuto qualche indiscrezione sui motivi che avevano costretto il dottor Italo Agrò, allora sostituto, ad abbandonare l'inchiesta sulle cliniche del professor Chiumarrà e sull'assassinio della moglie di quest'ultimo, l'avvocata Franca Vajnotto. La comprovata esistenza di una relazione tra lui e la Vajnotto aveva permesso all'indagato Chiumarrà di chiedere e ottenere l'estromissione dell'inquirente.

Quando ricevette la giornalista, il pubblico ministero si rese subito conto che il colloquio sarebbe stato difficile: una donna attraente che, tuttavia, destò in lui un sottile senso di pericolo. Era vestita con eleganza essenziale, ma accurata, e si muoveva con gesti misurati. Senza comprenderne la ragione precisa, gli sembrò un felino pronto a spiccare il balzo sulla preda.

E, infatti, il discorso tra la Biondo e il capo della procura di Viterbo sulla Bastanti e sul caso Raminelli non riuscì ad assumere un tono sciolto e confidenziale.

La giornalista chiedeva e l'uomo, insospettito da alcuni riferimenti a personaggi romani che né considerava amici né stimava, rispondeva a monosillabi, chiudendosi a riccio. Pensava di essere incappato in una persona prevenuta, forse superficiale, che si era fermata ai pettegolezzi e alle bugie, senza cercare di approfondire la fondatezza di ciò che aveva appreso.

Continuò ad ascoltare pazientemente finché non decise di affrontarla apertamente ricorrendo alla solita franchezza. Perciò ruppe ogni formalità e le propose: «Sulla Bastanti non voglio dire nulla. Il futuro sarà buon giudice delle accuse che mi ha rivolto. Quanto a me, non rilascerò alcuna intervista. Se vogliamo fare una chiacchierata in libertà, ben sapendo che uno di noi è magistrato e l'altra l'inviata di un giornale molto importante e che entrambi meritiamo rispetto sino a prova contraria, sono disponibile. Tra un paio d'ore avrò finito: nel frattempo faccia un giro in città, cominciando dal quartiere medievale di San Pellegrino. All'una ci rivedremo qui. Andremo a pranzo insieme e gusteremo la sana cucina dell'alto Lazio. È d'accordo?»

Camilla si mise a ridere: «Sì. Questo è un buon accordo. A parte la sua pianificazione della mia mattinata, un po' urtante, a dire il vero. Comunque, sarà un buon modo per conoscerci, soprattutto se eliminiamo il sussiego: diamoci del tu».

Agrò sorrise soddisfatto: come sempre, nei rapporti umani, l'approccio diretto si dimostrava vincente e quella ragazza era di certo più disponibile di quanto gli era sembrato all'inizio.

La giornalista era appena uscita che ricevette una telefonata di Carlo Bergoian, il suo amico manager, compagno di tante serate romane. Carlo gli domandò: «Verrai a Roma per il week-end? E sei libero la sera dell'otto, lunedì, per la presentazione del libro di Ferdinand Bordewijk, *Blocchi*?»

«Nel fine settimana sarò senz'altro a Roma. Per lunedì, non so», gli rispose Italo.

Per indurlo ad accettare Carlo precisò: «La manifestazione avrà luogo in piazza Santa Maria in Trastevere. Ti ricordi? Ci siamo stati tante volte. Lunedì, dopo la presentazione, ci sarà un dibattito sul tema *Utopia e totalitarismo*... Un tuo tema, il totalitarismo e l'utopia. Chissà magari... finalmente... vorrai intervenire... dire la tua».

Interessato, gli assicurò la propria partecipazione e lo informò che quel pomeriggio sarebbe tornato nella capitale per fermarsi sino alla domenica sera.

«Dillo anche a Roberta», aggiunse Bergoian. «Vi voglio in piazza con me.»

Non trascorse un attimo che il telefono squillò ancora. Era la Aletei che gli comunicava che il capitano Agostino Raminelli aveva chiesto ai genitori di Hàlinka di consentire alla tumulazione del corpo della ragazza vicino a quello del marito nella cappella di famiglia nel cimitero di Viterbo. E che gli Hadràsek avevano fermamente rifiutato. Inoltre, lo informò che l'esame del Dna di Costantino Rudescu aveva escluso che fosse il padre del bambino che la signora Raminelli aspettava.

Il procuratore scoppiò in una risata liberatoria: i suoi dubbi sul coinvolgimento di Costantino erano stati confermati. Stava per chiederle di comunicare la notizia alla Bastanti, ma si trattenne. Viceversa la pregò di avvisare Rudescu che le analisi lo avevano scagionato e che poteva ripartire per la Romania.

Nella tarda mattinata, Agrò cercò Roberta senza trovarla né a casa né sul cellulare. Lasciò sulle segreterie telefoniche il messaggio che nel pomeriggio sarebbe arrivato a Roma e telefonò ad Andrea Serra, il suo amico giornalista di «Repubblica».

Serra lo salutò affettuosamente: «Avrei dovuto avvisarti che oggi sarebbe venuta a cercarti Camilla Biondo, una mia collega. Non c'è bisogno, però te la raccomando lo stesso: comunque stacci attento, la ragazza ha la fama di essere un vero squalo».

«Mi è simpatica, la tua protetta, Andrea», lo rassicurò il giudice. «L'ho invitata a colazione. E poi guarda, se siamo diventati amici noi due... tu diffidente e moralista, io introverso e siciliano...»

Continuarono a scherzare sull'argomento e, nel salutarsi,

si accordarono per vedersi la domenica mattina a Roma, al bar Farnese, il posto alla moda dove giornalisti, politici e magistrati amavano incontrarsi.

18

All'una, puntualissima, Camilla Biondo fu in anticamera. Si incamminarono a piedi per via della Pace, sino a raggiungere il Richiastro, il locale dei fratelli Scappucci specializzato in cucina viterbese. Un posto tutt'altro che lezioso, anzi piuttosto austero, collocato in quelle che erano state le stalle di un antico palazzo nobiliare. Godeva di un piccolo giardino interno nel quale, data la stagione estiva, era stato riservato il tavolo per loro.

Gli uomini di scorta erano stati sistemati in prossimità dell'ingresso, in modo da permettere la sorveglianza della sala e dei clienti, a mano a mano che arrivavano.

I commensali conversarono spaziando su tutti i temi possibili, tranne che sul procedimento per l'omicidio dei coniugi Raminelli e la polemica innestata dalla sostituta Bastanti.

Italo, spinto dalla giornalista, si dilungò sul proprio metodo di lavoro e chiarì che per la pubblica accusa un'impostazione laica, senza dogmi né teoremi, rappresenta di sicuro l'approccio più utile per raggiungere risultati positivi.

Mentre aspettavano ancora il loro primo e unico piatto, si affacciò nella sala l'ispettore Pergolizzi che si guardò in giro. Vedendo il procuratore, si avvicinò e lo salutò, spiegando: «Cercavo un amico, dottore... o non è venuto o ho sbagliato locale...»

Infastidito dall'interruzione e dal comportamento indiscreto del poliziotto, Agrò rispose freddamente al saluto e si volse alla sua ospite per riprendere la conversazione.

Alla Biondo, prevenuta dalle maldicenze che aveva ascoltato su di lui e sensibile a ogni discorso che riguardasse la giustizia, le affermazioni del giudice apparvero come una presa di distanze dall'attività dei magistrati impegnati in Tangentopoli: le erano ben presenti le accuse di parzialità e di pregiudizio loro rivolte.

Agrò peraltro prospettò una interpretazione diversa, tutta tecnica, che non metteva in discussione l'attività degli inquirenti milanesi e ne valorizzava i contenuti processuali.

La Biondo sembrò persuasa e, prima di andarsene, gli chiese di informarla delle eventuali novità.

Dopo il pranzo, passò dall'ufficio, preparò una borsa di documenti che si sarebbe portato dietro e chiamò la Aletei per confermarle la riunione fissata per l'indomani mattina nell'ufficio di Scuto presso la questura centrale di Roma. Una volta fuori dalla procura, salì sulla sua automobile privata e si diresse verso la capitale. Superata Ronciglione, si fermò e ordinò alla scorta di rientrare a Viterbo. Alle cinque arrivò nel proprio appartamento di piazza Adriana. Spalancò le persiane, accese il condizionatore Pinguino del soggiorno, fece una doccia e, con una sigaretta in mano, riprovò a telefonare a Roberta.

Stava per scattare la segreteria telefonica, quando gli rispose. Aveva una voce stanca e tesa. E non mostrava alcun entusiasmo all'idea di incontrarlo.

Italo percepì che qualcosa non andava e le disse: «Sono a casa, adesso. Non ci vediamo?»

«Se vuoi. Possiamo prendere un caffè da Ciampini, in piazza San Lorenzo in Lucina. Alle sette», propose la donna,

asciutta. Nei tempi passati, Roberta, dopo giorni senza vedersi, non lo avrebbe mai voluto incontrare in un posto diverso dai loro appartamenti per potersi subito amare nel modo tenero e sensuale al quale erano abituati.

Lui registrò la novità, ma non provò alcun rincrescimen-
to. Si era ormai rassegnato agli alti e bassi di una relazione
che gli appariva con sempre maggiore chiarezza definitivamente logorata.

19

Come aveva intuito dal tono della telefonata, Roberta stava
attraversando un nuovo difficile momento. Non ci volle molto perché gli raccontasse che aveva ripreso a incontrare Valerio, il ragazzo della comunità Giorgiana Masi con cui aveva avuto una specie di relazione diversi mesi prima. Questa
volta lo aveva addirittura ospitato nel proprio appartamento
per due giorni e due notti.

Roberta fu aggressiva e sgradevole, quasi che la responsabilità di quanto le stava accadendo fosse sua, del suo impegno nel lavoro e del trasferimento a Viterbo.

Ma il magistrato la trattò con brutale franchezza: «Sei tu,
Roberta, che hai un problema. Anzi, un mucchio di problemi
irrisolti. E non hai ancora deciso che strada percorrere. Valerio non è solo sesso e gioventù: è il tuo modo di evadere dalla vita quotidiana. Con me, agli inizi, vedevi il peccato di una
donna sposata e divorziata – tu – con un uomo libero – io.
Una rottura delle regole non scritte, alle quali eri stata rigida-
mente educata. Un amante, una inimmaginabile trasgressione
per la signora Caringi. Ora che sono passati tanti anni, hai

smesso di pensare a noi due in questo modo. C'è stata una sorta di normalizzazione del nostro rapporto. Così credi che questo amore tra insegnante e allievo sia un'affermazione personale che dovrebbe spazzare via i tabù della tua educazione cattolica. Ciò ti appare un modo insolito, quasi rivoluzionario, di vivere la tua vita. Non mi meraviglierei se di punto in bianco smontassi casa e andassi ad abitare nella comunità».

Roberta sembrò colpita, come se fosse stata schiaffeggiata. Tuttavia non replicò. Si alzò e se ne andò, dicendogli: «Ciao. Stai bene. Ci vediamo…» Un saluto freddo come si usa tra semplici conoscenti che lasciano al caso un nuovo incontro.

Agrò mantenne la calma, pagò le consumazioni e si diresse verso via Due Macelli, dove era l'ufficio di Carlo Bergoian.

L'amico stava per uscire. Poiché nemmeno Carlo aveva impegni e la sua famiglia era al mare, si incamminarono insieme verso piazza Navona.

Italo si sfogò e gli raccontò l'incontro appena avuto con Roberta. Ma, invece dell'amarezza che temeva di sentir affiorare nel proprio animo, si rese conto, mentre parlava, di provare sollievo, di sentirsi quasi liberato da un impegno che, all'improvviso, era divenuto pesante, insopportabile. E, impercettibilmente, iniziarono ad affacciarsi alla sua mente le immagini procaci di Veronica, con la sua perversione quasi adolescenziale, e il volto, più intenso e passionale, di Marta Aletei.

Carlo era di ottimo umore. Strada facendo, abbandonarono l'idea di recarsi a piazza Navona e si diressero in via Andrea Doria per cenare dai Fratelli Micci. Bergoian, che non mangiava né carne, né pesce, né latticini, prese spaghetti al pomodoro e insalata.

Lui, viceversa, si concesse linguine allo scoglio e tortino di alici.

Come sempre, sulla politica non si misero d'accordo. Gli scontri, però, non erano mai personali: il giorno dopo tutto era dimenticato e il percorso della loro amicizia riprendeva con tranquillità, senza alcuna conseguenza. Quella sera si lasciarono all'improvviso, prendendo ognuno la propria direzione. Si erano appena allontanati, quando, disturbati dal freddo e rapido commiato, entrambi si arrestarono e tornarono indietro. Appena furono l'uno vicino all'altro scoppiarono a ridere. Le sfuriate di Carlo e le gelide repliche dell'amico erano state, come sempre, seppellite.

Il giudice si incamminò verso Castel Sant'Angelo e piazza Adriana. Fece un centinaio di passi, sorrise tra sé e sé pensando a Carlo e alla passione politica che lo animava e affrettò l'andatura. Benché non si fosse scordato l'incontro con Roberta e la loro rottura, si sentì più leggero e si mise a fischiettare.

Nonostante tutto la notte passò serenamente e nessun sogno venne a turbarla.

Sabato 6

20

«Sono venuta in pullman, per non avere la preoccupazione del parcheggio. Così, quando avremo finito, potrò fare un giro per Roma, una città che adoro», dichiarò con allegria Marta entrando nell'ufficio di Scuto, nel quale c'erano già il dottor Agrò e Lignino, il funzionario che faceva da vice al commissario.

Italo la guardò, sorpreso: per la prima volta si rese conto che da un po' di tempo aveva preso a vederla come donna, con il suo modo di parlare accalorato e convincente. Pensò: "È davvero bella e sensuale". La ragazza quella mattina indossava jeans, una camicia di lino bianco e un gilet che, nonostante la fondina con la pistola, le davano l'aspetto di una persona disinibita e sportiva. E, novità assoluta, si intravedeva un'ombra di rossetto sulle labbra. Senza parere, il giudice si soffermò su di esse: gli sembrarono sottili e volitive. Un filo di perle le sfiorava il seno, insinuandosi nella scollatura della camicetta. Il procuratore scosse la testa per scacciare quel pensiero che lo distraeva dagli impegni professionali. Ora che, da meno di ventiquattro ore, era un uomo libero da legami femminili, non intendeva lasciarsi catturare dall'aspetto di Marta Aletei. D'altro canto si preannunciava una mattinata intensa, giacché c'erano da esaminare tutte le informazioni che erano state raccolte a Roma.

Scuto e Lignino avevano infatti svolto una notevole mole di lavoro e ora dovevano esporre i risultati raggiunti. Parlarono delle notizie assunte al ministero degli esteri e riferirono le opinioni ascoltate su Raminelli. Combaciavano con quelle sentite a Viterbo, salvo che per il particolare, mormorato più che detto chiaramente nelle stanze del ministero, che per alcuni periodi, come molti altri diplomatici del resto, l'uomo aveva avuto rapporti stretti e particolari con il Sismi, il servizio segreto con competenza sull'estero. I funzionari della Farnesina avevano spiegato che si trattava di relazioni logiche e quasi obbligate, quando ci si trovava a operare in paesi e in situazioni di rilievo strategico per l'Italia. Scuto e Lignino avevano avuto un colloquio con il diplomatico che, all'epoca del matrimonio dell'ambasciatore con Hàlinka, era direttore generale del personale del ministero degli esteri. Questi ricordava benissimo lo scandalo che la loro convivenza aveva provocato nella residenza ufficiale della legazione italiana. E rammentava anche che il Sismi aveva trasmesso un'informativa poco edificante sul conto di lei, in cui veniva descritta come un'avventuriera che, seppure giovane, aveva già un passato compromettente, nel quale spiccava l'assidua frequentazione del bar dell'albergo Hyatt di Budapest, luogo di incontro di prostitute d'alto bordo, di facoltosi clienti e di ogni genere di trafficanti.

Vennero anche lette le dichiarazioni di Alfredo Cingari, che era stato consigliere d'ambasciata a Budapest ai tempi di Raminelli. La sua testimonianza divergeva dalle altre, dato che descriveva Hàlinka in modo opposto a quello sin lì riscontrato. Sosteneva che la donna era sinceramente innamorata dell'ambasciatore e che era in contatto con il rettore capitolare di Santo Stefano, la cattedrale, aiutandolo a sistemare in Italia bambini rumeni e tzigani abbandonati. Aveva anche tentato di adottarne uno, ma il marito s'era decisamente opposto.

Scuto mostrò inoltre un elenco di utenze telefoniche romane entrate in contatto con Raminelli e la moglie, numeri che erano stati trasmessi da Viterbo a Roma per accelerare i tempi. Tra di essi spiccavano quelli di Gabriele Lo Stello, capo di gabinetto del ministero della ricerca, e di Emanuele Cardeti, un ministro plenipotenziario in servizio a Praga e per qualche giorno, agli inizi di giugno, in vacanza a Roma. Scuto si era astenuto dall'interrogarli, in attesa di istruzioni.

Agrò disse che intendeva sentire di persona l'avvocato dello Stato. Così fece cercare Lo Stello. Trovandosi a Roma, avrebbe potuto interrogarlo subito. L'uomo, tuttavia, sembrò negarsi. Scuto, nel chiamarlo, parlò con numerose segretarie che se lo rimbalzarono l'una con l'altra senza ottenere alcun risultato.

«Vorrà dire che seguirò la via più formale. Con certi soggetti è l'unica giusta», commentò il procuratore. «Gli farò arrivare un mandato di comparizione, con giorno e ora stabiliti, e così non riuscirà a sfuggirmi. Sarà costretto a venirmi a parlare, e a Viterbo, per giunta.»

Toccò allora a Lignino riferire ciò che aveva accertato sulla vita che conducevano i coniugi Raminelli a Roma. I due ci abitavano per brevissimi periodi, in occasione di ricevimenti e di incontri nell'ambito delle istituzioni collegate al ministero degli esteri oppure per fare acquisti. Le più importanti boutique delle vie del centro conoscevano la signora Raminelli che era loro cliente assidua e ben disposta a spendere. La medesima risposta avevano dato certe profumerie molto note, a cominciare da Casa Maria di via della Scrofa. La signora era sempre accompagnata dal marito che pagava i conti con assegni o in contanti. Diversi commercianti ricordavano che l'uomo, per giustificare la propria idiosincrasia per la carta di credito, diceva sempre di considerarla una «carta di debito». Qualche volta, ma con minore frequenza, la signora era accompagnata nello shopping da un uomo giovane. Da Hausman, una delle più antiche e prestigiose orologerie romane, risultava che il tizio le avesse regalato un orologio Patek Philippe in oro bianco, un oggetto molto costoso.

La descrizione fisica del misterioso accompagnatore indusse Agrò e la Aletei a pensare al capitano Agostino Raminelli. Decisero di far avere a Scuto una foto dell'ufficiale, in modo che potesse tentarne l'identificazione.

«Se si trattasse proprio del figlio dell'ambasciatore, dovremo prendere in esame i suoi conti bancari», aggiunse il giudice. «Dottoressa, è bene che iniziamo a mettere in calendario un incontro con il capitano per un interrogatorio approfondito, senza limiti di orario. Prima, però, è necessario acquisire la certezza che il misterioso e munifico giovanotto che andava in giro con la signora Raminelli fosse proprio lui.» Quindi, rivolgendosi di nuovo a Scuto, gli ordinò: «Ho bisogno di un adempimento. Occorre accertare di chi sia l'utenza telefonica ceca non ancora individuata: metta in moto l'Interpol, sperando che la sezione praghese della polizia internazionale sia sollecita. In fondo si tratta di una verifica abbastanza semplice. Inoltre telefoni all'ambasciata italiana a Praga e chieda di Cardeti, il ministro plenipotenziario con il quale si era messo in contatto Raminelli. In attesa che venga a Roma, lo senta per telefono sui suoi rapporti con l'ambasciatore».

21

Il procuratore ricordò che già da tempo aveva udito il cannone del Gianicolo che suonava mezzogiorno. Dette un'occhiata all'orologio: era l'una passata ed era ora di sciogliere la seduta. Tutto ciò che dovevano discutere era stato discusso e non gli restava altro che mettere in libertà i suoi collaboratori. Disse «Arrivederci» ai funzionari romani e con la Aletei scese al piano terra. Dapprima sembrò volersi congedare, poi le chiese cosa avesse in programma a quell'ora. Non seppe dirsi il perché ma il suo atteggiamento spigliato gli era sembrato provocante. Sentiva la seduzione di quella giovane donna e per un attimo la immaginò vicina e ardente.

Lei, intanto, rispose: «Per il momento, voglio passare in libreria per vedere se trovo un paio di novità e mangiare qualcosa di leggero. Mi sono svegliata alle cinque e, dopo questa lunga mattinata, mi è venuta fame».

Era ciò che Italo voleva sentirsi dire per proporle di pranzare insieme.

Imboccarono via delle Quattro Fontane, proseguirono per via degli Avignonesi e in dieci minuti furono a Fontana di Trevi. C'era la libreria Rizzoli aperta a largo Chigi, lì vicino, e la ragazza lo invitò a entrare. «Se non trovo niente di meglio, comprerò soltanto un romanzo. Per il viaggio di ritorno», spiegò.

Girarono per i banchi e si fermarono davanti a un ripiano su cui erano accatastati numerosi libri in formato tascabile. Trascorso qualche minuto la donna sembrò avere scelto un romanzo storico.

«Lasci perdere. Non ne vale la pena: e di sicuro non le piacerà», la dissuase il giudice. Nonostante non la conoscesse bene, aveva azzardato il giudizio contando sul proprio gusto.

«Perché no?… Non funziona?» domandò Marta. «Ne ho sentito parlare tanto bene… un autore americano… il tempo dei romani, l'impero…»

«Certo che non funziona! Immagini… il tempo degli antichi romani e un americano, autore di best-seller… E poi…» si arrestò. Non voleva ferirla con un'opinione troppo brusca su un genere di successo. «Se cerca un romanzo storico, denso di significati, letteratura vera, venga con me.» Aveva un tono imperioso, quasi si trovassero in procura. E se lo rimproverò temendo di averla ferita.

Lei invece lo seguì, divertita.

Raggiunsero un altro settore e, effettuata una breve ricerca, nel banco degli Oscar, Italo raccolse *Retablo*: «Sono sicuro che questo sarà di suo gusto. Consolo è siciliano e di valore, direi. Quando lo avrà terminato, le regalerò *Il sorriso dell'ignoto marinaio*, un altro capolavoro, che racconta una storia ottocentesca che si dipana tra Cefalù e Lipari. Capirà di più sulla Sicilia e sui siciliani con poche pagine di Consolo, vera letteratura, che con le migliaia di pagine degli altri».

«Vuol dire che lei ce l'ha con Camilleri...» osservò la commissaria.

«No, non ce l'ho con Camilleri, solo che non mi piace... la sua è una Sicilia artificiosa...» cercò di chiarire l'uomo.

Si avvicinarono alla cassa. La ragazza tentò di pagare il libro, ma lui si fece avanti: «Vorrei regalarglielo io, se permette...»

Marta sorrise in modo enigmatico e lo lasciò fare.

«Ora andiamo in un posto fresco», suggerì l'uomo. Attraversarono via del Corso e piazza Colonna. Percorsero il breve tratto fra piazza di Pietra e via Arenula, fermandosi ad ammirare le ceramiche di Caltagirone esposte in un lussuoso negozio della zona. Imboccarono via dei Giubbonari: fatti pochi passi, furono a Campo dei fiori, ancora animato dal mercato mattutino. Tra i banchi di frutta e verdura risuonavano le voci dei venditori che richiamavano l'attenzione dei passanti sulla loro merce fresca e profumata. Lasciarono la piazza e si incamminarono per via del Biscione fino a raggiungere il ristorante Teatro di Pompeo.

Proprio sull'ingresso squillò il cellulare dell'uomo: era il tenente Cascetta, un vecchio amico, ufficiale di Marina. L'aveva incontrato durante l'inchiesta per l'assassinio del generale Guido Fastuchi, uno squallido caso di corruzione militare per la cui soluzione l'aiuto di Cascetta era stato prezioso.

Il militare gli comunicava che il quindici, un lunedì, alle Terme di Caracalla ci sarebbe stato un concerto di Goran Bregović, il musicista slavo di cui sua moglie Vàlia era una fan appassionata, e gli chiedeva di unirsi a loro per assistere all'esibizione. Quindi, con l'aria di rivelare un particolare decisivo, annunciò: «C'è dell'altro, però. Poco fa mi hanno portato del pesce freschissimo da Porto Santo Stefano. E questa sera lo cucinerò io, Vàlia mi autorizza», scherzava sul carattere fermo e un po' autoritario della moglie. «Preparerò un gulasch marinaro. Avrei piacere che lei e la signora Roberta foste dei nostri. Il dottor Di Gaudio non potrà venire, ma, appena finito di parlare con lei, chiamerò il dottor Scuto.»

«Quanto a me, ci conti. Per Roberta», e qui assunse un tono che spiegava senza necessità di ulteriori parole l'incolmabile distanza che si era aperta con la sua ex fidanzata, «non posso dirle nulla. Non la vedo e non la sento da qualche giorno.» Salutato l'ufficiale, fece strada alla Aletei ed entrò nel ristorante. Lino, il proprietario, accolse il magistrato con cordialità – era da tempo che non lo vedeva lì, nel suo locale – destinandogli un tavolo d'angolo, davanti alle antiche mura ciclopiche del vecchio teatro. La sala era abbastanza fresca e l'atmosfera piuttosto intima induceva alla confidenza. Ordinarono una colazione leggera, rombo al forno e insalata, e iniziarono a chiacchierare.

Marta raccontò l'ingresso in polizia e le difficoltà che lei, donna, aveva incontrato nelle numerose sedi di lavoro. E rivendicò in modo appassionato il valore dei compiti che aveva svolto con successo. Si fece coinvolgere così tanto dal discorso che il viso le si arrossò e un'ombra di sudore si formò sulla fronte, sulle sopracciglia e negli angoli degli occhi.

Agrò, che l'aveva ascoltata in silenzio, mise la mano sulla sua e la strinse per un attimo. Dava l'impressione di essere disinvolto, mentre era incerto e insicuro pensando che quella mossa potesse rivelarsi azzardata.

Lei invece, nient'affatto stupita, lo osservò intensamente e gli sorrise.

Lui non poté fare a meno di sentirsi turbato. Come gli accadeva nei momenti di insicurezza, ricorse a Quasimodo e dichiarò: «*Tu vieni nella mia voce...*»

«Quasimodo?» chiese Marta.

Lui annuì.

Ripresero a parlare fitto fitto, finché il giudice, con naturalezza, le riprese la mano e, invece di tenerla nella sua, iniziò a carezzarla con delicatezza. Lei interruppe il discorso e, con garbo, la ritrasse.

Prima di uscire dal ristorante, passando all'improvviso al tu, il magistrato le domandò: «Cosa vuoi fare, adesso? In giro c'è un caldo insopportabile».

Marta rimase in silenzio, come se non sapesse cosa rispondere o non avesse messo a punto un programma per il pomeriggio. Ma una risposta allusiva in qualche modo gliela diede, riavvicinando la propria mano a quella di Italo e sfiorandogliela.

Lui avvertì una specie di incoraggiamento e le propose: «Possiamo andare a casa mia. È qui vicino. Accendo l'aria condizionata e continuiamo a parlare».

«Perché no?» Aveva un'aria svagata, innocente.

Si incamminarono, l'uno accanto all'altra.

L'uomo sorrideva tra sé e sé: aveva girato il capo dalla parte opposta a Marta, perché non lo notasse. Tutto era scivolato in modo così da naturale da battere ogni timidezza: si rese conto che ciò che stava per accadere lo aveva desiderato sin dall'inizio della loro conoscenza.

Anche lei stava sorridendo. Si sentiva felice e, incuriosita, si chiese: "E questo, come si comporterà? Mi deluderà?" Ci pensò su e decise: "No, che non mi deluderà".

22

Il Pinguino del soggiorno era rumoroso ed efficace. In pochi minuti l'aria si rinfrescò.

Mentre Marta, posato il gilet, si liberò di pistola e fondina, lui si levò la giacca e, per celare un ritorno di imbarazzo, chiese: «Faccio un caffè?»

Dopo qualche minuto, tornò portando un vassoio con zuccheriera, moka e due tazzine.

Con molta calma bevvero il caffè e cominciarono a fumare, seduti l'una di fronte all'altro.

A metà sigaretta, la commissaria si alzò, si avvicinò alla poltrona di Italo, sedette sul bracciolo e, piegandosi, lo baciò. Leggermente, a labbra chiuse.

Il magistrato, dimenticata la timidezza, la strinse a sé e la baciò a sua volta.

Si baciarono dolcemente prima di trasformare quell'inizio in uno scambio di effusioni appassionate.

Trascorsero così un tempo lunghissimo, guardandosi di tanto in tanto in silenzio negli occhi.

Poi, Marta si allontanò e gli chiese di indicarle il bagno.

Italo la accompagnò, le porse un asciugamano e accese il condizionatore installato nella stanza da letto.

La aspettò in soggiorno fumando una sigaretta.

Sentì lo scorrere dell'acqua nella doccia, uno scroscio interminabile. Gli sembrò che non dovesse finire mai.

Alla fine riapparve, piccola e minuta, i capelli sparsi sul collo, con indosso il suo accappatoio che la copriva sino alle caviglie.

«Hai acceso un altro condizionatore», parlava con intenzione, alludendo, Marta. Gli si avvicinò e ricominciò a baciarlo.

Lui l'abbracciò e, con lentezza, la condusse di là, dove era sistemato il letto matrimoniale.

Qui, appoggiati a un antico canterano, continuarono a baciarsi, a stringersi l'uno all'altra, finché lei non tornò a condurre il gioco e lo spogliò.

Erano le sei del pomeriggio quando Italo riemerse dal dormiveglia. La donna era accanto a lui, nuda. Stava con gli occhi aperti, assorta, a studiare il soffitto. Sorrideva, però, mostrando un'aria felice.

Lui le chiese: «Un altro caffè?»

Lei assentì senza parlare.

Il magistrato allora si alzò, mise sul fuoco la moka e andò a sua volta sotto la doccia. Quando ne uscì, il profumo del caffè si era già diffuso per tutta la casa.

Riempì due tazzine e le portò in camera da letto: «Vieni con me a cena da Cascetta?» le domandò, mentre appoggiava il vassoio sul comodino.

Marta si girò e gli sorrise. Rispose: «Non ho nulla da mettermi, ma non mi importa. Voglio stare con te».

Italo le porse una tazzina, bevve il proprio caffè e telefonò all'ufficiale di Marina: «Verrò con una mia cara…» pronunciò la parola «cara» con un tono di voce neutro, professionale, «con una mia amica, la dottoressa Marta Aletei».

Appena la breve conversazione ebbe termine, lei, maliziosa, lo chiamò: «Vieni a vedere il mio inconfessabile peccato...» E gli mostrò il proprio tatuaggio: un'ape dorata nella parte interna della coscia sinistra in alto, proprio alla fine.

Lui si chinò e baciò il disegno. Ci volle un attimo perché riprendessero a fare l'amore. Un amore lento, insistito: quando sentiva che lui stava per morire, la donna si fermava e lo placava. Dopo un'ultima pausa più lunga delle altre, si allontanò e si dedicò al suo corpo. Gli baciò le ginocchia, le ascelle e le braccia. Gli carezzò il collo e il capo. Succhiò i lobi delle orecchie e le dita delle mani. Con movimenti delicati e con il seno gli massaggiò petto e inguine. Infine, lo strinse con le braccia e lo guidò a sé.

Attesero così, l'uno nell'altra, prima di iniziare di nuovo. Una sensazione di crescente desiderio sembrò impadronirsi di Italo.

Lei lo interruppe e si staccò. Ora gli sfiorò tutto il corpo con i capelli, di fronte e sulla schiena. Si fermò di nuovo. Gli succhiò la parte posteriore delle ginocchia, lo girò e gli fu sopra.

Poi, quando si accorse che lui non resisteva più, Marta tornò a mostrargli la schiena e si inginocchiò, in modo che la potesse prendere così, appoggiando l'inguine alle sue natiche. Solo allora si concessero una interminabile conclusione, ora furiosa ora dolce e delicata. Rimasero a lungo sdraiati, stringendosi in silenzio.

Poi Italo prese le sigarette. Fumarono continuando a tacere, finché Marta, quasi stesse parlando tra sé e sé, non commentò: «Mi sembra di essere in un serial televisivo, con il giudice che va a letto con la poliziotta».

Agrò spense la Marlboro nella ceneriera e si mise a sedere sul letto: «Sarà come dici tu. Erano anni che non mi sentivo così coinvolto».

La ragazza tacque. S'era fatto tardi. Si prepararono insieme e in fretta. Prima di uscire per raggiungere la casa dei Cascetta in corso Trieste, lei lo fermò sulla porta: «Non voglio comprometterti. A Viterbo dovrai essere prudente, prima che la Bastanti organizzi una nuova intervista mettendo in piazza i nostri rapporti».

«Male non fare, paura non avere. Noi ci vedremo e staremo insieme come desideriamo. Con cautela – non molta, però – e senza ipocrisie. Mi piaci molto. Il resto non conta né deve contare.»

Nell'abitazione di Cascetta l'arrivo di Italo con Marta Aletei suscitò una sorpresa evidente: Scuto, la moglie e i padroni di casa, anche se avvisati dalla sua telefonata, non si aspettavano di vederlo con una nuova compagna. I due, al mattino, si davano ancora del lei: era chiaro che tutto era accaduto in quelle poche ore.

Mentre Giorgio Cascetta, che aveva rinunciato a preparare il gulasch di pesce, portava in tavola le linguine allo scorfano, l'imbarazzo continuava ad aleggiare tra i commensali. L'atmosfera era piuttosto formale e rimase tale sino al pesce al forno, quando, udite un paio di allegre battute di Cristiana Scuto, divenne all'improvviso calda e amichevole. Terminato di mangiare, Vàlia, la giovane moglie magiara del padrone di casa, musicista di valore, aprì il pianoforte ed eseguì per gli amici alcune *Danze ungheresi* di Brahms, un crescendo di suoni che entusiasmò tutti. Il bambino dei Cascetta, di circa due anni, abituato alla musica, rimase sveglio con loro sino a quando, cullato dalle note, non si addormentò in braccio al padre. Questi, muovendosi con estrema cautela, lo sistemò in un angolo del divano.

A mezzanotte gli ospiti lasciarono l'appartamento dell'ufficiale.

Non appena furono sulla Punto, lei chiese a Italo di riportarla a Viterbo. Sembrava improvvisamente intimidita dalla situazione.

Lui la abbracciò, la baciò e le disse: «Te ne vuoi andare? Rimani con me a Roma sino a domani sera. A Viterbo andremo insieme».

«Però devo comunque passare da casa per prendere qualcosa da mettermi», rispose la ragazza. «Vuol dire che faremo una scappata a Viterbo domani mattina.»

Ma Agrò intendeva accontentarla e la accompagnò. In via Cardinal La Fontaine Marta aveva un piccolo alloggio. Lei salì, in pochi minuti riempì un borsone e scese di nuovo.

Alle tre meno un quarto erano già a Roma, nell'appartamento di piazza Adriana. Senza aspettare un minuto, furono l'uno dell'altra, come se dovessero farsi perdonare una interminabile attesa.

Domenica 7

23

La prima domenica romana di Italo e Marta iniziò sul tardi, quando furono svegliati dalla sirena di un'ambulanza bloccata dal traffico proprio sotto casa.

Il procuratore, prim'ancora di mettersi in moto per preparare il caffè, confessò la sua passione per il jogging.

Lei, per nulla stupita, avendo già avuto a Viterbo abbondanti informazioni sulle abitudini di Italo, senza dir nulla, spalancò la finestra: la giornata era serena e un vento teso manteneva la temperatura in limiti gradevoli. «Non privarti di questo piacere. Vai a correre. Verrei anch'io se avessi la mia roba con me…» lo sollecitò.

Il magistrato, dissipato ogni dubbio, andò nei giardini di Castel Sant'Angelo. Corse per una quarantina di minuti, giusto per mantenersi in allenamento. Una volta a casa, appena uscito dalla doccia con un leggero accappatoio, le si avvicinò.

Presero a fare l'amore.

Come era naturale, dimenticarono lo scorrere del tempo. Lei s'era vestita con un lungo camicione di lino color ruggine. Benché nascondesse le sue forme, Italo la osservò colpito: l'abbigliamento austero lo riportava, chissà perché, ai momenti intimi che avevano vissuto. Ma era ora di andare. Così si scosse e le fece strada verso il luogo dell'appuntamento.

Andrea aspettava all'ombra, seduto a un tavolino del bar Farnese che, nei giorni di festa, si trasformava in una specie di porto di mare.

Agrò e Serra salutarono i molti amici che transitavano dal locale. La nuova presenza femminile accanto al giudice provocò la curiosità e i commenti dei più intimi. Passò anche Di Gaudio, il sostituto procuratore che aveva collaborato con Italo in inchieste che avevano suscitato grande scalpore. Era in bicicletta con moglie e figli. Si fermò solo un attimo e, trafelato come d'abitudine, affermò di non avere un minuto a disposizione, giacché doveva raggiungere la vicina chiesa di Santa Lucia al Gonfalone per la messa domenicale. Spiegò che lui e la sua famiglia ci tenevano ad ascoltare la parola di padre Franco Incampo, il sacerdote clarettiano che celebrava la funzione. La sosta di Aurelio Di Gaudio in realtà aveva uno scopo ben preciso: conoscere proprio la commissaria di pubblica sicurezza. Infatti, la notizia che il suo amico aveva lasciato Roberta per una poliziotta in servizio a Viterbo era stata comunicata loro da Cascetta di prima mattina.

Era passata l'una, quando Andrea Serra, con una imponente mazzetta di quotidiani sotto il braccio, li salutò.

Anche loro si alzarono e si trasferirono a Trastevere per pranzare in un ristorante con giardino.

C'era però troppo caldo. Dopo un antipasto, pagarono e scapparono verso la casa di piazza Adriana, nella quale il condizionatore era pronto a entrare in azione.

Il pomeriggio trascorse in tenerezze, interrotto soltanto da una breve telefonata di Roberta che, con voce tesa, lo aggredì: «Come sempre, non perdi tempo. Auguri alla ragazza. Ti conoscerà».

Lui scrollò le spalle e accennò a Marta qualcosa della sua decennale storia con Roberta.

«Tiene ancora a te», commentò la ragazza. «Devi capire se anche tu tieni ancora a lei.»

Italo si rabbuiò: «Hai di che dubitare?»

«No, che non ho da dubitare… ero solo così, per sentirmi dire che il passato è definitivamente passato.» C'era un tono di scusa nelle sue parole.

Verso le sei furono pronti per uscire. Con l'auto del magistrato si diressero verso via XX Settembre. Qui il magistrato le mostrò la chiesa di Santa Maria della Vittoria, dedicata alla grande vittoria cristiana di Lepanto, nella quale era esposta l'*Estasi di santa Teresa* di Lorenzo Bernini. Andava spesso ad ammirare quell'opera nella quale la devozione religiosa non fa velo alla più profana sensualità. La ragazza rimase sorpresa, credette di capire il motivo della visita e osservò: «Pensi che io sia passionale come la santa raffigurata da Bernini o speri che lo diventi?»

«Non crearti problemi, tu sei già molto... come dire... appassionata. E siamo in sintonia, mi pare», chiarì lui. «Ho desiderato di condurti qui per mostrarti una scultura che a me piace molto.»

Marta, però, con malizia, lesse a bassa voce la descrizione dell'estasi scritta dalla santa e che faceva bella mostra di sé in un cartoncino posto sulla balaustra dell'altare: «Un giorno mi apparve un angelo bello oltre ogni misura. Vidi nella sua mano una lunga lancia alla cui estremità sembrava esserci una punta di fuoco. Questa parve colpirmi più volte nel cuore, tanto da penetrare dentro di me. Il dolore era così reale che gemetti più volte ad alta voce, però era tanto dolce che non potevo desiderare di esserne liberata. Nessuna gioia terrena può dare un simile appagamento. Quando l'angelo estrasse la sua lancia, rimasi con un grande amore per Dio».

Lo guardò fissa negli occhi e, sorridendo, aggiunse: «Niente male come estasi...»

Italo sorrise a sua volta e, ammiccando, la strinse sotto il braccio.

Ripartirono e raggiunsero Viterbo in poco più di un'ora.

Appena arrivati sotto l'appartamento della ragazza, iniziarono le prime difficoltà. Lei lo stava salutando, incerta, quando lui le domandò il permesso di salire. Marta, prudente com'era, non avrebbe voluto, perché aveva il timore che qualcuno potesse notarli e spettegolare su di loro in città. Decise però di non sottrarsi a quel compagno appena trovato, che l'aveva colpita con la sua intelligenza vivace e solida e con una sensibilità tutta speciale. Immaginò che fosse la sicilianità a renderlo attento, premuroso e imprevedibile. "Per fortuna", pensò, "almeno per il momento, non ha mostrato le permalosità degli uomini dell'isola." Così gli sorrise, aprì il portone ed entrò, seguita dal magistrato. Per la cena, la ragazza cucinò una semplice pastasciutta. Lei, che era lucana, prese un barattolo di pomodori sott'olio preparati da sua madre e, con quell'unico e semplice condimento, gli servì un piatto di spaghetti straordinari.

Era notte fonda quando, preso dalla stanchezza, il giudice la lasciò per tornare a casa sua.

Lunedì 8

24

Il procuratore stava per uscire. Si era già vestito del tutto e stava gustando il primo caffè della giornata quando squillò il telefono: era Ettore, suo fratello, che gli annunciava che il venerdì successivo l'avrebbe raggiunto a Viterbo con la moglie.

Italo provò un acuto fastidio all'idea dei commenti di Ettore sul nuovo *ménage*. Non poteva permettere a nessuno, nemmeno al fratello, di ostacolare l'andamento della sua vita. Inoltre aveva già deciso che avrebbe fatto conoscere Marta ai parenti, presentandola come la propria donna. Così glielo anticipò senza giri di parole, quasi con brutalità: «Ho una nuova compagna. Te la farò conoscere». Roberta gli sembrò lontanissima, distante mille miglia: gli apparve in un flash come un'immagine logora e sbiadita, da vecchio album di ricordi.

Ettore, scosso, non ebbe il tempo di dire nulla, perché l'altro chiuse la comunicazione con un: «A venerdì», e uscì di casa.

In ufficio, Doberdò, con il suo modo di fare tra l'incerto e il sospettoso, lo informò che l'aveva cercato la dottoressa Aletei.

Allora la richiamò: lei, ricorrendo a un tono di voce impersonale ed evitando sia il «tu» che il «lei», gli comunicò che il commissario della polizia di Castiglione del Lago aveva individuato alcuni vecchi domestici dei Raminelli e una certa signora Zuccari, la balia del figlio dell'ambasciatore. «Ora c'è di che riflettere», concluse la donna. «Infatti, la signora Zuccari ha settantotto anni ed è una delle ultime ricamatrici della zona. Ed è specialista del "punto Irlanda". Ha detto al mio collega che il capitano Raminelli le aveva fatto ricamare in quel modo una serie completa di indumenti intimi femminili.»

«Quelli della moglie del padre!» esclamò il magistrato.

«Lo penso anch'io», rispose lei. «Vorrei mandare a prendere la Zuccari per farle riconoscere i reperti che abbiamo trovato in via del Macel gattesco.»

«Mettiti d'accordo con quel tuo collega e falla accompagnare qui a Viterbo», la invitò l'altro, rivolgendosi a lei con il «tu» che gli venne spontaneo.

Doberdò, che era rimasto in piedi, colse la novità senza dare segno di averla intesa.

«Sì, signor procuratore», lo rassicurò lei. La sua voce, nel riportarlo ai ruoli che in quel momento rivestivano, era ironica.

Quello si mise a ridere e, senza alcuna cautela per il segretario, sempre lì impassibile, riprese: «Vieni con me a Roma, stasera? A cena e poi alla presentazione di un libro in piazza Santa Maria in Trastevere. Ti va bene il programma?»

Dall'altro capo del telefono ci fu un attimo di silenzio, prima che Marta si dichiarasse d'accordo.

Il giudice immaginò che lei, in quel momento, fosse con della gente e concluse: «Ci vediamo qui alle sei. A proposito, convoca per domani il capitano Raminelli. Digli di venire in procura».

Ma la funzionaria aveva qualcosa da aggiungere: «Ho le cassette dei video dei funerali dell'ambasciatore e della moglie. Abbiamo riconosciuto tutti gli intervenuti, meno due. Non si capisce se fossero insieme. Ognuno di loro aveva una minuscola macchina digitale, con la quale ha fotografato molti dei presenti. Soprattutto gli oratori che alla fine hanno commemorato il diplomatico».

«Cerca dei riscontri nelle foto segnaletiche. Manda le immagini con i volti dei due sconosciuti a Roma, a Scuto. Cerchiamo di identificarli presto. Dobbiamo pensare anche a Tossi. Vorrei capire che lavoro fa o ha fatto nella Repubblica ceca. E da quanto tempo ci vive», domandò l'altro. Non era perentorio come al solito: gli sembrava di inoltrarsi in un terreno pericoloso per il successo dell'inchiesta. I rapporti con le autorità di quella nazione non erano affatto collaudati ed era possibile che le ricerche si impantanassero per motivi burocratici.

Il resto della giornata trascorse in impegni di protocollo: incontri con colleghi, impostazione di processi e una riunione della locale sezione di Magistratura riformista sulle questioni aperte da un nuovo progetto di legge sul processo penale.

Alle sei, puntualissima, Marta Aletei arrivò in ufficio. Si era vestita in modo elegante con un tailleur di lino verde con la gonna a portafoglio al ginocchio che non nascondeva le belle gambe, tornite e slanciate.

Lui non aveva terminato di parlare al telefono con Alfonso De Majo Chiarante: un lungo discorso sull'attività dell'Associazione magistrati e su alcuni appuntamenti istituzionali. Vedendola, concluse la chiacchierata in modo da partire subito.

Scesero insieme, salirono sulla Punto e si diressero a Roma. La scorta, principale fonte di ogni pettegolezzo, li seguì da vicino. A Monterosi, lui si fermò e ordinò agli agenti di lasciarli e di rientrare a Viterbo.

In poco più di un'ora furono a casa di Italo. Parcheggiarono l'auto in garage e si incamminarono verso Trastevere. Alle otto, comprato in una libreria del centro *Blocchi*, il romanzo di Ferdinand Bordewijk che sarebbe stato presentato più tardi, entrarono in un ristorantino di piazza Santa Maria in Trastevere dove Carlo Bergoian lo aspettava seduto a un tavolo per due.

Quando li vide, esclamò, con un tono tra il brusco e il cordiale: «E questa chi è?»

Agrò si rivolse alla donna e, sorridendo, le domandò: «Sì, è vero, ma tu chi sei?»

Lei diventò rossa prima di rispondere: «Una poliziotta. Un po' innamorata».

Carlo scoppiò in una risata, si levò in piedi e l'abbracciò: «Ti compiango. Vedrai che razza di rompiscatole...»

Cenarono di gusto, mentre parlavano fitto fitto. Sembrava che Carlo e Marta si conoscessero da sempre. Verso le nove e mezzo, la manifestazione ebbe inizio.

Dopo qualche minuto li raggiunse Girolamo Maralioti, il giovane sostituto calabrese che aveva lavorato con lui nella procura romana.

Italo, contento di rivederlo, gli presentò Carlo e Marta. La conversazione proseguì, spesso interrotta dai passaggi più interessanti del dibattito. Nonostante le insistenze di Bergoian, il procuratore decise di non intervenire. Terminati i discorsi, le voci della piazza si placarono e Agrò raccontò per sommi capi a Maralioti quanto era sino ad allora emerso sui delitti dei quali si stava occupando. Dopo avere discusso dell'inchiesta, bevvero un'ultimo sorso di Coca-Cola e, ripromettendosi di rivedersi presto in procura a Viterbo, si salutarono.

Italo e Marta si incamminarono verso piazza Adriana, dove era parcheggiata la loro automobile. Quando giunsero a Castel Sant'Angelo, trovarono che gli stand del festival di Rifondazione comunista erano ancora popolati di visitatori e sentirono il suono della musica che animava la pista da ballo.

Lui si arrestò, si avvicinò alla ragazza sino a sfiorarle il viso e le propose: «Un ballo?»

Lei si mise a ridere e assentì.

Allora si inoltrarono nei giardini del castello sino a raggiungere la rustica balera nella quale molti giovani s'erano scatenati in un rock and roll.

Il magistrato si avvicinò al disc-jockey e gli domandò un tango.

Finito il rock, infatti, la musica de *Cuccurruccucù paloma*, interpretata da Caetano Veloso per la colonna sonora del film *Parla con lei* di Almodóvar, si diffuse sulla pista. Insieme ai pochi ragazzi a cui piaceva quella melodia lenta e struggente, i due innamorati presero a danzare. Ballarono allacciati estraniandosi da tutto ciò che li circondava. Si esibirono in figure classiche di repertorio e in semplici improvvisazioni. Quando la musica finì, si abbracciarono felici e un po' imbarazzati.

«Il nostro primo ballo», commentò la ragazza. «Ma ora andiamo, prima che la Punto si trasformi nella zucca di Cenerentola, è passata mezzanotte.»

«Come sei saggia…» ironizzò l'uomo e la baciò, incurante della gente.

Martedì 9

25

Un improvviso e violento temporale aveva colpito Viterbo. La temperatura era scesa rapidamente, mentre il traffico impazziva lungo le strade trasformate in torrenti vorticosi.

Il capitano Raminelli del Vischio, che doveva presentarsi in procura alle dieci e mezzo, fu costretto a sostare per qualche minuto in prossimità del valico dei monti Cimini.

Intanto Marta Aletei era giunta in procura. Era pallida e agitata. Lo avvertì immediatamente: «Ieri ho dimenticato di mandare a Scuto le foto del capitano Raminelli». Si fece più pallida: «Perciò manca l'identificazione dell'accompagnatore della moglie dell'ambasciatore. Me ne sono accorta stamattina, appena in ufficio, e ho provveduto via fax. Mi dispiace».

Il procuratore non commentò: era portato a scusare gli errori dei propri collaboratori. Sapeva bene che era impossibile non sbagliare, di tanto in tanto. E ora, in quel caso, la funzionaria era anche la sua compagna. Forse stava peccando d'indulgenza. Si disse che non doveva cambiare il proprio atteggiamento e chiamò Scuto. «Commissario, ha ricevuto il materiale?» chiese e, alla risposta positiva, continuò: «Mandi qualcuno da Hausman, in via del Corso. Il capitano sarà da me a minuti. Vorrei avere l'informazione mentre lui è qui sotto interrogatorio».

Il funzionario lo rassicurò: «Ci vado di persona, anzi corro».

Certo che la verifica sarebbe stata effettuata in tempo, il magistrato sorrise a Marta e le offrì una sigaretta.

Fumarono in silenzio, guardandosi negli occhi, finché Doberdò, bussando, mise dentro la testa e annunciò: «C'è il capitano Raminelli del Vischio».

Erano ormai le undici.

«Prima di riceverlo aspettiamo un altro po'. Così potremo guadagnare quanto ci serve per aspettare la telefonata di Scuto.» Era rassicurante la sua padronanza della situazione.

La Aletei, ormai tranquilla, aggiunse: «Ho qui con me quello che ritengo sia l'estratto conto di Jiri Hadràsek, il fratello di Hàlinka. È incomprensibile: è scritto in lingua ceca. Ho convocato in questura Antetomaso. Anche se non è un interprete diplomato, dirà cosa si legge nel documento. Ho pure chiamato Jiri a Praga: si è dichiarato disponibile a tornare a Viterbo. La soluzione del mistero dell'assassinio della sorella gli preme molto. Spera che i soldi accumulati nella Repubblica ceca rimangano in suo possesso e vuole collaborare con noi nel modo migliore. A un ispettore di polizia, giorni fa, mentre aspettava che tu lo interrogassi, ha detto che ha già ordinato i mobili per l'albergo che sta realizzando a Praga. Mi ha promesso che partirà in macchina – ci ha tenuto a sottolineare di avere una macchina italiana, un coupé Alfa Romeo – al massimo domani. Ho ricevuto anche gli estratti conto del capitano Raminelli. La sua carta di credito ha lavorato molto. Con Hausman e con il meglio della moda femminile: Battistoni, Vuitton, La Perla e altri marchi di lusso».

«Ho capito. Ormai non manca che l'identificazione fotografica», aggiunse il giudice, che dette un'occhiata all'orologio. Era quasi mezzogiorno e capì che non era possibile prolungare l'attesa del testimone: «Adesso facciamolo accomodare».

Una volta che il capitano fu entrato, Agrò lo informò che si trattava di un incontro amichevole, di una chiacchierata per capire meglio i suoi rapporti con i coniugi assassinati e quali altri elementi, a distanza di qualche giorno dal delitto, ritenesse utili e da segnalare all'autorità giudiziaria.

Agostino Raminelli non era una persona dotata di grande comunicativa. Formulò alcune considerazioni banali, senza rilievo, e tuttavia fornì un'informazione che attirò l'attenzione degli inquirenti: Claudio e Hàlinka Raminelli erano in attesa di ricevere molti soldi, una cifra importante, almeno tre milioni di euro. E gli ripetevano in continuazione che i loro problemi economici sarebbero stati risolti per sempre e che avrebbero realizzato il sogno di acquistare una grande casa all'Argentario, abbandonando la lontana Kios, l'isola greca così scomoda da raggiungere, e Capodimonte col suo lago di Bolsena.

Mentre l'ufficiale parlava, arrivò la telefonata di Scuto. Il procuratore, per rispondere, uscì invitando la commissaria a seguirlo. Lasciando dei documenti sparsi sul suo tavolo, diede ordine a Doberdò di trasferirsi nella sua stanza e di tenere compagnia al testimone.

Scuto comunicò che da Hausman il capitano era stato riconosciuto senza alcun dubbio come l'acquirente di un costosissimo orologio Patek Philippe, consegnato in regalo alla signora Raminelli del Vischio che lo accompagnava. Senza bisogno di dirsi nulla Agrò e la Aletei rientrarono nell'ufficio. Il pubblico ministero, appena dentro, accese una Marlboro e osservò a lungo, in silenzio, il capitano. Poi, d'improvviso, si alzò, congedò il militare, gli raccomandò di tenersi a disposizione per eventuali e nuovi chiarimenti e lo pregò di lasciare alla dottoressa tutti i suoi recapiti telefonici.

26

«Forse ci siamo.» Il giudice era ottimista. «Diamogli corda. Può finire che ci si impicchi con le proprie mani. Sappiamo che Agostino Raminelli comprava costosi oggetti per la moglie del padre, che variavano dai merletti per la biancheria intima ai vestiti. Persino un orologio di grande valore. Ma non abbiamo un movente. Dobbiamo pensare che se il capitano intendeva mettere le mani sui soldi che la coppia aspettava, solo nell'ipotesi in cui essi fossero stati già incassati potrebbe essere rinvenuto un suo preciso, plausibile interesse a eseguire gli omicidi, della cui efferatezza non c'è comunque spiegazione. Altrimenti resta l'ipotesi passionale, quella del figlio innamorato della giovane moglie del padre. Marta, bisogna indagare ancora. È impossibile che, se è vera l'ipotesi passionale, nessuno sia a conoscenza della tresca. Ora bisogna trovare un testimone e farlo parlare.» Mentre pronunciava queste parole, sentiva crescere un vago scetticismo, a cui non trovava spiegazione. Probabilmente quel giovane era un eccellente simulatore che, dietro le apparenze dell'integerrimo servitore della patria nel reggimento più attento alle tradizioni militari, celava un comportamento tortuoso e scorretto al punto d'essere l'amante segreto della moglie del padre e di concepire una specie di scippo. Certo in entrambe le ipotesi il conto non tornava: troppi segnali evidenti e troppi acquisti, troppe carte di credito.

Il flusso dei suoi pensieri venne interrotto dalla commissaria che, vedendolo assorto, aveva sin lì taciuto: «Io propendo per la tesi del delitto d'amore. Il figlio di Claudio Raminelli è talmente innamorato di Hàlinka che la copre di regali e, nel comprare tutti quei doni costosi, non usa una normale prudenza. Non gli interessa di lasciare tracce ovunque, e di questo capiremo presto il perché. È comunque possibile che nell'infatuazione non abbia pensato al dopo…»

Italo constatò che Marta mostrava una mente induttiva, proprio come la sua, e questo li avrebbe aiutati nell'inchiesta.

«Voglio però esprimere una valutazione dettata dalla sensibilità femminile: nessuna donna accetta in regalo biancheria intima se non sa e vuole che il donatore gliela ammiri indosso. E il capitano gliela faceva ricamare a Castiglione del Lago…» finì lei. «Continuerò a stare attenta e a guardarmi intorno. Qualcosa di definitivo, prima o dopo, verrà fuori.»

«Eccellente, la tua annotazione psicologica. Questa considerazione sugli indumenti intimi non sarebbe mai venuta in testa a un uomo.» Prima di salutarla, le domandò: «Ci vediamo stasera?»

«Non aspettavo altro che me lo chiedessi. Certo che ci vediamo. Passa da casa mia verso le otto con la macchina. Andremo a prendere aria fresca sul lago di Bolsena», gli disse lei.

Poiché quel mattino non era riuscito ad andare a correre a causa del temporale, il procuratore, quando lasciò l'ufficio per la pausa pranzo, si recò nella propria abitazione, si cambiò e, salito sulla macchina, raggiunse i Cappuccini. Parcheggiò l'auto e iniziò la solita corsa. Si avviò per la strada della Palanzana, che fra tutti i possibili percorsi da jogging si era rivelato il più divertente. Andava e rimuginava le informazioni accumulate in quei giorni. All'improvviso si fermò, prese il cellulare e chiamò Marta: «Il falegname di vicolo Baciadonne sostiene che la signora Raminelli andava tutti i giorni all'accademia Sing-song, mentre Pepito tango dice che la vedeva non più di un paio di volte alla settimana. Fai un accertamento su tutti gli abitanti del palazzo in cui c'è la sede della sala da ballo. Chissà!» Riprese l'andatura veloce, terminò il giro che aveva in programma, tornò alla Punto e rincasò. Alle cinque era di nuovo in ufficio: in anticamera lo attendeva la Aletei. Aveva un'aria furba e soddisfatta.

«Sembri un gatto che abbia appena catturato un topo: ecco, la coda della bestiolina spunta dalla tua bocca», commentò, ridendo, l'uomo.

«Come?» chiese lei, facendo finta di non capire.

«Hai capito benissimo: quando il gatto mangia il topo, per qualche attimo dalle sua labbra si vede la coda che si muove ancora. Ora non tenermi sulla corda, dimmi cos'è successo.» Era incuriosito.

«Hai proprio ragione», confermò la funzionaria di polizia. «Ho mangiato il topo, il topo Agostino Raminelli del Vischio. Però mi devi spiegare come ti è venuto in capo di mandarmi a verificare tra gli abitanti del palazzo. Mi spiego: il falegname di vicolo Baciadonne ha dichiarato che anche il figlio dell'ambasciatore andava all'accademia Sing-song. Ho domandato a Pepito tango e allo Sgozzato e nessuno dei due sapeva nulla. Ho fatto il giro degli appartamenti e tutti gli inquilini erano in casa, meno quelli dell'ultimo piano. Mi hanno detto che era una piccola mansarda. La signora Patàra, che sta al secondo piano, mi ha fatto entrare e, a bassa voce, mi ha confessato che la mansarda l'aveva affittata in nero il capitano Raminelli e che lui proprio lì si incontrava in segreto con la matrigna. Ha definito "matrigna" Hàlinka, che era più giovane del giovane amante e figliastro.»

«Convochiamo di nuovo il capitano Agostino Raminelli del Vischio. Anzi, faccio subito preparare un bel mandato di comparizione. Intanto avvisa Scuto e pregalo di mettergli qualcuno addosso. Fra un'oretta potrai ritirare il mandato e spedirlo via fax a Roma. Disponi che il capitano sia portato in questura. Lì passerà la notte e lì cuocerà a fuoco lento, perché lo interrogheremo soltanto domani mattina. E, se le nostre ipotesi saranno confermate, domani stesso ci sarà la convalida dell'arresto e il trasferimento al Mammagialla.»

27

Sembrava che ormai l'inchiesta avesse avuto la svolta tanto attesa. Quando la sera si diressero verso Montefiascone per cenare da Morano, Italo e Marta erano eccitati per l'imminente soluzione del caso. Nonostante tutto, il semplice, elementare delitto passionale era stato lì, davanti a loro, sin dall'inizio, e non avevano saputo riconoscerlo.

Il tempo si era rasserenato. Solo la temperatura più fresca rispetto al mese estivo indicava che la giornata si era aperta con la pioggia battente. «Maltempo dall'Atlantico», aveva precisato il bollettino meteorologico dopo il telegiornale dell'una.

Mentre la macchina percorreva la Cassia a un'andatura tranquilla, da escursione, i due inquirenti pensarono alle mosse da compiere per completare l'indagine.

«I viaggi del capitano!» suggerì lei.

«Cellulare e amicizie romane», aggiunse lui. «E, domani mattina, una perquisizione accurata dell'appartamento di Roma e della garçonnière di Viterbo. Se i soldi dell'ambasciatore fossero arrivati e il figlio li avesse rubati, non sarebbe riuscito a nascondere con facilità tre milioni di euro!»

«I movimenti di conto corrente!» riprese lei.

«Le fidanzate precedenti e i trascorsi di servizio!»

Arrivarono al ristorante, parcheggiarono e presero posto in una veranda aperta che si affacciava sul lago. C'era molta gente che si godeva la serata. Si potevano scorgere le luci di Capodimonte e del paesino di Marta con le isole che si intravedevano sullo sfondo. Quando il vocio si fermava per qualche attimo, giungeva sino a loro la melodia di una sonata di musica classica.

«Concerto all'isola Bisentina», spiegò la commissaria. Sembrava orgogliosa dell'incanto del luogo e dell'atmosfera romantica che avevano trovato.

«Un bel posto?» chiese il magistrato.

«Un posto magico, l'isola Bisentina… Soprattutto a quest'ora, con la musica e la luna… il principe del Drago, che è il proprietario, ha proprio avuto una bella idea organizzando i concerti… anche l'isola Martana è magica», la ragazza aveva cambiato il tono della voce, s'era intenerita.

«Ci andremo presto», Agrò si sentiva felice in compagnia di quella donna. «Mi pare che questo sia il tuo habitat perfetto: un paese con il tuo nome, Marta. Un'isola Martana… che vuoi di più?»

«Devi inserire anche te, in questa combinazione fortunata…» gli sorrise la ragazza.

«E ora, di lavoro non si parla più, almeno per stasera.

Pensiamo a noi», mormorò il magistrato, per recuperare la loro intimità.

In tutta risposta lei gli prese le mani tra le sue e, concitata, tornò a parlare. Gli disse anche che voleva accompagnarlo a fare jogging. Quand'era più giovane aveva giocato a pallavolo ed era stata una buona sportiva. Ora avrebbe ripreso per tenergli compagnia.

Italo, che da anni coltivava il sogno di correre la maratona di New York, si mostrò entusiasta della prospettiva e sostenne che questa sarebbe stata l'occasione buona per allenarsi bene e per andare in America insieme.

«A proposito», continuò, assumendo un'aria solenne, «e le ferie? Le farai con me? E adesso posso citare il mio Quasimodo? Sai, scrive: *Ricorda che puoi essere l'essere dell'essere solo che amore ti colpisca bene alle viscere.*»

La ragazza sembrò toccata, forse commossa: «Non te l'ho già detto che in effetti l'amore mi ha colpito alle viscere e me le torce in continuazione?» Gli accarezzò di nuovo la mano senza dire altro. Poi si alzò e cambiò posto, sedendosi al suo fianco. Si avvicinò ancora e, incurante degli altri clienti, lo baciò, delicatamente, sulle labbra.

Venne il cameriere e Italo la pregò di scegliere per entrambi: gli piaceva osservarla mentre agiva e si muoveva, padrona della situazione, sicura di sé.

Lei ordinò una pasta con i fagioli Solfini Purgatorio di Gradoli, una specialità della zona e, per secondo, coregone alla griglia. Quando arrivò la minestra, il giudice vide i legumi e commentò: «Hanno l'occhio come i fagioli mascalisi del mio paese». E, assaggiatone qualche cucchiaio: «Sono addirittura migliori».

Ripresero a parlare dei programmi per le vacanze: pensa-

rono che, salvo imprevisti, a metà luglio avrebbero potuto as-
sentarsi per un paio di settimane. Ora che erano d'accordo
sul periodo, dovevano scegliere il posto.

Alla ragazza venne un'idea: «Perché non andiamo a Kios,
l'isola greca dell'ambasciatore Raminelli? Era di sicuro un
esperto di luoghi incantevoli».

«Benissimo, ci pensi tu all'organizzazione?» le domandò
il magistrato.

«Ci penserò io», confermò lei.

«Però, una breve scappata in Sicilia, per mostrarti i miei
luoghi d'origine, quattro giorni al massimo, la dovremmo fare. Prima o dopo Kios», aggiunse il procuratore.

«Sì, sono proprio curiosa di conoscere il tuo paese. Così:
una settimana a Kios; una in Sicilia. E, appena potremo, verrai nel Cilento, al paese dei miei in provincia di Potenza», gli
rispose Marta. «Ti farò scoprire Lagonegro e la valle del Noce, le loro attrattive, a cominciare dall'antico castello, ma anche gli anfratti più segreti. È l'unico centro della zona che
aderì alla Repubblica napoletana del Novantanove. Anche il
mio paese fu vittima di Horatio Nelson e dei Borboni. Andremo sul monte Sirino e ti stupirai. Sembra la Svizzera, anzi, cosa dico, è meglio della Svizzera! C'è la calda atmosfera
del Sud, con la sua gente e la sua ospitalità trascinante. Vedrai... vedrai...»

Si era fatto tardi ed era l'ora di rientrare. Una volta in
città, Italo parcheggiò la macchina e accompagnò Marta in
via Cardinal La Fontaine. La ragazza lo prese per mano e lo
guidò dentro il portone.

Dopo diversi giorni, quella notte il sogno tornò a popolare la mente del magistrato: un sogno piacevole, nel quale
Marta aveva preso il posto di Regina, come aveva fatto sin da

quando il viso della bambina aveva preso a sfocarsi. E lui si era reso conto subito, quando era accaduto, che i lineamenti appena accennati erano quelli della Aletei. Ma non aveva voluto ammetterlo nemmeno con se stesso.

Mercoledì 10

28

Andando a piedi verso la questura, il procuratore chiese a Marta di spiegargli i frenetici preparativi per la festa di santa Rosa, che monopolizzava l'estate viterbese e che concludeva, ai primi di settembre, la stagione delle vacanze. Proprio quel giorno aveva letto sul «Messaggero» che già si stava lavorando per il corteo storico e che erano stati stabiliti i giorni delle prove dei figuranti. Marta stava per iniziare a illustrargli la lunga sequela di riti, di cerimonie e di festeggiamenti, quando l'austero edificio della questura comparve innanzi a loro. Così sospesero il discorso, entrarono e si diressero alla saletta riservata agli interrogatori.

Il figlio dell'ambasciatore Raminelli del Vischio era arrivato alle tre e mezzo della notte precedente. La polizia di Roma, dopo una lunga attesa sotto casa, l'aveva arrestato verso l'una, al rientro.

Si resero però conto di non poter iniziare: mancava il legale di fiducia dell'indiziato. Piuttosto indispettito, il giudice si accomodò su una poltroncina e, rimuginando sul modo di affrontare l'ufficiale, prese un mezzo Toscano e lo portò alla bocca.

Raminelli aveva lo sguardo smarrito e incerto. Due

profonde occhiaie gli segnavano il viso, il cui pallore, unito alla barba non rasata e ai capelli spettinati, aumentava la sensazione di abbandono, quasi di resa, di fronte all'ineluttabilità di ciò che doveva accadere. Chiese di parlare subito con Agrò per rendere una dichiarazione spontanea anche prima dell'arrivo dell'avvocato.

Il magistrato provò a sconsigliarlo e gli annunciò che avrebbe mandato a prendere dei caffè.

Raminelli sembrò acquietarsi. Tuttavia, all'improvviso, sbottò: «Ammetto di avere avuto una relazione con Hàlinka Hadràsek».

«Come? Ammette una relazione con Hàlinka Hadràsek?» Si stupì il giudice: c'era qualcosa che, in fondo, non quadrava. A meno che Raminelli non fosse stato un instabile psicopatico, pazzo d'amore.

«L'ammetto», ripeté l'ufficiale. «Ma voglio precisare che ero innamorato di Hàlinka. Ci eravamo conosciuti a Budapest, durante una visita che avevo fatto a mio padre, in quel periodo ambasciatore italiano in Ungheria. Un giorno ero andato a bere un aperitivo all'hotel Forum, il migliore della città. Lei era lì con un'amica. Attaccai discorso e Hàlinka mi disse che lavorava in un'agenzia di viaggi. La invitai a cena e cominciammo a vederci finché, prima di partire per Roma, la presentai a mio padre.» Si arrestò. Era tutto sudato.

Senza che nemmeno lo chiedesse, un ispettore gli avvicinò una bottiglia di acqua minerale e un bicchiere di carta. Arrivò in quel momento il ragazzo del bar con il vassoio dei caffè.

Il capitano bevve l'acqua e l'espresso e riprese: «Hàlinka mi aveva promesso che avrebbe abbandonato mio padre e che sarebbe tornata con me... non sopportavo l'idea che lui la toccasse, la abbracciasse, la... un dolore immenso al quale non c'era rimedio, salvo quando eravamo insieme...»

«È proprio certo che la signora avesse una simile intenzione?» L'interruzione schioccò secca come un colpo di frusta insieme al resto del discorso, un duro confronto con la fredda verità. «L'aveva abbandonata scegliendo l'ambasciatore, immagino soltanto per un calcolo di convenienza.»

Il militare incassò e sembrò scosso, prima di riordinare le idee e proseguire: «Non c'è dubbio, quella donna mi aveva stregato. Non c'è altra spiegazione di quanto mi è accaduto. Le sue parole, dottore, mi richiamano alla realtà, una realtà che forse ho voluto eludere, giorno dopo giorno. Mi crogiolavo nella sofferenza, aspettando il momento in cui saremmo stati insieme di nuovo. E quando lo eravamo, insieme, mi voleva su di lei e mi diceva: "Agostino, tu sei il mio uomo, il mio vero, unico uomo... prendimi... stringimi..." Deve sapere che una sera, disperato, prima di lasciarla andare a raggiungere mio padre, minacciai di ammazzarmi con la pistola d'ordinanza. Hàlinka mi spiegò che voleva lasciare mio padre perché era sempre innamorata di me. Intendeva aspettare, però, che arrivassero i soldi, i molti soldi frutto di una misteriosa transazione internazionale. Non poteva andarsene prima e perderli. A dire il vero, l'argomento convinse anche me: sarebbe stato stupido rinunciare a una vera fortuna. Bastava la parte promessa ad Hàlinka per cambiare la nostra vita. Proprio nel primo pomeriggio del giorno in cui avvennero gli omicidi, era in programma l'incontro definitivo. Ci saremmo visti più tardi a un concerto a palazzo Barberini. Lì avrei saputo da lei quando, nei giorni immediatamente successivi, avrebbero incassato. A quel punto sarebbe venuta via con me. Debbo aggiungere che ritengo di essere io il padre del bimbo di cui Hàlinka era in attesa».

«Bene», commentò Agrò, che, a meno che non diventasse necessario, non aveva alcuna intenzione di rivelargli il contenuto delle foto trovate nell'appartamento di via del Macel gattesco. «L'accertamento del suo Dna era previsto. Le faremo prelevare il sangue oggi stesso.» Chiese alla Aletei di trovare un medico che potesse effettuare il prelievo e chiamò il commissario Scuto, alla questura di Roma: «Qui a Viterbo ci vuole troppo tempo e io ho bisogno di un accertamento di Dna a vista, al massimo in ventiquattr'ore. Ci pensi lei, Lanfranco».

Il funzionario lo rassicurò: avrebbe compiuto l'ennesimo miracolo.

Intanto era arrivato l'avvocato D'Ellia, il difensore di Raminelli, un giovane legale romano specialista nei misfatti della piccola criminalità e in delitti minori. Il capitano aveva respinto l'aiuto economico che gli avevano offerto la madre e il suo facoltoso compagno. Loro, infatti, gli avevano proposto di nominare come difensore un avvocato di grido: avrebbero, infatti, voluto assumere il professor Lemme, uno dei più famosi penalisti del paese, protagonista di tanti famosi processi. Gli avevano anche assicurato che, se avesse gradito qualcun altro, sarebbe stato libero di sceglierlo. Doveva essere comunque un professionista di riconosciuta bravura. Ma Agostino Raminelli non aveva accettato e si era rivolto a D'Ellia perché, oltre a essere stato un compagno di scuola, era il suo migliore amico. Si vedevano spessissimo e andavano in vacanza insieme.

Anche il procuratore capo conosceva il legale. S'era imbattuto in lui un paio di anni prima per il processo a uno spacciatore di droga e l'aveva giudicato un onesto mestierante, tenace e preparato.

Informato delle dichiarazioni spontanee del suo cliente, l'avvocato cercò di dissuaderlo dal confermarle. Il militare, però, fu irremovibile e sottoscrisse il documento che le riassumeva.

Era giunto il momento dell'interrogatorio formale. Il magistrato si rivolse di nuovo all'ufficiale: «Per prima cosa, voglio sapere come ha trascorso la giornata di martedì venticinque giugno e, in particolare, le ore tra l'una e le cinque del pomeriggio».

Raminelli sembrò riflettere, poi riferì che al mattino, sino alle undici, era stato nella caserma dei Lancieri di Montebello sulla via Flaminia Vecchia, dove era montato a cavallo. Rimase pensoso per qualche attimo, prima di concludere: «Alle undici sono uscito e sono andato in centro. Volevo comprare qualche maglietta per le vacanze e una valigia con rotelle per l'imminente partenza con Hàlinka. Ho girato a lungo senza trovare nulla che mi piacesse. All'una, mangiato un hamburger da McDonald's, in piazza di Spagna, mi sono ritirato nel mio appartamento, in via Bertoloni, ai Parioli. Qui ho letto e guardato la televisione sino alle sei, quando mi sono preparato per andare al concerto di palazzo Barberini».

«Ricorda, per caso, quali programmi ha visto in televisione?» intervenne la Aletei.

«No, non ricordo. Ho fatto molto zapping e, in verità, mi sono appisolato», concluse l'ufficiale che, da quel momento, restò in silenzio, abbattuto per l'evidente fragilità del proprio alibi.

29

«Saltiamo il pranzo?» suggerì il magistrato, appena terminarono in questura. «Ci cambiamo, indossiamo la tuta e andiamo a correre.»

«D'accordo», rispose Marta. «Ci vediamo fra venti minuti sotto casa mia.»

Lei inforcò un motorino, indossò il casco e partì a razzo, mentre lui salì sulla macchina di servizio e si diresse verso via Cavour. Erano passati venti minuti giusti quando passò a prendere la ragazza con la propria vettura. Imboccarono la via Cassia Nord verso il passo dei monti Cimini. Giunti al bivio di San Martino, parcheggiarono in una piazzola e iniziarono il loro jogging.

«Regolati», le raccomandò lui. «Ora ci toccherà la discesa, ma il ritorno sarà duro. Quando sarai allenata a sufficienza faremo il giro completo del lago di Vico.»

Marta, con tono ironico, gli fece: «Non ti preoccupare per me, va tutto bene. Piuttosto, pensa a te e a risparmiare il tuo, di fiato…» e continuò la corsa.

Lui la osservò meglio e, incuriosito, le domandò: «Che porti nello zainetto?»

«La mia pistola Glock e i soldi. Questi, vedrai, ci serviranno. Per dopo, ho un programmino», replicò lei.

Corsero sino a raggiungere il lungolago. La ragazza andava come il vento. Italo, però, preoccupato che lo sforzo si rivelasse troppo intenso, le consigliò di nuovo di non forzare e di tornare alla macchina. Senza fermarsi, fecero dietro-front. La risalita fu molto dura.

Marta non si lamentò. Stette dietro a Italo che, volutamente, aveva rallentato il passo. A circa seicento metri dal parcheggio, tutto a un tratto lei accelerò, sorpassandolo.

Andò avanti così per due o trecento metri, con il magistrato che, staccato, cercava di riprenderla. Erano quasi arrivati alla Punto, quando la ragazza all'improvviso cominciò a respirare a fatica e ridusse l'andatura sino a fermarsi. L'uomo in un attimo fu al suo fianco e, vedendola immobile e furibonda per la crisi, l'abbracciò. Raggiunsero la macchina camminando stretti l'uno all'altra.

Marta stava meglio e volle guidare. Mise in moto e si diresse verso le Terme dei Papi, un posto che il suo compagno non aveva visitato. I soldi che erano nello zainetto si rivelarono utili: pagò alla cassa automatica ed entrarono. Marta tirò fuori un bikini e un calzoncino da bagno nuovo, ancora nel cellophane di fabbrica.

«Un'operazione premeditata», commentò l'uomo, ridendo.

«Ebbene sì, confesso», ammise lei.

Si cambiarono e si tuffarono nell'acqua calda della piscina termale. Un bagno ristoratore li rimise in sesto.

Mentre si rilassavano distesi vicino alle cascatelle, Agrò si sentì salutare. Si girò e rispose al saluto: era lo stesso uomo che aveva incontrato al ristorante Il caminetto, Scriboni, che aveva voglia di attaccare discorso. Tutti insieme, godendosi il bagno termale, presero a parlare: una conversazione che rimase nei toni più formali. Di tanto in tanto, l'uomo inseriva fra le sue parole un'osservazione puntuale e acuta, soprattutto a proposito del momento politico.

Dopo essersi congedato dalla ragazza, prima di andarsene, Scriboni disse al magistrato: «Auguri per il suo lavoro, un entimema dopo l'altro, vedrà che risolverà il puzzle».

Il procuratore rimase di sasso, come se quel tipo gli avesse sbattuto in faccia una provocazione, un doppio senso forse offensivo o almeno irrispettoso. Con aria interdetta si volse verso la donna che si mise a ridere e, comprendendo il suo stupore, precisò allegra: «Niente paura. Entimema è un sillogismo zoppo o ellittico. T'ha voluto dire che, ragionando, risolverai il caso. Penso a un apoftegma astratto, senza alcun riferimento alla nostra particolare inchiesta. Scriboni è una brava persona, senza amicizie nel mondo dei diplomatici».

Italo rimase a bocca aperta, meravigliato dalle conoscenze di retorica antica che, con sottile ironia, la poliziotta aveva sfoggiato.

Lei, sempre più divertita, ironizzò: «Solo merito del mio professore di storia e filosofia, un lucano molto volitivo di Melfi. Ma cosa credevi? Che rispondessi al cliché dell'agente codice e manette? E un po' di sesso di tanto in tanto? Ebbene, amico mio, ti sei sbagliato. Come diceva un mio amico sindacalista: "Anche in quel cuore batte un cervello". E ricordati padre Dante: *assolver non si può chi non si pente, né pentere e volere insieme puossi per la contradizion che nol consente... forse non pensavi ch'io loica fossi!* Tornando all'inchiesta, domani mattina sarà a Viterbo Bibiana Zuccari, la ricamatrice di Castiglione del Lago, per il riconoscimento dei pizzi sulla biancheria di Hàlinka Raminelli». Un'allegra risata mise fine alle sue parole.

Uscirono dalla piscina, si rivestirono e mangiarono un panino al bancone del bar.

Sulla via del ritorno sostarono vicino alla fonte del Bulicame. Marta gliela mostrò e gli fece constatare il calore insopportabile dell'acqua sulfurea che sgorgava quasi a cento gradi.

Il procuratore guardò l'orologio e sospirò: era ora di ripresentarsi in ufficio, fascicoli e faldoni non potevano più attendere.

Verso le sette, telefonò Valerioti, il presidente del tribunale. Parlarono a lungo dei processi e delle udienze in programma nei giorni successivi e di questioni dell'Associazione magistrati. Nel salutarlo, Valerioti aggiunse: «Ti piace il jogging…» Era un'affermazione maliziosa, non una domanda.

«Certo che mi piace il jogging», replicò, piccato, Agrò. «E qui ci sono tanti percorsi gradevoli. E c'è una piscina termale straordinaria, di cui non mi priverò per nessuna ragione.»

«Italo, Viterbo è un piccolo centro e bisogna essere cauti…» insistette Valerioti.

«Non vedo in che cosa.» Ora la sua voce era gelida e tagliente. «Dalle mie parti si dice: "Male non fare, paura non avere". E anche se ci sono chiacchiere e chiacchieroni, io non intendo mutare di un millimetro il mio modo di vivere. Ciao.» L'incauta intrusione l'aveva indispettito. "Come si permette…" pensò. Decise di non turbare Marta e non le disse nulla.

Giovedì 11

30

L'orologio del campanile di piazza Plebiscito suonò le otto. Il caldo umido di scirocco aveva investito anche l'oasi di frescura viterbese. Italo stava per uscire dall'appartamento, quando sul cellulare gli arrivò la telefonata di Camilla Biondo, la giornalista di «Repubblica», che chiedeva se ci fossero novità.

Mentre si recava al bar Neri di piazza Fontana Grande per il primo caffè del mattino, lui le raccontò per sommi capi gli ultimi sviluppi, precisando che il capitano Raminelli era in stato di fermo, in attesa della convalida dell'arresto che il Gip avrebbe dovuto firmare di lì a poco.

L'inviata del quotidiano gli propose un'intervista.

Lui rifiutò, suggerendo di chiederla al questore. L'alto funzionario, nelle veste di responsabile della polizia del capoluogo, avrebbe potuto chiarire lo stato dell'inchiesta senza compromettere il titolare del procedimento giudiziario.

La Biondo, delusa, protestò e cercò di convincerlo.

Si salutarono piuttosto freddamente.

Verso le undici, si fece sentire Marta: «La signora Zuccari ha riconosciuto i propri lavori di ricamo. Un altro tassello importante va a posto».

«Complimenti, bel colpo! Questo pezzo d'inchiesta, con l'intuizione sulla biancheria intima al "punto Irlanda", non c'è che dire, è tutto merito della dottoressa Aletei…» sottolineò con affettuosa ironia. Pensò con dispiacere ai guai che si profilavano per il capitano Raminelli: nei suoi confronti gli sembrava di nutrire una inspiegabile simpatia. Rifletté che doveva comunque essere soddisfatto della piega risolutiva che l'inchiesta stava prendendo, visto che sembrava avvicinarsi la soluzione almeno di una parte del mistero. Tuttavia mancava ogni chiarimento o anche qualche ipotesi plausibile circa la montagna di soldi che la coppia Raminelli del Vischio aspettava dalla segreta transazione. "Debbo collocarmi nell'ottica di un entimema classico", pensò. Sull'entimema si era documentato. "Un sillogismo al quale manca un termine sostanziale. Eppure, il sillogismo dovrebbe stare in piedi lo stesso…"

In quel momento arrivò un'altra telefonata. Il consigliere De Majo Chiarante, il suo amico del CSM al quale s'era rivolto per aiuto, gli annunciò: «Ho fatto un miracolo. Il tuo Girolamo Maralioti da lunedì prossimo sarà applicato alla procura di Viterbo. Proprio come mi avevi chiesto, la sua missione scadrà il quindici di novembre».

Italo lo ringraziò con calore: aveva ottenuto la persona giusta, l'aiuto di cui aveva assoluto bisogno per chiarire del tutto il caso.

Nel frattempo, la Aletei lo raggiunse in ufficio. Il pubblico ministero infilò nella borsa un block-notes e una specie di questionario che aveva preparato il giorno prima e, insieme alla commissaria, lasciò la procura.

Alle dodici precise entrarono nella sala interrogatori del carcere circondariale Mammagialla in cui li stava già aspettando l'indiziato, il capitano Raminelli.

L'avvocato Roberto D'Ellia, il difensore, non tardò molto. Insieme, rimasero in attesa del dottor Guido Linosa, Gip del procedimento, un magistrato poco più che trentenne che lavorava da qualche anno negli uffici giudiziari del capoluogo della Tuscia. Linosa si era fatto la nomea di essere troppo indulgente, dato che era piuttosto restio a spedire in carcere la povera gente con cui trattava. Il giudice arrivò a mezzogiorno e un quarto, accompagnato da un anziano cancelliere, e l'interrogatorio ebbe inizio.

Agostino Raminelli era disperato. Era soprattutto la morte di Hàlinka a tormentarlo e a trascinarlo verso una cieca aggressività verbale, interrotta di tanto in tanto da lunghi silenzi e momenti di depressione. L'avvocato difensore si sentiva coinvolto nella sventura che aveva colpito l'amico e non poteva che seguire l'evoluzione dei suoi sentimenti e le domande, ora incalzanti, ora ragionate e approfondite, del procuratore della Repubblica e del Gip.

Una specie di attenzione sdoppiata. "Il peggio che possa succedere a un avvocato", rifletté, "immedesimarsi troppo nel cliente e perdere di vista il processo." Diede un'occhiata ad Agrò e il suo sguardo diretto e limpido gli apparve rassicurante. "Non ci sono trappole in serbo", concluse tra sé e sé.

Il colloquio non approdò a nulla: Raminelli non ammise di essere l'autore degli omicidi, ma confermò di avere avuto una relazione con Hàlinka. Spiegò che con il padre i rapporti erano tesi e difficili e che non si era ribellato solo in vista della promessa fuga con Hàlinka, una sorta di rivincita di cui sentiva il bisogno. Confermò anche di avere ordinato a Bibiana Zuccari la biancheria intima con i ricami a «punto Irlanda» e di avere acquistato un orologio Patek Philippe che aveva regalato all'amante.

Qui la commissaria non riuscì a trattenersi e, in uno di quegli impeti che tanto piacevano al suo uomo, protestò: «Ma capitano Raminelli del Vischio, oggi, dopo tutto quello che è accaduto, pensa che Hàlinka fosse una donna di cui innamorarsi? Non crede, mi scusi la brutalità, che la signora abbia esagerato nel mettere alla prova i suoi sentimenti? Insomma, non le era sembrato sufficiente mettersi con suo padre, aveva anche continuato a coltivare la relazione con lei...»

Il procuratore la guardò: con quella spontanea osservazione e senza evocare le porcherie dei coniugi Raminelli con Costantino Rudescu, Marta avrebbe potuto spingere l'imputato a rivelare qualcosa di importante. "Sa cantare messa e fare la sagrestana..." si disse.

L'ufficiale sembrò di nuovo smarrito. Pensò a lungo, prima di risponderle: «L'ho già detto al qui presente dottore, l'altro giorno. Ha ragione lei, signora». Inaspettatamente mostrò uno speciale rispetto, da vecchio gentiluomo, per la funzionaria di polizia. «Però non si può comprendere una situazione come la mia senza esserci stato dentro. Hàlinka mi aveva catturato, aveva occupato la mia mente, i miei desideri. Le avevo perdonato il matrimonio con mio padre, perché potevo capire la sua ambizione: diventare la moglie di un ambasciatore, un uomo navigato, di grande fascino... Ma quasi subito si era dichiarata delusa e pentita. E le avevo creduto. Il resto lo sapete. Abbiamo avuto una relazione intensa. Hàlinka era una donna...» Si fermò e tacque. Era pallido e sudato, forse addirittura commosso.

Gli inquirenti cercarono di indurlo a parlare ancora. Poi, vista l'inutilità dei tentativi, rinunciarono a proseguire l'interrogatorio lasciandolo in compagnia del suo avvocato.

Rimasto con il legale, Agostino lo abbracciò e scoppiò a piangere.

«Io ti credo, stai tranquillo», lo rassicurò D'Ellia. «Quando ti sarai calmato, rifletteremo insieme sul da farsi. Devi dirmi tutto, in modo che io possa indirizzare al meglio la difesa. Con la nuova procedura abbiamo il diritto di compiere indagini autonome. Conosco un bravo investigatore, un siciliano che ho incontrato a Città della Pieve, dove ha risolto il caso del furto di un quadro del Pomarancio. Costa poco, ce lo possiamo permettere. Per presentare la domanda di scarcerazione e, in subordine, di arresti domiciliari e per ricorrere al tribunale del riesame voglio aspettare qualche giorno e capire cosa hanno in mano.»

«Roberto, la mia vita è finita», gli rispose l'ufficiale. «Stavamo per andarcene via, io e Hàlinka: mi diceva che prestissimo avrebbe avuto i soldi necessari per lasciare il vecchio e scappare con me. E quel giorno era quasi arrivato. Ora, di tutto quanto mi sta accadendo, non mi importa niente: facciano quello che vogliono. Non ho intenzione di difendermi. E lascia perdere l'investigatore.»

«Tu ti devi difendere e devi essere difeso», insistette Roberto. «Non hai commesso i delitti e io, che sono tuo amico, sento il dovere di assisterti, anche contro la tua volontà. A meno che non nomini un altro avvocato. In tal caso ti starò accanto egualmente come il fratello che non hai. Quanto al detective ci penserò io. Non ti preoccupare.»

31

Una volta lasciato il carcere di Mammagialla, le loro strade si divisero. Il magistrato tornò in procura, mentre lei, accompagnata da una squadra di agenti e da due ispettori della scientifica venuti da Roma, si diresse verso Capodimonte, il paesino sul lago di Bolsena nel quale si trovava la villa dell'ambasciatore Raminelli. Doveva procedere a una nuova e accurata perquisizione, dopo quella effettuata agli inizi delle indagini dalla sostituta Bastanti, e, soprattutto, a un nuovo interrogatorio dei domestici. Quelle operazioni, assolutamente necessarie, erano state rinviate per diversi giorni, a causa del sopravvenire di impegni più urgenti. Giunti sul posto, ordinò a Pergolizzi di procedere alla visita del complesso mentre lei si dedicava all'interrogatorio dei testimoni.

Giovanni Cattola, giardiniere e amministratore della proprietà, si dimostrò un furbo contadino, che sapeva parlare e tacere a seconda delle circostanze e delle convenienze. Infatti, benché sottoposto a una raffica di domande serrate, non disse nulla sui giochi scandalosi della coppia con il bracciante rumeno, né fece commenti sulla differenza di età fra i coniugi. Angela Margheritini, detta Pallina, richiese tutta la più consumata astuzia dell'Aletei, che aveva capito il tipo che le stava di fronte. La donna finì per riferire di non avere mai visto con i propri occhi alcuna scena erotica, ma che in paese aveva sentito ogni genere di chiacchiere sulle immorali esibizioni dei padroni. Alcuni giovani avevano addirittura preso l'abitudine di appostarsi su un poggio che sovrastava la villa e di osservare, con un binocolo, le performance del trio. Spiegò che, anzi, si trattava di un duo, giacché le risultava che l'ambasciatore non fosse mai protagonista e che gli bastasse guardare e fotografare. Era stata quella donna straniera a ridurlo così, sosteneva Pallina, perché, prima dello sciagurato terzo matrimonio, l'illustre ambasciatore don Claudio Raminelli del Vischio si era sempre comportato in modo irreprensibile. Aveva sì una spiccata passione per le donne e ogni gonnella gli faceva girare la testa, tutto però nei limiti della massima discrezione. Insomma, con gli affari di cuore e di letto non disturbava nessuno né dava scandalo. La domestica continuò riferendo anche che alcune volte, quando l'ambasciatore doveva andare per mezza giornata a Roma o a Viterbo, arrivava in villa il figlio Agostino. Riportò la cosa con apparente ingenuità per non essere ritenuta fonte di una grave indiscrezione o, peggio, un'accusa nei confronti del signorino, diventato ormai il padrone. Superato il cancello, l'ufficiale cercava la matrigna e scompariva con lei, ritirandosi nella serra. In primavera e in estate, scendevano un paio di balze, sino a giungere in riva al lago o si appartavano nella conca in cui si trovava la piscina.

La commissaria, ascoltata Pallina, dette un'occhiata in giro. L'edificio, molto spazioso, era stato costruito negli anni Cinquanta su un livello, tranne una specie di torretta che lo sovrastava. Comprendeva quattro stanze da letto, ognuna con bagno privato e un soggiorno con una grande parete di porte-finestre che affacciavano sul giardino e sul lago. La torretta consisteva invece in un unico ambiente vasto e luminoso da cui si godeva il miglior panorama e che era utilizzato come studio dell'ambasciatore. In quella stanza erano riuniti i ricordi professionali del diplomatico. Alle fotografie con presidenti e personaggi di fama mondiale che aveva incontrato si alternavano le immagini e gli oggetti che ricordavano le battute di caccia grossa, di cui era appassionato. C'erano una zanna di avorio, portata chissà quando dall'Africa, un dente di narvalo e alcune figure africane scolpite su legno insieme ad altri souvenir preziosi. Su una mensola erano riposti numerosi simboli fallici, anche questi provenienti da varie parti del mondo, e tra essi una piccolissima punta di freccia di porfido montata su una base in ebano con l'etichetta "Tchad 1981". Sopra un basso tavolino rettangolare, con il piano di vetro, si poteva ammirare una collezione di conchiglie, circa una ventina. La Margheritini dichiarò che si trattava delle conchiglie più preziose e rare che si potessero trovare. L'ambasciatore le aveva portate dopo un periodo trascorso in Malesia.

Si sentirono dei passi sulla ghiaia: Pergolizzi e gli uomini della scientifica stavano tornando.

«Così presto?» chiese la commissaria, che aveva immaginato di dover trascorrere tutta la giornata sul posto.

«Ci siamo organizzati, dividendoci i compiti», la rassicurò Pergolizzi. «Abbiamo fotografato tutto, stanza per stanza, parete per parete, in modo da poter esaminare con calma in ufficio ogni particolare. Abbiamo visitato anche la zona della piscina e gli spogliatoi. In un cassettone c'erano due macchine fotografiche, una Leica reflex e una Hasselblad sei per sei. "Oggetti costosi e professionali", sostiene Cavalieri. Non abbiamo trovato la cassaforte e i domestici hanno detto di non sapere se il diplomatico avesse nascondigli o casseforti.»

Mentre l'ispettore parlava, la dottoressa Aletei fu colpita da una grande e vecchia quercia, tutta ricoperta d'edera, in cima alla quale, nella sella tra due rami, c'era il nido di una gazza. Lo riconobbe, giacché nelle campagne cilentine era facile vedere quegli uccelli e individuarne i nidi.

Venerdì 12

32

Lo studio dell'avvocato Roberto D'Ellia era in via Pietro Borsieri, una tranquilla strada secondaria del quartiere Prati vicina agli uffici giudiziari. Il legale aveva dato appuntamento a Puccio Ballarò alle otto e mezzo del mattino, prima che scoccasse l'ora canonica delle udienze in tribunale e fosse costretto a correre da un'aula all'altra per tener dietro ai processi del giorno. Sapeva che il detective aveva una inguaribile tendenza al ritardo e aveva messo in conto di cominciare a parlargli non prima delle nove. La piccola suoneria dell'orologio da polso Casio segnava proprio le nove, quando l'avvocato sentì il rumore del citofono. Dato che la segretaria non era ancora arrivata, si alzò e aprì di persona.

Puccio Ballarò entrò sbuffando per il caldo. Posò il casco su una sedia dell'anticamera, si accomodò nell'ufficio del legale e accese una MS. I capelli folti, schiacciati dal pesante copricapo, cominciavano a riprendere il loro aspetto normale.

Vederlo provocava al legale una irrefrenabile allegria, un misto di ilarità e di autentico piacere, perché quel buffo siciliano ogni volta lo incuriosiva e divertiva.

L'investigatore non era vestito come al solito. Invece del normale doppiopetto stazzonato marrone gessato, indossava un giubbetto di cotone beige, che gli stringeva il petto mettendo in evidenza una stazza extralarge. Le tasche dell'indumento, gonfie e sformate, erano piene di carte, di sigarette e di accendini che, da accanito ma distratto fumatore, continuava a perdere e a ricomprare ogni giorno. I pantaloni di cotone erano all'ultima moda con le pinces e, in fondo, il risvolto. Erano stirati alla perfezione, come del resto la camicia rosa *botton down*, segno inequivocabile della presenza di una moglie premurosa. La calze bianche e corte spiccavano sotto ai pantaloni e facevano risaltare anche le scarpe Timberland da barca, nuove di zecca. Gli occhi neri e mobilissimi davano l'idea di un uomo intelligente e acuto. I movimenti, nonostante la mole, erano agili e veloci.

«Dimmi, Ballarò, che stai combinando?» gli domandò il legale, giusto per tastargli il polso prima di sbilanciarsi.

Puccio prese a elencare con enfasi eccessiva le innumerevoli indagini in cui era impegnato. Chiarì che, a causa del segreto professionale, non poteva rivelare nulla. Ciononostante, si dilungò invece su tradimenti coniugali, fughe d'amore, truffe con destrezza e spionaggi industriali.

«Insomma», commentò D'Ellia, ironico e irridente, «non hai da fare un cazzo!»

L'altro protestò, indispettito. Anzi, per rimarcare il proprio malumore rimase in silenzio per qualche minuto. Poi, come se fosse riuscito con sforzo a calmarsi, chiese di conoscere la ragione di quella chiamata.

«Primo punto all'ordine del giorno è il punto di Bertoldo: caro, non c'è un soldo», annunciò l'avvocato.

Ballarò si mosse dalla sedia facendo verso di volersene andare e, un attimo prima di accennare ad alzarsi, solo accennare però, rispose: «C'è però la regola d'oro: senza soldi non lavoro o, come si dice al mio paese, *travagghiu a credenza havi sulu rimettenza*. Vuol dire che lavorando a credito ci si rimette sempre».

«Ma qui parliamo del marchese di Carabà, amico mio. Il marchese del *Gatto con gli stivali*. Quel che oggi non è nelle mie mani, ci sarà domani», spiegò, ridendo, il legale che, fattosi serio, aggiunse: «Un mio amico e compagno di scuola, il capitano dei Lancieri di Montebello Agostino Raminelli del Vischio, è in prigione a Mammagialla, il nuovo carcere di Viterbo, con l'accusa dell'omicidio del padre, l'ambasciatore Claudio, e della sua giovane moglie di ventotto anni, Hàlinka Hadràsek, una ragazza ceca che aveva sposato un paio di anni fa». Il legale osservò Puccio. Era rimasto seduto e aveva assunto un'espressione che gli sembrò di dubbio misto a interesse, quasi volesse nascondere la propria sostanziale disponibilità a occuparsi del caso.

Ballarò, dopo un attimo, chiese: «'Sta femmina ceca, di chi era la moglie, del padre o del figlio?»

L'avvocato, ormai sicuro dell'interesse del detective, andò avanti deciso: «La femmina ceca era la moglie del padre…

Agostino Raminelli è come un fratello per me. Sono legato a lui dagli anni della scuola e non abbiamo mai cessato di frequentarci. È un uomo generoso e leale. Sciaguratamente, ha ammesso con gli inquirenti di essere stato l'amante della moglie del padre e crede che la creatura che questa portava in seno fosse la sua. Giura, e a me non giurerebbe mai il falso, di non essere l'assassino. Qui ho il fascicolo della causa. Te ne ho fatto una fotocopia. Studialo: puoi rimanere qui, mentre io vado in tribunale. A momenti arriva Antonella, la mia nuova segretaria. Chiedile il caffè. Mi raccomando, solo il caffè: non ci provare. Sarò di ritorno verso l'una. Andremo a pranzo insieme e ti chiarirò cosa mi aspetto da te. A proposito, il capitano Raminelli, se dimostreremo che non è colpevole del duplice omicidio, dovrebbe ricevere una sostanziosa eredità. E quindi lavoriamo, qui lo dico e qui lo nego, in cointeressenza con il cliente». L'avvocato ignorava che le spese folli di quella coppia avevano pressoché azzerato l'ingente patrimonio dell'ambasciatore.

«Prima di andartene dimmi chi è il magistrato che ha in mano l'inchiesta.» Istintivamente, il poliziotto privato voleva vedere chi fosse il suo antagonista.

«È un siciliano, per sei mesi a Viterbo come capo dell'ufficio. Viene da Roma. È il dottor Italo Agrò», disse il legale senza enfasi.

«Lo conosco, un amico», e il detective gonfiò il petto come per fare intendere che il personaggio fosse cosa sua. «È un paesano. Più in là ne parleremo.» Aveva l'aria di chi volesse nascondere chissà quali rapporti personali con il giudice.

33

Il procuratore della Repubblica di Viterbo si stava godendo un momento di relax. Aveva letto i giornali e si era soffermato sulla questione delle telecamere installate a Mammagialla, per le quali i sindacati degli agenti della polizia penitenziaria stavano protestando, ritenendole collocate nel carcere per sorvegliare i carcerieri più che i carcerati. Poi dette un'occhiata al settimanale scandalistico «Le ore di Viterbo».

C'era un titolone a tutta pagina: *Il giudice s'agapò*, che riecheggiava in modo piuttosto criptico e offensivo una sceneggiatura di Guido Aristarco e di Renzo Renzi, pubblicata dalla rivista «Cinema nuovo», dal titolo *L'armata s'agapò*. Nel Cinquantatré, ai primi di settembre, gli autori erano stati addirittura arrestati perché, nel loro testo, avevano raccontato stupri e amori dei soldati italiani in Grecia durante l'occupazione nazifascista nella seconda guerra mondiale. «Le ore di Viterbo», sotto il titolo, pubblicava alcune fotografie che lo ritraevano insieme a Marta, a Viterbo, mentre andavano a fare jogging, sul lago di Bolsena, nella piscina delle Terme dei Papi e mentre si baciavano sul Belvedere di Montefiascone. In un attimo, ricordò l'episodio: imbruniva e s'erano fermati ad ammirare il panorama. Sembrava che non ci fosse nessun altro…

Il testo dell'articolo era a dir poco velenoso, perché collegava il flirt tra il magistrato e la poliziotta – descritta come reduce da una tempestosa relazione con un collega sposato – all'allontanamento della sostituta Bastanti dall'inchiesta sull'assassinio dell'ambasciatore Raminelli e di sua moglie Hàlinka. L'autore dell'articolo insinuava molti e in apparenza argomentati dubbi sull'innocenza del rumeno Costantino Rudescu e sulla colpevolezza del capitano Raminelli, giungendo ad affermare che Agrò era noto per nutrire forti sentimenti antimilitari e antipatriottici. E che questi sentimenti lo avevano indotto a scagionare il rumeno e a incolpare l'ufficiale italiano.

Italo la chiamò. La trovò reattiva e indignata. Era dell'opinione che il nome in calce al pezzo, Guglielmo Bessi, fosse uno pseudonimo: con ogni probabilità a scriverlo era stata la stessa Bastanti. Il magistrato la invitò a calmarsi e a raggiungerlo in procura. Quando arrivò, le suggerì di ostentare indifferenza e distacco e di accompagnarlo al bar Centrale di piazza Plebiscito, il più frequentato della città. Così li avrebbero visti in molti, che sarebbero stati i testimoni del loro atteggiamento tranquillo e sereno. Non avevano nulla da celare e non intendevano nascondere il loro amore.

La ragazza si rasserenò: quel diavolo di un procuratore non solo sapeva gestire un'inchiesta, ma sapeva anche rispondere con intelligenza agli attacchi volgari di cui erano oggetto.

C'era un vento fresco e tonificante quando si incamminarono per la passeggiata. Il magistrato sfoggiava buonumore e prese a chiacchierare. Le domandò quasi subito: «E il libro di Consolo, l'hai letto?»

«Sì, te lo volevo dire. La storia del viaggio di Fabrizio Clerici e del suo accompagnatore Isidoro mi ha incantato. E il linguaggio… musicale, modernissimo e insolitamente arcaico… Ho comprato un altro libro di Consolo, *Di qua dal faro*, e mi è molto piaciuta la sua ricostruzione di usanze e storie siciliane. La versione caricaturale, farsesca prospettata da altri non mi invogliava, nonostante il battage e le riduzioni televisive. Invece, fatte queste letture e ascoltati i tuoi racconti, non vedo l'ora di visitarla, la tua isola. Verificherò se è splendida come dici», gli rispose Marta. Non mancava mai di inserire una nota ironica nei suoi discorsi.

«La scoprirai con me, la Sicilia. E ti mostrerò Cefalù e il museo Mandralisca», aggiunse lui.

Intanto, avevano raggiunto la piazza del Plebiscito e s'erano fermati di fronte al palazzo dei Priori, ch'era la sede municipale. Il portone inquadrava la fontana di peperino del cortile, illuminata dal lucido sole di quella giornata d'estate.

«Voglio proprio andarci, a Cefalù, e il museo Mandralisca mi incuriosisce già, con questo nome così particolare.» Il tono della ragazza era caldo, seducente.

«Appena avremo il tempo, intendo proporti un lungo e lento viaggio in Sicilia. Visiteremo Cefalù, Palermo. Andremo anche Marsala, Palazzolo Acreide, Modica e Ragusa. Cultura, ma anche gastronomia raffinata ben lontana dalle idee che circolano. Niente arancini uniti col riso scotto, o caponate maleodoranti e indigeribili, ma *busiate*, *macchi* di fave, torroni di cedro o di pistacchio. E, soprattutto, il vero ragù di triglia, quello cucinato con le triglie di scoglio della baia di Letojanni, che gli antichi romani consideravano le più buone dell'impero, insalate di polipi veraci condite con i veri limoni verdelli profumati come un'acqua di colonia. Insomma, mi piacerebbe che tu conoscessi la mia terra come la conosco io.» Il suo viso s'era illuminato, felice dell'interesse che lei aveva manifestato. «Dov'è una buona libreria? Vorrei regalarti *Il sorriso dell'ignoto marinaio*, un'altra opera fondamentale di Consolo. La storia prende le mosse dall'amore del barone Mandralisca – il museo che ti ho detto è intitolato alla sua famiglia – per un piccolo quadro raffigurante la testa di un marinaio, una tela che si rivelò essere opera di Antonello da Messina… Ma non voglio annoiarti. Un giorno ti spiegherò…»

«A Viterbo c'è Fernandez, è il libraio più fornito. È in via Mazzini, non lontano da qui. Il caffè andiamolo a prendere in quella direzione, da Putiferio, in via Marconi, così, nel rientrare in procura, possiamo passarci», gli spiegò la donna.

«Putiferio? Che razza di nomi ci sono in questa città!» commentò sorridendo il magistrato.

Dopo una mezz'ora furono di nuovo in ufficio.

Marta, che si era rilassata, accese una sigaretta e tornò al caso Raminelli per informarlo che Jiri Hadràsek era arrivato in città e alloggiava in un piccolo albergo nella via della Grotticella, il Minihotel.

La notizia più importante, però, l'aveva fornita poco prima Scuto telefonando direttamente alla Aletei. Infatti il commissario romano era riuscito a parlare con il dottor Emanuele Cardeti, ministro plenipotenziario e numero due dell'ambasciata italiana a Praga. Questi aveva dichiarato di essere amico di Claudio Raminelli e di averlo incontrato al circolo del ministero degli esteri, durante una breve vacanza a Roma. Nei giorni successivi, Claudio l'aveva cercato per chiedergli di portare una valigia a Praga, dove l'avrebbe ritirata suo cognato Jiri. Tutto era andato secondo i piani. L'unica stranezza notata da Cardeti era l'ansia eccessiva di Raminelli per quel bagaglio: lo aveva chiamato a Roma prima che partisse e di nuovo, più volte, a Praga, sino a quando Jiri non era passato in ambasciata a ritirarla. Infine, c'erano informazioni precise sui partecipanti ai funerali dei coniugi Raminelli. In particolare, due misteriosi personaggi presenti al rito nella chiesa di Sant'Angelo erano stati identificati. Uno era Otto Pospiszyl, uno slovacco che da diversi anni si era stabilito a Roma, ottenendo la cittadinanza italiana. Nella capitale, insieme a Mario Manicotti, l'altro sconosciuto, un ex ufficiale

dei paracadutisti, aveva aperto un negozio di articoli sporti-
vi. Il socio italiano, peraltro, aveva anche incarichi politici e
presiedeva un circolo dello stesso partito del ministro della
ricerca. In tale veste era stato il suo garante elettorale. Ora
svolgeva il compito di segretario politico.

«Bene, bene. Quel Manicotti l'ho visto alla cerimonia al
teatro Unione il trenta di giugno. Stava nel seguito del ministro Angliesi, quando venne a firmare una convenzione con
l'università della Tuscia. Fammi vedere la ripresa dei funerali.»

La commissaria si avvicinò e avviò la telecamera digitale.

Lui guardò con attenzione il filmato: la qualità delle immagini era scadente e non poté riconoscere né Manicotti né
l'altro misterioso personaggio. Il sonoro era incomprensibile
per il brusio ininterrotto.

Il magistrato si innervosì come gli accadeva ogni volta che
esaminava quel genere di materiale: gli sembrava di comportarsi come un guardone che spiava i volti di sconosciuti catturati dalla telecamera, una sorta di violenza imperdonabile,
anche se praticata per la ricerca di verità nascoste: «Cosa ha
portato due uomini del genere al funerale di Raminelli lo capiremo presto», osservò. «Fra poco sarà qui Lo Stello, il capo di gabinetto del ministro della ricerca. Potrebbe spiegar-
ci qualcosa.»

L'avvocato dello Stato, infatti, avrebbe dovuto presentarsi a mezzogiorno. Agrò aveva deciso per quell'ora conside-
randola comoda per il testimone, che sarebbe dovuto venire
a Viterbo da Roma, di norma un'ora e mezzo di viaggio.
Mancavano pochi minuti alle dodici, quando Doberdò
chiamò il procuratore con l'interfono: «Dottore, al telefono
ci sono dei colleghi che dicono di essere la "Batteria". Vogliono lei per l'avvocato Lo Stello».

L'uomo capì l'antifona: il testimone aveva avuto qualche contrattempo o, ipotesi più attendibile, non aveva voglia di vederlo e temeva l'incontro. E utilizzava la "Batteria", il centralino speciale per le personalità di governo, pensando di intimidirlo, senza considerare l'arroganza di quel mezzo. Disse al segretario: «Prendo la linea».

Dopo qualche attimo, la Batteria lo mise in linea con un uomo che si qualificò come dottor Saltini, vicecapo di gabinetto: «L'avvocato Lo Stello è spiacente, non potrà essere da lei. Ha dovuto accompagnare il ministro a palazzo Chigi, per il Consiglio dei ministri. Sa com'è: *a latere* c'è sempre una specie di consiglio dei capi di gabinetto. Perciò la prega di fissare un nuovo appuntamento».

Per Agrò fu subito chiaro che comunicare una data al telefono a un collaboratore, ancorché qualificato, avrebbe dato allo sfuggente Lo Stello la possibilità di eludere un'altra volta l'appuntamento. Perciò disse soltanto: «Poiché non sono nelle condizioni di stabilirlo ora, mi farò vivo io tra qualche giorno». Chiuse la comunicazione e scese dal dottor Guido Linosa, il Gip che seguiva il procedimento. Dati i loro amichevoli rapporti, gli spiegò francamente la situazione e gli fece presente che intendeva procedere a un'accurata perquisizione dell'ufficio e dell'abitazione di Lo Stello. Nell'occasione avrebbe disposto che la polizia giudiziaria eseguisse un mandato di comparizione emesso nei suoi confronti, traducendolo a Viterbo. Linosa, indignato per il comportamento del funzionario di governo, si dichiarò d'accordo.

Acquisito il consenso del Gip, rientrò nel proprio ufficio e chiamò Scuto: discussero brevemente e definirono insieme le modalità della perquisizione nella casa di Lo Stello, fissandola per l'alba di martedì sedici e disponendo che l'uomo, subito dopo l'arrivo della polizia giudiziaria, fosse accompagnato a Viterbo con una Volante della polizia. Poi si rivolse a Marta dicendole: «Se questa indagine trova e coinvolge un personaggio come Lo Stello, dovremo proseguire con i piedi di piombo. Il clima generale è pessimo. Una iniziativa meno che motivata e sostenuta da prove inoppugnabili sarebbe attaccata da televisioni e stampa e noi subiremmo una specie di massacro mediatico. Prima di muoverci, dobbiamo essere certi, anzi certissimi di tutto. D'ora in avanti procederemo con estrema cautela. Come vedi, l'inchiesta si sta allargando. Se l'esistenza di una moglie ceca e di un amico naturalizzato possono essere una coincidenza, l'apparire sulla scena di un terzo cecoslovacco e di una misteriosa valigia trasportata a Praga da un diplomatico sono elementi indiziari inattesi che vanno valutati. L'ipotesi della colpevolezza del capitano Raminelli si allontana e sembra sempre più improbabile. Sono indotto a immaginare altri scenari, da esplorare ripartendo dall'inizio». Si fermò a riflettere, poi, preso da una improvvisa ispirazione, consultò una piccola agenda e, trovato un numero, lo compose: «Ciao, Francesco. Ho bisogno di una ricerca di quelle tue: Otto Pospiszyl, cittadino slovacco ora naturalizzato italiano».

34

L'avvocato D'Ellia rientrò in ufficio verso l'una.

Trovò Puccio che lo aspettava. Aveva terminato di leggere tutti gli incartamenti del caso Raminelli ed era impaziente di pranzare. «Dove mi porti?» chiese al legale.

«Ho un appuntamento alle tre all'Anci, in via della Scrofa», rispose il legale. «Andremo alla Campana, lì vicino.» Scorse in fretta l'elenco delle telefonate che la segretaria aveva annotato, quindi raggiunse la macchina e si avviò verso il centro. Parcheggiò nel garage di via Leccosa, a due passi dal ristorante.

Il detective lo aveva tallonato con il suo maxi-scooter. Appena dentro, Puccio commentò con ironia: «Un posto di lusso, Roberto...»

L'altro si mise a ridere: «Ma che lusso, una normale trattoria ben frequentata. Genere Fratelli Micci, dove siamo andati l'ultima volta».

Dettero uno sguardo in giro: a un tavolo tondo, in un angolo della sala, erano seduti alcuni giornalisti del «Foglio» e della Rai e altri commensali meno noti. Più lontano, in una nutrita tavolata, riconobbe un gruppo di ex ministri democristiani e socialisti. Renato Altissimo stava pranzando da solo vicino al banco degli antipasti.

Il legale intercettò lo sguardo perplesso dell'investigatore e aggiunse, riferendosi con sarcasmo al tavolo dei politici che il suo amico aveva a lungo squadrato con attenzione: «Stai tranquillo. Non ti comprometti. Non ci sono solo ex democristiani ed ex socialisti, qui mangiano pure normali famiglie borghesi di ogni colore politico».

Abbandonarono i commenti sui clienti del ristorante e sedettero in prossimità di un condizionatore per godere di un po' di refrigerio. Il caldo e l'umidità, quel giorno, si facevano sentire.

D'Ellia si slacciò la cravatta, appoggiò la giacca alla spalliera della sedia e chiamò il cameriere.

Ballarò da principio non fece altrettanto, come se volesse rimanere vestito di tutto punto. Trascorso qualche minuto, vinto dal caldo insopportabile, si decise e attaccò il giubbetto a un appendiabiti posto sul muro. I rotoli di grasso apparvero in tutta la loro opulenza. Per nulla imbarazzato, Ballarò ironico disse a D'Ellia: «Vedi come sono bello? Bello come un tacchino. Al mio paese si direbbe che sono grosso come un *pulici prenu*, come una pulce incinta. Ti piace la battuta?»

Il legale si mise a ridere di cuore: quel siciliano ridicolo era anche spiritoso e sapeva ridere di se stesso.

Sull'ingresso della sala apparve una donna bellissima in hot pants e top trasparente accompagnata da un tipo in jeans e camicia hawaiana. Ogni chiacchiericcio cessò e gli occhi di tutti si fissarono sui due. Quando furono vicini al loro tavolo, la donna sorrise a Roberto che in un attimo fu in piedi e la salutò abbracciandola: «Giusi... ma quanto tempo?...Ma un tempo che non ti passa...»

«Roberto, stai bene, ti vedo con piacere...» La sua voce era dolce, sensuale.

Lei non presentò il suo compagno né D'Ellia presentò il suo.

Si allontanarono per prendere posto.

L'avvocato, a mo' di chiarimento, si rivolse a Puccio: «T'è piaciuta Cocimelovo?»

«Chi?» chiese quello.

«La mia compagna di liceo Giusi Argentieri. Era così bella e bona che a scuola l'avevamo chiamata Cocimelovo... capisci... io ci avevo fatto una malattia appresso a lei che, invece se la intendeva col professore di italiano...»

Proprio in quel momento, spuntò Pietro, un simpatico cameriere di Amatrice: «Buongiorno avvocato. Cosa mangiate oggi? Ci sono gli gnocchi fatti in casa...»

Roberto ricambiò il saluto. Aveva altre idee per la testa:

ordinò per entrambi tagliolini alle alici fresche e vino bianco e iniziò a parlare con il poliziotto privato.

«Puccio, ora dimmi le tue impressioni.» L'uomo di legge era impaziente di mettere a fuoco un piano di azione.

Ballarò aveva studiato il fascicolo e lo dimostrò: «Per me, tutto ruota intorno ai quattrini che Claudio Raminelli, a detta del figlio, doveva incassare. Capire se ci fossero, quanti fossero e da dove dovessero venire, significa avere in mano la soluzione. Non c'è nessuna evidenza che l'ambasciatore stesse vendendo qualche altra proprietà di valore. Però potrebbero esserci beni esteri non dichiarati. Comunque mi pare evidente che, nonostante quello che mi avevi annunciato, nessun gatto con gli stivali è in vista per il tuo capitano». Qui il poliziotto privato fu interrotto dal cameriere che portò in tavola i tagliolini. «Mi dà il parmigiano?» gli domandò il detective.

Quello, interdetto, replicò: «Parmigiano? Veramente non ci andrebbe. C'è già il pecorino».

«Puccio, il cameriere ha ragione, il parmigiano non si mette sul pesce: e questo piatto pretende il pecorino romano. Lo scrivono tutti i trattati di buona cucina», intervenne Roberto.

«Mi faccia la cortesia, mi dia il parmigiano, voglio mescolarlo al pecorino. Questa combinazione mi piace. Io il parmigiano anche sul dolce lo metterei», insistette il siciliano che, una volta accontentato, infilò una cocca del tovagliolo nel colletto della camicia e ricominciò il suo discorso: «Ti debbo però confessare, illustre e caro avvocato, che questo caso mi interessa e voglio andare avanti. Tu devi assicurarti che la madre di Agostino Raminelli faccia fronte alle nostre spese... cioè al nostro costo...»

«Puccio, non sono mica un addormentato, io», lo rassicurò il legale, che assunse un tono solenne ma anche sfottente: «La questione sarà risolta presto con la piena soddisfazione della Ballarò Investigations».

Il detective non sembrò molto convinto, ma sorrise speranzoso: «Allora, per il momento, considero superato il problema dei sordi». Pronunciò «sordi» in romanesco per sottolineare la propria perplessità. «Torniamo ora al nostro capitano: occorre scoprire a quanto ammontasse la cifra che il vecchio ambasciatore e la giovane moglie aspettavano di incassare. Agostino Raminelli dice che erano tanti, a mezza voce ti ha mormorato la cifra di tre milioni di euro. Il padre, lui e la donna progettavano di spenderli a piene mani. E, dimmi, per il tribunale della libertà, hai idee, aggiornamenti?»

Il legale sembrò riflettere, perduto dietro le volute di fumo della Multifilter Ultralight che aveva acceso, finiti i tagliolini. Attese un bel po', sempre pensieroso, prima di sorprendere Ballarò informandolo che, per il momento, non intendeva chiedere la revoca della custodia cautelare. Chiarì che non voleva subire una sconfitta che potesse compromettere il futuro del procedimento. Sulla questione dell'indagine sul denaro dei Raminelli, dichiarandosi d'accordo con la tesi esposta dal poliziotto privato, assunse però un tono distaccato, quasi distratto. In realtà, gli premeva esclusivamente l'alibi di Agostino, chiave di volta della sua liberazione dal carcere e della estromissione dal processo. Aprì il fascicoletto che si era portato dietro e, mentre aspettavano che fosse servito il secondo, rilesse a bassa voce il pezzo del verbale che riguardava, appunto, l'alibi. Appena ebbe finito, spiegò: «Puccio, devi conoscere un particolare. Agostino ha detto a me e non al magistrato che, verso le tre e mezzo del pomeriggio di martedì venticinque, lo ha chiamato al telefono un addetto della Telecom per proporgli l'installazione della doppia linea con Internet e l'utenza normale. Questa circostanza può essere decisiva. Se riuscirai a trovare chi lo ha chiamato e questa persona confermerà l'orario, risulterà evidente che il nostro cliente era a Roma e dunque non può essere l'autore dei due omicidi».

«Ci proverò», lo rassicurò l'investigatore. «Ma sarebbe più facile se provvedesse l'autorità giudiziaria. Ha il potere di acquisire tutto ciò che serve per il processo.»

«Preferisco che cerchiamo noi», gli ribatté il legale. «Temo che la polizia, con i suoi modi spicci e diretti, possa essere controproducente. Il nostro teste potrebbe impaurirsi e sostenere di non ricordare. Tu, invece, ti muoverai per vie traverse e forse riuscirai a trovare la conferma che cerchiamo. Se tutto andrà bene, esibirò il nuovo alibi alla fine, quando il pubblico ministero avrà tirato fuori tutti i suoi argomenti. Mi piace l'idea di un colpo di scena. Se seguissi la tua idea e sparassi questa cartuccia ora, suggerendo al giudice di procedere all'accertamento e il riscontro andasse a finire male, avrei compromesso per sempre il mio cliente. Cerchiamo noi, tu e io, e questo pericolo sarà evitato. Se troverai l'alibi, lo useremo. Altrimenti la nostra situazione non sarà peggiore di quella attuale. Mi sono spiegato?»

«D'accordo», assentì Puccio. «Se ho capito bene, io dovrò seguire due direzioni. Scoprire di più sull'ambasciatore Raminelli e sulle sue proprietà. Ripasserò i luoghi già visti dalla polizia. Non si sa mai. Secondo, identificare l'autore della telefonata a casa del figlio. Altro, per il momento non vedo.»

«Hai capito benissimo», confermò Roberto. Sorrideva

soddisfatto: il tizio, nonostante l'aspetto, era un uomo sveglio e un professionista acuto.

35

Ettore e Laura Agrò arrivarono a Viterbo nel tardo pomeriggio. Avevano compiuto un interminabile e faticoso viaggio: l'Autostrada del Sole tra Parma e Firenze era occupata da una fila ininterrotta di macchine; i soliti lavori in corso avevano causato alcuni incidenti e così erano stati indotti a seguire l'Autocisa e a raggiungere Livorno. Da qui, percorrendo l'Aurelia, erano arrivati a Montalto di Castro, da dove si erano diretti verso il capoluogo. Tuscania, la città medievale che avevano incontrato lungo il percorso, li aveva spinti a una breve fermata fuori programma. Avevano voluto visitare San Pietro, la chiesa romanico-longobarda descritta in tutti i libri di storia dell'arte, e Santa Maria Maggiore, un tempio ancora più antico del primo, con una fonte battesimale a immersione, esempio rarissimo nella cristianità occidentale.

Italo aveva prenotato per loro una stanza al Minihotel di Viterbo e li raggiunse alle otto e mezzo. Dopo gli abbracci, mentre prendevano un aperitivo al bar dell'albergo, comunicò al fratello e alla cognata che sarebbero andati a prendere la sua ragazza per recarsi a cena al Gallo, un ristorante proprio di Tuscania, gestito da una coppia di italo-argentini dai gusti raffinati.

Ai loro commenti sorpresi, replicò con insolita durezza che, alla sua età, aveva il diritto di vivere come meglio credeva e pretendeva dai parenti più cari non critiche, bensì affetto e solidarietà.

Ettore capì l'atteggiamento del fratello e, come per scusarsi, lo abbracciò. Si avviarono con la Lancia Kappa del medico verso via Cardinal La Fontaine dove era la casa di Marta. Durante il tragitto Ettore non riuscì a trattenersi e chiese al fratello di raccontargli cosa fosse accaduto tra lui e Roberta e come fosse nato questo nuovo amore.

Ancora un po' stizzito, gli rispose secco: «Vedrai, anzi, vedrete la mia ragazza e vi farete un'idea. Di Roberta, invece, non voglio più parlare. Questione chiusa, finita per sempre».

Quando salì sulla Lancia Kappa, la Aletei era visibilmente intimidita. Disse poche parole di circostanza alle presentazioni e rimase in silenzio per tutto il resto del breve viaggio. A tavola, non riuscì a partecipare alla conversazione, limitandosi a sorridere in preda a uno strano imbarazzo. Fu però aiutata a sciogliersi da Laura, che la coinvolse a poco a poco con alcune semplici frasi gentili. Così la donna tornò a essere spigliata come al solito. A un certo punto, interrompendo il discorso, indicò con gli occhi a Italo un tavolo posto proprio alle sue spalle, sull'altro lato della veranda. Con cautela, il magistrato, trascorsi un paio di minuti, guardò nella direzione che la commissaria gli aveva suggerito e scorse Aldo Tossi, l'amico dell'ambasciatore Raminelli, che stava cenando con una signora della sua età. L'uomo aveva un fare strano, come un tic che non poteva non attirare l'attenzione: di continuo portava la mano destra all'interno della giacca e si frugava sotto l'ascella sinistra.

"È armato", pensò il magistrato, che fece un cenno di intesa a Marta per farle capire di avere visto e riprese a chiacchierare. L'irritazione era scomparsa e aveva lasciato il posto alla piacevole sensazione di partecipare a una riunione di famiglia. Si disse entusiasta del viterbese e si soffermò su alcuni dei siti archeologici e sui più importanti esempi di costruzioni romaniche. Illustrò la bellezza delle due basiliche sovrapposte di San Flaviano a Montefiascone, dalle quali avevano tratto ispirazione gli architetti della basilica di Santa Maria degli Angeli di Assisi. Accennò al duomo di Viterbo e alla loggia papale, alla chiesa di San Giovanni e a quella di San Francesco, che ricordava alla lontana la basilica napoletana di Santa Chiara. Parlò dei cavalli alati etruschi del museo di Tarquinia. E azzardò un accenno alla ormai prossima celebrazione di santa Rosa, con la sua imponente «Macchina».

Qui lei gli venne in aiuto: andò avanti e, conoscendo bene la manifestazione, la spiegò con chiarezza, mettendo in risalto che essa consisteva nel trasporto di una torre devozionale, chiamata appunto Macchina, per le vie della città, da San Sisto alla basilica dedicata alla santa. «È un modo speciale per festeggiare una ricorrenza religiosa, piuttosto diffuso nel tardo Medioevo e nel Rinascimento. Infatti ci sono tante analoghe torri in Italia, dalla Madonna dell'Assunta di Messina, a quella di Bagnara Calabra e a Santa Maria in Traspontina a Roma proprio vicino al Vaticano, in via della Conciliazione», concluse la ragazza.

«Queste tradizioni mi incuriosiscono moltissimo. Vuol dire che dovremo esserci, a Viterbo, ai primi di settembre. Sei un'eccellente promotrice turistica, Marta», commentò ridendo Ettore.

Anche Italo sorrise e mormorò: «Ci organizzeremo, stai tranquillo... e, poi, debbo anche dirvi che la gastronomia viterbese merita una specifica attenzione. Si tratta di una cucina molto rustica e naturale, fondata sugli ingredienti: olio buono, verdure eccellenti, pomodori maremmani che non hanno nulla da invidiare a quelli siciliani. E pesce di mare e d'acqua dolce, oltre agli agnelli che qui chiamano abbacchi. Vedrete che ve la farò provare tutta, specialità per specialità. Basta che mi veniate a trovare spesso nel periodo in cui rimarrò qui. Penso che i miei sei mesi finiranno per essere prorogati. In questo paese non c'è niente di più definitivo di ciò che è provvisorio».

Andandosene dal locale, decisero di fare una passeggiata nel cuore di Tuscania. Sulla porta del ristorante, però, il giudice, che non riusciva mai a dimenticare di essere magistrato e inquirente, le mormorò: «Voglio vedere questo Tossi lunedì o martedì mattina. Fallo avvisare non appena sarai in ufficio».

Il centro storico della cittadina aveva un fascino particolare dato dai palazzi antichi. La mancanza di edifici moderni e di traffico di automobili o motorini rendeva l'atmosfera suggestiva e dava la sensazione di camminare nel passato.

Era notte ormai quando rientrarono al Minihotel a Viterbo. Una volta nella hall, mentre la ragazza teneva compagnia a Laura che aveva ordinato una tisana, Italo si appartò con Ettore e, volendo confidarsi, gli confessò: «Sono innamorato, come non mi era mai successo. Nemmeno nei primi tempi con Roberta. E ho l'impressione che lo sia anche lei».

«È proprio una donna bella e interessante. Una bellezza concettuale, tutta da scoprire», rispose Ettore.

«E questa dove l'hai imparata?» gli chiese ironica sua moglie che, nel frattempo, si era avvicinata.

Lui non fece caso all'interruzione e aggiunse: «Siete una bella coppia, adatta per mettere al mondo figli belli».

Risero tutti insieme.

Poi i fidanzati si congedarono e raggiunsero l'appartamento di lui che non vedeva l'ora di godere di un po' di intimità.

Qui, dopo aver fatto l'amore, Italo raccontò a Marta il suo sogno ricorrente e gliene dette una convincente spiegazione: «Sapevo che la mia storia con Roberta era esaurita anche se non volevo ammetterlo... poi ho conosciuto te, e Regina, che rappresentava la mia voglia di chiudere quella relazione, si è trasformata in te... e l'incubo è cessato trasformandosi in qualcosa di gradevole...»

«Insomma, sarei il tuo tranquillante», scherzò la donna senza dare peso al racconto e alla sua interpretazione. Concreta come era, rifiutava tutto ciò che non fosse immediatamente razionale.

Sabato 13

36

Marta aprì gli occhi e diede uno sguardo all'orologio: erano le sette e mezzo. Muovendosi come un gatto per non svegliare Italo, indossò un paio di jeans, una maglietta e scese in strada. Il tempo era sereno e la leggera tramontana, tipica del capoluogo della Tuscia, manteneva la temperatura entro limiti gradevoli. Una squadriglia di boy-scout scendeva vociando lungo via Cavour. Risaliva per la stessa strada il dottor Scriboni, sotto il braccio un voluminoso pacco. Quando si trovò vicino alla commissaria la salutò e le regalò una copia di «Piazzad'erba», un mensile gratuito della cui pubblicazione si occupava lui stesso con altri volenterosi. Era un foglio politico di sinistra. Lei lo ringraziò e raggiunse piazza del Plebiscito. Comprò dal giornalaio della torre dell'Orologio alcuni quotidiani e ricevette in omaggio anche il periodico «Il piccone». C'era un nuovo foglio in edicola, «Il risveglio», dal titolo stampato a caratteri rosso acceso. "Carminio", osservò Marta, immaginando che si trattasse di un periodico di estrema sinistra. Si diresse quindi al bar Centrale e ordinò due cornetti e due cappuccini. Rientrata nel piccolo appartamento, trovò Italo seduto sul letto, con una rivista in mano. Gli consegnò i quotidiani e mise su un vassoio caffè e cornetti.

Consumarono la colazione insieme, sfogliando i giornali.

Il magistrato fu attratto da un appello, pubblicato sulla prima pagina dell'«Unità», con il quale si invitava la Marina militare a non farsi strumento di repressione nei confronti degli immigrati. Glielo porse. Lei lo lesse e fece una smorfia. «Forse mi hai letto nel pensiero… se capisco la tua reazione», commentò. «Vedi, anche se in modo indiretto, questo articolo è in pratica un appello alla Marina a non applicare la legge Fini-Bossi, approvata ieri dal Parlamento. Insomma, è una esortazione alla rivolta contro lo Stato e all'ammutinamento, perché si sostiene che la legge conferisca alla Marina il compito di collaborare con la polizia per la repressione del traffico degli immigrati clandestini.» Rimase meditabondo per qualche minuto e concluse: «Si tratta dei fondamenti della democrazia e dello Stato di diritto. *Nemo mortalium omnibus horis sapit*, è proprio vero che nessun mortale è sapiente sempre. E gli estensori di questo appello non hanno pensato che le forze armate sono tenute ad applicare le leggi dello Stato. E non hanno immaginato cosa accadrebbe nelle condizioni contrarie, cioè con un governo di sinistra e un'opposizione di destra che si appelli alla disobbedienza di una parte delle forze armate. Iniziò così la cosiddetta rivoluzione franchista che diede il via alla guerra civile in Spagna. I firmatari di questo documento sono personaggi prestigiosi e ciò conferma che anche le persone intelligenti ogni tanto, si spera non troppo spesso, possono clamorosamente sbagliare». Sfogliò distrattamente «Il piccone» e «Piazzad'erba»: le questioni locali di cui scrivevano gli erano del tutto estranee.

Marta se ne accorse e gli disse: «Credo che tu debba sapere di più su Viterbo e sui suoi personaggi. Se vuoi avere un quadro convincente di Viterbo e delle sue storie politiche e di potere, ti farò conoscere il dottor Rosati, che è l'uomo adatto. Si chiama Rosato Rosati, un altro nome di battesimo singolare, diffuso nel viterbese. È in pensione dall'Inps, ma è stato sindaco e per tanti anni un democristiano di punta. Mi sembra una persona perbene, equilibrata, serena e senza vendette da consumare. E dobbiamo parlare anche con questo Scriboni, che è un vero intellettuale, un personaggio niente male».

Sul «Messaggero» veniva ripresa la questione delle telecamere a Mammagialla, con un documento dei sindacati che chiedevano la rimozione del responsabile del carcere.

Marta, dal canto suo, prese in mano «Il risveglio», scorse la prima pagina ed esclamò: «È tutto per noi!»

Italo le rivolse uno sguardo interrogativo e lei spiegò: «È tutto dedicato a noi due… riprende "Le ore" e fa la cronaca del jogging di mercoledì e delle nostre uscite serali».

«Voglio vedere», le chiese e, sfogliato il giornale, aggiunse: «Ce l'hanno con noi e non hanno trovato nulla di serio. Credo che siano gli stessi delle "Ore"… Ignoriamoli…»

Abbandonarono la lettura e indossarono le tute. Avevano poco tempo da dedicare alla corsa quel mattino, così, senza prendere la macchina per recarsi in uno dei loro percorsi preferiti, partirono da casa, raggiunsero porta Romana e scesero verso porta San Pietro. La superarono e, dopo porta Faule, tagliarono in direzione del centro della città. In breve si ritrovarono nell'appartamento del magistrato. Dopo una doccia, raggiunsero il Minihotel dove Ettore e Laura, che nel frattempo avevano fatto una passeggiata, li aspettavano.

37

«E così, Corrado ha lasciato gli studi e si divide tra Fidenza e Gradoli. A Fidenza si occupa dell'industria della quale è titolare. A Gradoli, suo paese d'origine, fa l'agricoltore e applica il precetto...» dichiarò Ettore per dare un'idea dell'amico da cui si stavano recando quel giorno. Guidava sicuro l'ampia e comoda Lancia Kappa, già sperimentata la sera prima, mantenendo un'andatura non molto veloce, prudente.

«Quale precetto?» domandò Marta, ignara degli stilemi e dei calembour di famiglia.

«Il precetto è, più propriamente, un antico detto, un apoftegma», rispose il medico. Anche a lui, come al fratello, piaceva ricorrere a espressioni inconsuete. La ragazza non mostrò alcuno stupore né chiese spiegazioni.

Allora Italo intervenne per chiarire: «Marta conosce benissimo le nostre figure retoriche. Anzi, l'altro giorno mi ha steso proprio con apoftegma e con entimema».

«Complimenti, signora Aletei...» C'era molta enfasi su quel «signora», come se si trattasse di un riconoscimento o di un auspicio. «Non ci riproverò più», continuò Ettore. «Comunque... ecco il precetto: il modo più sicuro di rovinarsi è la campagna. Quanto a Corrado, si può solo dire che i soldi che guadagna facendo l'imprenditore a Fidenza li spende a Gradoli, nella tenuta, producendo olio, vino, nocciole e frutta.»

L'appuntamento con gli amici era sulla circonvallazione del paesino, presso la cantina sociale. Livia e Corrado Arcangeli erano già lì ad aspettarli.

Gli Agrò si divisero: la moglie di Ettore, Laura, salì sulla vecchia Campagnola degli ospiti, che si avviò facendo strada, mentre Italo, Marta ed Ettore li seguirono con la Lancia. La comitiva raggiunse piazza Vittorio Emanuele, dove sistemarono le automobili e iniziarono la visita del palazzo Farnese, il maggiore vanto locale. La costruzione era una delle più importanti opere di Antonio Sangallo il giovane. Ci impiegarono poco più di un'ora. Poi rimontarono in macchina e si diressero verso la Cantoniera di Latera, nei cui pressi sorgeva la proprietà degli Arcangeli, un complesso duecentesco dal suggestivo nome La melograna. Infatti, su uno dei larghi stipiti del cancello era murata una scultura di ceramica che raffigurava una cornucopia piena di melagrane.

«Un bel simbolo di fertilità. Un'immagine pagana», sottolineò ad alta voce Ettore.

Il terreno, coperto dagli ulivi – «Quegli ulivi piccoli e bassi così diversi da quelli siciliani», disse a sua volta il magistrato – digradava per leggere balze sino al lago di Bolsena. A monte della casa, in posizione riparata, c'era un terrazzamento in blocchi di peperino, la pietra grigia e ben plasmabile del luogo, e un filare di pini toscani dalle dimensioni monumentali. Si notava un piccolo recinto riparato da una bassa siepe di piretro. Nel mezzo una minuscola lapide, sulla quale era scritto: "A Uberto, 1950-1964".

Cogliendo gli sguardi interrogativi dei suoi ospiti, Corrado spiegò: «Uberto è stato la dannazione mia e dei miei cugini. Era lui il più bravo e il più intelligente e mio zio Osvaldo non perdeva occasione per farcelo notare». Si interruppe e si mise a ridere, prima di continuare: «Uberto era uno scimpanzé, che mio zio aveva comprato in India da piccolo. Lui, scapolo e senza eredi, l'aveva allevato come un figlio, accontentandolo in tutto. Alla fine, Uberto era diventato un despota forte e pericoloso, tanto che un paio di volte aveva aggredito il suo padrone. Gli avevano dovuto costruire una specie di gabbia con le sbarre rinforzate, nella quale lui è riuscito a non entrare mai: è morto ancora giovane per un tumore ai polmoni, scoperto tardi. Non ci crederete: fumava come un turco».

Qualcuno disse una banalità sulla pericolosità degli animali, poi Corrado mostrò la piscina che, alimentata da acque sulfuree sotterranee, era stata realizzata oltre la sommità del colle, verso il lago. Gli Agrò furono accompagnati nelle rispettive stanze, dotate entrambe di balcone panoramico e riparate da alcuni abeti secolari dai rami possenti: una brezza fresca attenuava il caldo della mattinata.

Italo indicò a Marta i segni dell'ultima potatura di quegli alberi e osservò: «Da ragazzo, quando avevamo ancora le proprietà in campagna, mi piaceva molto aiutare i contadini nel lavoro di alleggerimento della chioma delle piante. Avevo imparato benissimo a individuare i punti giusti per i tagli. Maneggiavo l'accetta con agilità, quasi fossi un boscaiolo. Un giorno sbagliai e la pianta su cui ero intervenuto si seccò. Allora pensai che potare un albero fosse come mutilare un corpo e mi passò la voglia di farlo…»

«Conosco la campagna, ma l'agricoltura mi è estranea»,

fu il commento della ragazza. Aveva capito che spesso l'uomo inclinava alla melanconia e non intendeva incoraggiare questa tendenza.

Corrado chiamò gli ospiti a raccolta in prossimità della piscina e annunciò: «Prima che vi rilassiate voglio mostrarvi il Palombaro del vecchio!» Poi, colto lo stupore di tutti, aggiunse: «Ho recuperato un'antica costruzione, il palombaro, il posto in cui venivano sistemati i richiami per i palombi, come da queste parti chiamiamo i colombacci. Con i richiami c'erano le trappole. Mi piace pensare che uno dei padroni della proprietà, magari un paio di secoli fa, fosse molto anziano e che i figli gli avessero costruito un palombaro nel quale lui potesse raccogliere i colombacci catturati e nutrirsi facilmente. Ora l'ho trasformato in una postazione di bird- watching e in belvedere». Rimase in silenzio per qualche minuto prima di riprendere: «C'è anche una spiegazione meno romantica: che il vecchio in questione si appostasse sul palombaro e sparasse con mira infallibile ai colombacci in arrivo. Una caccia novembrina che ai nostri giorni si svolge ancora intorno ad Acquapendente». Dette uno sguardo in giro per vedere se la compagnia aveva apprezzato la storia e, con fare deciso, ordinò: «Ora venitemi dietro e fate attenzione…»

Gli amici lo seguirono dietro una forra nei pressi della piscina e si trovarono dinnanzi a una piccola torre in pietra, sovrastata da una specie di altana in legno. Una comoda scala permetteva – uno alla volta – di salire sino in cima. Qui c'era un sedile di ferro, dal quale, comodamente seduti, si poteva osservare il lago di Bolsena, aspettando che gli uccelli di passo comparissero all'orizzonte.

Il gruppo si trattenne a lungo sulla torre, prima di tornare alla piscina.

Agrò e la Aletei indossarono i costumi da bagno e si sdraiarono a prendere il sole, mentre gli altri si accomodarono all'ombra di un pergolato ricoperto da una vite dai grappoli rigogliosi ancora acerbi. Una leggera colazione venne servita verso l'una, proprio sul bordo della piscina.

Corrado offrì il leggerissimo vino bianco di sua produzione e spiegò che si trattava di una cosa speciale: «È fatto con uve bianche prese vicino a Parma, a Talignano. Danno un vino leggero e frizzante. Si dice che siano strette parenti delle uve Grillo di Marsala e che siano state portate in val Padana – e poi a Caprera – da Garibaldi. Probabilmente una delle tante leggende nate intorno all'eroe».

I domestici portarono in tavola verdure cotte e crude e prosciutto, tanto prosciutto dolce di Parma. E il salame cotto di Bagnaia, leggermente affumicato: era molto appetitoso insieme al locale pane *sciocco* e terminò in pochi minuti. Ma il salume più nuovo e gradevole per Italo e Marta si rivelò la *culaccia*, una versione rustica e saporita del culatello, che i padroni di casa compravano nella città emiliana.

Corrado era molto allegro e continuò a intrattenere la compagnia con episodi del suo passato. Era dotato di spirito e, perciò, mise tutti di buonumore. Raccontò fra l'altro d'essere stato a trovare un suo cugino, Egidio, in Francia, a Lou Marchandot, nei dintorni di Bordeaux: «Qui aveva organizzato per me un grande pranzo coi suoi amici agricoltori della zona, tutta gente miliardaria per il gran vino che ogni anno mettono in commercio. Io me la cavo col francese e me la godetti tutta quella serata solo di uomini. C'era lo zigolo ortolano da mangiare, un piccolo uccellino che è proibito catturare in Francia come in Italia. Ingrassato in casa a forza per settimane – gli danno il cibo con un imbuto – viene affogato nell'Armagnac, spennato e cotto al forno, solo poco, tanto per servirlo caldo, ben caldo. Egidio dette a tutti una tovaglia piccola e ruvida che ci mettemmo in testa per coprire gli occhi e non vedere. Bisognava gustare meglio il profumo e il sapore dello zigolo ortolano. Con le mani prendemmo l'uccellino e lo infilammo in bocca, tutto, tranne la testa. Stringemmo i denti e gli tagliammo il collo di netto sicché la testa cadde sul piatto con un rumore soffocato. Poi, lentamente, mentre il suo grasso dolce colava in gola, iniziammo a masticare piano piano senza scartare un osso che è un osso, un ossicino. Ci volle un quarto d'ora perché lo zigolo fosse goduto e deglutito. Pare che il presidente Mitterand per l'ultimo capodanno abbia offerto ai suoi amici all'Eliseo l'illecito zigolo ortolano».

Tuttavia quell'episodio, narrato lietamente, ruppe l'atmosfera: i commensali divennero taciturni, tanto la storia delle torture inferte all'uccellino li aveva turbati intristendoli. Corrado si rese conto del cambiamento e, imbarazzato, si scusò.

Ettore, però, gli venne in aiuto: «Anche a me è accaduto qualcosa del genere. Sono stato invitato vicino a Brescia a casa di un paziente che era felicemente uscito da una brutta situazione. Servirono lo spiedo bresciano, uno spiedo di uccellini, verdellini e pettirossi, cotti a fuoco lento sulla brace. Tutti piccolissimi e catturati con le reti. Insomma, una caccia di frodo… come si dice… severamente vietata. Le cose vietate… in Italia… E io, infatti, non ebbi il coraggio di protestare, anzi. Mangiai con gli altri, gustando il cibo delizioso e proibito».

Calò il silenzio e, una volta pranzato, tutti si ritirarono a riposare. Marta e Italo, invece, rimasero in piscina. Erano sdraiati l'uno vicino all'altra. Lei con le dita della mano destra iniziò a sfiorargli il petto, carezzandolo leggermente. Questo gioco andò avanti qualche minuto, finché lui non si girò verso di lei, l'abbracciò, la strinse forte a sé e la baciò. Si guardò intorno e, constatato che non si vedeva in giro nessuno, la prese per mano e la condusse tra gli alberi, in un angolo riparato.

Domenica 14

38

Puccio Ballarò aveva pernottato all'hotel Blu Lake Inn, sul lungolago di Bolsena, con Arianne, la bella nigeriana formosa che aveva conosciuto al bar Bon ton, vicino alla stazione Termini di Roma. Venuta in Italia come tante altre connazionali in cerca di fortuna, era stata costretta a fare il mestiere e a battere proprio in quella zona, vicino all'ufficio di Ballarò. Dopo i primi incontri, tra Puccio e Arianne era nato un sentimento vero. Puccio, innamorato, con l'aiuto del commissario Scuto, era riuscito a liberarla dal protettore albanese e a condurla a casa sua. Avevano convissuto qualche mese prima di celebrare le nozze nella chiesa parrocchiale di Santa Maria della Provvidenza di Antillo, il paese della provincia di Messina dal quale lui proveniva. Era stato un matrimonio in abito bianco cui era seguita una grande festa alla quale era stata invitata la cittadinanza, ignara della precedente professione di Arianne ed elettrizzata dal fatto che l'investigatore Ballarò, diventato famoso per il recupero dell'*Ascensione di nostro Signore* del Pomarancio – una fama che l'aveva portato a es-

sere ospitato nei più celebrati talk-show televisivi –, si spo-
sasse lì, in quel villaggio sonnolento e isolato tra i monti Peloritani.

Puccio e Arianne avevano consumato la prima colazione
in una veranda riparata da grandi platani ombrosi, proprio di
fronte all'isola Martana che si scorgeva lontana, quasi all'o-
rizzonte, ben illuminata dalla intensa luce mattutina. Fra gli
sguardi di disapprovazione dei numerosi clienti inglesi e tedeschi, il detective, terminata la propria tazza di caffè, accese una MS e ordinò un secondo espresso.

Arianne gli sussurrò: «Vedi che non sta bene fumare?
Perché devi farti sempre notare?»

Lui rispose: «Me ne fotto».

Così, bevuto anche il secondo caffè, iniziò l'ennesima sigaretta.

Un inglese si alzò dal tavolo, si avvicinò alla coppia e mostrò con un tono irritato il grande cartello posto in fondo alla sala: "No smoking!"

Puccio sbuffò e, con smaccata malavoglia, gettò la MS
nella ceneriera, spegnendola. Qualche attimo dopo, accompagnato da Arianne, salì sull'Alfa Romeo 147, la sua nuova e
fiammante automobile, simbolo dell'agiatezza conquistata –
i lauti guadagni per il ritrovamento del quadro del Pomarancio gli avevano permesso anche questa spesa – e partì per Capodimonte. In meno di mezz'ora raggiunsero la villa dei Raminelli.

Il poliziotto privato suonò a lungo il campanello, finché il
giardiniere non si fece vedere chiedendo chi fossero e cosa
volessero. Lui si limitò a esibire un foglio protocollo sul quale compariva un mandato da parte di Agostino Raminelli. Il
capitano delegava infatti, nelle rispettive competenze, l'avvo-

cato Roberto D'Ellia e il signor Giuseppe Ballarò a collaborare alla sua difesa, accedendo, ove lo avessero ritenuto necessario od opportuno, alle proprietà di famiglia di cui egli stesso era l'erede.

Giovanni Cattola lesse seguendo le righe con il dito. Al termine dichiarò che non ci capiva nulla.

Puccio cercò di spiegarglielo e insistette.

Senza aggiungere parola, l'uomo si allontanò. Passò un bel pezzo prima che tornasse insieme a una donna molto grassa. Si rivolse al poliziotto privato, dicendo: «Questa è Pallina, la domestica. Ha letto anche lei il suo foglio e ha deciso che potete entrare».

La donna assentì con la testa e Cattola aprì il cancello per consentire l'ingresso dei visitatori.

«Ci sono cani?» chiese Puccio, scottato da numerosi attacchi e morsi subiti durante le intrusioni notturne e illegali alle quali il mestiere lo costringeva.

La donna fece un cenno di diniego e si incamminò verso la costruzione, seguita dagli altri. Prima che quella specie di ispezione iniziasse, volle offrire il caffè. Si presentò quindi con un vassoio sul quale, oltre alla bevanda, c'erano alcuni biscotti al vino, che preparava di persona ogni settimana, ci fossero o non ci fossero i padroni. Nonostante la loro morte, aveva continuato a sfornarli: era, infatti, dell'idea che le abitudini della casa andassero rispettate e mantenute. Lo disse in modo solenne, come se la villa di cui si occupava fosse un soggetto vivente, autonomo e con una propria volontà.

L'investigatore, goloso, assaggiò un dolcetto e, per conquistarsi la confidenza della donna, lodò la sua bravura di cuoca. Quindi le chiese se in villa ci fosse stata la polizia.

Pallina annuì: «C'è stata già due volte la polizia. La prima comandava una certa Bastanti, un giudice; la seconda la dottoressa Aletei della questura...» Si capiva chiaramente dal tono della voce che la magistrata le era risultata antipatica. «La commissaria ci ha interrogato a lungo come se fossimo i colpevoli. Era gentile, è vero, però non la finiva mai. E perché questo, perché quell'altro. E, mentre ci parlava, i suoi uomini hanno fatto una perquisizione accurata frugando in ogni angolo.»

Il sopralluogo della costruzione e del giardino con annessa piscina richiese un paio d'ore. Su suggerimento di Arianne, Puccio domandò di ispezionare anche il podere. Fecero un giro e scoprirono in una balza nascosta un piccolo fabbricato immerso nel verde.

«Mih! È uguale a quelli della villa comunale di Taormina!» esclamò il detective, rivolgendosi alla moglie.

«È vero. Sembra una delle casette nascoste tra gli alberi», confermò lei.

«E cosa gli serviva all'ambasciatore questa specie di palazzina?» Puccio aveva un tono inquisitorio da poliziotto vero.

«Sua eccellenza anni fa ci stava molte ore al giorno. Alle volte ci dormiva. Poi, con la venuta della signora Hàlinka c'è andato di rado e ci ha vietato di metterci piede. Per le pulizie aveva incaricato Costantino.»

«Entriamo?» propose Arianne.

«Lascia perdere: se l'ambasciatore non ci andava non ci interessa», Ballarò schiacciò l'occhio alla moglie in modo impercettibile per Pallina e Cattola.

Ancora domenica 14 e poi lunedì 15

39

Era quasi l'una. I due investigatori salutarono e abbandonarono la villa.

Sostarono a Marta ed entrarono nel ristorante Da Gino. Appena furono seduti, l'uomo spiegò ad Arianne di non avere voluto insospettire i domestici di Raminelli. La piccola casina nel bosco sarebbe stato il primo luogo in cui intendeva a tempo e luogo introdursi.

Pranzarono: l'investigatore si concesse un pasto completo – antipasto di lasche in carpione, fettuccine al filetto di tinca, anguilla alla griglia, patatine fritte, crostata e amaro – mentre Arianne, che combatteva una spiccata tendenza alla pinguedine, soprattutto nel sedere, si limitò a un trancio di luccio e a un'insalata. Soddisfatti, rientrarono in albergo. Fecero l'amore nel modo che più piaceva a lui.

"L'ho abituato male", pensava ogni tanto lei, "lo servo come un pascià."

Il detective, infatti, si sdraiò nudo sul letto e lei gli si dedicò con carezze e baci, finché non decise di prenderla. Allora la ragazza gli fu sopra e, lentamente, si amarono.

Riposarono sino al tardo pomeriggio. Quindi affittarono una barca e remarono verso il largo. Giunti a una certa distanza dalla riva, lontano dagli sguardi degli altri clienti dell'hotel, si spogliarono e fecero il bagno nudi, nuotando in tondo, nell'acqua ferma e fresca. Rientrarono che stava calando la sera. Cenarono in albergo e, verso le undici, montarono in macchina, avvisando il portiere che sarebbero tornati molto tardi. Era mezzanotte quando, a circa cinquecento metri dalla villa di Raminelli, parcheggiarono l'Alfa in un'ansa del lungolago, riparandola dietro un cespuglio di piretro. Invece di seguire la strada, si tolsero le scarpe per evitare di bagnarle – non potevano lasciare traccia all'interno della casina alla quale erano diretti – e camminarono sulla battigia sino a quando si resero conto di essere entrati nella proprietà dell'ambasciatore. Avevano entrambi una torcia tascabile di cui si servirono durante il breve tragitto. Giunti all'interno del giardino, risalirono verso monte. Raggiunsero la loro meta con qualche difficoltà, dato che era ben celata dagli alberi e dalle siepi del podere.

Ballarò aveva uno speciale di passe-partout. Prima di usarlo compì un giro completo della costruzione. La esaminò lentamente e con attenzione, stupito della mancanza di qualsiasi segno – nastri e sigilli – di un passaggio della polizia, né dell'esistenza di impianti di allarme. Finalmente convinto che il campo fosse libero, si mise in azione. La porta, però, era accuratamente blindata e dotata di una serratura elettronica. Dopo una serie di inutili tentativi, si vide costretto ad affrontare una finestra sul retro. Questa volta aprì senza difficoltà. C'era un unico ambiente dentro la palazzina con una porticina che conduceva al bagno, perfettamente arredato con piccole stampe di carattere erotico-satirico alle pareti.

Arianne rabbrividì e si strinse al marito. L'interno della stanza era inquietante. I muri erano blu scuro: su di essi erano dipinti figure esoteriche, diavoli, diavolesse e simboli massonici. Appoggiato a una parete c'era un armadio chiuso a chiave. Puccio forzò la serratura, ma perse l'equilibrio e barcollò. Si appoggiò alla parete, si rimise in piedi e insistette, ricorrendo alle sottili bacchette d'acciaio con le quali i ladri più esperti riescono a fare cedere anche le più sofisticate serrature meccaniche. Dopo alcune prove, alla fine, senza far rumore, l'armadio si spalancò. Dentro si trovava la più strana collezione di oggetti pornografici che avessero mai visto, tanti da soddisfare ogni desiderio masochistico e sadico. Proprio di fronte all'armadio un arco delimitava l'accesso a un piccolissimo vano.

Puccio e la moglie si avvicinarono. Una tenda di velluto viola impediva il passo.

La fecero scorrere e misero in luce una serie di mensole di marmo nero. Su di esse era appoggiata un'altra incredibile raccolta: oggetti macabri e reperti funebri. Alcune piccole impressionanti testine, dalle labbra cucite, due teschi, uno dei quali molto più grande, forse maschile, tibie, peroni, ulne e radii, alcune ossa prepuziali, uno scroto umano imbalsamato e numerose sculture africane, tutte a carattere fallico. Arianne ne riconobbe alcune: di certo provenivano dalla Nigeria, dove erano utilizzate per riti magici di evocazione o di contatto con il mondo dei defunti. L'aria era stagnante. Sopra un'ultima mensola, molto più profonda delle altre e che poteva essere stata usata come altare, c'erano arredi e vesti viola. Insomma, in quella rientranza era occultato tutto l'armamentario occorrente per la celebrazione di messe nere e riti satanici.

Si spostarono nell'ambiente principale. Notarono che a una parete erano appese delle fruste, mentre, appoggiata su una étagère, c'era l'apparecchiatura per proiettare film e diapositive. Al centro troneggiava un letto circolare e, sopra di esso, era incassato nel soffitto uno specchio delle medesime dimensioni e forma del letto. Ci si sdraiarono e indirizzarono le lampade verso l'alto, guardando le proprie immagini riflesse.

Puccio, all'improvviso fu colto dalla voglia dei momenti

difficili: come un equilibrista sul filo teso sull'arena senza rete, amava il rischio e, una volta che c'era dentro, sentiva un forte desiderio di fare l'amore.

Così, con un fare che Arianne ormai conosceva bene, le si avvicinò

Ma lei, saggia, lo respinse, dicendogli: «Qui no, mi fa impressione. Magari dopo o un'altra volta, se torneremo».

L'uomo sbuffò e si mise l'animo in pace, mentre la moglie, muovendosi con lentezza, rivolse la sua attenzione a un quadro che sembrava un puzzle o un mosaico. Si avvicinò, lesse il nome dell'autore, Nespolo, e lo indicò al marito. Lui si fece più attento ed esaminò la composizione. Notandone lo spessore, iniziò a percorrere con il dito il margine della cornice, finché toccò con il polpastrello una specie di pulsante. Lo premette, sentì uno scatto e un lato del puzzle si dischiuse con dolcezza, allontanandosi dalla parete.

«L'abbiamo fregato!» esclamò l'investigatore, pensando all'ambasciatore. «Abbiamo trovato la cassaforte.» Dentro al piccolo armadietto incassato nel muro c'erano soltanto poche centinaia di euro, un block-notes, due quaderni e un fascicoletto rituale che riguardava le messe nere.

Puccio, incuriosito, lo scorse e se lo mise in tasca. Raccolse il block-notes e i due quaderni e mormorò ad Arianne: «Andiamo».

Il poliziotto privato armeggiò intorno alla porta e riuscì ad aprirla. Richiuse allora la finestra dall'interno. Al primo sopralluogo sarebbe venuto fuori che la porta non era stata chiusa a chiave: una distrazione del proprietario o di un domestico. Si trasferirono quindi nella villa padronale.

L'investigatore rimosse con cura il nastro e i sigilli applicati dalla polizia ed entrò, facendo strada alla sua compagna.

Nel grande soggiorno, Ballarò fu colpito dalla stranezza di un tavolino basso nel quale era conservata una collezione di conchiglie. C'era qualcosa che non riusciva a capire, in quel mobile. Esaminandolo con cura, si rese conto di una sorta di sproporzione tra la parte superiore, ricoperta da un ripiano di cristallo, e la parte inferiore. Pensò che ci dovesse essere un doppio fondo. Armeggiò a lungo finché non trovò una scanalatura che consentiva di aprire un cassetto segreto. Lo spalancò: dentro c'erano alcuni fascicoli legati con nastrini di diverso colore. Li raccolse tutti e li dette ad Arianne che li infilò nella borsa.

Erano ormai le tre e mezzo.

Il poliziotto privato serrò l'uscio e risistemò sigilli e nastro con assoluta precisione. Nessuno, né la polizia, né i domestici avrebbero trovato tracce dell'intrusione.

Tornarono in albergo e dormirono qualche ora.

Dopo il risveglio, consumarono un'abbondante colazione e presero a sfogliare il block-notes e i quaderni. Il taccuino nella prima pagina recava, scritto con calligrafia ordinata, quasi scolastica, il nome Costantino e conteneva una specie di contabilità con date e importi. Ogni data aveva annotata al fianco una parola: «mediocre», «insufficiente», «buono», «eccellente». Gli importi variavano in relazione al giudizio espresso. Per «mediocre» e «insufficiente» era segnata la cifra di un mezzo milione di lire. Per il «buono» un milione. Per l'«eccellente» un milione e mezzo. Dal gennaio 2002, invece che in lire, era indicata la corrispondente somma arrotondata in euro.

Non riuscirono a decifrare i quaderni: erano scritti in una lingua straniera diversa dall'inglese.

Bevvero un altro caffè e risalirono in macchina per rag-

giungere Orvieto, dove, nel sobborgo vicino alla stazione ferroviaria, Ballarò cercò una copisteria, ma la moglie lo fermò:
«Non qui. Andiamo in un paese più lontano».

Presero l'autostrada e si recarono a Fabro, la prima uscita dopo Orvieto. Trovarono una cartoleria, che recava l'insegna Maggi Egisto e che sembrò adatta alle loro esigenze.
Chiesero al proprietario di riprodurre in due fotocopie i documenti che avevano portato. Comprarono alcuni quotidiani e, mentre l'uomo lavorava con la fotocopiatrice, si sedettero a un tavolino del bar Centrale, lì vicino, e iniziarono a
leggere. Quando le fotocopie furono pronte, il cartolaio le
portò nel locale.

Puccio pagò e si rimise al volante della sua Alfa Romeo
per raggiungere l'hotel Blu Lake Inn. Strada facendo Arianne suggerì al marito di agganciare il proprietario dell'albergo
per cercare di farlo parlare dell'ambasciatore Raminelli e dei
suoi vizi.

«Che ti sei messa in testa!» commentò, sorridendo, l'uomo. «Di rubarmi il mestiere e di metterti a fare il detective
anche tu? Le donne debbono tacere e fare la calza.» Era felice, e non lo nascondeva, di stare con Arianne e di lavorare
insieme a lei. «Ringrazia il Padreterno che ti porto con me.
Comunque, lo ammetto a malincuore, ma lo ammetto, hai
avuto una buona idea.»

Infatti, appena giunsero al Blu Lake Inn, attaccarono discorso con Giovanni, il proprietario, un uomo anonimo di
mezza età. Il poliziotto privato, con fare indifferente, prima
di affrontare la questione di Raminelli e dei suoi vizi privati
portò il discorso sull'occultismo e sull'evocazione delle anime dei morti. Il titolare dell'albergo, senza alcuna diffidenza,
raccontò che gli appassionati di occultismo e necromanzia

consideravano il lago di Bolsena una zona privilegiata. I resti vulcanici, il tragico assassinio della regina degli ostrogoti Amalasunta, ordinato dal marito, il duca di Tuscia Teodato, ed eseguito nel 535 nell'isola Martana, la mitica Carrozza d'oro con il fantasma della morta, che di tanto in tanto appariva sulla riva sud del lago, in prossimità del luogo dal quale la regina fu imbarcata per raggiungere l'isola, costituivano lo sfondo occorrente perché gruppi di cultori del magico prosperassero e facessero proseliti. C'era anche una specie di capo del gruppo e della setta.

In quel momento entrò nella hall un tipo ben vestito in compagnia di una donna vistosa. Era uno di quelli che non vogliono passare inosservati: sfoggiava un grande orologio con bracciale in oro massiccio, polo Lacoste bordeaux, jeans di marca e capelli lunghi, vaporosi, annodati sulla nuca. Era troppo profumato e il viso molto abbronzato sembrava avere subito un forte trattamento di trucco. «Ciao Giovanni, lo vedi che siamo qui di nuovo?» Mostrava una grande familiarità con il padrone dell'albergo. «Voglio la mia solita suite e, prima di salire in camera, un Amaro Averna.» Si voltò verso Puccio ed esclamò: «Anche tu a Montefiascone?»

Infastidito dall'inatteso incontro, il detective lo salutò con freddezza: «Ciao Letterìo, divertiti, io e mia moglie ce ne stiamo andando».

Letterìo, invece, gli si avvicinò e lo abbracciò: «Ce l'hai ancora con me per quella vecchia storia…»

Puccio tossì per invitarlo a non continuare. Aveva, infatti, avuto da questionare con quel soggetto per una ragazza russa e non aveva nessuna voglia di dover spiegare tutto ad Arianne.

L'amico capì e, per cambiare discorso, si rivolse al proprietario dell'hotel: «Giovanni, sai chi è questo signore?» E, senza attendere risposta, aggiunse: «Puccio Ballarò, investigatore privato di fama nazionale, che dico, mondiale, segugio specializzato in tradimenti coniugali, oltre che nel recupero di oggetti d'arte».

Il detective, disturbato dalla sgradita pubblicità, non replicò e aspettò che Letterìo e la sua donna si allontanassero per riprendere il discorso con Giovanni.

Ma questi, ormai insospettito, rifiutò di continuare la conversazione anche se – Ballarò ne era sicuro – conosceva l'ambasciatore, sua moglie, i loro vizi e le loro segrete manie occultiste.

A notte fonda Puccio e Arianne tornarono nella proprietà di Raminelli, rimettendo nei loro nascondigli gli originali dei documenti che avevano fotocopiato. Ora avrebbero potuto riposare in tranquillità.

40

Ballarò e la moglie dormirono sino a tardi, mangiarono qualcosa, pagarono il conto e imboccarono la via Cassia in direzione di Viterbo. Cercavano la stazione di servizio Agip che Puccio ricordava d'avere visto nella circonvallazione della città. Superarono porta Fiorentina, porta Murata, porta della Verità. A porta Romana scorsero la stazione di servizio dell'Agip. Puccio chiese a un addetto di fargli il pieno e si diresse a un telefono pubblico. Sul lavoro non usava il cellulare né le schede prepagate: ne aveva sentite tante sulle tracce che lasciavano e preferiva rinunciare alla comodità in cambio di una maggiore riservatezza.

Da qui chiamò D'Ellia: gli disse che non c'erano novità e che gli avrebbe raccontato quando si sarebbero visti a Roma. Nel loro cifrario istintivo, questo era il segnale che il detective aveva trovato qualcosa di importante. Poi telefonò ad Agrò. A quest'ultimo disse che si stava occupando del capitano Agostino Raminelli e che voleva mostrargli qualcosa.

Il pubblico ministero gli domandò dove fosse e lo pregò di non muoversi, giacché l'avrebbe mandato a prendere immediatamente. In effetti, la stazione di servizio distava meno di cinquecento metri dalla procura e in pochi minuti un ispettore di pubblica sicurezza fu sul posto e lo accompagnò dal procuratore.

Ballarò fu ricevuto con misurata cordialità, mentre Arianne attendeva in anticamera.

Il giudice prese le fotocopie del block-notes, dei quaderni e dei documenti che il poliziotto privato gli consegnò e chiese da dove provenissero.

«Non lo so nemmeno io», mentì Puccio, che non voleva correre il rischio di essere accusato di intralciare l'attività investigativa ufficiale, né di avere infranto i sigilli giudiziari. «Mi sono arrivati in modo anonimo, dopo che ero andato a visitare la villa dei Raminelli a Capodimonte.»

Il magistrato era troppo esperto per non capire la verità, ma ritenne più importante il fatto che, comunque fosse venuto in possesso di quei documenti, il conterraneo avesse ritenuto doveroso consegnarglieli.

Prima di andarsene, il detective aggiunse qualcosa. Non poteva celargli l'elemento più importante che era emerso durante i propri sopralluoghi. Parlò cercando di assumere un'aria vaga, quasi stesse dicendo una cosa senza importanza: «Credo che l'ambasciatore Raminelli appartenesse a una setta di occultisti. Dottore, sa il genere: messe nere, riti satanici, sedute spiritiche, annessi e connessi... Non so se si tratta di una notizia importante. Per puro scrupolo ho voluto riferirgliela lo stesso».

Quello prese nota dell'informazione, lo ringraziò e uscì in anticamera per salutare Arianne.

Rientrò nella propria stanza e si dedicò a una rapida scorsa dei quotidiani. Il «Giornale di Viterbo» di quel giorno recava, nell'occhiello di apertura della cronaca cittadina, il titolo: *Un detective tra le torri*, con riferimento alle tante torri che caratterizzano la città. Incuriosito, lesse il testo. La notizia era sviluppata in una breve colonnina che riguardava proprio Puccio Ballarò e la nuova tattica difensiva adottata dall'avvocato di Agostino Raminelli. «Il delitto di Cogne ha fatto scuola» commentava l'articolista, «D'Ellia, l'avvocato del capitano Raminelli, imita la famiglia Franzoni e il suo legale, avvocato Taormina.» Era un chiaro segnale che qualcuno in procura o in questura non mancava di seguire le indagini e di lasciar filtrare indiscrezioni che potessero nuocere all'inchiesta. L'investigatore doveva essere stato identificato mentre si muoveva intorno a Capodimonte da un segugio che aveva informato senza perdere tempo la Bastanti. Fu però interrotto nelle proprie riflessioni dall'arrivo di due colleghi di Roma, con i quali doveva discutere un delicato caso che coinvolgeva la procura della capitale. La riunione era appena iniziata, quando il suo cellulare squillò. Era il colonnello Francesco Duro del Sismi, la persona alla quale si era rivolto per ottenere maggiori indicazioni sul misterioso Pospiszyl, l'uomo identificato durante il funerale dei coniugi Raminelli.

«Con i dati che mi hai fornito non ho alcuna evidenza,

Italo», gli comunicò l'ufficiale, esprimendosi in un linguaggio burocratico, incomprensibile per chiunque non avesse dimestichezza con l'ambiente. «Se tu lo ritenessi necessario, procederei a ulteriori verifiche sulla base degli elementi anagrafici che ho trovato nella richiesta di cittadinanza italiana presentata da Pospiszyl.»

«Sì, procedi», raccomandò il procuratore. «C'è un duplice delitto sul quale stiamo indagando. Grazie, Francesco.» Posò la cornetta, prese un sigaro Toscano dalla scatola sulla scrivania e iniziò a masticarlo. Arrivò un'altra chiamata a impedirgli di immergersi nelle proprie riflessioni.

«C'è stato un omicidio alla Commenda, sulla strada per Marta», gli comunicò la Aletei. «È stato assassinato uno sconosciuto ed è stato fatto scempio del cadavere. Gli hanno cavato gli occhi e gli hanno staccato la pelle del viso. Uno spettacolo orrendo, disumano. Stiamo cercando di identificare la vittima.»

«Completa i rilievi: io non posso muovermi. Poi raggiungimi. Voglio i particolari. Sposto l'interrogatorio di Tossi a domani mattina, mentre alle quattro vedremo Jiri, il fratello di Hàlinka Raminelli», le rispose il magistrato. A quel punto aveva deciso di procedere battendo altre piste: ormai l'ipotesi della colpevolezza del capitano Raminelli, nelle sue riflessioni, non aveva più alcuna verosimiglianza e cresceva in lui la consapevolezza che fosse necessario allargare il campo delle indagini. Troppi elementi lontani dall'ufficiale irrompevano nell'inchiesta, dando gli inquirenti nuovi spunti, nuovi inattesi stimoli.

Un'ora dopo, finito l'incontro con i giudici romani, arrivò in procura il sostituto Maralioti, un rinforzo molto gradito: la sonnacchiosa città di provincia era ormai sconvolta dai delitti che la insanguinavano. I titoloni dei giornali, le polemiche alimentate da Grazia Bastanti e l'assenza di novità risolutive iniziavano ad alimentare una certa sfiducia, nonostante l'eccellente fama di investigatore del dottor Agrò.

Dopo un rapido abbraccio, il giudice lo mise al lavoro: «Girolamo, non c'è tempo per le spiegazioni. Salirai sul treno in corsa. Dai un'occhiata mentre aspettiamo la commissaria Aletei». E gli consegnò il faldone del procedimento Raminelli.

Marta li raggiunse quasi subito. Era decisamente turbata dal macabro spettacolo dell'uomo assassinato. La voce spezzata dall'emozione, riferì sulle circostanze del rinvenimento del cadavere, sistemato dietro un fontanile in disuso. Un ragazzo albanese che accudiva un piccolo gregge di pecore l'aveva scoperto per caso e aveva fermato una macchina di passaggio chiedendo al guidatore di avvisare la polizia. La salma, la cui rimozione era stata autorizzata dal dottor Linosa, era stata trasportata all'ospedale Belverde per i rilievi autoptici. Al momento non c'erano elementi per identificare la vittima.

Agrò cercò di calmarla e, per allontanare l'attenzione della ragazza da quanto aveva appena visto, decise di riprendere in mano il caso Raminelli: «Per l'omicidio di stamattina non c'è che da aspettare. Intanto pensiamo alle indagini in corso: occorre una nuova perquisizione nella villa di Capodimonte e negli appartamenti di Roma e di Viterbo dei Raminelli padre e figlio. Sarà una ricerca accurata alla quale parteciperete entrambi. Se riuscirò a liberarmi, ci sarò anch'io».

«Il primo sopralluogo alla villa è stato fatto dalla Bastanti. C'ero io e c'era anche Igino Pergolizzi, un ispettore abbastanza giovane, ma di grande esperienza e capacità. La sostituta mi ha invitato ad aspettare fuori ed è entrata nella villa insieme a Pergolizzi e a due agenti. Dopo non molto però, chessò un'ora, un'ora e un quarto, è venuta via, ordinando di sigillare le entrate degli ambienti usati dalla coppia. Alcuni giorni fa io e Igino abbiamo effettuato un altro accesso. Lui, insieme a quelli della scientifica, ha provveduto alle perquisizioni e io ho ascoltato i domestici. Non ci sono stati, però, risultati specifici», chiarì lei, cedendo alla tentazione di parlare il burocratese che si usava in questura.

«Ballarò ne sa una più del diavolo. Chissà dove ha trovato le carte...» mormorò il procuratore. Rimase qualche secondo in silenzio prima di riprendere: «Ti consegno un block-notes, alcuni fogli e due quaderni, tutto in fotocopia. Il block-notes mi sembra che contenga la contabilità delle porcherie dei coniugi Raminelli. I quaderni e i fogli sono scritti in una lingua che non conosco, forse ceco. Dovremo farli tradurre... Parlane con Scuto. Il nostro Antetomaso non basta, ci vuole un interprete ufficiale, un perito giudiziario».

Si fermò, prese il pacchetto di sigarette, ne offrì una a Marta. Maralioti non fumava. Una volta accese le Marlboro, riprese: «Non metto in dubbio le capacità del tuo ispettore Igino Pergolizzi. Mi sembra però che la villa dell'ambasciatore non sia stata perquisita a fondo e possa ancora celare segreti importanti. O perlomeno non sia stata esplorata con la necessaria attenzione, forse per la pruderie della Bastanti. E so per esperienza che ripetere un sopralluogo a volte riserva notevoli sorprese». Si arrestò di nuovo, spense la sigaretta nella ceneriera e, con un tono d'improvviso più formale, come se stesse annunciando qualcosa di molto importante, fece: «Voglio introdurre nel gruppo degli inquirenti un'ufficiale dei carabinieri che ci aiuti sul territorio. Mi spiego: la diffusione capillare delle stazioni dell'Arma in tutti i paesini intorno al lago di Bolsena ci darà un supporto insostituibile per scoprire i segreti che si celano in essi. E sono sicuro che ce ne sono molti, di segreti». Il magistrato era consapevole che la decisione di coinvolgere l'Arma avrebbe ferito l'orgoglio della compagna, funzionaria di polizia. Così, per darle modo di valutare con serenità le sue motivazioni, spiegò: «Marta, devi sapere che ho avuto una soffiata su certi riti occultistici che l'ambasciatore Raininelli praticava. Per i carabinieri, che nella zona sono ben presenti, sarà più facile acquisire in assoluta discrezione le notizie che ci servono. Lascerò che l'Arma dipani la pista dei riti satanici, mentre noi tre insieme continueremo le indagini nelle altre direzioni».

Marta Aletei sembrò aver capito. Tuttavia, lo smarrimento e l'irritazione che erano apparsi sul suo volto non erano dissipati. Nervosamente sollecitò quindi Italo ad avvisare di persona il questore di Viterbo: «Vorrei che si evitasse di dare la sensazione... come se fossi insoddisfatto della collaborazione con la polizia. Chiarisci al questore le ragioni per cui integri con i carabinieri il gruppo investigativo. E, se i motivi fossero altri, dillo sinceramente...» Parlando, la commissaria era arrossita ancora di più per la collera crescente suscitata da quella imprevista novità. La collegò all'insuccesso della sua perquisizione nella villa e si rese conto di avere sbagliato ad affidarsi a Pergolizzi e alla sua abilità. L'uomo, col tempo, doveva aver abbassato i sensori dell'intuito, abbandonandosi a una normale e routinaria superficialità. Non intendeva, però, scaricare la responsabilità dell'accaduto sul proprio collaboratore. La colpa era sua e solo sua. Così, prima che il procuratore potesse risponderle, aggiunse: «Quanto alla casa sul lago, il sopralluogo non ha dato risultati... mi assumo...»

Ma il giudice, sulla parola «assumo», la fermò: «Nessuno

pone in discussione il lavoro compiuto nella villa. Una squadra di investigatori deve essere composta da persone normali. Nel caso del quadro del Pomarancio, abbiamo dovuto eseguire numerose perquisizioni prima di scoprire il principale nascondiglio di quadri falsi e di refurtiva».

La ragazza rimase in silenzio a riflettere.

Ora lui doveva placarla. Abbandonò la questione di quel benedetto sopralluogo, frugò nella mente e rammentò un verso di Salvatore Quasimodo: «*Nell'isola morta… posso restare murato?*»

Maralioti intervenne subito: «Quasimodo?»

«Sì, il mio eterno Quasimodo.» Agrò aveva il volto serio e nessuna voglia di sorridere. Capiva che quello era un passaggio difficile nel rapporto con Marta. «Mi domando e vi domando: dobbiamo trincerarci sulle nostre posizioni, rischiando di non arrivare a nulla, o è meglio allargare la nostra capacità d'azione? Questo è il senso del verso che ho citato.» La sua preoccupazione e insieme la sua premura per la donna erano evidenti. Marta lo capì.

Guardandola negli occhi, Italo alzò la cornetta e chiamò il questore. Il suo tono era discorsivo, rilassato, mentre presentava la chiamata in causa dei carabinieri come una necessità dovuta all'estendersi degli impegni investigativi e all'urgenza di raggiungere qualche risultato positivo.

Lei ascoltò quelle parole e gli sorrise rasserenata.

Finita la conversazione con il questore, Agrò telefonò al capitano dei carabinieri Edmondo Locci e lo pregò di raggiungerli in procura nel primo pomeriggio. Poi ricominciò a discutere dell'omicidio appena scoperto, incaricando Girolamo di seguirne gli sviluppi da vicino. Loro avrebbero continuato a dedicarsi al caso Raminelli.

Ormai era passata l'una, l'ora dell'intervallo.

Il sostituto intendeva rimanere in procura a studiare i documenti.

Decisero di andare a correre. Anche quel giorno non c'era molto tempo a disposizione e, quindi, si limitarono ad alcuni giri all'interno di Pratogiardino. Terminato il jogging, mangiarono un panino da Schenardi e rientrarono in ufficio, dove ricevettero subito, insieme a Maralioti, il capitano.

L'ufficiale era giovane, alto e un po' allampanato. Dall'accento sembrava veneto o, comunque, del Nord. Sulla questione dell'occultismo, Locci, che risiedeva a Montefiascone, risultò molto preparato. Disse che era un argomento che l'aveva appassionato dopo avere letto *La trama dell'angelo* e *I maestri invisibili. Come incontrare gli spiriti guida.* Due libri, scritti da un esperto, un tale Igor Sibaldi, che consigliava a coloro che intendessero iniziare ad approfondire l'argomento.

«Ma è uno specialista di gialli, questo autore? Mi pare di averne letto uno», osservò Maralioti.

«Non so. Può darsi che abbia scritto qualche giallo, anche se mi sembra più uno studioso del parasensoriale che altro», replicò l'ufficiale che, dopo la premessa, riferì che nell'area vulsinia c'era un nutrito gruppo di persone che si dedicavano ai contatti con l'aldilà. Gli occultisti avevano sparso la voce che proprio i due miracoli di Bolsena, quello di santa Cristina e quello del Corporale, dimostravano come il lago fosse una zona ben idonea ai contatti con le anime dei defunti. Poiché nessuno degli inquirenti era a conoscenza delle vicende cui si era riferito, il capitano si soffermò a illustrarli.

La santa, una giovinetta, a causa della fede cristiana era

stata gettata nel lago, legata per i piedi a una grande pietra. Poco dopo, era riemersa galleggiando sullo stesso masso, sul quale era rimasta incisa la forma dei suoi piedi. Il gruppo degli occultisti sosteneva che questo prodigio rappresentava in realtà la semplice apparizione dello spettro della santa.

«Del resto», sottolineò il capitano, «qualunque testo che si occupi di questi fenomeni chiarisce che ogni volta che una vittima di morte violenta riappare sul luogo del proprio assassinio si tratta esclusivamente del suo fantasma. E le orme della fanciulla martire sulla pietra rappresentano un preciso lascito di traccia in modo da rendere indelebile il ricordo dell'accaduto e dell'esistenza di una vittima e del suo spettro. A fine luglio, quando viene celebrata la festa di santa Cristina, i ragazzi del luogo mettono in scena nelle piazze di Bolsena episodi tratti dalla vita della santa. Queste recite non vengono chiamate *I miracoli di santa Cristina*, come sarebbe naturale, ma *I misteri*, a dimostrazione che l'arcano dominava la vicenda.»

Soddisfatto della propria capacità di chiarire il delicato argomento, Locci continuò: «Anche il miracolo del Corporale ha questa natura. Leggenda vuole che il sangue sia sgorgato dal calice della celebrazione eucaristica e le sue gocce si siano posate sulla tovaglia, che era detta "corporale" e ricopriva l'altare, e sul suo piano di marmo, imprimendovi l'immagine del volto di Cristo. Ciò dimostra che la zona è – o almeno è stata – infestata da presenze sataniche e che Cristo ha voluto allontanarle imprimendo nella pietra e nella stoffa il segno della sua santità. Che la situazione dei luoghi fosse, anche nel Medioevo e nel Rinascimento, insicura dal punto di vista religioso è dimostrato dal fatto che la reliquia era stata custodita lontano, a Orvieto, al fine di sottrarla ai pericoli di profanazione».

Gli astanti, però, non sembrarono colpiti da queste parole.

Il capitano Locci, interdetto, volle dare un'altra precisa informazione: l'albergo La carrozza d'oro era stato costruito pressappoco sul luogo dell'imbarco di Amalasunta alla volta dell'isola Martana e lì si diceva che continuasse a comparire il fantasma senza pace della regina degli ostrogoti. Nelle vicinanze, in una villa, si riuniva un gruppo di persone che si dedicavano alla ricerca psicofonica, che, cioè, cercavano il contatto con l'aldilà mediante strumenti radiofonici e televisivi.

«Voglio saperne di più», esclamò il magistrato. «È necessario scoprire se ci sia una vera e propria setta che celebra messe nere e riti satanici, dedicandosi alla necrofilia; se l'ambasciatore Raminelli, con la moglie o da solo, facesse parte della setta e praticasse i riti; chi sono i capi e dove avvengono le riunioni. Insomma, voglio avere una radiografia completa del fenomeno.»

«Poi c'è la questione dell'omicidio scoperto stamattina alla Commenda», intervenne la Aletei. «Tutto sembra portare a un delitto compiuto da un soggetto disturbato o, comunque, dedito al feticismo o a qualcosa di simile. Il cadavere è stato privato degli occhi ed evirato.»

«Bene, anche riguardo al profilo di questo assassino vogliamo la sua collaborazione, capitano. Lei si occuperà con il sostituto Maralioti di questi due filoni dell'inchiesta: i rapporti tra gli occultisti e Raminelli e l'omicidio della Commenda. Comunque, tenga presente che siamo un vero e proprio team, per cui avremo incontri frequenti e, se necessario, quotidiani. La ringrazio», concluse il procuratore, congedandolo. Sedette alla scrivania in tempo per ricevere una telefonata di Giorgio Cascetta, il suo giovane amico ufficiale di Marina. Lo informò che il maltempo che stava flagellando l'Italia aveva indotto gli organizzatori a spostare il concerto di Goran Bregović, previsto per quella stessa sera, da Caracalla al vecchio Auditorium di Santa Cecilia, in via della Conciliazione.

Italo lo ringraziò per l'informazione che, per coincidenza, gli era molto gradita: la nuova sede del concerto era molto più vicina a casa sua e lui e Marta avrebbero potuto recarvisi a piedi in pochi minuti. Il militare gli dette anche alcune notizie interessanti sulla manifestazione, per allettarlo ancora di più, anche se sapeva che le musiche del compositore serbo-croato lo avevano già conquistato. Il programma prevedeva che Bregović presentasse per la prima volta in Italia un suo *Oratorio tra il sacro e il profano*, dal sottotitolo *Il mio cuore è diventato tollerante*, tratto dal verso di una poesia del mistico mediorientale Ibn El Arabi. Era una musica multiculturale, multirazziale e multireligiosa. Sul palco, oltre alla nota Weddings and funeral band, avrebbero suonato l'orchestra arabo-andalusa di Tetouan e il coro maschile Peresvet di Mosca.

Agrò che, con quella frivola telefonata, aveva dissolto l'atmosfera che i discorsi su fantasmi e fenomeni paranormali avevano creato, chiese se al recital avrebbero partecipato le bravissime cantanti bulgare che accompagnavano spesso il maestro Bregović. Cascetta assicurò che sarebbero state presenti, aggiungendo anche che era previsto un pezzo dedicato al nostro paese dal titolo *Polizia molto arrabbiata*, una sorta di elenco musicale dei maltrattamenti subiti dai gitani in alcune città italiane e, forse, di allusione ai recenti fatti del G8 di Genova.

41

Si era appena allontanato l'ufficiale dei carabinieri, che arrivò Jiri Hadràsek.

Doberdò, seguendo gli ordini ricevuti, lo introdusse subito.

Il giovane sembrò intimidito dalla presenza dei magistrati, della commissaria e dei due ispettori addetti alla verbalizzazione e ci vollero qualche minuto, un caffè e una Marlboro per dare inizio alla conversazione.

Nelle intenzioni degli inquirenti era l'occasione buona per l'avvio di un'aperta collaborazione.

Jiri consegnò l'originale dell'estratto conto bancario già trasmesso per fax. Con i suoi chiarimenti, fu possibile ricostruire il movimento di denaro derivante dalle rimesse dell'ambasciatore Raminelli del Vischio. Era una cifra importante, che andava confrontata con i dati dei conti italiani del diplomatico. Tuttavia copriva solo in parte le somme che Raminelli aveva ottenuto dalla vendita delle proprietà. Del resto dei quattrini si era perduta ogni traccia. Una parte risultava prelevata di persona dallo stesso diplomatico e una parte non era mai entrata nel giro di conti correnti personali. Si trattava di molti soldi, tutti incassati per cassa.

Agrò manifestò le proprie perplessità, provocate dall'esame di quella approssimativa contabilità. E precisò che voleva sapere quale via alternativa a quella bancaria avessero percorso i soldi necessari per comprare il palazzotto che Hàlinka aveva acquistato nel centro di Praga.

Jiri si mantenne tranquillo. Ribadì di essere pronto a spiegare il ruolo sostenuto nella vicenda. Disse infatti che l'ambasciatore e sua sorella, almeno una volta per trimestre, arrivavano a Praga con molto denaro e che, di tanto in tanto, diverse volte l'anno, egli stesso veniva in macchina in Italia a ritirare i biglietti di banca che il cognato gli affidava in una valigia di pelle con un capiente doppio fondo.

Il procuratore, scambiato uno sguardo d'intesa con la Aletei, fece presente al ceco che, trasportando valuta nel modo che aveva descritto, aveva commesso numerose infrazioni alla normativa valutaria, alcune delle quali potevano avere riflessi penali. E, dato che il giovane sembrava non capire, gli annunciò, passando con brutalità al pratico, che erano probabili un processo e la prigione per quelle infrazioni.

Jiri adesso impallidì e si buttò all'indietro, appoggiandosi alla spalliera della sedia. Frugò con affanno nelle tasche e ne estrasse un pacchetto di sigarette ceche, accendendone una. Era ammutolito: in Italia, un paese straniero, di fronte a giudici e polizia, non c'era scampo.

Il pubblico ministero si alzò, il sigaro Toscano tra i denti, gli si avvicinò e, parlando con estrema lentezza, gli sussurrò: «A meno che...»

Jiri ripeté a voce alta: «A meno che...?» La sua padronanza dell'italiano era eccellente e, nonostante la tensione del momento, riuscì a cogliere le sfumature appena accennate del tono della voce del magistrato.

«A meno che tu», quel «tu» diretto, pronunziato in piedi con il viso proteso verso di lui e l'espressione severa, accentuava l'impotenza e l'inferiorità del ceco, «non inizi a collaborare informandoci di tutto ciò che sai e che ti ha rivelato tua sorella. Tutto, proprio tutto, senza tralasciare nulla, senza una distrazione o una dimenticanza... Per esempio, parlami della valigia che il ministro plenipotenziario Cardeti ti ha consegnato a Praga.»

Come fosse stato scosso da una fucilata sparata a bruciapelo, il giovane, che non immaginava che il giudice fosse a conoscenza del fatto, reagì positivamente: «Signor dottore, è vero. Ho ritirato dal ministro Cardeti una valigia che ho nascosto a casa dei miei genitori. L'abbiamo messa in solaio perché Hàlinka ci aveva avvertito che conteneva quarantamila dollari».

«Non sai a cosa servissero quei quarantamila dollari?» incalzò l'altro.

Senza incertezze – aveva deciso di mostrarsi a completa e leale disposizione –, Jiri spiegò: «Hàlinka mi confidò che avevano fra le mani un affare importantissimo che le avrebbe cambiato la vita. Avrebbe trovato il modo di prendere la sua parte e di lasciare Claudio Raminelli. Non lo sopportava più, quel vecchio satiro imbalsamato. E quei quarantamila dollari sarebbero serviti proprio per concludere l'affare, dal quale sarebbe dipesa la libertà di mia sorella». Gettò il mozzicone di sigaretta nella ceneriera e ne accese un'altra. Questa volta le offrì anche agli inquirenti. Tutti rifiutarono. Agrò invece, liberatosi del Toscano, la accettò e gli tenne compagnia.

«Quindi, il quattordici giugno», continuò il giovane, «Hàlinka e Claudio arrivarono a Praga in aereo. Lei passò subito da casa per controllare la valigia. La aprì, contò i dollari, la richiuse di nuovo e la rimise nel nascondiglio in cui l'aveva trovata. Poi raggiunse l'ambasciatore all'hotel Clementin in Seminarska.» Jiri si era rinfrancato. Era consapevole che stava riferendo particolari utili per lo sviluppo delle indagini e coglieva l'interesse del gruppo di investigatori. «Prima che uscisse per raggiungere il marito, la fermai, afferrandola per un braccio e domandandole di raccontarmi qualcosa di più sull'affare. Hàlinka, che mi diceva tutto, quella volta rimase sul misterioso, mormorandomi solo, in modo che i nostri genitori non potessero sentire: "È meglio che tu non sappia. Fra qualche giorno ti spiegherò. Vedrai, verrò a Praga e avremo il tempo di parlare quanto vorremo". A sera Claudio e Hàlinka furono di ritorno. Li aspettava in strada una Skoda Fabia, con una persona al volante. Ritirarono la valigia e uscirono.» Jiri ebbe una specie di sussulto e, all'improvviso commosso, aggiunse: «Non l'avrei più vista viva».

Marta, che aveva preso appunti e registrato la conversazione, chiese di scrivere il verbale a uno degli ispettori che aveva assistito al colloquio.

Ma Jiri aveva dell'altro da dire: «Voglio parlare di mia sorella... una persona dolce e delicata...» si arrestò per la commozione, «una persona dolce e delicata», ripeté, «affettuosa con noi. Quando era a Praga mi coccolava...»

Un pensiero attraversò in un lampo la mente del magistrato: "E se tra i fratelli? Non mi stupirei..."

Jiri stava proseguendo: «...cucinava cose italiane, gli spaghetti in tanti modi, i *maccaroni*... mi comprava i vestiti di Armani. A mio padre aveva regalato un orologio italiano, un Panerai. E non vi dico come pensava a mia madre. E quando era in casa la faceva sedere su di lei – come dite voi? – in braccio e sembrava che la cullasse mentre la stringeva a sé sussurrandole: "*maminka*", "*poklad*", tesoro, "*pták*", uccellino... tante parole d'amore per lei, per noi tutti. In fondo era sola, forse disperata e cercava l'occasione giusta per tornare da noi...» Qui il giovane tacque, rattristato.

Il magistrato lo lasciò stare e si immerse nelle proprie riflessioni straniandosi del tutto. Un'idea gli martellava la mente: l'entimema di cui gli aveva detto Edrio Scriboni, il sillogismo ellittico o monco della scuola retorica di Aristotele. "Debbo mettere in piedi un entimema su questo caso", pensò. "Un sillogismo all'interno del quale siano compresi tutti gli elementi di cui dispongo e che determini una o più conclusioni compatibili. Se ci riuscirò, avrò compiuto quel salto logico-temporale che mi permetterà di accorciare i tempi dell'inchiesta e chiarire tutto in anticipo rispetto ai normali tempi di conclusione di una ricerca così complessa." Sorrise tra sé e sé e all'improvviso sembrò accorgersi della presenza di Jiri che, seduto proprio di fronte a lui, a poco più di un metro di distanza, lo stava osservando, preoccupato. Allora lo pregò di aspettare qualche minuto per rileggere e firmare il verbale. Gli raccomandò di non allontanarsi da Viterbo, restando a disposizione della procura per qualche altro giorno, perché con ogni probabilità ci sarebbe stato ancora bisogno della sua testimonianza.

Si era fatto tardi. Italo e Marta dovevano affrettarsi a partire per Roma per il concerto di Goran Bregović, mentre Girolamo Maralioti avrebbe seguito la stesura del verbale, la rilettura e la firma di Jiri.

Sulla Punto, in viaggio sulla Cassia, Agrò e la Aletei riuscirono a dimenticare l'inchiesta.

Italo spiegò alla ragazza i motivi del suo entusiasmo per Bregović. Lo considerava capace di trasmettere le intense emozioni di una terra di confine e di storici conflitti e quindi un po' simile alla Sicilia, alle prese con isolamento e invasioni.

Marta commentò: «Sicilia terra di confine? Che debbo dire io del mio Cilento, chiuso tra le montagne, lontano dal mondo?»

«Devo proprio visitare questo Cilento», disse, divertito, il magistrato. «Sono sicuro che, accompagnato da te, lo capirò meglio di un turista qualsiasi.»

In poco più di un'ora arrivarono nella casa di piazza Adriana. Appena chiusa la porta dietro le spalle cominciarono a baciarsi. Si spogliarono nell'ingresso, lasciando cadere a terra gli indumenti e, abbracciati, si trasferirono sul divano del soggiorno. Fecero l'amore in modo furioso come se avessero atteso quell'occasione per settimane, mentre erano invece passati appena due giorni dall'ultima volta.

Prima di dedicarsi a una doccia ristoratrice, lui accese il lettore di cd e inserì un disco di Bregović, suggerendole di ascoltarlo con attenzione: «Così comincerai ad avvicinarti alla musica di cui ti ho parlato». Mancava poco alle otto quando uscirono di casa. Mangiarono qualcosa al ristorante Da Cesare, uno dei locali preferiti da Italo, e alle nove raggiunsero l'Auditorium di Santa Cecilia. Il concerto era fissato per le nove e mezzo. Nell'atrio incontrarono Cascetta con Vàlia e Scuto con Cristiana. Entrarono subito, perché a causa dello spostamento di sede erano sorti problemi di sistemazione per gli spettatori. La sala, infatti, era affollatissima e il disordine regnava sovrano.

Italo e Marta riuscirono a sedere vicini.

Il trasferimento del concerto dalle Terme di Caracalla all'Auditorium di Santa Cecilia in via della Conciliazione risultò comunque disastroso per la riuscita dell'esibizione. La natura della musica di Bregović mal si prestava all'angustia del nuovo ambiente. Lo stesso autore se ne accorse e rinunciò a suonare il suo inedito *Oratorio* che avrebbe dovuto essere il clou del programma.

Tuttavia, nonostante le difficoltà, la musica del compositore slavo entusiasmò entrambi.

La ragazza rimase incantata in particolare da Ognjan Radivojevic, il secondo protagonista del concerto che suonò uno strumento ignoto ai più, il *derbouka,* dal suono forte e struggente. La cosa che li impressionò di più fu la mescolanza di mondi e di musicisti che l'esibizione presentava. C'erano suonatori marocchini di Tétouan, cantanti bulgare e macedoni, il coro Peresvet di Mosca e la Weddings and funerals band che eseguivano i brani in modo armonico e suggestivo, testimoniando il genio dell'inventore di quella trascinante formula, il loro direttore Goran Bregović. A mezzanotte, finita la manifestazione, il gruppo di amici si trasferì in un piccolo pub di borgo Pio per bere una birra e parlare della serata.

Era l'una passata, quando riuscirono a ripartire per Viterbo.

Durante il viaggio, Marta si dichiarò affascinata da ciò che aveva appena ascoltato e che metteva in evidenza, insieme all'allegria e alla tristezza balcaniche, una straordinaria universalità espressiva.

Italo, contento di essere riuscito a trasmetterle le proprie sensazioni ed entusiasta anche della serata, aggiunse: «Visto che hai gradito questo concerto, se e quando verrà a Roma, andremo ad ascoltare il regista-musicista Emir Kusturica, un altro grande interprete dello spirito di quelle terre. L'ho sentito a Budapest, anni fa, un concerto indimenticabile…»

«Con la tua donna di allora?» Marta si morse il labbro. Non aveva mai accennato a Roberta e non voleva dargli un'impressione di gelosia per il passato.

Lui si mise a ridere, prima di risponderle: «Che vai a pensare… Ero a Budapest con Goffredo Mantovani e altri colleghi della procura di Roma per un convegno organizzato dall'Accademia delle scienze magiara». Quella curiosità retrospettiva, molto vicina alla gelosia, non infastidì Italo. Al contrario, lo lusingò: si rendeva conto che si trattava di una conferma della profondità dell'amore che ormai li aveva uniti.

Come in un lampo, però, gli tornò alla mente il caso Raminelli e la necessità di un nuovo sopralluogo nella villa di Capodimonte. Si rivolse a Marta e le raccomandò di organizzarlo prima possibile, magari l'indomani.

Martedì 16

42

Prima dell'alba la polizia arrivò a casa Lo Stello. Ai placidi inquilini del palazzo sembrò un terremoto, una tempesta inattesa e devastante alla quale era impossibile resistere. La moglie dell'avvocato urlò e cercò di impedire l'accesso degli agenti. Dopo avere dovuto accettare la loro presenza e l'inizio della perquisizione, si ritirò nella stanza da letto con il marito che, pallido e sudato, si stava vestendo per raggiungere Viterbo.

Altero Lignino, il vice di Scuto che dirigeva l'operazione, la sentì distintamente sibilare: «Sei sempre un cretino, un vero coglione!» Lui le rispose: «Chiama chi sai e raccontagli tutto. Dopo, e soltanto dopo, informa Nino e non avvertire nessun altro. Digli di vestirsi e correre a Viterbo per assumere la mia difesa».

Alle sei meno un quarto, l'arrestato e la polizia erano in viaggio. Seduto accanto a Lignino sul sedile posteriore nella Brava della questura di Roma, Lo Stello, con un insopportabile lezzo di sudore, rifletteva sull'ingiustizia della vita che lo conduceva come un delinquente qualsiasi dinnanzi all'autorità giudiziaria. "Magari il giudice è uno sbarbatello più giovane di me. Presto la pagherà cara, quest'imprudenza", pensò per consolarsi, "e si pentirà, vedrai come si pentirà, di avere osato un simile oltraggio. Un mandato di comparizione a un avvocato dello Stato, con lo *status* di magistrato, anzi di altissimo magistrato! Uno che si dà del tu con presidenti del Consiglio, ministri e presidenti di Corte costituzionale!" Si toccò i testicoli con la mano che aveva infilato in tasca, un gesto augurale e di scongiuro di cui in quelle circostanze non riuscì a fare a meno. Poi la sua mente si spostò sul ministro e immaginò i vantaggi che la difficile situazione nella quale si stava trovando avrebbe potuto regalargli. "*Pretenderò gratitudine, incarichi e denaro... No, basta la nomina ad avvocato generale dello Stato, saltando tutti i colleghi che mi precedono nel ruolo. Questa soddisfazione non me la potranno negare, quando Mazzella andrà in pensione o anche prima. Salverò Angliesi e il partito... Diventerò un martire... Sì, un martire del solito magistrato comunista assetato del sangue di persone perbene, colpevoli di essere libere e liberali... Scriverò io stesso la legge che li neutralizzerà per sempre, questi fanatici politicanti rossi e il loro nume tutelare Violante.*"

Lo Stello venne riportato alla realtà dalla voce di Lignino, vagamente consolatoria.

Il poliziotto aveva imparato a non lasciarsi mai impietosire dagli arrestati e, per vecchia e consolidata abitudine, cercò di attaccare discorso con Lo Stello, nella speranza che, sotto choc per l'arresto, si sarebbe lasciato andare a qualche imprudente confidenza.

Ma quello, la fronte aggrottata e pallidissimo, non profferì parola sino a Monterosi, a metà strada. Qui si rivolse al vice-

216

commissario per dirgli: «Tempo due ore, sarò sulla strada del ritorno con le scuse di tutti gli uffici giudiziari di Viterbo. Non appena a Roma manderò al suo procuratore una citazione personale con la richiesta di danni e scriverò un esposto al Consiglio superiore della magistratura. E chiederò udienza al presidente del Consiglio e a quello della Repubblica. Perché voi non sapete proprio con chi avete a che fare». L'uomo si interruppe e si morse la lingua, indispettito. Aveva pronunciato le parole fatali, qualcosa di simile a «Lei non sa chi sono io». Scrollò le spalle. Sembrava completamente preso dall'ira, tanto da non misurare tono ed espressioni. Forse era solo paura di ciò che gli sarebbe potuto accadere di lì a poco: «Mi vedrà all'opera, il suo capetto di provincia. Anzi di paese. Ha sbagliato in genere, numero e caso, ovvero obiettivo, strumenti e procedura. Vedrà, commissario, farete tutti la fine dei pifferi di montagna che partirono per suonare e finirono suonati».

Lignino non rispose e si girò verso il finestrino e la campagna. Desiderava allontanarsi dall'arrestato, allontanarsi dalla sua puzza di sudore e dalla sua sfrontata prosopopea. Intravide un piccolo lago sulla sinistra della via Cassia, proprio in corrispondenza della pietra miliare che segnava il chilometro quarantatré.

«È il lago di Monterosi», fece in quel momento l'agente scelto Impiglia che guidava la vettura. «Un posto splendido per gli acquatici di passo. L'anno scorso tirammo giù cinque germani reali grossi come oche. Roba buona, forse russa, che veniva dai mari del Nord…» Disse «mari del Nord» con enfasi, come se parlasse delle Maldive. «…Fummo costretti a usare il piombo tre corazzato, tanto erano tosti.»

Se si aspettava un commento ammirato, l'agente scelto Impiglia rimase deluso.

Lignino era stato colto da un improvviso moto di antipatia nei suoi confronti: "'Sto coglione che si diverte in questo
modo... vorrei vedere se dovesse giocarsela ad armi pari... e
poi 'sta cazzo di selvaggina a me non mi piace...

Anche Lo Stello taceva. E rimase in silenzio sino a quando,
verso le dieci, fu raggiunto in questura dal Gip Guido Linosa,
dal procuratore Agrò, dal sostituto Maralioti e dalla dottoressa
Aletei. Il suo avvocato, Antonio Baeder, detto Nino, un romano di origine austriaca, fu ammesso subito all'interrogatorio.

Se Lo Stello credeva di essere un osso duro, Linosa e
Agrò dimostrarono di esserlo ancora di più. Lo incalzarono
con domande sulla carriera ministeriale, sulle relazioni con i
vari ministri e, infine, con l'attuale responsabile del dicaste-
ro della ricerca.

L'interrogato ebbe continui scatti d'ira, mentre il legale si
prodigava con cautela per spingerlo ad assumere un atteggiamento più rispettoso e gli suggeriva cautamente di manifestare buona volontà di collaborazione. Sapeva bene di dover rabbonire gli inquirenti senza indispettire il suo imprudente amico e assistito.

Terminata la disamina delle relazioni politiche di Lo Stello, il giudice venne ai suoi legami con l'ambasciatore Claudio
Raminelli. Lo fece in modo guardingo e insinuante, perché
aveva capito il genere di soggetto che aveva davanti, un misto di furbizia e di vanagloria. Così, un po' solleticandolo
nell'amor proprio, un po' mostrandosi adirato, lo spinse a rivelare più di quanto l'uomo volesse. Lo Stello, nello sforzo di
lodare se stesso, giunse al punto di sostenere d'essere stato
lui l'autore della brillante carriera diplomatica di Raminelli.
E, all'ultimo, rivelò un particolare interessante. Disse che Raminelli intendeva avere un incontro con il suo ministro per

sottoporgli questioni di cui non era al corrente. Il ministro, che non conosceva né intendeva conoscere l'ambasciatore, gli aveva chiesto di occuparsi di persona del diplomatico. Erano appena trascorsi un paio di giorni dal colloquio con il ministro Angliesi, quando Lo Stello, che non aveva ancora potuto contattare Raminelli, aveva letto sui giornali dell'assassinio del diplomatico e della moglie.

43

Si erano fatte le due e Tossi era già in procura in attesa di essere interrogato.

In questura, nel frattempo, gli inquirenti si ritirarono in una stanza, lasciando Lo Stello in compagnia del suo legale. E, dopo una breve discussione, decisero di rimettere in libertà l'avvocato-capo di gabinetto, con l'invito a rendere noti i propri movimenti fuori Roma. L'ordinanza di scarcerazione con la prescrizione dei limiti di movimento gli sarebbe stata notificata al più tardi l'indomani.

Italo, Girolamo e Marta lasciarono subito l'ufficio, mangiarono un panino in un bar lungo la strada e in breve furono nel palazzo di piazza Fontana Grande, sede delle funzioni di giustizia.

Trovarono Tossi molto contrariato per la lunga attesa.

Per nulla turbato dalle lamentele, Agrò lo pregò di aspettare ancora qualche minuto ed entrò nella propria stanza. Voleva riflettere sugli ultimi avvenimenti, prima di affrontare il nuovo testimone. Continuava a pensare all'entimema che avrebbe dato una svolta al caso e cercava di incasellare le risultanze che le indagini sin lì avevano fornito.

Maralioti, senza perdere un minuto, si trasferì nel proprio ufficio per telefonare al capitano Locci, chiedendogli un aggiornamento sull'andamento delle ricerche.

«Ho novità, dottore», gli fece quello, «quando mi volete vedere?» L'ufficiale sapeva bene che l'incontro sarebbe stato allargato a tutto il gruppo investigativo.

«Venga verso le quattro e mezzo», ordinò deciso il sostituto. Poi, con l'interfono, avvisò Agrò dell'appuntamento con Locci.

Ora non c'era più nulla che ostacolasse l'immediato interrogatorio di Tossi.

L'uomo entrò nello studio del pubblico ministero che diede il via ai consueti preliminari. Dapprima pose alcune domande scontate e banali, osservazioni di carattere generale sulla Repubblica ceca, su Praga, sulla serietà delle scuole di una volta e sull'amicizia che lo legava a Raminelli. Il colloquio, però, non decollava, non prendeva la giusta direzione. Le parole di Agrò rimanevano come sospese a mezz'aria, senza trovare un varco. Stavano per congedare Tossi e pregarlo di rimanere a disposizione per qualche giorno, quando il capo ebbe un'intuizione e gli domandò come fosse tornato in Italia.

«Con la mia Skoda Fabia», rispose Tossi.

Il magistrato insistette: «E si ricorda quando ha incontrato Raminelli a Praga?»

«In occasione della sua ultima visita, il quattordici giugno. Alloggiava all'albergo Clementin, in pieno centro, nella via Seminarska del quartiere di Stare Mesto», ammise, pronto, l'uomo. Sapeva bene che quel viaggio, se non era stato già scoperto, presto lo sarebbe stato e che non avrebbe potuto nascondere il suo incontro con l'amico.

«E lei ha accompagnato in macchina l'ambasciatore e la

moglie a casa dei genitori di Hàlinka?» domandò di nuovo il magistrato.

«Non so, non mi ricordo.» L'uomo s'era insospettito ed era diventato attento alle parole e all'espressione del viso. Era però incerto. Dopo qualche attimo, continuò: «Sto cercando di ricostruire». Tacque, rimanendo soprappensiero per un tempo interminabile, prima di aggiungere: «Sì, li accompagnai. Pranzammo in un ristorante argentino, lo Zlaty Hrozen, prima di andare in periferia, dove possiedo un cottage che vorrei vendere. L'hanno visitato, ma non erano interessati all'acquisto. Così li ho riportati in centro, dove abitavano i genitori di Hàlinka».

«Non li ha aspettati in auto, mentre loro entravano per prendere una valigia?» lo incalzò il procuratore.

Tossi incassò la domanda senza reazione apparente e replicò con un tono di voce neutro, quasi distratto: «Assolutamente no. Non avevano alcun bagaglio e io non li ho affatto attesi. Chi le ha raccontato una simile fesseria?» Mentre parlava, però, un lampo istantaneo attraversò i suoi occhi e una contrazione impercettibile mosse l'arcata sopracciliare sinistra. Quei minimi segnali di un ben controllato nervosismo non sfuggirono al giudice che dell'accurata osservazione di testimoni e di imputati aveva fatto un'importante arma investigativa.

«Non ho motivo di nasconderglielo: il fratello della signora Raminelli, che è qui a Viterbo, ci ha riferito che la sorella e il cognato, il quattordici di giugno, furono accompagnati a casa dei genitori con una Skoda Fabia che li attese per poco, giusto per consentire il recupero di una valigetta. Perciò capisce bene perché ci siamo fatti l'idea che ci fosse l'amico Tossi dentro quell'automobile.» La voce di Agrò era tagliente come la lama di un rasoio. «Appena possibile procederemo a un confronto. La questione appare oscura e stia sicuro che la chiarirò.»

44

L'accesso di Ballarò all'appartamento romano dell'ambasciatore Raminelli si rivelò abbastanza agevole. Il portiere del condominio lo aveva accompagnato, aprendogli la porta di casa con le chiavi che aveva in custodia. Non c'erano sigilli giudiziari da rimuovere e il detective poté entrare senza alcun sotterfugio. Ma quell'uomo non lo lasciava. Così, brusco, gli comunicò che aveva da svolgere un accurato lavoro di ricognizione regolarmente autorizzato e che preferiva rimanere solo. Accompagnò la richiesta con una banconota da cinquanta euro, che ottenne l'effetto desiderato.

Quel giorno Puccio non era stato seguito dalla moglie. La sera prima, durante una cenetta intima, Arianne gli aveva annunciato di essere in attesa di un bambino. Una vera e propria improvvisata, perché gli aveva nascosto di essersi sottoposta al test di gravidanza.

Il detective, felice ed emozionato, aveva preteso che lei, da quel momento, rimanesse in casa, a riposo, credendo che il nuovo stato le impedisse di muoversi e uscire.

La donna, conoscendolo, l'aveva assecondato, certa come era che in breve l'avrebbe convinto di poter vivere in modo normale. Anche se, insieme, avevano deciso che – per tutti i sette mesi che mancavano al lieto evento – non si immischiasse nelle indagini affidate all'agenzia del marito.

Ballarò era un vero professionista, già affermato, e quella mattina, uscendo dal suo alloggio, si lasciò alle spalle la vita privata per calarsi del tutto e senza distrazioni nel lavoro. Si aggirò nell'appartamento senza meta. Voleva compiere una completa ricognizione, prima di soffermarsi sui particolari. Non trovò nulla che potesse attirare l'attenzione. Si trattava di una normale abitazione di agiata borghesia, con arredi d'epoca e quadri ottocenteschi. Uno di essi raffigurava i nonni dell'ambasciatore. Su una parete c'era un grande quadro a olio che attirò la sua attenzione: raffigurava la Casa rossa sulla statale per Taormina e sulla cornice c'era una targhetta di ottone sulla quale era scritto "Tivadar Csontváry Kosztka Pecs 1853-Budapest 1919". Lo osservò a lungo ammirato, notando l'Etna ammantato di bianco nello sfondo, ed ebbe un moto di nostalgia per la Sicilia. Poi cercò inutilmente di capire il collegamento tra quel quadro, l'Ungheria e l'ambasciatore, rinunciò e riprese il suo giro.

Terminata l'ispezione, spalancò la portafinestra che dava sul balcone e si affacciò. Accese una MS e rimase pensoso a fumarla, osservando il traffico del lungotevere e l'agitarsi dei giocatori di tennis del circolo Canottieri Roma dall'altra parte della strada. Riconobbe Interdonato, un medico siciliano con la passione dello sport, al quale si era rivolto per assistenza una volta che una broncopolmonite lo aveva costretto a sospendere un'inchiesta. Si soffermò sulle evoluzioni dei tennisti. Gettò il mozzicone sul marciapiede e rientrò. Cominciò allora la sistematica perquisizione che aveva deciso di fare. Le due stanze da letto non riservarono alcuna sorpresa, infatti erano già state passate al setaccio dalla polizia senza risultato. Così fu per il soggiorno, la stanza da pranzo. Nello studio Ballarò volle procedere con estrema cura. Cercò senza esito un doppio fondo nella libreria e qualche cassetto segreto. Anche la cucina venne esplorata con meticolosa attenzione. Il detective sapeva bene che cucina e gabinetto sono spesso considerati i rifugi più sicuri per occultare denaro e segreti. Guardò nel frigorifero. Lo girò e smontò il pannello che ricopriva il compressore. Esaminò la cucina economica, e sorrise ripensando all'episodio che era accaduto a un suo amico di Guidomandri che aveva nascosto dei soldi nel forno a gas. In sua assenza, la moglie, ignara dell'operazione compiuta dal marito, aveva acceso proprio il forno, nel quale doveva cucinare qualcosa, e così aveva dato fuoco a una bella somma di denaro. La ricerca si rivelò senza esito. Non restava che il bagno. Benché avesse aperto anche la cassetta dello sciacquone, un nascondiglio classico utilizzato dalle persone meno esperte, non trovò nulla. Stava per andarsene, quando il suo sguardo si soffermò su un armadio costruito su misura in un incavo del muro dell'antibagno, pressoché invisibile a un occhio distratto, perché aveva le antine ricoperte della medesima carta da parati della parete. Si notavano però i piccoli pomelli che potevano essere confusi con i disegni della carta. Lo aprì: conteneva biancheria da bagno. Asciugamani, tappetini, accappatoi, lenzuola, scatole di dentifricio, saponi da barba, lamette. Con pazienza, Puccio sgombrò il mobile da tutti gli oggetti che occupavano i ripiani e, una volta liberatolo, vide che la propria pignoleria stava per dare un qualche risultato. Il fondo del terzo ripiano era infatti appena appena distaccato dalla parete. Lo scostò e gli comparve innanzi agli occhi una busta attaccata al muro con del nastro adesivo. Al suo interno c'erano tre cartelle di documenti scritti in ceco. Raccolse tutto, richiuse l'appartamento, consegnò le chiavi al portiere e fu in strada. Il cuore gli batteva forte. Si sentiva sicuro di avere fatto un colpo importante, memorabile.

45

L'avvocato D'Ellia sembrò deluso, quasi indifferente. Sfogliò i fascicoli che l'uomo gli stava mostrando: «Dobbiamo farli tradurre», commentò infine. «Ma non credo che contengano qualcosa di importante. Gli stemmi sui fogli danno l'idea che si tratti di una documentazione ufficiale. Figurati se questa può essere la chiave del mistero! Vedrai, è tutta roba d'ufficio, routine normale di un ambasciatore».

«E questa scritta rossa con la parola Tajný che compare in ogni pagina? Che ne pensi?» Ballarò non voleva liquidare su due piedi il frutto dell'escursione a casa Raminelli. Si rendeva conto che l'avvocato non dava importanza al ritrovamento, giacché era del tutto assorbito dalla ricerca di conferme per l'alibi del cliente e non manifestava, quindi, interesse a tutto ciò che non potesse avere dirette, immediate conseguenze sulla posizione di Agostino Raminelli. Ma capiva anche che quelle carte, così accuratamente occultate, non potevano non avere una grande rilevanza. Pensò che solo Agrò avrebbe potuto apprezzarle.

«Che vuoi mai, non me ne frega niente. Temo anzi che questa roba diventi una complicazione. E io complicazioni non ne voglio nessuna. Getterei tutto in un cassonetto della spazzatura. Qualunque cosa significhino Tajný e il resto, non credo che per noi e per il capitano dei Lancieri Agostino Raminelli del Vischio faccia differenza. Lascia perdere, Puccio», continuò D'Ellia. «Invece, ho una buona notizia per te. È venuta a trovarmi la madre di Agostino. Era accompagnata da un tipo elegante che dovrebbe essere il maturo convivente. Mi hanno detto di stare tranquillo perché i costi della difesa li affronteranno loro. Tutti i costi, compresi – senza esagerare, mi hai capito? – i tuoi. Hanno però posto la condizione che Agostino non ne sappia niente. Ho accettato, com'è ovvio. Hanno lasciato un acconto per me e uno per te. Diecimila euro ciascuno. Eccoti l'assegno. Il resto lo avremo strada facendo.»

Ballarò prese l'assegno, lo controllò e se lo mise in tasca: «Guarda, Roberto, i documenti che ho recuperato, me lo sento, potrebbero essere, anzi, sono importanti. Se non li vuoi custodire, li riprenderò io e li conserverò con attenzione».

L'avvocato sorrise con condiscendenza: «Va bene, come vuoi, terrò conto di queste carte. Ora, però, devi smetterla di fare il Marlowe da strapazzo. Non sei in America, ma in Italia. Meno fantasia. Abbiamo bisogno di un lavoro terra terra. Tu devi pensare alla Telecom, trovare la persona che ha telefonato al numero dell'imputato e farti rilasciare una dichiarazione».

Il detective mugugnò qualcosa in segno di assenso e aggiunse: «Debbo ancora visitare la casa dell'ambasciatore a Viterbo. È sottoposta a sequestro giudiziario. Entrare sarà molto più difficile che a Capodimonte: è in un palazzo con tanti condomini e non c'è portiere».

«Lascia perdere e occupati della Telecom», insistette il legale.

«Ci ho già pensato. C'è un paesano mio che ci lavora» disse, come parlando tra sé e sé, l'investigatore. «Un figlio di buttana che faceva la corte a mia sorella Salvatrice. Anzi, quando lei aveva diciannove anni la convinse alla *fujtina*. Salva però rifiutò il matrimonio riparatore e lo lasciò. Comunicò a tutti che era mezzo impotente. Ogni volta che aveva cercato di farsela, si emozionava e non ci riusciva. Capisci che voglio dire, teneva la bandiera a mezz'asta. E così, quando mia sorella tornò a casa, come prima era, illibata.»

«Allora provaci, Ballarò», concluse l'avvocato. «Adesso

hai la possibilità di spendere. Offrigli dei soldi e digli di individuare quello che ha telefonato e di accompagnarti da lui. Datti una smossa.»

«E le carte che ho portato? Che ne facciamo?» Il detective non voleva abbandonarle nelle mani del legale senza un preciso impegno.

«A quelle ci penso io. Cercherò un traduttore e gliele mostrerò. Non ti preoccupare. Ciao», lo salutò D'Ellia.

Ballarò, perplesso, certo che l'amico legale non avrebbe osato venir meno alla promessa distruggendo i documenti, scese in strada, si avviò verso il suo Vespone e partì rombando. Prima di depositare l'assegno in banca, volle passare da casa per mostrare ad Arianne quel segno di successo professionale.

La donna lo abbracciò e promise: «Più tardi festeggiamo!»

Puccio la lasciò per raggiungere l'agenzia Carige, dove aveva il conto corrente. Ci volle più di un'ora prima che fosse di nuovo con Arianne. «C'era molta gente in fila allo sportello, da quando hanno trasferito Boiaso non ci si ragiona, e… volevo portarti questo», si scusò porgendole un pacchetto.

Arianne, emozionata, lo aprì e vide un piccolo ciondolo d'oro, a forma di cuore. Allora gli saltò al collo e lo baciò a lungo, prima di esortarlo: «Puccio, siamo d'accordo dal giorno che ci siamo messi insieme, niente spese pazze. Adesso aspettiamo un figlio e abbiamo bisogno di tanti quattrini». Il suo italiano era ormai perfetto, dopo molti mesi di frequenza alla scuola popolare aperta presso la sezione DS di via dei Giubbonari.

Ballarò, intenerito, borbottò: «Lo so, lo so. Ora vestiti che usciamo a festeggiare».

Lei indossò un vestito scuro dalla linea morbida che le stava proprio bene e, mentre uscivano, lo baciò di nuovo.

Lui le aprì la portiera dell'Alfa Romeo 147 e la fece accomodare sottolineando: «Ti tratto come una principessa», e partì in direzione del Fontanone, un ristorante di pesce sulla Cristoforo Colombo.

Arianne mangiò poco, obbedendo alle prescrizioni del medico e al desiderio di non ingrassare.

Puccio, invece, gustò con gran piacere tutte le portate, dagli spaghetti con pomodoro, cozze e vongole, al rombo al forno con patate, sino al tiramisù della casa.

A tavola, tra un boccone e l'altro, lui spiegò alla moglie che intendeva contattare Alfio Malambrì, che ora lavorava alla Telecom e che un tempo era stato fidanzato con sua sorella Salva, e le raccontò la storia della *fujtina*.

«Fai il duro, Puccio», gli suggerì lei. «Telefona e digli che dovete parlare di affari. Una voce seria, quasi di minaccia. Vedrai che quello abbocca senza discutere.»

Tornarono a casa.

L'investigatore si mise a sfogliare l'elenco telefonico. Malambrì Alfio, però, non risultava tra gli abbonati di Roma. Allora, senza scoraggiarsi, compose il numero di servizio Dodici: anche lì l'utente risultava sconosciuto. Incerto su come procedere, telefonò a Salvatrice, che abitava al Prenestino.

«Sai dove posso trovare Alfio Malambrì?» le domandò.

Dall'altro lato la sorella, in genere fin troppo loquace, ammutolì e, a voce molto bassa, gli chiese: «Che hai saputo? Chi te lo disse?»

Puccio capì al volo: Salva, sposata con uno di Santa Teresa di Riva che a lui proprio non piaceva e con due figli già grandicelli, era diventata l'amante di Alfio Malambrì. Così Alfio doveva avere risolto i propri problemi di timidezza sessuale, se mai ne aveva sofferto sul serio. Puccio approfittò di quell'equivoco: «Non ti preoccupare, uomo di mondo, sono. Due paroline, non una di più, gli debbo dire».

«Puccittu, lascia perdere. Per la memoria santa di mammà lo devi fare. Non rovinare tua sorella che ti adora», lo implorò Salva. Era alterata dal terrore e, nel timore che qualche familiare la sentisse, non parlava, sussurrava.

«Questioni di affari, stai tranquilla», il tono dell'investigatore era deciso, autoritario. «Ora telefono e cellulare dammi.»

«Il telefono di casa no, non ce l'ho. Con la moglie e tre figli sta», rispose lei. «Il cellulare e il numero dell'ufficio ti do. Là chiamalo, su uno di quei numeri, quello che vuoi. Per la sacra Madunnuzza dell'Aiuto, non mi rovinare, ti raccomando.»

Ballarò scrisse i recapiti su un foglietto di carta, rassicurò Salva con un: «Nessun problema», un'espressione neutra, senza enfasi né impegno, e chiamò il paesano al cellulare: «Puccio Ballarò sono. Alfio, sei tu? Ti debbo vedere per un affare, una cosa importante».

L'altro, sorpreso e impaurito, gli disse con prontezza: «Dove e quando vuoi. Anche subito, visto che fra un'ora finisco di lavorare. Però calma, Puccio, non ti agitare. Vedrai che risolviamo tutto». Anche questo pensava, come Salva, che il poliziotto privato intendesse parlare della loro relazione e magari volesse intervenire per farla cessare.

Il detective, sicuro di averlo ormai in pugno, gli ordinò: «Ti aspetto a studio, in via Rosmini, domani sera immancabilmente». Ormai chiamava pomposamente «studio» il vecchio, piccolo ufficio vicino alla stazione Termini.

Mercoledì 17

46

Marta arrivò in procura dopo mezzogiorno. Voleva parlargli dell'ispezione a Capodimonte e della scoperta della casina tra i boschi: «La contabilità delle prestazioni dello stallone rumeno, Ballarò l'ha trovata nella costruzione piccola che era sfuggita ai precedenti sopralluoghi. C'è segno evidente del passaggio di Ballarò: la porta non era chiusa a chiave e una finestra sul retro reca i segni di un'effrazione. Segni ben poco evidenti, ma di cui si è accorto Pergolizzi nel corso della ricognizione... Un buon lavoro, quello del tuo amico siciliano... dato che lì non avevamo disposto il sequestro ci sarebbe soltanto la violazione di domicilio...»

«Hai trovato impronte da confrontare con le sue?» Agrò aveva un'aria beffarda, sicuro com'era che il detective non avrebbe mai commesso una simile imprudenza.

«Non lo incastriamo», quella della poliziotta era più una constatazione che una domanda. «E, poi, non abbiamo interesse... collabora...» Era ora di descrivere l'interno della piccola costruzione. Ma era stanca e aveva voglia di mangiare qualcosa. «Ho un rapporto completo sul sopralluogo... lo troverai domani mattina in ufficio.»

Lui mugugnò qualcosa di inintelligibile, si alzò e la guidò verso l'uscita. Chiamò Maralioti e, tutti insieme, raggiunsero una piccola trattoria nelle vicinanze del tribunale. Ordinarono una zuppa di fagioli freschi. Il padrone del locale, imponente con la sua pancia ottocentesca che gli era valsa il soprannome di «Buzzetta», panzetta nella lingua dell'alto Lazio, portò in tavola anche del persico reale e dell'insalata di cicorietta. Un'insalata amara che riscosse l'entusiastico consenso di Girolamo, che ne ordinò una seconda porzione.

Buzzetta, compiaciuto, spiegò: «Questa è una cicorietta speciale. Faccio venire i semi da Vigna del Pero, vicino Pavia. Il paese di mia moglie. Là lo chiamano cicorino. Lo coltivo nell'orto e, quando lo raccolgo, lo curo di persona. Vedete come lo taglio fino? Poi un po' d'olio di Canino, lo prendo al frantoio degli Archibusacci, l'aceto è in tavola o il limone. Ma io lo preferisco così, olio e sale».

Anche Marta e Italo si complimentarono.

In meno di un'ora il pranzo terminò e furono di nuovo al lavoro.

Il capitano Locci, puntualissimo, entrò nella stanza di Doberdò verso le quattro e mezzo. Aveva una cartella rigonfia di carte dalla quale estrasse un grosso fascicolo. Sedette su una delle poltrone davanti alla scrivania e, prima di parlare, imbarazzato, guardò le pareti della stanza. Sul muro alle spalle di Agrò era attaccato l'epitaffio di Calamandrei *Lo avrai, camerata Kesserling, il monumento che pretendi...* L'ufficiale lo lesse piano piano, non osò esprimere commenti e tornò alla ragione della visita. Aprì il faldone e mostrò un pacco di appunti che prese a scorrere. «Ho qualche elemento sull'assassinio della Commenda», iniziò. «La vittima è Otto Pospiszyl, un cittadino di Brno, la seconda città della Repubblica ceca. Poiché prima di ottenere la cittadinanza italiana Pospiszyl aveva quella slovacca, sono portato a presumere che al momento della separazione tra la Repubblica ceca e la Slovacchia l'uomo abbia optato per la seconda. Sono arrivato all'identificazione», era molto soddisfatto di poter annunciare quello sviluppo positivo, «mediante la marca dei pantaloni che indossava. Erano di Battistoni, lo stilista romano. Se li era fatti cucire su misura…»

Il procuratore rammentò che, su Pospiszyl, aspettava notizie dal colonnello Duro del Sismi. Così, senza indugio, lo chiamò: «Ciao, Francesco, hai notizie su quel personaggio di cui ti ho parlato?» E, visto che quello non aveva nulla da dirgli, ribadì: «Ti prego… e ti do soltanto ventiquattro ore di tempo. L'uomo è stato assassinato qui a Viterbo nella notte tra domenica e lunedì».

Finita la telefonata, Marta, che fino ad allora aveva ascoltato in silenzio, richiamò la sua attenzione: «Otto Pospiszyl è uno dei due misteriosi personaggi presenti al funerale dei Raminelli. È quello che ha fotografato tutti con una macchina digitale».

Agrò tacque. Stava masticando con accanimento mezzo sigaro Toscano per concentrarsi e riflettere. E suggerì a Maralioti: «Controlla bene il secondo uomo del funerale, Mario Manicotti. Voglio sapere chi è, che mestiere fa, quanto guadagna, insomma tutto ciò che si può trovare sul conto di un cittadino italiano. Inizia dal casellario, non si sa mai». Scorse il foglio di appunti che aveva scritto durante la relazione del capitano, lo rilesse, lo appallottolò e lo gettò nel cestino della carta straccia. Si alzò in piedi, accese una sigaretta e ricominciò a parlare: «Ascoltatemi bene. Ci sono troppe coincidenze, tutte riguardanti la Repubblica ceca. Tossi è mezzo ceco, la moglie di Raminelli pure, idem l'assassinato della Commenda. Certo, è di cittadinanza slovacca, ma sino a poco tempo fa la nazionalità era unica, ricordate… Repubblica ceco-slovacca. Bisogna trovare una connessione, a tutti i costi. Mandate a prendere Tossi, di nuovo. Voi, Girolamo e Marta, lo metterete sotto torchio. Non so cosa dovrete chiedergli. Però domandategli tutto quello che vi viene in testa. Anche qualcosa di azzardato, per esempio, se lui si sia mai occupato di traffico di droga o di armi. E deve darci le generalità della moglie precisando dove abita. Ci serve il suo indirizzo. Prepariamoci a una rogatoria... Certo, lo so che con la nuova legge, potremmo aspettare anni, se mai ci risponderanno. Tuttavia, dobbiamo provarci, cerchiamo di mettere insieme un elenco di informazioni da spedire a Praga». Si interruppe e si rivolse a Locci: «Ora, capitano, continui lei».

La Aletei uscì un attimo per impartire le disposizioni riguardanti Tossi.

Locci attese che la commissaria rientrasse e riprese: «A questo punto, apro il capitolo satanisti. Premetto che gli appunti consegnatimi dal signor procuratore e le testimonianze di numerosi appartenenti alla cerchia degli occultisti – che non chiamerei setta – dimostrano che si tratta di persone normali, che vivono normalmente e che di eccentrico hanno una sola singolare passione: l'occultismo». Osservò gli altri inquirenti per capire che effetto avessero avuto le sue parole. Senza rendersene conto, si toccò il bavero della giacca e lo aggiustò. Si passò una mano sui capelli.

"Un vanitoso insicuro", pensò il pubblico ministero.

Locci continuò: «Debbo rivelare che nella villa di Raminelli a Capodimonte in passato sono state celebrate messe nere, tanto è vero che si sono trovato alcuni *tsantsas*, testine provenienti...»

«Lo sappiamo», lo stupì il giudice, «ne aveva una in casa a Viterbo... oggetti rituali, proprio da messe nere...»

Piuttosto sconcertato, il capitano si aggiustò i capelli ancora una volta: «Complimenti, dottore... torno a riferire... da quando l'ambasciatore si è sposato con Hàlinka Hadrà-

sek, i riti sono cessati. Anzi, per l'esattezza, dopo una celebrazione, nel corso della quale lei aveva dato in escandescen-
ze cacciando via tutti i presenti, di magia nera non si è più
parlato». L'ufficiale dei carabinieri si fermò di nuovo. Tornò
a passarsi una mano nei capelli e, come preso da un'improvvisa ispirazione disse: «Visto che qui tutti fumano...» Si azzittì e, senza chiedere il permesso, accese una sigaretta.
Aspirò sino in fondo la prima boccata e riprese: «Il gruppo
dei satanisti ha assunto il nome di Musiné-Vulsino. Con Mu-
siné si richiama l'omonimo monte vicino a Torino, un luogo
circondato dal mistero che visitai da sottotenente, durante
un'inchiesta su una setta locale. Vulsinia è il nome romano di
Bolsena. Nel gruppo, Claudio Raminelli del Vischio era considerato una personalità di rilievo. Aveva infatti portato dal
Medio Oriente una singolare esperienza in materia di comunicazione con l'aldilà. Aveva individuato nove entità di riferimento nel mondo dei trapassati e le aveva enumerate, insieme al *mullah* che a suo tempo lo aveva iniziato, come Uno,
Due, Tre eccetera. Le nove entità erano rintracciabili in tre
cerchi: il cerchio Trentatré, il cerchio Sessantasei e il cerchio
Novantanove. La comunicazione con essi veniva instaurata in
modo diretto, da lui stesso e dai presenti alla seduta, o in modo indiretto, tramite un medium. Nel gruppo del lago di Bolsena ci sono due medium, la cui efficacia è saltuaria e conte-
stata. Arrivando a Capodimonte, in seguito a un soggiorno
orientale, a Raminelli fu dato un problema difficile da risolvere, quello della carrozza di Amalasunta. Infatti, sin dalla
prima seduta, mentre l'ambasciatore, costituita una catena,
cercava di entrare nel primo cerchio, il Trentatré, Amalasunta irruppe nel gruppo come un ciclone. I due medium cad-
dero in *trance* e iniziarono a gridare in una lingua che il pro-

fessor Dottarelli, uno stimato latinista orvietano, riconobbe con estrema difficoltà come un misto di tardo latino, di italiano volgare e di germanico. Entrambi i medium narravano, all'unisono, le vicende dell'inganno del cugino Teodato e della morte della regina ed emettevano anche le voci di altri partecipanti a quel turpe omicidio. I presenti all'evocazione chiesero dove fosse nascosta la mitica carrozza d'oro. I medium risposero in modo non comprensibile e lanciarono urli di dolore. La seduta andò avanti così sino alla fine e l'ambasciatore non riuscì a riprendere il controllo della situazione. La volta successiva si spostarono in agro di San Lorenzo Nuovo, dalla parte opposta del lago», Locci parlava come un perfetto burocrate: per lui «campagna» era «agro». «Qui, costituita la catena umana, Raminelli ebbe successo. La presenza di Uno, Due e Tre si manifestò con rumori e voci. Tutti iniziarono a trascrivere ciò che stavano ascoltando e, alla fine, controllarono i rispettivi appunti. Combaciavano. Non ci crederete, combaciavano.» La voce dell'ufficiale tradiva una specie di entusiasmo, mentre si aggiustava ancora una volta i capelli.

Proprio allora, quasi fosse stato richiamato dal racconto di quelle vicende occulte e misteriose, si fece sentire un tuono fragoroso e iniziò un violento temporale di quelli che d'estate producono inondazioni e incidenti.

«Non se ne può più di pioggia estiva, quest'anno», commentò Maralioti, tanto per dire qualcosa e spezzare la tensione che quei racconti lugubri avevano creato.

Il capitano Locci intanto continuava a sfogliare i propri appunti. Infine, estrasse dalla borsa un block-notes: «Ecco, vi do un esempio: "Vedo Carla come se fosse tra di noi", scrive l'estensore delle note riferendosi a Carla De Lulli, una giova-

ne morta in un incidente stradale vicino a Bolsena nel No-
vantuno. Continuano gli appunti: "È bella, è cresciuta. Si pet-
tina i lunghi capelli e sospira. Non è felice. Bisogna che pro-
muoviate una colletta per la sua anima. Pregate per lei, perché il Signore le perdoni l'aborto". L'estensore, un veterina-
rio di Làtera, sottolinea: "La ragazza è morta a sedici anni!"
Punto esclamativo. Posso continuare a lungo, se volete».

Il procuratore si era stancato di quelle baggianate. Anche
gli altri erano perplessi: non vedevano l'utilità di proseguire
nell'esame di fenomeni chissà se veri o fasulli e sostanzial-
mente ripetitivi.

Agrò, quindi, ringraziò il capitano e gli pose una domanda specifica sull'omicidio della Commenda: «Ha verificato se
qualcuno dei satanisti conoscesse la vittima?»

«Questo lo escluderei. Non c'è traccia, né indizio che l'assassinio della Commenda abbia a che vedere con i gruppi di
occultisti del lago di Bolsena, e preciso *occultisti*, non *satanisti*.» Il capitano parlava come un pignolo contabile. «Non ho
comunque operato alcun riscontro specifico. Lo farò domani,
in mattinata, dopo avere consultato i libri di Igor Sibaldi.»

Il capo disse, a mo' di congedo: «Bene». C'era delusione
nel tono della voce: capiva che in quella direzione non si erano fatti passi in avanti per la soluzione del caso.

47

Alfio Malambrì raggiunse via Rosmini in motorino, parcheggiò e salì nell'ufficio di Ballarò. Gli sembrò che i gradini della scala non finissero mai. Li percorse lentamente, cercando
di riflettere e di trovare una via d'uscita a quella complicata

situazione: il fratello siciliano della sua amica interveniva nella loro relazione e di sicuro c'erano guai in vista.

Puccio lo salutò appena. Si mostrò freddo e ostile, lasciando intendere di essere molto offeso da quanto aveva scoperto. Osservò in silenzio il visitatore. Gli sembrò che non fosse invecchiato e pensò: "Appartiene a quel genere di uomini insignificanti, inossidabili al tempo e alle contrarietà", e si domandò: "Che avrà trovato mia sorella in questo mollusco?"

Malambrì e Salvatrice si erano sentiti e avevano attribuito la scoperta della loro relazione alle capacità professionali di Puccio che, per loro, tutto sapeva o veniva a sapere. La stima nei suoi confronti era ancora aumentata e lo si notava dalla timidezza di Alfio, che si manifestava con una esagerata deferenza.

L'investigatore privato ebbe la conferma del proprio vantaggio e, guardando fisso Alfio, aspettò che il topo gli si infilasse in bocca, la bocca del gatto.

Sentendosi esaminato, per darsi un contegno, Malambrì, che non sapeva da dove cominciare, si avvicinò a un grande quadro a olio appeso alla parete dietro la scrivania e domandò: «Bella questa tela. Che mi rappresenta?»

Lusingato, Puccio spiegò: «È l'*Ascensione di nostro Signore* del Pomarancio. Intendiamoci, è una copia, ma è perfetta, eseguita in scala uno a uno da un grande artista di Praga. L'originale è un capolavoro di valore inestimabile che ho recuperato per conto delle Belle arti. È stata un'inchiesta di cui hanno parlato tutti i giornali». Il detective provava un piacere indescrivibile, a cui non avrebbe mai rinunciato, a esagerare e a vantarsi.

«Bravo! Che soddisfazione!» Malambrì non seppe cos'altro dire, la paura lo bloccava, anche se capiva benissimo che Puccio era abituato a spararle grosse come un vero messinese *buddaci*. Non osò sorridere al pensiero di quel pesciolino, il *buddaci*, dal corpo esile e dalla bocca enorme. Senza chiedere permesso, accese una sigaretta e rimase in silenzio. «È che la amo», esordì con aria melodrammatica. «E anche lei mi ama. Puccio, come ci si può opporre alla forza dell'amore? Siamo sicuri che il tuo nobile cuore capirà, scuserà e perdonerà...»

«Per sempre?» Ballarò continuava a giocare al gatto con il topo.

«Come, per sempre?» rispose Malambrì impaurito.

«È che *chiudiu l'Upim*», dichiarò il detective. «L'Upim chiuse e tutti amici come prima.» Con un vecchio gioco di parole in uso nella città dello Stretto intendeva dire e non dire che il gioco amoroso di sua sorella avrebbe, prima o dopo, dovuto subire la stessa fine dell'Upim di via La Farina, un evento che, nonostante scioperi e tumulti, si era rivelato ineluttabile.

Alfio impallidì e si appoggiò alla spalliera della sedia: «Questo mai... tu ci perdoni e basta... e io mi impegno a non uscire dal seminario, parola mia sacra d'onore».

"Che cazzo vuole dire con *'sto seminario*?" pensò l'investigatore che sbottò: «È che ha un marito e due figli, ecco cos'è!» Mentre parlava, valutava attentamente l'interlocutore. Doveva evitare che Malambrì, preso dalla paura e dallo sconforto, si arrendesse e lo lasciasse lì, senza che potesse concretizzare il vantaggio, costringendolo a cercare altrove le informazioni che gli servivano.

«Anch'io ho moglie e figli», commentò Alfio. Sembrava sconsolato e disperato.

«Due famiglie sfasciare volete?» esclamò Puccio che fece

una piega amara e aggiunse: «Questo, io, Giuseppe Ballarò, noto investigatore privato della capitale, non lo permetterò mai!»

«Ragione hai. Eccome se hai ragione. Ma… in questa situazione… noi ci amiamo e le famiglie non le sfasciamo», annuì l'amico che, sempre più impaurito, ammutolì, in attesa della crudele sentenza, che di sicuro gli avrebbe ordinato di cessare subito ogni rapporto con Salva.

Ma il poliziotto privato tacque. Tacque tanto che Alfio iniziò a sperare. Gli tornò un mezzo sorriso sul volto. E osò perorare di nuovo la causa mormorandogli: «Ci amiamo troppo e non ci lasceremo…»

Allora il detective cambiò espressione. Di colpo, come se avesse superato e cancellato ogni precedente ostilità, si alzò in piedi, appoggiò le mani alla scrivania e riprese: «Di affari adesso ti debbo parlare».

Alfio si fece ancora più attento e, con l'aria più solenne che riuscì ad assumere, assicurò: «A disposizione sono».

Così, senza spiegare molto, Ballarò riassunse la storia del capitano Raminelli incolpato a torto e della telefonata ricevuta da un dipendente della Telecom, che era l'unico alibi possibile per tirarlo fuori dagli impicci.

«È una cosa complicata. Io la posso fare.» Anche Malambrì si alzò in piedi e assunse la stessa posizione di Puccio. «Bisogna vedere a quale centro Telecom è stato assegnato il settore di chiamate. Lì ci deve essere un rapporto, scritto su un modulo dall'operatore. Se mi dai qualche riferimento, chessò mi basterebbero numero e nominativo dell'intestatario, forse già domani potrò dirti da dove è partita la telefonata che stai cercando. Ti avverto però che questi centri sono tutti fuori Roma.»

«Allora ecco gli appunti che ti servono. Aspetto che mi chiami qui, in ufficio, domani mattina», concluse l'investigatore. Ora desiderava congedarlo, senza una parola su Salva e sulla loro storia, per dargli a intendere che la sua decisione su quel tormentone amoroso dipendeva proprio dalla capacità di Alfio di fornirgli le informazioni richieste.

Malambrì lasciò il tavolo, gli si avvicinò e, come se avesse ottenuto un implicito consenso a proseguire la relazione, lo abbracciò. Quindi, prima di andarsene, a bassa voce cercò di rassicurarlo: «Non si può lasciare il tuo cliente con la spada di Davide sulla testa… Vedrai, anche se non trovo la persona giusta, qualcuno troverò, e la conferma dell'alibi l'avrai, comunque…»

L'investigatore si rabbuiò: «No, assolutamente no. Questo non lo puoi né lo devi fare. Abbiamo davanti un pubblico ministero di quelli tosti che ci mette due minuti a scoprire che il nostro alibi è falso. Sarebbe la condanna sicura a trent'anni per il mio assistito. L'alibi o c'è e si tira fuori, o non c'è e allora niente si dice o si fa. Capito?»

«È tutto chiaro. Solo la persona giusta. Proprio quella che fece la telefonata. Mi impegno sul mio onore, stai tranquillo.» Alfio gli strinse la mano e se ne andò.

Appena fu uscito, Puccio telefonò all'avvocato D'Ellia: «Ho trovato una strada. Costosa, ma buona. Dovrò recarmi fuori Roma e mi servono altri diecimila euro».

Secondo un'inveterata abitudine, se gli si presentava l'occasione, Ballarò cercava di rifornirsi della materia prima di cui abbisognava il suo cervello per procedere a un buon ritmo: il denaro.

L'avvocato stette ad ascoltarlo e, conoscendolo, gli rispose: «Non più di duemila. Quando vuoi».

«Passo ora», lo avvisò Puccio, senza protestare. «Prendo il Vespone e arrivo.»

Quando fu nella stanza del legale, prima di prendere la busta con i quattrini, gli domandò: «Roberto, che vuole significare che *uno esce dal seminario* e che ha *la spada di Davide* sulla testa?»

L'altro scoppiò in una risata: «Ma chi te le dice 'ste fregnacce?»

«No, me lo dichiarò uno che ho incontrato, un mio informatore», replicò il poliziotto privato.

«Le frasi corrette sono *uscire dal seminato* e *la spada di Damocle*. Si capisce con facilità la raccomandazione che esprime: se non vuoi correre rischi eccessivi, non inoltrarti nel terreno incolto, tra i rovi. Non abbandonare la zona arata e conosciuta per avventurarti nell'ignoto. La seconda riguarda la situazione di uno che si trova con una spada sopra la testa… Hai capito?» E, dopo questi chiarimenti, D'Ellia aprì la cassaforte per prendere i duemila euro che gli toccavano e glieli consegnò.

48

Tossi tornò in procura per la seconda volta in poche ore. Doberdò fece capolino dalla porta, avvisando Agrò e il gruppo di inquirenti di averlo sistemato nella stanza del sostituto Maralioti.

Girolamo e Marta smisero di discutere sulle risultanze di una perquisizione e si alzarono per raggiungerlo.

Mentre uscivano per sottoporre Tossi a una specie di terzo grado, Agrò li avvisò: «Vi aspetto qui appena avrete finito», e si immerse nella lettura degli ultimi fascicoli arrivati sul suo tavolo. Stava esaminando gli incartamenti da un quarto d'ora quando venne chiamato al telefono. Era il colonnello Francesco Duro. «Così presto non ci speravo…» disse il magistrato.

«Mi ha chiamato il mio contatto da Praga», riferì l'altro. «All'anagrafe di Brno, di un Otto Pospiszyl non c'è traccia. Non esiste, non è nato lì. Di sicuro si tratta di un nome falso. Italo, mandami una sua fotografia, se ce l'hai.»

«Te la faccio recapitare in serata. Verrà apposta a Roma una macchina con le foto del nostro uomo», lo informò il procuratore. «Il suo ruolo continua a crescere di importanza nella nostra inchiesta. Grazie, Francesco.»

Si salutarono.

Il giudice riprese in mano il faldone appena iniziato. Trascorse molto tempo immerso fra le carte. Solo alle nove di sera Marta e Girolamo si ripresentarono nel suo ufficio. Sembravano soddisfatti e desiderosi di riferire. Lui, però, li bloccò: «Parleremo a cena».

Salirono sulla macchina di servizio e raggiunsero il ristorante Il gallo di Tuscania. Qui, davanti a un piatto di tagliatelle al filetto di pomodoro, la Aletei iniziò a raccontare: «Tossi è un tipo interessante e abbiamo dovuto lavorarcelo con molta calma. Forse il risultato che abbiamo ottenuto è del tutto insufficiente, ma questa lunghissima conversazione era necessaria per darci un'idea attendibile del tipo. Andiamo con ordine. L'uomo ha sposato una ceca di Brno, la città di cui era originario anche Otto Pospiszyl, la vittima dell'omicidio della Commenda».

«Devo però farvi sapere che di Otto Pospiszyl all'anagrafe di Brno non c'è traccia», la interruppe il magistrato. «Di sicuro è un nome falso. Il presunto Pospiszyl era un'altra persona che voleva nascondere la propria vera identità.»

Marta rimase silenziosa per qualche istante prima di aggiungere: «Comunque, Aldo Tossi si è naturalizzato cittadino ceco e ha un passaporto di quel paese emesso a nome di Adel Toghmil. Al medesimo nominativo è intestata la sua Skoda Fabia. Non ci ha detto nient'altro di specifico. Sulla moglie non ha voluto dare indicazioni, sostenendo che sono separati e che, se fosse interpellata, utilizzerebbe l'occasione per riprendere le persecuzioni nei suoi confronti. Non ammette di avere conosciuto Otto Pospiszyl, né di avere visto la valigia con i soldi di Raminelli. Insomma, buio completo, catenaccio. Maralioti gli ha comunicato che stiamo preparando una rogatoria internazionale su di lui per acquisire notizie sulla professione che esercita a Praga, sui conti bancari, per ottenere cioè un'approfondita informativa sui suoi affari. Io gli ho preannunciato un interrogatorio di sua moglie. Invece di preoccuparsi si è messo a ridere: "Spero di essere vivo quando riceverete la risposta da Praga". Mi sembra evidente che Tossi abbia, o ritenga di avere, ampie possibilità di interferire nell'attività dell'autorità giudiziaria e della polizia della Repubblica ceca. Insomma, è un tipo duro e navigato che conosce il mondo e che sa districarsi bene in ogni situazione».

«Certo, se non collabora, dovremo aspettare chissà quanto.» Girolamo stava terminando la propria pastasciutta e ripuliva con cura il piatto con un pezzo di pane.

«Noto con piacere che hai fame e che quella salsa di pomodoro è proprio di tuo gusto», osservò il procuratore.

«È così, in effetti. Ho davvero appetito, questa pietanza è stata una delizia e il vino di Montefiascone stimolante. Se ci fosse Soria, la mia ragazza iraniana che voi non conoscete, sarei felice», confermò Girolamo.

In quel momento comparve sull'ingresso della sala l'ispettore Pergolizzi. Dette uno sguardo in giro, salutò e giro sui tacchi andandosene.

«Che vuole Pergolizzi? Non è la prima volta che mi compare vicino senza ragione», commentò Italo.

«È scapolo… e sempre in giro per ristoranti e trattorie. Si sente un gourmet e vorrebbe scrivere una guida gastronomica del viterbese. Ne ha parlato a Fernandez, il libraio-editore di via Mazzini», spiegò la ragazza.

Continuarono la cena senza più parlare né di Tossi né dell'inchiesta. Chiacchierarono in allegria di Viterbo e del quartiere medievale di San Pellegrino che Agrò e Maralioti non erano riusciti a visitare in profondità, come avrebbero voluto. Quando ebbero bevuto il caffè, il capo della procura accese una Marlboro e, come se parlasse tra sé e sé, azzardò una previsione: «Vedrete, avremo una fase di stanca. Avvieremo la rogatoria e saremo costretti ad aspettare». Rimase a riflettere prima di annunciare: «Penso che questo sia il momento giusto per andarmene in ferie». Poi si girò verso la commissaria: «Io e la mia fidanzata».

La ragazza arrossì, sorpresa, mentre Italo proponeva un brindisi. Si servirono ancora Est, est, est e alzarono i calici alle vacanze. La Aletei, quasi volesse allontanare la sensazione di timore che l'aveva colta sentendo quella solenne e impegnativa affermazione, si rivolse al sostituto. Il suo tono era scherzoso: «Posso fidarmi?» Non chiarì se contasse sulla discrezione del giovane magistrato riguardo al fidanzamento annunciato o se la domanda riguardasse la fiducia da riporre in quell'uomo con il quale avrebbe diviso le vacanze. Senza sciogliere il dubbio, proseguì: «Staremo via un paio di settimane al massimo. E tu, Girolamo, che programmi hai per le ferie?»

«Vado in Calabria, al mio paese, Polistena, la città della *stroncatura*.» Il giovane aveva cambiato il tono della voce, quasi volesse rivendicare la propria origine calabrese.

«E chi avete stroncato a Polistena?» domandò la donna. Non c'era solo ironia nelle sue parole, anche sincera curiosità.

«Nessuna stroncatura di nessun personaggio», replicò Girolamo. «La mia città è stata abitata per secoli da pochi ricchi e da moltissimi poveri e questi ultimi per mangiare erano costretti a rubare la farina. Per preparare la pasta aggiungevano molta crusca, perché costava poco e faceva volume. Insomma, tagliavano, cioè *stroncavano*, la crusca con qualche manciata di farina. Oggi questo tipo di pasta dei poveri è diventato una leccornia ricercata.»

«E non andrai al mare?» chiese di nuovo la ragazza.

«Sì, certo, la mattina, mentre la sera farò dei giri, per godermi la mia terra. E non mancherò di tornare a Cittanova, dove si trova il migliore pescestocco del mondo», rispose Girolamo.

Agrò non era d'accordo e intervenne: «Il miglior pescestocco del mondo si mangia a Messina. Lo sanno tutti».

«Assolutamente no», insistette Maralioti. «Il migliore pescestocco si gusta a Cittanova dove lo cucinano in modo sublime. Ti propongo una scommessa, Italo. Nominiamo giudice Marta e alla prima occasione le faremo provare le due versioni, impegnandoci sin d'ora ad accettare la sua scelta», concluse sorridendo il sostituto.

Stavano per pagare il conto e andarsene, quando la commissaria si girò: era arrivato un nuovo commensale alla vicina tavolata, grande e rumorosa. Con un cenno lo indicò agli altri. I due magistrati esaminarono il tipo e, non riconoscendolo, aspettarono di essere fuori per chiedere alla ragazza di chi si trattasse. «È "Miliardino". Nome e cognome non vi diranno niente. Ma sappiate che è uno in crescita di notorietà. Si parla di lui come del prossimo presidente della squadra di calcio. Va tenuto d'occhio, perché potremmo sentirne parlare», spiegò l'Aletei.

Domenica 21

49

Uscirono dalla casa di piazza Adriana con molto anticipo sull'orario di partenza del loro aereo per Atene. Salirono sull'automobile e raggiunsero piazza della Moretta. Qui il procuratore parcheggiò, scese e, prima di incamminarsi, si rivolse a Marta: «Vado in chiesa. Pochi minuti».

Lei lo seguì. Insieme entrarono in Santa Lucia del Gonfalone.

Italo, appena dentro, si inginocchiò e si raccolse in preghiera, un gesto del tutto inatteso che Marta interpretò come un'imprevedibile confessione di fede. Il magistrato terminò di pregare e stava per risalire sulla Punto per raggiungere il Leonardo da Vinci, quando lei lo fermò, lo prese sottobraccio e lo spinse ad allontanarsi dalla macchina presso la quale stazionavano gli uomini della scorta. Fuori dall'auto nella quale potevano essere state collocate delle cimici, e al riparo da ogni orecchio indiscreto, gli domandò: «Come mai in chiesa, tu che non sei credente?»

«Marta, in questi giorni, solo l'altro ieri, si sono compiuti dieci anni dall'assassinio di Paolo Borsellino e degli uomini che dovevano tutelare la sua incolumità. Non avevo altro modo di ricordarlo che, una volta a Roma, entrare in in questa chiesa e dire una preghiera al suo Dio», spiegò, commosso.

In un attimo, il ricordo della tragica giornata attraversò il capo della ragazza e le apparve l'immagine di Italo, sovrapposta a quella del giudice palermitano. Le sembrò che fosse il suo uomo la vittima del barbaro omicidio. Turbata, salì in macchina e, mentre il motore si avviava, gli strinse forte il braccio.

L'autostrada per l'aeroporto era molto trafficata e per percorrerla tutta ci volle più di un'ora.

Si misero in fila al banco Accettazioni e, dopo una lunga attesa, ottennero le loro carte di imbarco. Salirono al mezzanino per mangiare qualcosa. Avevano appena finito, che il monitor delle partenze iniziò a lampeggiare chiamando i passeggeri al varco del volo per Atene che risultava in perfetto orario.

Nella capitale greca, invece, la partenza per Kios avvenne con due ore di ritardo.

Infine, verso il tramonto, sorvolata a bassa quota Samos e il breve tratto di mare che la separava dalla loro meta, atterrarono nella loro isola, Kios. Fuori li aspettava la macchina dell'albergo nel quale avrebbero trascorso una settimana di vacanza. C'erano cinque chilometri di strada stretta e tortuosa per raggiungere l'hotel che si trovava proprio nel centro dell'isola, in una posizione un po' rialzata rispetto alla costa. Furono sistemati in una piccola palazzina a due piani immersa in un parco, nel quale una zona riparata da siepi e da rampicanti ospitava il pranzo dei clienti. Era già l'ora di cena: lasciarono i bagagli nella loro stanza e si accomodarono al tavolo loro riservato. Quasi subito si avvicinò uno dei titolari dell'albergo che, chiesto permesso, sedette accanto a loro.

«Vi debbo dare qualche indicazione per conoscere al meglio Kios e il suo mare», iniziò l'uomo che si chiamava Willie ed era italiano. Colse lo sguardo interrogativo della coppia e chiarì: «Vi assicuro però che resterò con voi lo stretto indispensabile».

Ordinò champagne e riprese a parlare: «Innanzitutto, l'isola: in passato, Kios è stata dominata dai genovesi, che la conquistarono per contrastare l'influenza veneziana in questa zona del Mediterraneo e per commerciare con i turchi. Anche se il possesso genovese non è durato a lungo, ancora oggi l'influenza della città ligure è ben presente. Infatti, fra le dieci famiglie più importanti dell'isola, otto sono genovesi. E molte di esse, pur con la cittadinanza greca, hanno mantenuto i contatti con Genova, dove hanno delle case, in cui tornano ad abitare durante la cattiva stagione. Questo albergo è di proprietà della famiglia Argenti. È un grande podere circondato da mura, dedicato alla coltura delle arance. Ci sono ventottomila alberi, vasche sotterranee per la raccolta delle acque piovane e trenta piccole palazzine, come quella in cui siete stati alloggiati, che abbiamo trasformato in unità abitative per gli ospiti dell'hotel. Non serviamo il *lunch*. Il *dinner* viene servito alle venti». Le espressioni inglesi per indicare il pranzo e la cena cercavano di dare la misura del carattere internazionale dell'albergo e della sua proprietà. «Dalle diciannove vengono offerti gli aperitivi e il maestro Hammar, un fine pianista libanese, rallegra l'atmosfera. Vi consiglio di affittare una macchina: ci sono tante piccole cale da visitare adatte per fare un magnifico bagno. Aggiungo che, per me, la più bella è Elinda, una specie di fiordo nel quale sgorgano numerose polle di acqua profonda, gelida e limpidissima.» La spiegazione era terminata. Willie augurò buona permanenza e li lasciò.

Mangiarono a lume di candela e, tra una portata e l'altra, presero a parlare del loro passato. Il pianista continuava a suonare una melanconica melodia orientale. Un flemmatico cameriere servì loro *moussaka*, involtini di foglia di vite e costolette d'agnello. Dopo oltre due ore un gelato al limone concluse la cena. Si alzarono e, mano nella mano, iniziarono a passeggiare nel giardino. Si allontanarono dalle luci e dai suoni della zona pranzo. Gli alberi d'arancia erano illuminati da una luna crescente e spandevano ombre inquietanti e minacciose sul terreno e sul vialetto che percorrevano. La temperatura non era calda perché si era alzato il Meltemi, il vento del Mediterraneo orientale temutissimo dai marinai. Marta rabbrividì e si strinse a Italo. Arrivarono a un incrocio e girarono verso destra, raggiungendo uno spiazzo deserto in cui c'era una grande ruota alla quale erano attaccati dei gioghi. A essi, in un tempo lontano, venivano legati gli asini che, muovendosi, attivavano la ruota e tiravano su l'acqua per l'irrigazione. In quel luogo silenzioso e fuori dal mondo, si appoggiarono a un albero e presero a baciarsi. Così, in piedi, fecero l'amore.

Il soggiorno a Kios trascorse serenamente. Non un'ombra attraversò la loro intesa. Parlarono di tutto, senza tralasciare la politica, trovandosi d'accordo anche nel giudizio sui leader. Scoprirono di apprezzare entrambi D'Alema e la sua lucidità di analisi, proprio la dote che gli procurava tanti nemici. Su altri politici non si soffermarono. Di amare Gadda e Sciascia oltre a Consolo che Italo aveva fatto scoprire di recente alla fidanzata. Sul cinema si trovarono d'accordo sui fratelli Cohen, su Tornatore, su Faenza e sulla Von Trotta. Insomma, dedicarono le giornate, oltre che al mare, a un confronto completo dei loro punti di vista, felici di intendersi sulle cose, sugli uomini e sugli ideali.

Al mattino salivano sulla piccola vettura che avevano noleggiato e si recavano a fare il bagno in una delle tante calette dell'isola.

Dopo avere provato le acque gelide e terse di Elinda, decisero che quella specie di fiordo sarebbe stata la loro meta preferita. In un angolo della spiaggia c'era una capanna, una specie di ristorante, in cui si poteva scegliere il pesce freschissimo che era su un bancone, pesarlo e farselo cucinare nell'unico modo possibile in quel posto, su una piccola griglia alimentata da legno d'olivo, alla quale gli stessi clienti erano costretti a prestare attenzione.

L'unica contrarietà di quella settimana fu rappresentata da una telefonata di Maralioti. Il sostituto desiderava avvisarli che un giornale aveva pubblicato un'intervista nella quale Bastiano Angliesi, ministro della ricerca, si scagliava con violenza contro Agrò per l'interrogatorio subìto dal suo capo di gabinetto Lo Stello. Girolamo aveva anche ricevuto la traduzione giurata dei quaderni consegnati da Ballarò. Contenevano il diario segreto di Hàlinka Hadràsek in cui era contenuto un nuovo colpo di scena, ossia che il vero amore della donna era un suo connazionale di Praga, studente di ingegneria all'università. Con lui, in effetti, e non con Agostino Raminelli, lei progettava di convivere una volta ottenuti i soldi che aspettava.

«Una mantide!» esclamò, ascoltando, il procuratore. «Hàlinka Hadràsek, dalla tripla vita. È come una prateria tutta da esplorare, la vita di questa donna.» Rifletté qualche minuto sulla rivelazione, per dichiarare successivamente: «Credo che l'ipotesi che si tratti di una nuova pista sia da accantonare, almeno per il momento. Infatti non riesco a immaginare quale movente potesse avere il giovane praghese per l'assassinio dei Raminelli, anche se questo giovane sarebbe stato il vero beneficiario di tutti gli imbrogli su cui abbiamo alzato il coperchio. A meno che il capitano Agostino Raminelli non abbia scoperto quest'altro amore della sua bella. Ma lo escluderei. Sino a ora, in questa direzione non è emerso nessun indizio, nemmeno labile».

Lunedì 29

50

Il viaggio era stato disastroso: da Roma a Villa San Giovanni avevano impiegato dieci ore. Per traghettare, avevano commesso l'errore di fidarsi di una pubblicizzata linea di traghetti e avevano perso moltissimo tempo in un groviglio di binari e di attraversamenti di treni. Raggiunta Taormina alloggiarono all'albergo Paradise, in una matrimoniale con vista mare. Si era tanto raccomandato con il proprietario, Totò Martorana, un vecchio amico dei tempi del PCI, perché sistemasse un bel mazzo di rose rosse nella stanza. E, con puntualità, appena aperto l'uscio della camera, videro che sul tavolino del salotto troneggiavano dodici splendide rose rosse e un cesto di frutta di stagione.

Si rinfrescarono e uscirono subito. Imbruniva e il caldo torrido sembrava volesse concedere una tregua. Prima di accompagnare Marta in giro per la città, Italo la guidò ai vicini giardini pubblici, un complesso realizzato agli inizi del Novecento da Florence Trevelyan Trevelyan, una nobile che era stata allontanata dalla corte inglese per la sua amicizia particolare con il principe di Galles, Edoardo. L'orto botanico, ricco di essenze rare, era posto sotto il Teatro antico, a picco sul mare. Al suo interno i vialetti con gli scorci panoramici si alternavano alle costruzioni liberty, tipiche del Nord Europa. Trascorsero nei giardini più di un'ora. Italo condusse Marta negli angoli più suggestivi e romantici, per mostrarle, grazie a quell'esempio di delicato equilibrio tra natura e civiltà, quali sentimenti riuscisse a suscitare la sua terra. Erano passate le nove quando arrivarono al Belvedere di piazza Sant'Agostino e si affacciarono sulla rada di Giardini e di Schisò. Presero un aperitivo al Mocambo, il locale più trendy del paese, mentre le raccontava la storia di quel famoso ritrovo, tessuta dagli artisti illustri che lo avevano scelto come luogo d'incontro e di sosta. Alle dieci rientrarono in albergo. Il cielo s'era annuvolato e sembrava che volesse piovere. All'hotel Paradise Totò Martorana aveva predisposto ogni cosa con cura. Era stato preparato per loro un tavolo d'angolo con vista sull'Etna. Cenarono alla siciliana al riparo di un'ampia e sicura tettoia mentre fuori era iniziato un vero e proprio fortunale. La donna dichiarò che gli involtini di pesce spada alla ghiotta era deliziosi e ne volle una seconda porzione, che si divisero.

Il soggiorno nella città sul monte Tauro lo dedicarono a se stessi, evitando le visite turistiche che sembrano d'obbligo in quella famosa località ionica.

Una sera incontrarono la sorella di Italo e suo marito per una piacevole cena in un ristorante sul mare, a Mazzarò, ma non vollero trasferirsi a casa loro, nonostante le affettuose insistenze. Trascorsero gran parte del loro tempo sulla spiaggia dell'Isola Bella, prendendo il sole e nuotando con lentezza nella baia. L'unica visita che inclusero nelle poche giornate taorminesi fu villa Cuseni.

Italo aveva incontrato un compagno di scuola che sapeva essere in buoni rapporti con l'anziana signora Daphne Phelps che gestiva la dimora dalla morte di Robert Hawthorn Kitson, un ingegnere di Leeds che l'aveva concepita e costruita agli inizi del secolo scorso, e gli aveva domandato di accompagnarli nella ricognizione. Melo Carbonaro, così si chiamava l'amico, aveva un aspetto inconsueto per un siciliano: lineamenti saraceni, occhi azzurri e capelli rossicci. Si rese conto che con la sua figura aveva sorpreso Marta e le spiegò che aveva avuto una bisnonna egiziana e un nonno scozzese, a dimostrazione che Taormina è il luogo in cui è possibile incontrare la più ampia mescolanza di razze, una specie di *internazionale* dell'integrazione di popoli e religioni. Melo era passato a prenderli di mattina, verso le dieci e mezzo, e li aveva condotti a villa Cuseni. Lungo la strada aveva fornito le informazioni di cui avevano bisogno, prima di farli accedere a una delle meraviglie della città. Nei pressi del duomo Melo spiegò che proprio di fronte a quella chiesa si apriva l'antico ghetto: la sua presenza aveva sempre scandalizzato i governanti dell'isola. Persino un papa, Callisto III, si era occupato della dislocazione di quel ghetto chiedendo all'aragonese re Alfonso V, Il magnanimo, di allontanare i giudei che con la loro presenza e una frequentatissima sinagoga disturbavano i frati predicatori domenicani, il cui convento era da quelle parti. Così il trentuno dicembre del 1456, il ghetto era stato sgombrato. Carbonaro, camminando, aggiunse che Guy de Maupassant, innamorato di quei luoghi, aveva scritto – e recitò a memoria in francese: «*Si un homme n'aurait à passer qu'un jour en Sicilie et demanderait: "Que faut'il y voir?", je répondrais sans hésiter: "Taormine". Ce n'est rien qu'un paysage, mais un paysage où l'on trouve tout ce qui semble fait sur la terre pour séduire les yeux, l'esprit et l'imagination*». Melo si arrestò per un attimo, riflettendo se tradurre. Poi si decise e ripeté il testo di Maupassant in italiano: «Se un uomo decidesse di passare un solo giorno in Sicilia e domandasse: "Che cosa si può visitare?" risponderei senza esitare: "Taormina". Non è che un paesaggio, ma è il paesaggio dove si può trovare tutto ciò che sembra creato sulla terra per sedurre gli occhi, lo spirito e l'immaginazione».

Mentre si arrampicavano per la dura salita che portava alla villa, Melo diede altre indicazioni. La costruzione era ispirata alle dimore palladiane e aveva, quindi, una semplice struttura triangolare. La stanza da pranzo rappresentava uno dei migliori esempi di Arts and Crafts, il movimento artistico sorto in Inghilterra per applicare le belle arti agli oggetti di uso comune. Poterono anche ammirare la maestria di un grande artista belga, Frank Brangwyn, che aveva dipinto alcune pareti e disegnato il mobilio, e quella di Edwin Landseer Lutyens, un architetto londinese che aveva ideato lo splendido giardino, un luogo straordinario e magico. Purtroppo la famosa Miss Phelps era a Londra e quindi non ebbero la possibilità di conoscerla. Melo raccontò che lei era stata per decenni una delle principali protagoniste del turismo culturale e artistico della città. Finito il giro, raggiunsero in macchina Castel Mola, un paesino situato più in alto di

Taormina, la cui posizione faceva godere di un panorama straordinario che spaziava da Reggio Calabria all'Etna. Pranzarono al Maniero, investito in pieno dal vento di tramontana che aveva scacciato le nubi, regalando una visibilità eccellente, senza ombre né foschie.

Non compirono altre visite durante la permanenza a Taormina. Italo disse a Marta che il Teatro antico, l'hotel Timeo, il preferito dal Kaiser e da Gide, e il San Domenico, glieli avrebbe mostrati un'altra volta.

«Abbiamo tanto tempo», fu la sua conclusione.

Un paio di giorni prima di ripartire, fecero una scappata a Catania, tanto per dare a Marta un'idea della città. Percorsero il centro storico, tornato agli antichi splendori dopo un attento recupero, e finirono per passeggiare nel vecchio mercato, alla spalle d'una bella fontana alimentata dalle acque del fiume Amenano. Divertente come uno spettacolo d'altri tempi, il mercato li attrasse a lungo con le sue specialità culinarie. Riuscirono a evitare le tentazioni, tranne che la gelatina di maiale, che assaggiarono entrambi con gusto. Poi, attirati dall'ambiente, si fermarono a mangiare alla Paglia, un'osteria dall'aspetto invitante. La signora Maria, cuoca e padrona, li accolse sorridente e li rifocillò con il polipo in insalata e gli spaghetti ai ricci di mare.

Il pomeriggio precedente la partenza salirono in macchina e raggiunsero Sant'Alessio, il paese natale del magistrato. Percorsero il lungomare e tornarono indietro. In località Fondaco Parrino, parcheggiata l'auto in uno spiazzo a valle della nazionale, si diressero verso la spiaggia. Spirava una brezza tesa di maestrale che aveva spazzato via la foschia di calore ch'era stagnata in cielo per qualche giorno. Fecero un bagno e rimasero al sole sino al tramonto. Verso le nove, risalirono sull'auto fermandosi a Letojanni. Qui Agrò lasciò la 114 e, a piedi, entrarono in paese, dove erano attesi per la cena da Nino, un ristorante sul mare. Il magistrato era ben conosciuto da Gianni Ardizzone, il proprietario. Sedettero a un tavolo riparato, proprio sul margine della terrazza, a pochi metri dalla battigia e pranzarono, felici. Gianni comprese la situazione e, prima che finissero, regalò un mazzo di rose alla signora e mandò i musici del locale a suonare per loro alcune antiche canzoni siciliane.

L'indomani, mentre stavano per partire per Lagonegro, paese natale di Marta, Italo ricevette una telefonata sul cellulare.

Era Roberta che, furente, gli gridò: «Italo, sei un meschino, un disgraziato senza alcuna sensibilità, solo pessimo gusto!» e riattaccò.

Qualcuno li aveva visti in giro e si era premurato di avvisarla.

Trascorsero una mezza giornata a Messina: volevano visitare il Museo regionale. Italo intendeva mostrare a Marta le due grandi tele di Caravaggio, dipinte a Messina nel 1609, durante il periodo in cui, fuggitivo, era riparato nella città dello Stretto, sotto la protezione del vescovo Secusio e del locale Senato. Di fronte alla *Risurrezione di Lazzaro*, sostarono a lungo. La sala era molto buia e la sistemazione infelice. Il dipinto tanto scuro che solo con il passare dei minuti riuscirono a scorgere le figure sullo sfondo. Infatti, come per magia, a mano a mano ch'erano lì in silenzio con gli occhi fissi sul quadro, esso sembrò schiarirsi mettendo in evidenza tutta la scena, i suoi particolari e quella sensazione di movimento drammatico, quasi cinematografico, che emerge dalla pittura di Michelangelo Merisi.

Si spostarono poi sull'altro lato della sala. Qui c'era una *Sacra famiglia* d'impronta altamente drammatica, una specie di precognizione del dramma che avrebbero vissuto il Cristo e i suoi genitori, con la Passione e la Crocifissione.

Lasciarono il museo, silenziosi e presi dall'intensità di quei grandi quadri, immaginando le vicende vissute dall'autore, combattuto tra la voglia di vivere liberamente al di fuori d'ogni convenzione e il senso religioso, la consapevolezza d'essere fuori dalle regole di santa romana Chiesa.

Si trasferirono al Duomo, giusto in tempo per osservare l'antico orologio e i suoi automi. Lo visitarono velocemente e, mentre se ne andavano, Italo commentò: «È da tanto che voglio vedere il duomo di Matera, dato che sembra costruito dalla stessa mano che ha progettato questo di Messina. Vorrei che ci andassimo insieme…»

Lei gli strinse il braccio in senso di assenso e lo seguì al ristorante.

C'era un'ultimo giro da compiere a Messina, prima di partire: la gita al Capo Faro. Nel pomeriggio, infatti, percorsero in macchina tutta la via della Libertà sino a raggiungere i laghi di Ganzirri e la punta estrema della Sicilia. Presero una granita di limone seduti a un bar del lungomare, mentre l'impetuoso vento Canale che attraversa di continuo lo Stretto scompigliava i capelli della ragazza e le alzava la gonna. Lei non la trattenne e continuò con il suo gelato, aggiungendo maliziosa: «Sembra il tuo giglio… anzi il tuo giglio è molto più bello».

«Andiamo», le rispose lui, impaziente. «Il mio giglio non vede l'ora di incontrare la tua orchidea…»

Scoppiarono in una risata per quel tenero gioco di allusioni che dava al loro amore un'impronta gioiosa. Tornarono in città passando da Faro Superiore, il villaggio da cui si dominava tutto il paesaggio.

«Una vista mozzafiato», commentò Marta.

«Sì, proprio una vista mozzafiato, sia per le bellezza naturale, sia per le brutture compiute da siciliani e calabresi, in questo uniti», consentì Italo, che non riusciva a sorvolare sugli aspetti più squallidi e inquietanti della realtà meridionale.

Venerdì 2

51

Arrivarono tardi a Lagonegro. Prima l'attesa a Messina, sotto il sole a picco del lungomare – nemmeno una palma a dare un poco d'ombra o di frescura –, per imbarcarsi su un traghetto. Poi l'autostrada Salerno-Reggio Calabria che era tutto un cantiere: per percorrere il tratto da Villa San Giovanni sino a Sala Consilina ci vollero più di cinque ore. Procedendo a passo d'uomo nella interminabile colonna, la loro Punto ebbe noie al radiatore. Italo si rese conto di non avere mai controllato il liquido di raffreddamento da quando l'aveva acquistata. Si dovettero fermare in una stazione di servizio a Lamezia e aspettare una mezz'ora prima che un trafelato inserviente potesse effettuare il rabbocco del liquido e il pieno di benzina. Mentre stavano per andarsene, il magistrato venne riconosciuto da un altro addetto all'impianto che lo volle salutare: era una guardia di finanza che aveva lasciato il servizio dello Stato per ritirarsi al paese e che aveva lavorato con lui in varie inchieste.

Dovettero accettare di prendere qualcosa con Tonino, così si chiamava l'ex militare, e permettergli di presentarli al titolare dell'esercizio e ai suoi colleghi. Uno di questi recuperò una macchina fotografica e immortalò l'incontro nel piazzale del rifornimento, davanti alle insegne della compagnia petrolifera.

Ripresa l'autostrada, a Cosenza incontrarono un'altra interruzione per lavori che li costrinse a sostare in galleria per un tempo interminabile. Insomma, riuscirono a raggiungere Lagonegro e la valle del Noce che già imbruniva.

I genitori di Marta li aspettavano seduti nello stretto porticato di una palazzina costruita in pietra, senza alcun lusso, ma dignitosa, su due piani, curata nei minimi particolari, dalle persiane alle grondaie ai caprifogli che si arrampicavano sino al tetto in un angolo.

Don Carmine Aletei era stato professore di liceo, come la moglie. Aveva insegnato lettere, lei scienze.

Anche se avevano quell'unica figlia, li accolsero con una strana freddezza. A Italo sembrarono entrambi poco espansivi, persino scostanti. Solo nel successivo svolgersi della serata il magistrato si rese conto che si trattava di un'educazione al riserbo trasformatasi in una seconda natura, che serviva a celare sentimenti teneri e adoranti verso la figlia. Divenne anche chiaro che la circostanza che lui fosse un giudice li aveva in qualche modo intimiditi.

Avevano preparato una cena sontuosa, apparecchiando in un piccolo giardino posto sul retro. Con gli anni avevano preso l'abitudine di cucinare insieme, così alla pasta aveva pensato lui, al sugo lei. C'era un fornello a carbone acceso e, terminato il primo, don Carmine iniziò ad arrostire costolette di agnello e di maiale. L'atmosfera, piano piano, si riscaldò. Verso le undici, madre e figlia si ritirarono per la notte mentre, prima di andare a letto, Italo e il professore rimasero a parlare fra uomini. Don Carmine sapeva ben poco di lui e perciò sottopose il procuratore a una specie di garbato interrogatorio. Era molto tardi quando Agrò venne accompagnato nella propria stanza, una camera con un letto singolo posta in alto, a un terzo livello della costruzione che dalla facciata non poteva essere notato.

Italo si irritò, ma tacque: era la prima volta che lui e Marta dormivano separati da quando erano partiti per le vacanze. Uscì nella piccola terrazza panoramica e, osservando le stelle indispettito, si mise a fumare.

La ragazza, però, lo raggiunse quasi subito e, prima di ogni altra cosa, gli spiegò che aveva chiarito la situazione con la madre che quella notte stessa avrebbe istruito il professore. Lì all'aperto, lo spogliò e si dedicò al suo corpo, finché lui non la interruppe e la volle a sua volta nuda.

Lunedì 5

52

Marialoti aveva telefonato spesso al cellulare di Agrò, rassicurandolo e tenendolo al corrente dei piccoli passi in avanti che era riuscito a fare nell'inchiesta e di quanto stava accadendo nel capoluogo della Tuscia. In particolare del ritrovamento di un corpo senza testa in prossimità del lago di Bolsena, in una località denominata Pisciarello, per la presenza di una sorgente d'acqua molto diuretica. E del fatto che il delitto era stato preso in carico dalla sostituta Bastanti che aveva dato il via a una massiccia retata di occultisti delle varie sette della zona.

Il pubblico ministero gli aveva raccomandato di avvisare

la Bastanti che di messe nere e occultismo si stava occupando il capitano Locci, che era un vero specialista della materia.

Comunque dal tono delle telefonate di Maralioti si capiva che non era per nulla rassicurato dal modo di procedere della sostituta e che aspettava con ansia il rientro di Agrò a Viterbo.

Così, bevuto il primo caffè del mattino nel bar Neri di piazza Fontana Grande, Girolamo, appena furono in ufficio, iniziò una specie di rapporto: «Ho una notizia importante da comunicarvi subito: Mario Manicotti, la persona che era insieme al cittadino ceco Otto Pospiszyl ai funerali dei coniugi Raminelli del Vischio, è stato un agente del Sios italiano e del Sismi. Ora è in quiescenza e si è dato alla politica. È presidente di una sezione di partito e, sulla carta – ripeto, sulla carta, perché al ministero, pur avendo un ufficio, non ci va quasi mai – è il capo della segreteria tecnica del ministro della ricerca».

«Sarà amico del reticente Lo Stello!» commentò la commissaria, rientrata dalle vacanze con una buona carica di energia.

«Ho messo sotto controllo Tossi», aggiunse Maralioti. «Ma non è emerso nulla. Tre giorni fa mi ha chiesto il permesso ed è tornato a Praga. A proposito, anche Jiri Hadràsek è volato in patria il giorno dopo la vostra partenza. Quanto alla rogatoria, è partita da Roma mercoledì trentuno luglio, per via diplomatica. Sabato ho chiamato l'ambasciata di Praga, ma non l'avevano ancora ricevuta.» Quindi, si rivolse a lui: «Un'ultima cosa: l'avvocato D'Ellia, il difensore di Agostino Raminelli, voleva sapere quando saresti stato in procura perché deve parlarti con urgenza».

Italo, senza commentare, ordinò a Doberdò di rintracciare al telefono il legale e, quando lo ebbe in linea, gli domandò di cosa si trattasse.

Quello, invece di chiarire, ribadì: «Ho informazioni urgentissime da trasmetterle. Posso prendere la macchina e raggiungerla a Viterbo. Mi porto dietro l'investigatore Ballarò, che lei già conosce».

Il procuratore acconsentì, dicendogli che lo aspettava in ufficio. Marialioti e la Aletei se ne andarono e lui iniziò a guardare la posta che si era accumulata durante l'assenza. Notò una busta grigia non intestata, una di quelle del tutto anonime usate dal Sismi. La aprì. Dentro c'era una seconda busta con un biglietto da visita del colonnello Francesco Duro e un rapporto. Lo lesse con studiata lentezza per non perdere alcun particolare:

«Otto Pospiszyl, all'anagrafe Ivan Nápad, nato a Brno il 14 febbraio 1949. La copertura del nome Pospiszyl era ignota. Conosciuto anche come Ivan Krocan, per anni la spia cecoslovacca più importante in Italia. Era l'unico agente di quel paese che dal 1974 risiedesse a Roma. A quei tempi gestiva una rete di informatori italiani che aveva il compito di seguire le nostre vicende industriali, militari e politiche e di sorvegliare i cittadini cecoslovacchi che per i più svariati motivi si trovassero a transitare in Italia. Era detto nell'ambiente *Reznik*, in ceco "Macellaio". Doveva questo soprannome alla passione che metteva nel liquidare di persona i prigionieri politici che gli capitavano tra le mani e le spie nemiche che riusciva a catturare. Veniva considerato uno psicopatico, perché amava infierire sulle vittime, soprattutto se di sesso femminile. Era uso asportare loro il seno, squarciare il sesso e l'addome, mettendo in luce il sacco peritoneale. E questa propensione alla ferocia lo spinse a lasciare Roma e a diventare il numero uno dei servizi del Patto di Varsavia a Beirut. Qui è rimasto ben celato diversi anni. È ritenuto uno degli organizzatori dell'attentato del 18 aprile dell'83, sempre nella capitale libanese, quando un'auto-bomba sventrò l'edificio di sette piani dell'ambasciata USA provocando la morte di quaranta americani. Viene indicato anche tra gli autori del secondo attentato del 23 ottobre dello stesso anno. Fu allora che a Beirut, per l'esplosione di due camion-bomba, morirono 135 marines americani e 10 parà francesi. La CIA ha cercato a lungo di catturarlo, senza risultato. Dall'86, sembrava scomparso e non se ne aveva più notizia. Si riteneva che avesse scelto di vivere in qualche remota località del Sud America. La CIA ha cessato di ricercarlo qualche anno fa, classificandolo NIP (*No Interesting People*). Dalle foto ricevute pare che la sua fisionomia sia stata leggermente modificata, di sicuro con un'operazione di plastica al naso».

Il procuratore accese una sigaretta e rilesse il documento. Poi iniziò ad appuntare su un block-notes di carta quadrettata gli elementi raccolti. Di tanto in tanto controllava nel fascicolo dell'inchiesta qualche particolare per riprendere a sviluppare il promemoria. Mentre stava lavorando, D'Ellia e Ballarò si presentarono a Doberdò.

Il segretario, dopo avere bussato alla porta del capo, si affacciò e chiese se intendeva riceverli.

«Li faccia entrare», rispose, impaziente, il magistrato che non vedeva l'ora di potere riprendere le proprie riflessioni.

Il legale evitò di perdersi in convenevoli e iniziò: «Ho cose urgenti di giustizia da comunicarle, dottore». Usò l'espressione «cose di giustizia», la più grave di cui si disponesse nel gergo degli uffici giudiziari.

Ballarò, dal canto suo, salutato il magistrato, s'era seduto e seguiva le parole del legale con attenzione, pronto a intervenire.

«Aspetti un attimo, avvocato», disse Agrò prima di convocare Maralioti. La Aletei era in questura e si sarebbe resa disponibile solo nel pomeriggio. D'Ellia, quando il sostituto fu nella stanza e fu invitato a riprendere il discorso, presentò una dichiarazione sottoscritta da tale Orazio Tarallo, impiegato presso il centro comunicazioni Telecom di Vibo Valentia, nella quale si attestava che il giorno martedì venticinque giugno, verso le tre del pomeriggio, aveva chiamato il numero di telefono dell'abitazione del signor Agostino Raminelli, per prospettargli, come a tanti altri utenti, una variazione del suo abbonamento. Gli aveva illustrato i vantaggi della tariffa «Night and Day» e della connessione a Internet denominata «Alice». L'interessato aveva formulato qualche domanda per farsi un'idea del nuovo contratto, ma alla fine aveva declinato l'offerta.

«Ecco la richiesta di rimessione in libertà del capitano Raminelli. Gliela presento», concluse l'avvocato.

«Debbo parlarne con il Gip», disse il pubblico ministero, che aggiunse: «Se vuole, lo raggiungiamo insieme». Nella sua mente si faceva strada un'intensa soddisfazione: aveva sempre ritenuto Raminelli innocente, così, più per intuizione che per altro, anche se nella tesi accusatoria tanti elementi non tornavano.

«Aspetti, ho anche altre cose da dirle», lo interruppe il legale, che trasse da una borsa i tre fascicoli che l'investigatore siciliano aveva rintracciato nella casa romana dell'ambasciatore Raminelli.

Il giudice li scorse e commentò: «Queste pagine sono

scritte in una lingua slava. Presumo che si tratti di ceco. Debbo farle tradurre. Come sono finite nelle vostre mani?»

D'Ellia sapeva che non era il caso di mentire: «Ballarò ha avuto accesso alla casa Raminelli in lungotevere Flaminio. Nel sottofondo del guardaroba dell'antibagno, ha rinvenuto questi fascicoli. Li ho mostrati a una mia amica ceca che, gettato uno sguardo, si è rifiutata di tradurmeli. Anzi se n'è andata via di corsa e da allora non mi ha nemmeno più risposto al telefono».

«Allora lei, Ballarò, ha fregato sia la questura di Viterbo che Scuto e la sua squadra di perquisizione!» il pubblico ministero esclamò, allegro.

Puccio si guardò intorno e, ridendo, ammise: «È che ho avuto culo, come la volta del Pomarancio!»

«Ballarò che fa, il modesto? Non è da lei. Un episodio può essere fortuna, o – come dice lei? – culo, due no, sono bravura.»

Il detective sorrise soddisfatto del complimento che, nell'intimo, riteneva di essersi pienamente meritato.

L'altro riprese: «Faremo tradurre i documenti con urgenza». Consegnò i tre fascicoli al sostituto e cercò il Gip, ma non lo rintracciò. Si rivolse a D'Ellia e lo consigliò di lasciargli la domanda di rimessione: ci avrebbe pensato lui stesso all'effettiva liberazione dell'ufficiale. Si salutarono.

Appena il legale fu uscito, Agrò telefonò a Roma al commissario Scuto: «Ho una traduzione urgentissima. Lanfranco, va fatta subito, non mi importa se maccheronica. L'immediatezza è essenziale. Dal ceco all'italiano. Mi mandi lo stesso dell'ultima volta. Siamo rimasti soddisfatti del suo lavoro».

Scuto lo conosceva bene e non perse tempo in giri di parole: «Kaikòv è in ferie, mi dispiace. Ho una persona che fa per lei. Spero che nel primo pomeriggio possa essere lì. Comunicherò il nominativo alla Aletei».

53

Italo, prima di pranzo, passò dal Gip, Guido Linosa. I due magistrati, prima di esaminare la situazione del procedimento Raminelli del Vischio, alla luce delle novità che l'avvocato aveva fornito, affrontarono il caso del corpo senza testa rinvenuto al Pisciarello.

Linosa lo informò che qualche ora prima era stato identificato il cadavere. Ciò aveva anche consentito di catturare il colpevole. Sia la vittima che l'assassino erano paraguayani, dai lineamenti indios. Immigrati da qualche anno, abitavano a Montefiascone, lavorando in agricoltura. Non avevano dato mai nell'occhio, salvo in un caso: Carlos Magallanes, l'omicida, era stato coinvolto in una violenta rissa, senza conseguenze. Finché Julio Caesar de Golinas, la vittima, era stato scoperto in intimità con Giuliana del Vecchio, l'amante italiana di Carlos. Così, accecato dalla gelosia, l'uomo in un primo tempo aveva fatto finta di niente, poi, nella notte, aveva raggiunto l'abitazione del rivale e con un colpo secco di machete gli aveva tagliato la testa.

Risolto il caso, tornarono ad Agostino Raminelli, rendendosi conto che il provvedimento per la sua rimessione in libertà sarebbe stato prematuro. Bisognava prima interrogare l'operatore Telecom Orazio Tarallo e verificare l'alibi del militare. Dati gli imprevisti scenari che sembravano aprirsi, non sembrò loro opportuno mettere il campo a rumore con una troppo rapida decisione sulla estraneità dell'ufficiale ai delitti di via del Macel gattesco. Dall'ufficio del Gip chiamò il direttore di Mammagialla, e gli preannunciò una visita al detenuto.

Quando l'ufficiale, unico imputato dei due delitti, fu condotto innanzi ad Agrò, nello studio del direttore del carcere, il procuratore gli parlò con franchezza: «Capitano Raminelli del Vischio, il suo legale ha presentato un documento nel quale un dipendente della Telecom Italia afferma di averle telefonato il giorno dell'assassinio di Hàlinka e di suo padre. Questa testimonianza è molto importante. Purtroppo non è definitiva. Abbiamo infatti bisogno di riscontrarla. Convocheremo l'operatore perché ci renda una deposizione sul fatto». Si fermò e aggiunse, ora il tono era solenne: «Lei è un soldato. Ha scelto di servire il paese. Ho la sensazione, per il momento una semplice sensazione, che intorno a suo padre si sia giocata una partita oscura e pericolosa. Sono costretto a chiederle il sacrificio di rimanere qualche giorno in prigione. Lo accetti come un servizio, come una corvée sgradevole e necessaria. In questo momento non voglio smuovere le acque. Tutti debbono ritenere che l'inchiesta si sia fermata a lei e che siamo soddisfatti del risultato raggiunto. Così potremo mettere le mani sui veri colpevoli». Aveva deciso di giocare a carte scoperte, almeno con il capitano.

Il discorso del giudice sembrò rasserenare l'ufficiale che, prima di andarsene in cella, gli strinse la mano e lo ringraziò.

A quel punto il pubblico ministero rientrò in ufficio.

Qui Maralioti lo stava aspettando. Aveva da informarlo che l'interprete scovato rapidamente da Scuto sarebbe stato a Viterbo verso le due e mezzo. C'era giusto il tempo per il solito, veloce hamburger. I magistrati raggiunsero Schenardi e in poco più di dieci minuti rientrarono in procura. Mentre fumava la prima sigaretta della giornata, Italo formulò a Girolamo la domanda che gli frullava in testa da qualche giorno: «È possibile che non si riesca a sapere che mestiere faceva Tossi, *alias* Toghmil, in Cecoslovacchia?»

«Lui ha detto che svolgeva un'attività commerciale di import-export con l'Italia. Spediva qui cristalli boemi e riceveva a Praga articoli alimentari. E questo è stato verbalizzato», rispose il sostituto.

«Guarda che la cosa mi pare poco credibile: è il momento di mettere in campo il mio entimema», osservò Italo.

Girolamo spalancò gli occhi ascoltando quel termine desueto, dal suono difficile e ostile.

«Il mio entimema, cioè il mio sillogismo ellittico», chiarì il procuratore, «che, ora, cercherò di esprimere in modo chiaro. Dunque: Tossi è vissuto in Cecoslovacchia durante i tempi peggiori della Cortina di ferro, quando un occidentale non aveva alcuna possibilità di restare a vivere in quel paese, a meno che… A meno che non lavorasse per il governo cecoslovacco. Era una spia come altri italiani che a Praga si erano rifugiati per credo e militanza politici.» Estrasse la sua preziosa agendina, cercò un numero e chiamò: «Francesco, sono di nuovo io. Prima di tutto grazie per l'eccellente lavoro svolto e per il prezioso appunto che mi hai mandato. Ora mi serve che tu accerti se ci sono evidenze a proposito di un certo Adel Toghmil, *alias* Aldo Tossi, un italiano che vive da quasi quarant'anni a Praga, dove ufficialmente si occupa di import-export».

Dopo avere salutato il colonnello Francesco Duro, chiuso il telefono, si rivolse a Girolamo e spiegò: «È il numero due del Sismi. Un mio conoscente». Aveva evitato di proposito l'inflazionata parola «amico». Agrò ci teneva a frapporre una certa distanza tra se stesso e i personaggi dei servizi segreti, dei quali aveva imparato a fidarsi sempre poco.

54

L'interprete mandata da Scuto, Sara Zammari, era una signora di mezza età, bilingue. La madre, infatti, era ceca e vicino a Praga aveva vissuto per diversi anni. Prima di darle i tre fascicoli, il capo della procura le consegnò l'atto di nomina a perito della procura di Viterbo, la impegnò al segreto più assoluto e le spiegò che la documentazione doveva essere esaminata e tradotta subito, anche sommariamente, lì nel suo ufficio.

La signora non ebbe nulla da rilevare, iniziò a scorrere i documenti con gli occhi e impallidì.

Agrò, la Aletei e Maralioti che, in silenzio, sostavano in attesa di fronte alla donna, percepirono una sua reazione di stupore.

La signora Zammari però non disse nulla e continuò a sfogliare.

Quando ebbe terminato, dichiarò: «Questi sono documenti che provengono dai servizi segreti della Repubblica cecoslovacca. Riguardano i pagamenti effettuati su un conto in Svizzera a un agente italiano. Ci sono anche alcuni rapporti della misteriosa spia. E infine c'è lo *Huss kód*, una chiave che fornisce le generalità complete di questo agente italiano, oltre che dei componenti della rete di agenti infiltrati nel nostro paese. È l'onorevole Bastiano Angliesi, l'attuale ministro della ricerca».

Gli inquirenti si guardarono in viso. La loro mente correva avanti veloce.

Poi il pubblico ministero assunse un'aria formale e ricordò alla signora Zammari l'impegno a mantenere il segreto: «Si tratta di materia esplosiva. Ora abbiamo bisogno di una traduzione integrale e giurata. Dato che gli atti debbono rimanere sotto la custodia della procura, lei lavorerà nell'ufficio del mio sostituto, dottor Maralioti. Adesso la farò riaccompagnare a Roma. Domani mattina dovrà essere di nuovo qui. Per i trasporti non si deve preoccupare: la dottoressa Aletei provvederà con un autista della questura».

La signora mormorò, laconica: «So bene che abbiamo in mano della dinamite. Non dirò una parola». Salutò e uscì.

Allontanatasi la donna, Marta e Girolamo iniziarono a parlare all'unisono, sovrapponendo le loro voci senza ascoltarsi, in un frenetico commentare quanto avevano appena appreso. Si resero però conto che, con la loro eccitazione, stavano impedendo ad Agrò di approfondire con calma la situazione. Si fermarono e aspettarono che Italo tirasse le somme.

Il procuratore formulò con una certa enfasi le proprie riflessioni: «Vedete, non c'è stato bisogno di ricorrere al miracoloso "Version kit", il più straordinario sofisticato software investigativo esistente, per raggiungere la soluzione del mistero. Mi pare che sia proprio così. L'entimema Agrò-Scriboni ha funzionato. È stato un tentativo di ricatto di Raminelli nei confronti di Bastiano Angliesi. Ora, capite bene cosa significhi dal punto di vista politico una simile vicenda. Dobbiamo prepararci ad affrontare una tempesta. Il clima è il meno adatto a un procedimento nei confronti di un deputato, ministro della Repubblica, per di più. Bisogna anche fare luce sul ruolo che ha svolto in questa storia il caro amico d'infanzia dell'ambasciatore Raminelli del Vischio, Aldo Tossi. E quale sia stata la funzione della spia ceca assassinata alla Commenda. E rimane aperta la questione della rogatoria». Lo squillo del cellulare lo interruppe.

Era il colonnello Duro del Sismi che gli comunicava che Tossi-Toghmil aveva diretto per molti anni a Praga la sezione Italia del servizio segreto cecoslovacco. Dopo le prime parole dell'ufficiale, poiché Marta e Girolamo avevano preso a parlare di nuovo, sia pure in tono sommesso, Agrò, con un gesto, ingiunse loro di tacere e di avvicinarsi. Ruotò l'apparecchio perché almeno la donna potesse ascoltare assieme a lui.

L'uomo del Sismi rivelò che Tossi-Toghmil era un tipo ben conosciuto da tutti gli agenti dei paesi della Nato, e che vantava un pessimo curriculum: aveva di sicuro liquidato vari agenti sospettati di tradire la causa e aveva ordinato almeno due eliminazioni di esuli cechi in Italia.

Lui lo ringraziò e balzò in piedi, come folgorato dalla rivelazione, mentre la commissaria riferiva la telefonata a Maralioti.

C'era una certa solennità e un po' di emozione nella voce del magistrato, quando osservò: «Ora sappiamo quale fosse il vero mestiere di Tossi a Praga. Tutto si lega: il mio entimema ellittico è esatto. Spero che nei prossimi giorni, nelle prossime settimane, non saremo costretti a verificare che anche la nuova ipotesi termina in un binario morto. Intanto continueremo a perseguire la nostra utopia, l'utopia della giustizia».

I suoi amici incrociarono gli sguardi e tacquero, preoccupati: i diretti contenuti di quell'inchiesta portavano al cuore dei più misteriosi rapporti tra l'Italia e i paesi dell'Est.

Anche il procuratore rimase in silenzio, come se in quel momento fosse diventato consapevole del senso delle sue stesse parole. Passò qualche minuto prima che fissasse in faccia gli altri e, in tono tra il grave e il sarcastico, dicesse: «*I monti a cupo sonno supini giacciono affranti*. Nei momenti difficili torno a Quasimodo. E questo è un passaggio difficile e io sono affranto, perché non avrei mai immaginato di dover affrontare, per il mio paese, uno scenario di questo genere».

Martedì 6

55

Aveva convocato una riunione generale. Alle dieci, Maralioti, la Aletei e il capitano Locci erano convenuti nel suo ufficio. Locci doveva riferire novità sull'omicidio di Otto Pospiszyl. Nelle indagini aveva scoperto che la vittima era arrivata a Viterbo con un'auto in affitto, la sera del quattordici luglio, e aveva alloggiato all'hotel Balletti.

L'ufficiale era riuscito anche a identificare l'autista della Lancia Kappa che lo aveva accompagnato. Si trattava di Marcello Masini, un giovane di Soriano nel Cimino, dipendente di Pronto auto, la ditta di autonoleggi alla quale si era rivolto Pospiszyl. Quando questi aveva detto che la vettura gli occorreva per andare a Viterbo, Masini aveva chiesto al direttore di Pronto auto di fargli fare quel viaggio. Il portiere dell'albergo Balletti conosceva l'autista e, una volta che il passeggero era sceso dalla macchina, avevano attaccato discorso. Seguendo questa pista Locci aveva saputo di Marcello Masini. E dall'interrogatorio del giovane era emerso che il signor

Pospiszyl era partito dalla sede del ministero della ricerca in via Urbana a Roma e che, durante tutto il tragitto, aveva più volte parlato al telefono in una lingua sconosciuta. Una volta in albergo, posata la valigia, Pospiszyl era uscito ed era salito su una macchina che lo aspettava nel parcheggio di fronte, una Skoda Fabia con targa ceca. Il capitano dei carabinieri aveva mostrato al portiere dell'hotel le foto di Tossi e dell'automobile e aveva ottenuto una dichiarazione nella quale la Skoda veniva riconosciuta senza ombra di dubbio, mentre per la persona che la guidava, mai scesa dalla vettura, il testimone si limitava a un: «Mi sembra e non sono sicuro».

Era ormai evidente che proprio l'italo-ceco Tossi-Toghmil risultava il principale indiziato dell'omicidio della Commenda e che i delitti di cui si stavano occupando erano collegati.

Il segretario Doberdò, timoroso, mentre gli inquirenti stavano commentando la relazione dell'ufficiale, si affacciò alla porta per annunciare l'avvocato D'Ellia.

Agrò decise di farlo aspettare e proseguì la discussione con i colleghi.

Il punto sul quale si erano arenati era costituito dalle rogatorie inviate dal ministero di grazia e giustizia alle autorità ceche e rimaste lì senza esito. Maralioti propendeva per la richiesta di un mandato di cattura internazionale nei confronti di Aldo Tossi, *alias* Adel Toghmil. Il procuratore, invece, non nascondeva i pericoli di una simile iniziativa, primo fra tutti che la spia italo-ceca scomparisse per sempre. Suonò l'interfono e Doberdò disse che al telefono c'era proprio il signor Tossi, da Praga.

L'uomo era teso e preoccupato. Parlava a scatti, facendo lunghe pause.

Agrò sperò di essere di fronte alla svolta che aspettava e lo assecondò, mostrandosi cordiale e disponibile.

Tossi si rinfrancò e annunciò il suo rientro in Italia. Fece però presente di avere bisogno di protezione. Non chiarì il motivo, ma insistette sulla necessità che la procura di Viterbo garantisse la sua tutela. Quindi tacque e un silenzio greve si impadronì della linea telefonica, finché non precisò: «Ho molte cose da rivelare... dovete considerarmi il testimone che vi permetterà di risolvere i misteri degli assassini di Claudio e Hàlinka Raminelli e di Otto Pospiszyl... senza di me non riuscirete a venirne a capo...»

«Pospiszyl?» chiese il giudice, sorpreso da quell'affermazione che alludeva alla possibilità di rivelazioni risolutive.

Tossi non rispose alla domanda e aggiunse che questa volta sarebbe venuto in aereo, arrivando la sera stessa a Fiumicino, e chiese di essere rilevato in aeroporto da una macchina della polizia. Precisò che avrebbe preso il volo OK 724 in arrivo alle 18.45 e ribadì che voleva protezione, perché era certo d'essere in pericolo di vita.

Agrò si appuntò gli estremi del volo e lo rassicurò, promettendogli un'auto con targa civile e un'adeguata tutela. Chiamò Scuto e lo pregò di mandare Lignino a prendere Tossi in aeroporto e di portarlo a Viterbo. Si rivolse a Marta e le chiese: «Se fosse vero ciò che dice il ceco, bisognerà trovare un posto dove nasconderlo e proteggerlo... hai in testa qualcosa?»

La commissaria pensò qualche minuto, prima di rispondere: «Possiamo metterlo a Farnese, nel vecchio convento dei Cappuccini. Parlando con i frati si può trovare una buona soluzione... hanno restaurato diversi piccoli casali per affittarli... sono costruzioni isolate immerse nel verde... sceglieremo quella più riparata in modo che il nostro soggetto con la squadra di poliziotti addetti alla sua tutela scompaia per tutto il tempo che ci serve…»

«Fai qualche telefonata e verifica in modo che, se avessimo bisogno, sapremmo a chi rivolgerci», le raccomandò il capo della procura.

Alla fine D'Ellia fu ricevuto. Era piuttosto agitato e protestò perché il suo cliente era ancora rinchiuso a Mammagialla.

«Per poco, per pochissimo, avvocato», lo calmò l'altro. «Tra domani e dopodomani sarà rimesso in libertà, stia tranquillo.»

Stanchi per l'intensa giornata e per le emozioni, Marta, Italo e Girolamo uscirono alle sette. Avevano deciso di fare una passeggiata, prima di andare a cena al lago di Bolsena. Raggiunsero chiacchierando piazza Plebiscito e si fermarono al bar Centrale per un aperitivo. C'erano dei conoscenti della commissaria nel locale. Si salutarono e lei li presentò ai suoi accompagnatori: «Il senatore Signorelli e il professor D'Angelo». Scambiato qualche breve commento su quella strana estate, il gruppo di inquirenti lasciò i due e riprese la camminata. Quando furono lontani dalla piazza, la donna spiegò: «Due ex missini. Il senatore, l'anno passato, non è stato rieletto, l'ha silurato il partito. L'altro è stato assessore allo sport. Ora non so cosa faccia».

Trascorsero la serata a Bolsena, da Picchietto, un posto all'interno delle mura con un giardino delizioso e un cibo di lago ben curato. Cercarono invano di distrarsi per rompere la tensione. Dopo aver mangiato, si trasferirono sul porto e passeggiarono sino all'una di notte sul lungolago. Parlarono poco, preoccupati dalla mancanza di notizie sul viaggio di Tossi.

Verso le undici, telefonò Lignino, il vice di Scuto: «Il suo uomo, dottore, non è arrivato. Non era sull'aereo settecentoventiquattro da Praga…»

«Se ne vada a casa, Altero. Vedremo cosa è accaduto…» Il magistrato era preoccupato per Tossi e la sua incolumità. I timori che gli aveva manifestato e la protezione che aveva chiesto lo inducevano alle peggiori previsioni. Le riferì la telefonata.

Invece di rientrare a Viterbo, sedettero su una panchina sistemata sulla spiaggia. Il luogo era buio e animato dalle ombre nere del lago e delle sue minuscole onde. Rimasero in silenzio a riflettere finché lei si appoggiò alla sua spalla e cercò di infondergli un po' di ottimismo: «Arriverà, arriverà… una persona cauta e fredda, un professionista ben addestrato… avrà trovato un altro modo per raggiungere l'Italia».

Mercoledì 7

56

Alle cinque del mattino squillò il telefono della Aletei: il centralinista della questura la avvisò che un certo Tossi la stava cercando con urgenza.

«Dagli il mio cellulare e digli di chiamarmi subito», ordinò la funzionaria.

Agrò s'era svegliato e non perdeva una parola.

Passò qualche attimo perché Tossi si facesse vivo: «Sono a Verona… ho bisogno di aiuto…»

«Mi spieghi bene dove si trova, la faccio raggiungere da una pattuglia…» replicò la commissaria. «Voglio sapere con precisione dov'è in questo momento.»

«Sono al bar della stazione... ho affittato una Ford Fiesta...» rispose Tossi.

«Vada in centro, cerchi una Volante e chieda dov'è la questura. La raggiunga. Nel frattempo, avviserò i colleghi...» La Aletei, decisa e rassicurante, aveva cambiato idea, pensando che fosse urgente levare Tossi dalla stazione, il posto più frequentato ed esposto di ogni città. Chiuse il telefono e si rivolse a Italo: «Bisogna chiamare il questore di Verona. Lo chiami tu?»

Lui si mise in moto. Tramite la prefettura, in pochi attimi la questura della città scaligera fu in linea. C'era un vicequestore in servizio a quell'ora. Gli spiegò la situazione e ottenne l'assicurazione che Tossi sarebbe stato accolto con cura e accompagnato a Viterbo.

Ormai non c'era che da aspettare.

Una mezz'ora dopo giunse la conferma dell'arrivo dell'uomo nella questura di Verona e dell'imminente partenza per Viterbo.

A mezzogiorno il testimone arrivò nell'ufficio del procuratore. Era molto provato. Disse che, mentre era in centro, a Praga, e stava muovendosi per l'aeroporto Ruzyne, si era accorto d'essere seguito. Era riuscito a sfuggire infilandosi nella metropolitana. Poi, in taxi, aveva raggiunto Pizen. Qui aveva affittato una macchina. Aveva attraversato l'Austria ed era arrivato a Verona alle quattro e mezzo del mattino.

«Vuole riposarsi qualche ora?» domandò il giudice.

«Ho solo bisogno di una doccia, prima di iniziare a parlare...» lo rassicurò il testimone.

Trascorse poco più di un'ora perché Tossi-Toghmil rientrasse a palazzo di giustizia e fosse accompagnato nella stanza del capo dell'ufficio. Aveva riacquistato un aspetto normale e, nonostante la stanchezza, si dichiarò pronto alla testimonianza. Chiese dell'acqua e accese una delle sue puzzolenti sigarette. Iniziò a parlare con voce ferma, le parole scandite, e rese un'interminabile deposizione. Dette una ricostruzione degli eventi coerente e completa: «Sono stato dirigente dell'OT, il dipartimento dello spionaggio esterno del JM, il ministero della sicurezza cecoslovacco. Dottor Agrò, la vita per un ex agente segreto del blocco sovietico, caduto il muro di Berlino, era diventata una vita grama. Andavo avanti a stento con i soldi di una pensione dello Stato e i proventi di qualche affaruccio che combinavo con i miei ex colleghi. Avevamo relazioni in tutto il mondo e cercavamo di metterle a profitto, ma con scarsi risultati: senza il successo dei nostri colleghi del KGB, che avevano preso nelle loro mani gran parte delle aziende di Stato e risorse petrolifere russe. Intanto il denaro facile del mondo capitalistico stava cambiando il nostro modo di vivere: i prezzi aumentavano, il valore delle retribuzioni calava vertiginosamente. Tutto questo non la riguarda, dottore...» Tossi-Toghmil si fermò e accese un'altra sigaretta, questa volta un'americana. Prima di farlo, chiese il permesso che, prima, non aveva ritenuto di domandare. Da una bottiglia si versò dell'acqua minerale e bevve sorseggiando con tutta calma. Durante queste operazioni osservò i suoi interlocutori.

Era impossibile non accorgersi che quella pausa era studiata ad arte per cercare di capire meglio quale fosse la disposizione d'animo degli inquirenti. Toghmil spense la Marlboro nella ceneriera e ricominciò: «Io, però, ero l'unico a possedere una serie di incartamenti che potevano rivelarsi preziosi...» Parlava con una certa difficoltà, quasi non riuscisse, dopo tanta lontananza dall'Italia, a esprimersi con correttezza.

"Sta simulando", pensò il pubblico ministero. Non gli piaceva affatto quell'uomo sempre controllato e freddo con lo sguardo sfuggente e torbido, la piega ambigua delle labbra che, quando sorrideva, prendeva un'espressione sinistra. Aveva voglia di interromperlo e di uscire dall'ufficio, abbandonando la pesante atmosfera che vi aleggiava.

Intanto l'italo-ceco proseguì: «Avevo in mano un elenco di spie italiane operanti in Italia e, tra queste, spiccava il nominativo dell'onorevole Bastiano Angliesi di Mascalucia, un siciliano che risultava ben addentro alle segrete cose...»

Il procuratore capo si sforzò di non lasciare trapelare alcuna reazione e ricordò che in Sicilia aveva intravisto Bastiano Angliesi, quand'era un giovanotto scapestrato e senz'arte né parte. E se lo vide davanti quell'individuo sempre alla ricerca di una buona occasione per guadagnare qualcosa. Prestò di nuovo attenzione a Tossi-Toghmil che diceva: «Molti anni fa si era iscritto a una loggia massonica romana che gli permetteva di accedere a persone molto più importanti di lui. Ero ancora in possesso dei rapporti che ci aveva trasmesso nel corso degli anni e di quelli degli altri agenti, tutte persone che hanno fatto carriera, segno che le mie scelte erano state assai felici».

Il testimone sembrava orgoglioso di poter compromettere molte persone di rilievo: «Avevo i riscontri bancari, i fascicoli delle informazioni, l'elenco delle spie e, soprattutto, il codice per decifrare tutto il materiale. Roba che avrei dovuto distruggere. Invece l'avevo nascosta con cura. Ho cercato e ritrovato inoltre, e mi era indispensabile, un amico importante per le relazioni di cui godeva, come l'ambasciatore Claudio Raminelli del Vischio, e l'ho coinvolto».

Tossi tornò ad Agrò e ai colleghi, tentando di decifrarne di nuovo le reazioni.

Il magistrato sorrise, un sorriso freddo, indifferente, senza alcuna simpatia umana. Se Bastiano Angliesi era un arrampicatore, questo era di certo un professionista pericoloso che andava gestito con molta attenzione. Voleva capire meglio ogni passaggio di quella ricostruzione: «Mi dica come l'ambasciatore Raminelli è entrato nell'estorsione».

«Non ho difficoltà», lo rassicurò Tossi-Toghmil. «Se vorrà una relazione minuziosa consulterò gli appunti cifrati che ho conservato in un posto sicuro.»

«Intanto ci racconti quello che si ricorda», insistette il magistrato.

«Bene… ho stabilito il contatto con Claudio Raminelli del Vischio venerdì trentun maggio. Al mattino andai ad aspettarlo al bar Neri di piazza Fontana Grande, qui a Viterbo. Spuntò verso le nove e mezzo, ordinò un caffè e si guardò in giro. Era un bell'uomo, di aspetto giovanile. I capelli appena brizzolati, il fisico asciutto e agile, non dimostrava più di una cinquantina d'anni. In viso non aveva una ruga: ci sarebbe voluto un esperto per capire che i segni del tempo erano stati eliminati dal bisturi di un buon chirurgo estetico. Io ero seduto a un tavolo d'angolo. Fingevo di leggere "Il corriere di Viterbo" e, di tanto in tanto, sorseggiavo un cappuccino freddo. Sento il sapore di quel cappuccino. Acido e amaro, era diventato imbevibile. Mi resi conto che mi stava esaminando. Era quello che volevo, apparirgli all'improvviso. Ero certo che la mia fisionomia non gli sarebbe risultata estranea: si sarebbe chiesto dove mi aveva conosciuto. Il mio viso affilato, la fronte ampia un po' stempiata, le orecchie grandi, quasi a sventola, e gli occhi scuri dovevano risvegliare nella sua testa un senso di familiarità. Mi ero vestito in modo informale con un paio di jeans e una camicia a quadri sovietica, di qualità scadente. Mostrai di essermi accorto degli sguardi, alzai gli occhi, incontrai i suoi e gli sorrisi. Quindi mi alzai, mi avvicinai, come se intendessi abbracciarlo, e gli dissi: "Claudio, è un secolo!" Rimase incerto e mi chiese: "Ma lei chi è? Mi scusi, ma non la riconosco…" "Sono Aldo, Aldo Tossi…" gli spiegai. Eravamo stati compagni di scuola dalla prima elementare alla terza liceo sino alla laurea in scienze politiche a Roma. Gli amici preferiti dell'infanzia e dell'adolescenza, due corpi e un'anima. Avevamo studiato insieme, passato insieme semplici ore di svago e vacanze. Da più di quarant'anni però ci eravamo persi di vista e non aveva saputo più nulla di me. Qualcuno doveva avergli detto che me ne ero andato all'estero. Avevo fatto in modo che alla riunione – l'unica, in verità – degli alunni dell'Umberto I di via Mazzini, terza liceo classico, sezione B, tenutasi l'anno prima, mia sorella Bianca rendesse noto che io vivevo a Praga e che laggiù mi ero sposato. Superata la prima incertezza ci abbracciammo con calore. "Sono qui in vacanza", gli chiarii. "E da solo: mia moglie, che è ceca di Brno, odia l'Italia e in particolare Viterbo. Un odio incomprensibile in quanto non ha mai voluto metterci piede. In tanti anni questo è il secondo viaggio che riesco a fare qui. La volta precedente nell'Ottantadue. Mi trovavo a Roma per lavoro: affittai una macchina e una sera, superate le dieci, feci un giro. Mi sembrò che il volante decidesse per conto suo dove condurmi: senza accorgermene imboccai la via Cassia. A Monterosi presi la strada di Ronciglione e dei Cimini e dopo un'ora avevo già raggiunto la città. A quei tempi lo Schenardi dei fratelli Javarone non aveva cambiato gestione e, nonostante l'ora tarda, era aperto per gli affezionati nottambuli. Così entrai. In fondo al salone alcune persone giocavano al biliardo, come trent'anni prima. Non incontrai nemmeno una faccia conosciuta. Deluso, bevvi un'Anisetta Gorziglia e all'una e mezzo ero già a letto nel mio albergo romano."»

Qui Tossi-Toghmil si arrestò. Aveva un'espressione interrogativa, come se temesse che la minuziosità del racconto disturbasse l'andamento della deposizione.

Il procuratore lo rassicurò, invitandolo a proseguire.

«Iniziò subito a parlarmi di se stesso e della sua storia professionale. Mi aspettavo che passasse alla vita privata: in passato non aveva avuto segreti per me, coinvolgendomi spesso nelle sue disavventure amorose», riprese Tossi-Toghmil. «Dichiarò di essere in pensione da due anni e di avere una moglie giovane e bella. Anche lei ceca, ma di Praga. E di averla conosciuta a Budapest, dove lavorava nella sua ambasciata. Già, Budapest era stata la sua ultima sede di rappresentanza. Tutte cose che io sapevo già. Dovevo però lasciargli tutto l'agio di ripetermele in modo che non sospettasse nulla. Uscimmo dal bar e ci incamminammo per via Cavour, verso la piazza del Municipio. A metà della discesa Claudio si fermò e mi chiese, indicando il fabbricato di fronte, se abitassi ancora là. Gli risposi che la casa era ancora mia e ci viveva mia sorella Bianca. Passammo davanti a palazzo Brugiotti, sede della fondazione della Cassa di risparmio. Rievocammo altri due compagni di scuola, Aldo Perugi e Giggi Manganiello che si occupavano della Fondazione. Mentre passeggiavamo, all'improvviso, Claudio se ne uscì con una proposta: "Ho una barca a Talamone. È un *dahu* yemenita, comprato ad Aden venti anni fa, quando prestavo servizio all'ambasciata di Saana. L'ho chiamato *Mangrovia*, ricordando Salgari e il *Corsaro nero* tra le mangrovie delle paludi di Maracaibo. È molto comodo. Vieni con me e mia moglie. Passeremo il fine settimana per mare,

tra Giannutri e il Giglio. Se il tempo ci assisterà, raggiunge-
remo Montecristo. E Hàlinka, che ha sempre voglia di parlare la sua lingua, potrà scambiare qualche parola in ceco".
Era ciò che mi aspettavo: ero al corrente di quella imbarcazione e pensavo che fosse il posto giusto per recuperare la
nostra piena intimità e per invogliarlo a entrare nell'affare
che avevo in capo. Perciò accettai. Volli però avvisarlo di essere diventato cittadino ceco e di avere un nuovo nome,
Adel Toghmil. Raminelli sembrò rimanere indifferente alla
rivelazione e borbottò: "Le mogli..." Abbastanza sorpreso
dalla deduzione, feci passare qualche attimo prima di con-
fermare: "Eh sì! Le mogli..." Poco più tardi, verso mezzogiorno, ci vedemmo nel parcheggio di piazza del Sacrario e
da lì con la sua macchina partimmo per l'Argentario. Lui
era entusiasta dell'incontro. Per lo spuntino che avremmo
consumato durante il tragitto s'era fatto preparare dei pani-
ni con il salame cotto di Bagnaia: ricordava che ne andavo
matto. Nel primo pomeriggio ci imbarcammo. C'era un po'
di mare mosso e molte nuvole nere: restammo in porto sino
all'indomani mattina. Cenammo a Porto Santo Stefano, in
un posto in collina, La Fontanina: Claudio incontrò vari
amici e me li presentò. Salpammo con comodo, saranno state le nove e mezzo. Prima di mezzogiorno fummo a Giannutri. Qui Claudio aveva scelto un fondale profondo una
decina di metri... voleva procedere con un'immersione. Ci
preparammo con respiratori e muta. Hàlinka, la moglie di
Raminelli, partecipò con entusiasmo: in acqua si animava
come se fosse nel suo elemento naturale. Nel pomeriggio il
mare si alzò di nuovo: il maestrale era ripreso con vigore e
risultava impossibile rimanere là dove eravamo. Decidemmo di ripartire.»

«Che bandiera batteva il *Mangrovia*?» lo interruppe Marta Aletei. «Se la ricorda?»

«Certo che me lo ricordo: batteva la bandiera di Malta», rispose prontamente il testimone.

«Vada avanti, Tossi», lo sollecitò il procuratore.

L'uomo attese qualche momento per riordinare le idee, mentre si guardava in giro per valutare le espressioni degli inquirenti: «Dirigemmo la prua verso Nord. Il *dahu* reggeva bene il mare grosso e il vento teso, ma era molto lento: la velocità di crociera, infatti, superava a stento i cinque nodi. Navigando per oltre tre ore, alla fine avevamo raggiunto il posto scelto per trascorrere la notte: una minuscola caletta in prossimità di Campese, all'isola del Giglio».

«Ma che tipo era la moglie di Raminelli?» chiese di nuovo la commissaria.

«Le dico solo questo, può essere indicativo: Hàlinka, dopo l'entusiasmo manifestato durante l'immersione, non aveva più detto una parola. Mentre dirigevamo su Campese, si era sdraiata sul ponte, in un punto riparato dal vento, per prendere il sole. Era nuda, abbronzata, bellissima. Di tanto in tanto si spalmava della crema protettiva sul corpo straordinario: gli occhi verdi, i capelli biondi, alta e snella, sembrava un'attrice hollywoodiana.» Balenò una luce negli occhi di Tossi, come se in quel momento la sua immagine le fosse comparsa innanzi. «A mano a mano che andrò avanti, capirete meglio che tipo fosse Hàlinka.» Il ceco bevve dell'acqua prima di prendere il bicchiere del whisky e mandare giù una lunga sorsata. Accese una sigaretta e ricominciò a parlare: «Una volta a Campese, Claudio decise di pescare: preparò le boette con il pane, mise in mare il gommone e le dispose a semicerchio sul pelo dell'acqua. Senza dover attendere neanche un minuto, i piccoli galleggianti appena varati cominciarono a muoversi saltellando: i pesci stavano abboccando. Trovammo attaccate una decina di belle occhiate, più di cento grammi ciascuna».

Maralioti sbadigliò rumorosamente.

Tossi-Toghmil si accorse che tanti particolari secondari stavano annoiando Agrò e i suoi collaboratori, e li rassicurò: «Cerco di stringere, anche se, raccontando quella sera con precisione, vi darò un quadro dei rapporti tra Raminelli e la moglie più significativo del rapporto di uno psicologo».

«Non si preoccupi di noi e vada avanti seguendo il flusso dei ricordi.» Il tono della voce del procuratore era irritato, come se lo sbadiglio di Maralioti avesse compromesso lo svolgersi di una testimonianza vitale.

«Hàlinka indossò un pareo, preparò un eccellente antipasto con le occhiate crude. Non smise mai di fumare Lucky Strike, mentre con un coltellino affilato in mano sfilettava i pesci.» Tossi-Toghmil sembrava lieto di quei ricordi frivoli, quasi li rivivesse con piacere. «A Raminelli toccava cucinare la pastasciutta. Prima di spostarsi in cucina azionò il lettore di compact disc. Una musica strana, senza melodie, si diffuse nell'imbarcazione e sul mare. Sembrava che la superficie dell'acqua producesse una sorta di risonanza che riportava indietro, verso la loro fonte, i suoni a una tonalità più bassa, sempre più bassa. "È *Rosa das rosas* dei Chominciamento di gioia", mi spiegò. "Sono un gruppo specialista in musiche medievali del dodicesimo secolo, quelle composte dalla torbida badessa Hildegard von Briggen, benedettina, famosa libertina e licenziosa scrittrice. È sempre lo stesso porco di quando aveva vent'anni", pensai. Mentre trafficava nel cucinino della barca, io e Hàlinka, che aveva già disposto sul tavolo il vassoio con l'antipasto di mare, ci sistemammo in poltrona sul ponte, fumando, scambiando qualche parola in ceco e ascoltando quella musica insolita e sensuale. Hàlinka mi guardò con intenzione. Fece scivolare un lembo del pareo in modo che si scoprisse l'inguine e io potessi ammirarla. Le piazzai gli occhi addosso, proprio lì. Lei non manifestò nessun imbarazzo nemmeno quando arrivò Claudio con una bottiglia di spumante Contratto for England. Lui disse con solennità che si trattava di uno spumante riservato alla famiglia reale britannica e a pochi altri clienti speciali. Poi aggiunse una frase del genere: "È la cosa migliore per accompagnare le occhiate di Hàlinka e i miei tubetti alla tarantina". Aveva un'aria maliziosa mentre giocava sulla parola "occhiata" e, senza parere, rimarcava lo sguardo torbido della moglie e la sua invitante posizione. Io scacciai subito il pensiero di andare a letto con quella femmina pericolosa. Ero lì per un altro motivo e non volevo in alcun modo che i nostri rapporti degenerassero, anche se Claudio fosse stato d'accordo e avesse voluto instaurare un *ménage à trois*. Per metterla sul ridere feci una battuta su di lui, ricordando che amava impressionare la gente presentandosi come un gentiluomo dannunziano estetizzante e pronto a tutto. Arrivò quindi la pastasciutta. I tubetti di Claudio erano l'esatta ripetizione dei tubetti alla tarantina che sua madre, originaria di Taranto, cucinava una volta alla settimana, il venerdì, con cozze e pomodoro fresco. Mi ricordo che c'era in tavola un piattino con dei peperoncini giallastri Habanero, i più forti che ci siano al mondo. Sono messicani, vengono dallo Yucatán. Mentre mangiavamo i tubetti, il mio amico mi spiegò che c'è una misurazione corrente dell'intensità delle erbe piccanti, ideata da un americano, tale Scoville. Un normale peperoncino calabrese non fa più di sessantamila Scoville, il Berberé africano è sugli ottantamila, mentre l'Habanero si attesta sul valore di trecentomila.»

Lo scatto del registratore interruppe la deposizione: la bobina era terminata e occorreva sostituirla.

57

«Quella sera ci ubriacammo», Tossi-Toghmil aveva ripreso. In sottofondo il fruscio del registratore sembrava suggerire ai partecipanti di aspettare con pazienza che quella interminabile confessione entrasse nel vivo. «Claudio, che sin da ragazzo non reggeva bene l'alcol, si lasciò andare a qualche pesante complimento alla moglie e le ordinò di mostrarmi le tette. "Le più belle tette del mondo", gridò. Era una delle sciocchezze che gli ispirava l'alcol, visto che per tutta la giornata sua moglie aveva preso il sole con il seno scoperto. Lei gli girò le spalle e accese una sigaretta. Ho la scena negli occhi: allora si alzò, malfermo sulle gambe, le si avvicinò e glielo toccò, quel seno che le aveva chiesto di scoprire. La ragazza, indispettita, si scostò e si diresse sottocoperta. Sceso il primo scalino si girò, il volto teso, e lo apostrofò: "Stronzo!" Questo per dire che la trattava più da puttana che da moglie. Mi spiegò che aveva cominciato con Hàlinka portandola a Kios mentre era sposato con Giada di Ravasio che era la proprietaria di quel nido d'amore. Lì la ragazza l'aveva fatto impazzire dal piacere: erano rimasti una settimana tappati nella stanza da letto. Claudio continuò a rievocare episodi senza importanza della sua vita e dei suoi amori sino a quando non lo lasciai solo, verso le due di notte. L'indomani mattina quando mi svegliai mi trovai a Talamone. Chissà a che ora Claudio aveva deciso di trasferirsi sulla terraferma. Un leggero vento di scirocco agitava le acque della darsena: l'addetto al porto ci raccomandò di rafforzare l'ancoraggio. Mentre Claudio si dava da fare, io misi sul fuoco la moka. In breve l'espresso fu pronto e per tutta la barca si diffuse il suo delizioso aroma. Per berlo ci trasferimmo sul ponte di poppa. Una leggera brezza da nord-ovest muoveva cime e bandierine. Mentre lo assaporavamo, decisi che quello era il momento giusto per calare il mio asso di picche. Gli comunicai: "Debbo confidarti una cosa, Claudio, prima che si svegli Hàlinka. Una cosa molto seria". Mi fissò dritto negli occhi. "Tu, che sei il mio migliore amico", continuai, "devi sapere che per circa trent'anni, sino a tutto l'Ottantanove, ho lavorato nel JM, il ministero della sicurezza cecoslovacco. Per la precisione nell'OT, il dipartimento per lo spionaggio." Claudio se ne uscì con alcuni irritanti commenti su di me, sul mio passato e sul mio lavoro di addetto ai servizi di sicurezza della Repubblica cecoslovacca. Senza lasciarmi prendere dal dispetto, aggiunsi che di quell'incarico conservavo diversi incartamenti delicati e che il più importante era il Codice Huss, il codice con il quale si potevano individuare gli autori italiani dei più riservati rapporti inviati dall'inizio della guerra fredda. Queste spie erano le più coperte, da tutelare comunque. Nell'Ottantotto avevo avuto l'ordine di distruggerlo. Invece l'avevo tenuto, insieme ai documenti più delicati che riguardavano le forze armate e di polizia, l'industria e i partiti politici. Una serie di questi documenti riguardava l'attività spionistica di un ministro di questa Repubblica, di oggi. Voleva sapere chi fosse, ma io mi rifiutai e gli spiegai che intendevo mettere in piedi una bella faccenda, di lucro e di sostanza. E lo invitai a essere della partita visto che per campare gli servivano molti soldi. Afferrò subito l'idea e sembrò protestare, esclamando: "Un ricatto! Un bel ricatto, stile vecchi servizi segreti!" Con tatto contestai che si trattasse di un ricatto e definii l'idea come un'operazione cauta e sicura per *ripulire*, per rimettere a nuovo, con una buona azione, una personalità italiana da un passato ingombrante e pericoloso. E le buone azioni sono apprezzate in modo adeguato solo quando costano molto. Insomma, accettò senza farsi pregare, anche dopo che gli dissi che doveva pagare un biglietto di ingresso, pari a quarantamila dollari in contanti. Mi chiese di poter dare un'occhiata ai documenti ch'erano la base dell'impresa e decidemmo di rivederci a Praga, dove erano custoditi. Arrivarono nel primo pomeriggio di venerdì quattordici giugno con il volo AZ 512. Alloggiarono al Clementin, in Seminarska. Li andai a prendere e li portai a pranzo allo Zlaty Hrozen, un ristorante argentino in Zelezna, un posto non frequentato da turisti, tantomeno italiani. Mentre mangiavamo fui avvisato sul cellulare che era morto "Dapper Don", cioè John Gotti, l'ultimo dei grandi padrini, incastrato dal suo braccio destro, Sammy Gravano, "The Boss". Claudio sembrò sorpreso dall'informazione, quasi scosso, e fui costretto a spiegargli che tutti i servizi di spionaggio avevano avuto bisogno di ricorrere alla mafia, che si era dimostrata un fornitore puntuale ed efficiente oltre che spietato. Lui e Hàlinka divennero sempre più impazienti e tesi. Io consumai il pasto con voluta lentezza, in modo da farli cuocere piano piano, e, nel pomeriggio li accompagnai al mio cottage, nel quale avevo celato quella stessa mattina una copia completa del dossier. Mostrai loro un fascicolo rosso scuro intestato *"Huss kód"*. In alto, sulla sinistra, era stampigliata la scritta: *"Velmi tainy – Italie kód"*. L'interno, è ovvio, non conteneva l'*Huss kód*, ma alcuni estratti conto periodici, dal Settanta all'Ottantotto. Date e cifre in dollari con accanto l'indicazione "Credit Suisse, Zurigo, Trans" e un numero. Gli feci anche vedere una pagina dattiloscritta che dava la chiave di collegamento tra le cifre e il beneficiario, cioè il nostro uomo. Quando finimmo, con la mia Skoda Fabia li accompagnai a casa dei genitori di lei. Qui salirono insieme. Trascorso qualche minuto, Claudio tornò indietro con una valigia: c'erano i quarantamila dollari che mi spettavano per la sua associazione nell'impresa.»

L'italo-ceco si fermò e accese una sigaretta. Ormai aveva capito che con quel magistrato bisognava giocare a carte scoperte ed era inutile ricorrere ai metodi della psicologia applicata di cui aveva imparato a servirsi in anni di servizi segreti. «Insomma», proseguì Tossi, «abbiamo messo in piedi un bel ricatto, di quelli lucrosi, che ti sistemano per il resto dei tuoi giorni. Non avevo però immaginato il vespaio che avrei suscitato. Infatti, non sapevo che Bastiano Angliesi si servisse di Otto Pospiszyl, una vera belva, e di Mario Manicotti, un acuto ex barba finta italiano.»

Per dissipare le perplessità dei collaboratori, il procuratore lo interruppe e chiarì: «"Barbe finte" sono gli agenti dei servizi segreti. Un'espressione che viene usata in tutte le lingue per indicare le spie».

Tossi-Toghmil si asciugò il sudore che gli imperlava la fronte, fece una smorfia e continuò: «Quando seppi dei delitti di via del Macel gattesco compresi che il carnefice, Ivan Nápad *alias* Otto Pospiszyl, detto *Reznik* Il macellaio, aveva firmato l'omicidio di Hàlinka per impaurire l'ideatore del ricatto e il complice delle vittime, senza alcun dubbio io stesso. Era impossibile che non riconoscessi la sua mano. Mi era troppo noto perché mi sorgessero dei dubbi. I riferimenti precisi sull'ambasciatore Raminelli, Pospiszyl li aveva avuti di certo da Gabriele Lo Stello, il capo di gabinetto di Angliesi che era amico dell'ambasciatore. Claudio mi aveva informato che aveva in programma un incontro risolutivo nella sua casa di Viterbo. C'erano in ballo sei milioni di euro. Ne avevamo richiesti otto, eravamo disposti a scendere a sei». Si grattò la testa, come se lo aiutasse a pensare e a chiarire l'accaduto. «Sono sicuro: Otto uccise Claudio e la moglie nella convinzione che i documenti del ricatto fossero custoditi là, nel loro grande appartamento di via del Macel gattesco. Liberatosi di loro, deve aver eseguito una di quelle ricognizioni che erano la nostra specialità. Una ricerca totale senza lasciare nemmeno una traccia.»

«Niente o quasi era fuori posto, in casa Raminelli. Ciò che sta dicendo spiega perché le luci dell'appartamento siano stato trovate accese a notte fonda.» Il giudice era soddisfatto poiché aveva colto sin dall'inizio quell'anomalia.

«È evidente.» L'italo-ceco dava l'idea di aver ragionato a fondo e di essere riuscito a ricostruire l'accaduto nei dettagli. «Otto Pospiszyl non voleva che qualcuno si accorgesse che aveva eseguito una accurata perquisizione. E aveva adottato gli accorgimenti del caso...» Sembrava orgoglioso di questa affermazione, quasi rivendicasse l'antica professionalità della sua organizzazione di spie dell'ex impero sovietico.

«Dopo gli omicidi», riprese Tossi, «mi fu chiaro che la partita ormai si giocava tra noi due, Otto e me, entrambi ex agenti cecoslovacchi, entrambi addestrati al medesimo gioco. E in realtà, nonostante tutto, non avevo perso le speranze di portare a casa un bel mucchietto di euro. Era pericoloso, ma ho accumulato tanta esperienza in materia. Per spingere Pospiszyl ad avviare un discorso, parlai ai funerali di Raminelli e signora. Ero certo che avrebbe capito il segnale. Infatti, Otto non lasciò passare molto che mi contattò. Fissammo un incontro. Stavo rischiando la vita e anche lui sapeva di rischiarla: uno di noi due poteva essere "terminato".» L'ex spia parlava in modo neutro, come un medico che esponga l'anamnesi di una malattia. Accese un'altra sigaretta e continuò: «Otto Pospiszyl l'ho incontrato un paio di volte. Appena ci siamo visti gli ho proposto di entrare nell'affare. Non si fidava, così abbiamo fissato un secondo incontro, a Viterbo. Lo andai a prendere in albergo e l'ho portato alla Villetta, un bar-pizzeria sulla via Cassia bis. Gli dissi che dovevamo indicare un garante e che allo scopo avevo contattato Ulisse, il vecchio responsabile della sezione Zeta, quella che di norma realizzava le eliminazioni. Avevamo entrambi lavorato con quel capo e sapevamo che sarebbe stato impossibile sfuggirgli. Si dichiarò d'accordo: anche lui avrebbe chiamato Ulisse. Discutemmo del modo di incastrare Angliesi e ci lasciammo. Volle essere accompagnato in prossimità dell'hotel Balletti. Non mi spiegò come sarebbe rientrato a Roma».

«Ci sono molti particolari da chiarire», annunciò il capo che lo voleva incalzare, «sulle modalità del delitto della Commenda e sul ricatto che lei ha architettato. Non capisco come non abbia sospettato qualcosa sulla scomparsa del suo compare: nei giorni successivi l'avrà cercato, immagino, più volte senza trovarlo. Ha qualche testimone?»

«Certo che ci sono dei testimoni. Il personale della Villetta, ad esempio. Può anche sentire il giornalaio di piazzale Gramsci. Prima di lasciarci, Otto gli chiese l'ultimo numero di "Der Spiegel". Poiché non era arrivato, comprò "Time Magazine". Lo interroghi, dovrebbe ricordarsi l'episodio.»

«Sentiremo tutti», replicò il giudice, «ma sulla morte di Pospiszyl…»

Tossi era esausto: in un bagno di sudore e pallidissimo. Guardò il procuratore e gli domandò di sospendere l'interrogatorio: «Non ne posso più, dottore… ha un posto sicuro dove possa rifugiarmi ed essere tutelato?»

«Un posto sicuro lo abbiamo…» lo rassicurò questo. «La faccio accompagnare. Ci sarà una squadra della polizia, per tutelarla. Riprenderemo domani mattina.»

Giovedì 8

58

Erano le undici, quando l'interrogatorio del ceco poté riprendere: sino a quell'ora Agrò era stato impegnato dal delitto di una banda di piccoli mafiosi dedita anche allo spaccio di droga. Vittima un pregiudicato di Guidonia. Un banditello di mezza tacca che forniva a due fratelli cocaina portandola nel loro lussuoso casale. Associato all'impresa dei due siciliani, un pugliese gestore di una sala giochi a Monterosi. Per motivi non precisati, un diverbio o questioni di zone di influenza, dopo cena la banda aveva assassinato il pregiudicato. Alcuni abitanti della zona, uditi i colpi di fucile, avevano avvisato i carabinieri di Civitacastellana. Uno degli omicidi, il pugliese, si era costituito consentendo la cattura degli altri due.

Completate le operazioni più urgenti nei confronti degli arrestati, ordinò al segretario di fare accomodare il testimone.

Tossi-Toghmil, appena entrato, si lamentò della sistemazione ricevuta: «Dottore, se lo lasci dire da me che sono un esperto. Il convento di Farnese e il piccolo casale nel quale ho trascorso la notte con i miei custodi è una specie di trappola infernale. C'è una sola strada che arriva sul posto e, quindi, manca una linea di fuga. I boschi intorno si prestano a un agguato e se qualcuno si avvicina attraversandoli non è possibile scoprirlo e fermarlo in tempo. Mi cambi alloggio, dottor Agrò, nell'interesse della sua inchiesta e della mia pellaccia...»

Il pubblico ministero volse lo sguardo verso la commissaria che senza farsi notare assentì. Aspettò qualche attimo, si alzò e si allontanò. Rientrò rapidamente.

«Stiamo provvedendo per una nuova e migliore sistemazione. Ora riprendiamo il discorso da dove ci eravamo fermati ieri sera», lo esortò il giudice. «Eravamo rimasti al suo incontro con Pospiszyl...»

L'uomo non si fece pregare e iniziò subito a parlare: «Dopo qualche giorno da quell'incontro cominciai a sospettare che a Otto fosse accaduto qualcosa. E, riflettendo, collegai l'assassinio dello sconosciuto della Commenda con il mio amico: lo stile efferato era quello di Ulisse. Doveva essersi accordato di persona con Angliesi prendendo in mano la situazione. Comunque, decisi di rimanere qui, in attesa che accadesse qualcosa: ero sicuro che qualcuno si sarebbe fatto vivo. Ed ero certo che mi avevano individuato come mente dell'operazione, ma non intendevo rinunciare a concludere l'affare».

Accese una sigaretta, sorseggiò l'acqua minerale che aveva di fronte e si asciugò un po' di sudore, prima di aggiungere: «Qualche tempo dopo, mi sembrò che l'atmosfera si facesse pesante e che stessi rischiando troppo. Affittai una macchina italiana e raggiunsi Trieste. Da qui, in treno, andai prima a Vienna dove mi fermai qualche giorno, poi a Praga».

«Mi parli di questo Ulisse, al quale attribuisce l'assassinio di Otto Pospiszyl.» La voce del procuratore era imperiosa, tagliente.

«Senza offesa, è proprio impossibile e, se fossi in lei, non mi azzarderei a indagare su di lui», replicò l'italo-ceco. «Ulisse è la persona più protetta che io conosca, legato ai servizi occidentali e a ciò che resta di quelli orientali... lasci perdere dottor Agrò... e... parliamoci chiaro», ora sembrava teso, nervoso. «Non sono rientrato in Italia per farmi ammazzare da qualche amico di Bastiano Angliesi in una delle vostre carceri di massima insicurezza. E c'è dell'altro, dottore. E sta a lei esaminare la mia offerta.»

Il magistrato si scosse, incuriosito e attento. Anche Girolamo e Marta si drizzarono sulle sedie, cercando di non perdere una parola o un'espressione del volto dell'ex spia.

«Voglio *vederla*, la sua proposta, prima di decidere», lo sfidò il magistrato. E fece il gesto di mostrare le carte, come se giocassero una partita a poker, nella quale stesse andando a *vedere* il gioco dell'avversario.

«Si tratta di questo», Tossi parlava con lentezza, scandendo le parole. «Il mio problema attuale, il mio rischio cioè, è rappresentato dall'onorevole Angliesi e dal suo factotum Manicotti, oltre che dai loro compari più o meno sconosciuti. Quindi voglio che Angliesi e Manicotti siano incastrati per gli omicidi Raminelli, in modo che i miei pericoli – a parte Ulisse con il quale me la vedrò al momento opportuno – siano solo quelli fisiologici, nel senso che sono pronto a gestirmi da solo quelli che corrono tutte le ex spie. L'unica soluzione a questo problema è che io vi faccia da esca...»

Agrò comprese al volo e si rifugiò in una considerazione poco compromettente: «Un'idea disinvolta... troppo disinvolta, ma potrebbe essere... interessante». Si rivolse a Maralioti e alla Aletei e li guardò. Fermò gli occhi su Marta perché era soprattutto la sua opinione che voleva sentire, il parere di una donna che amava, e di una poliziotta dall'acuta perspicacia.

Il sostituto intervenne: «Bisogna vedere i limiti, i rischi...»

Il procuratore si alzò e si rivolse alla commissaria: «Lasciamo un paio d'agenti a tenere compagnia al signore... ci trasferiamo da Maralioti... è bene che discutiamo tra di noi...»

Poco dopo gli inquirenti poterono parlare in piena libertà.

La Aletei si dimostrò decisa: «Una opportunità straordinaria e una responsabilità colossale che io sono pronta ad assumermi. Se deciderai di procedere, io ci sarò».

Esaminarono tutti gli aspetti e i rischi del piano, compresa la sua indubbia illegittimità. Era un'operazione più da servizi segreti che da polizia giudiziaria, per il cui successo ci volevano l'impegno, una preparazione meticolosa dei partecipanti e anche una buona dose di fortuna. Gli elementi negativi sembravano preponderanti.

Italo, però, masticando un sigaro Toscano dette una svolta alla discussione: «La strada che suggerisce Tossi va seguita. Lui ci ha prospettato l'idea divergente che è alla base di ogni invenzione, di ogni cosa nuova».

Il sostituto sembrò non capire.

«Senza ricorrere a Galileo, a Einstein o a Newton», il tono del capo non era affatto saccente, «è la filosofia della scienza che teorizza l'idea divergente... l'idea divergente è lo strumento per cambiare il corso consuetudinario delle cose. È ciò che aspettavo... senza rendermene conto... L'offerta del ceco può consentirci di raggiungere il risultato che vogliamo: intrappolare i colpevoli. Basta riflettere senza preconcetti, la testa libera e il coraggio di rischiare...»

Marta non ebbe dubbi e fu subito favorevole. In modo istintivo prevaleva nel suo animo l'istinto del cacciatore che, giunto vicino alla preda, non intende lasciarsela sfuggire, costi quel che costi.

Anche Girolamo, affascinato come sempre dalle teorizzazioni di Agrò e nonostante la certezza di intraprendere un'azione oltre il limite della legalità, fu del parere di accettare l'idea.

Rientrarono nell'ufficio dov'era rimasto il testimone per concludere quella specie di anomala trattativa.

«Allora, procederemo, Tossi...» Certo, il giudice continuava a essere preoccupato per l'abbandono della via maestra dei codici e delle procedure, anche se si sentiva preso da una sorta di eccitazione per la messa a punto della trappola. La posta valeva la candela. Avrebbero potuto chiudere in un angolo due personaggi spregevoli che avevano contribuito all'assassinio di Claudio Raminelli del Vischio e di sua moglie. «La trasferiremo in un posto sicuro. Sarà protetto come si deve.»

L'italo-ceco venne affidato alla Aletei e a Maralioti che, con una nutrita squadra di agenti, lo scortarono all'ex seminario vescovile di La Quercia. Era la nuova sistemazione del testimone chiave del procedimento: fermi per mancanza di soldi i lavori di trasformazione in nuova sede della questura, era il rifugio ideale. Nessuno poteva immaginare che quell'edificio chiuso da tempo e nascosto dalle impalcature ospitasse qualcuno. E se l'avesse immaginato e fosse riuscito a penetrare nell'ala utilizzata dalla polizia, si sarebbe trovato in un dedalo di corridoi interrotti da cancelli e pesanti porte antiche nel quale era difficile orientarsi.

«Un mangiapreti in un pretificio!» commentò, sarcastico, Tossi. «Vedrò il posto… potrebbe funzionare…»

Il testimone firmò il verbale d'interrogatorio e, accompagnato dalla commissaria con una nutrita scorta, si allontanò per raggiungere il seminario.

Quando fu solo, Agrò, senza perdere un minuto, telefonò al colonnello Duro: «Voglio notizie su un certo Ulisse, un agente cecoslovacco che sembra implicato nell'omicidio Pospiszyl».

L'ufficiale del Sismi sembrò sorpreso, prima di rispondere: «Impossibile… un soggetto misterioso… nessuno l'hai mai conosciuto… firmava le condanne a morte… è scomparso da una decina d'anni. Credo che sia morto. Comunque si è ritirato nel Novanta».

«Francesco, approfondisci…» il suo tono era gentile, ma deciso.

«D'accordo, ti farò sapere. Temo che si tratti di una pista senza sbocchi…»

Venerdì 9

59
Un'insolita nebbiolina avvolgeva Viterbo. La cinta delle antiche mura sembrava più alta della realtà, come fosse sospesa

sulla città a ricordarle lontani fantasmi, intrighi papali e nobiliari e guerre medievali.

Verso le otto Italo si rigirò nel letto cercando con la mano il contatto con il corpo della sua donna. Quando si rese conto che lei non c'era, accese la luce e si tirò su. Sul comodino un cartoncino spiegava: «Vado in questura a sistemare alcuni fascicoli urgenti. Chiamami, Marta».

Fu più svelto del consueto nel prepararsi e in mezz'ora fu pronto per uscire. Prima di andarsene, sedette al tavolo della cucina: la moka, sul fuoco, si apprestava a fornirgli il primo caffè bollente della giornata. Prese un block-notes e scrisse un appunto sui passi da compiere per preparare bene la trappola suggerita da Tossi-Toghmil. Poi telefonò a Marta e glielo lesse. Lo esaminarono così, all'apparecchio, prima di darsi appuntamento di lì a poco in procura.

In ufficio, Agrò con la Aletei e Maralioti decise di mettere a punto un piano completo dell'operazione. L'avrebbero discusso con l'esca e con Scuto che avrebbe avuto un ruolo determinante, giacché l'aggancio di Angliesi sarebbe stato tentato a Roma.

Innanzitutto si dovevano avere notizie precise sui movimenti del ministro, in modo da mettersi in moto non appena lui fosse stato nella capitale. Occorreva sapere anche dove avrebbe trascorso quei giorni feriali. Forse, il modo più adatto per avvicinarlo sarebbe stato il contatto con Gabriele Lo Stello, il suo capo di gabinetto, l'uomo al quale si era rivolto Claudio Raminelli del Vischio per iniziare il ricatto. Quanto a Tossi-Toghmil, sarebbe stato meglio trasferirlo, nei giorni cruciali, a Roma. Tuttavia, lo spostamento sarebbe avvenuto solo se Scuto fosse riuscito a trovare un rifugio sicuro. C'erano da definire tempi e luoghi dell'incontro con gli indiziati e da formare una squadra di agenti fidati, gente decisa senza alcuna inclinazione verso il ruolo di Rambo, da impiegare nella trappola.

Il procuratore telefonò a Scuto e gli chiese di raggiungere Viterbo con il suo vice Lignino nel pomeriggio: avrebbero approfondito insieme i particolari dell'iniziativa, prima di allargare la riunione a Tossi-Toghmil.

Quando, verso le sei, la riunione degli investigatori ebbe inizio, una tensione febbrile sembrava essersi impadronita della Aletei e di Maralioti. Agrò, dal canto suo, non smentiva il suo carattere riflessivo e in apparenza freddo.

Quando furono informati dei particolari del progetto, i funzionari romani compresero le ragioni di quell'atmosfera.

Il commissario Scuto conosceva bene il procuratore: si astenne dal manifestare osservazioni e perplessità, certo com'era che tutto era stato già abbondantemente valutato. Con una specie di solennità assicurò la propria piena collaborazione. Voleva fare intendere che il suo era un impegno di amicizia, non semplicemente di lavoro. E sottolineò l'esigenza di un'assoluta segretezza: a Roma era molto difficile mantenere il riserbo, soprattutto in un ambiente aperto al pubblico come la questura. Sconsigliarono il trasferimento di Tossi-Toghmil nella capitale e sottolinearono che sarebbe stato meglio trovare un luogo diverso e appartato per i loro incontri. Un luogo che garantisse il segreto su quanto stavano per fare. Questa considerazione arrestò la discussione per qualche attimo.

Stavano rimuginando sul problema senza trovare la soluzione, quando Lignino ebbe l'idea giusta: «Dottore, ascolti la mia idea: potremmo riunirci a Santa Maria del Popolo. Alcuni entreranno dall'ingresso laterale, quello che porta al convento degli agostiniani. Gli altri passeranno dalla chiesa mescolandosi ai visitatori. Se fosse d'accordo, parlerei con il priore, padre Umberto Scipioni, che è un mio amico».

«Conosco la chiesa, ci sono andato tante volte per vedere e rivedere la cappella Cerasi con i due quadri di Caravaggio, *La crocifissione di san Pietro* e *La conversione di san Paolo*», commentò il magistrato, «può essere una buona idea…»

«Altero, chiama il prete agostiniano», approvò Scuto.

Il priore agostiniano non si fece pregare: acconsentì a trasformare il convento che aveva ospitato illustri sacerdoti, a cominciare da Martin Lutero, in sede dei meeting degli investigatori.

L'esame del piano riprese e continuò sin verso sera, quando Tossi-Toghmil entrò nell'ufficio del procuratore. S'era rimesso a nuovo: sbarbato di fresco e vestito con jeans e maglietta, sembrava un turista in vacanza.

Maralioti gli riassunse la discussione, mentre Agrò masticava un sigaro Toscano.

L'uomo concordò su quanto aveva ascoltato e in particolare sulle modalità di aggancio che gli erano state prospettate: «Claudio Raminelli mi ha descritto bene Gabriele Lo Stello, il suo amico al ministero della ricerca. È un avvocato dello Stato ed è stato consulente di un ministro degli esteri degli anni Ottanta, un socialista intelligente e discusso. Mi ha detto d'essere stato proprio lui a segnalarlo, quando era ancora un oscuro avvocato di provincia, per l'ufficio legale del ministero, per il quale c'era bisogno di un esperto che eccellesse nella stesura di una plausibile dimostrazione a sostegno di una qualsiasi tesi giuridica, anche la più strampalata». Parlava come se avesse sotto gli occhi un rapporto preciso, dimostrando di avere ben memorizzato quanto gli aveva detto il suo compare ambasciatore. «Gabriele Lo Stello sostiene d'essere simile a un juke-box: basta ordinare ed estrae dalla tasca come un prestigiatore la teoria adatta a ogni scopo. Ma sottintende sempre – così mi disse Claudio – che, come il juke-box, per essere attivato ha bisogno di una moneta adeguata: un buon incarico o una lauta ricompensa. L'uomo si è dimostrato all'altezza del compito affidatogli agli esteri. Anzi si è insinuato con astuzia, conquistando la fiducia del ministro che, dopo, se lo portò dietro in tutti i nuovi incarichi di governo. Piccolo e grassoccio, è furbo, furbissimo. È il fare levantino – quella doppiezza che non riesce a nascondere del tutto – che tradisce una precisa predisposizione all'intrigo, mentre la capacità di adulazione, abilmente celata, rassicura l'interlocutore, rendendoselo amico. Un'altra sua debolezza è quella di essere un inguaribile chiacchierone, dalle smodate manie di grandezza. Ogni volta spiega di essere il vero ministro e di riuscire a esercitare sul capo del momento un'influenza totale. È un arrivista, dunque. Si vanta di avere lavorato con quattordici ministri, in diciotto governi di destra, di centro e di sinistra, portando sempre a casa la ghirba: non è stato mai toccato dagli intrighi di cui è stato partecipe. Dietro l'apparenza da sciocco fanfarone, però, è consapevole dei limiti entro i quali deve arrestarsi con le proprie vanterie e con chi invece sfoggiarle senza subirne danno.» Tossi-Toghmil accese una Marlboro e, adocchiata una bottiglia di whisky Glen Livet in un armadietto a vetri, chiese di averne un po'. L'idea conquistò tutti: la Aletei prese del ghiaccio da un piccolo frigobar, Agrò aprì un cassetto della scrivania ed estrasse i bicchieri di carta.

Sorseggiando il liquore, il testimone ricominciò: «Dobbiamo riflettere bene su questo Lo Stello, poiché è la nostra

chiave per avvicinare il ministro. Ho dedicato molta attenzione alle parole di Raminelli su di lui, proprio perché avevo
capito che era non solo la strada giusta, ma anche l'unica via
per avviare il nostro tentativo». Per pudore o per un altro
motivo non aggiunse nessuna specificazione al «tentativo».
«Claudio mi raccontò di avere ben presente il giorno in cui
gli aveva chiesto aiuto per una sede diplomatica e come Lo
Stello, che non poteva aver dimenticato tutto quello che Raminelli aveva fatto in suo favore, avesse finto di volerlo aiutare, senza in realtà muovere un dito.» L'uomo si arrestò, sembrò riflettere prima di chiarire: «Il giorno del contatto tra Raminelli e Lo Stello era quello della partita Italia-Corea del
Sud... dovrei consultare i miei appunti... credo che fosse il
diciotto giugno... Lo Stello gli aveva detto che era stato impegnato tutto il giorno con il ministro per assisterlo nella firma di un compromesso per l'acquisto di una casa a Stresa, sul
lago Maggiore. Il giorno successivo Claudio Raminelli del Vischio era stato ricevuto al ministero. Dopo un abbraccio cauto, giacché Lo Stello – sosteneva Claudio – era noto per la sua
inimicizia per l'acqua e il lezzo di sudore che emanava a qualsiasi ora del giorno, affrontò la questione dicendogli che un
suo amico ceco gli aveva mostrato un dossier e gli dette la fotocopia di un documento dell'Ottantasette con la relativa traduzione in italiano. Gli chiese di darlo al suo ministro perché
lo leggesse. Claudio aveva assunto un atteggiamento sospettoso e smaccatamente cauto per attirare l'attenzione di Lo
Stello, sussurrandogli alla fine: "È un politico e dovrebbe trovarlo di suo specifico interesse". Lo Stello aveva guardato la
traduzione domandandogli: "Disposizione venticinque: versare trentamila dollari sul conto ventitrecinquantuno Narciso
Trombone presso il Credit Suisse di Zurigo. Che vuol dire?"

Raminelli, senza abbandonare il fare misterioso, aveva risposto in modo criptico: "Narciso Trombone è il nome di un fiore bellissimo e profumato. Il resto te lo spiegherà il tuo ministro, se vorrà". Così si concluse il loro incontro.»

Lignino, che sin lì aveva taciuto, intervenne: «Questo avvocato dello Stato l'ho arrestato io per condurlo a Viterbo da lei, dottore. M'è sembrato un tipo borioso, senza sostanza».

«Invece, se esaminasse il suo curriculum, si renderebbe conto che il tipo ha sostanza. Una sostanza sgradevole, certo. Tuttavia non possiamo in alcun modo sottovalutarlo», replicò il magistrato che, rivolgendosi alla Aletei, aggiunse: «Sai dov'è finito Agostino Raminelli?»

«Non voleva farsi vedere in giro e se n'è andato a Kios, nella villa del padre», rispose la commissaria. «Hai bisogno di lui?»

Agrò rimase soprappensiero per qualche attimo, prima di scuotere la testa: «Solo una semplice curiosità».

Sabato 10-giovedì 22

60

I giornali aprivano le loro cronache con la storia dei giri di droga nella «Roma bene». Il «Corriere della Sera» metteva in rilievo che una relazione dei carabinieri ipotizzava come fosse verosimile pensare che un sottosegretario all'economia avesse ricevuto della cocaina da un pusher addirittura nel ministero. Il sottosegretario aveva replicato dichiarando che all'interno di qualche organo di polizia doveva esserci qualche persona deviata.

Marta Aletei non commentò la notizia, mentre, accanto ad Agrò, sfogliava le pagine dei quotidiani. Si limitò a una smorfia che manifestava scetticismo e dissenso. Una volta che ebbe terminato sorseggiò le ultime gocce d'un caffè lungo che aveva nella tazzina e si rivolse a Italo: «Da domani cambieranno le regole per le scorte. L'UCIS, l'ufficio creato a seguito della morte di Marco Biagi per coordinare il servizio, diramerà un codice di comportamento per le persone tutelate. C'è scritto di evitare i luoghi affollati, di ripetere gli stessi percorsi, gli spostamenti improvvisi. Sugli spostamenti improvvisi proprio il contrario di quanto teorizzava Dalla Chiesa, che dell'imprevedibilità dei movimenti aveva fatto la sua arma vincente. Tanto è vero che quando cessò di seguire la regola venne ammazzato con la moglie. Ti consegno una copia della nuova normativa, ti può servire».

Lui dette una scorsa al documento e lo ripose nella pila delle carte da esaminare che troneggiava sul lato sinistro della scrivania. Telefonò a Scuto e gli confermò che di lì a poco sarebbe partito per Roma con i suoi collaboratori. La riunione di quel giorno, infatti, si sarebbe tenuta nella capitale, in modo da completare il piano d'azione dopo avere verificato i luoghi nei quali si sarebbero svolte le sue varie fasi. Un elemento di incertezza aleggiava sugli inquirenti e riguardava la reazione da parte di Lo Stello, Manicotti e Angliesi alle proposte di Tossi-Toghmil, sia sulle modalità sia sui posti degli incontri che sarebbero stati prospettati.

Durante il viaggio verso la capitale, Marta all'improvviso ruppe il silenzio: «Stamattina ho avuto il rapporto completo sulla proprietà delle "Ore di Viterbo" e del "Picconatore". Editori dei due fogli sono due associazioni civiche composte da persone sconosciute. I medesimi personaggi per le due associazioni. Unica è la sede di entrambe: un garage di proprietà dell'avvocato Del Prete. Un'autorimessa trasformata in ufficio: scrivania, un vecchio computer e qualche sedia scomoda, di quelle che a casa non si usano mai. L'ispettore Pergolizzi ha fatto in modo di parlare con qualcuno dei soci. Senza parere, ha intavolato discorso e ha saputo che il finanziatore di tutto è proprio Cassio Del Prete, esponente del partito di maggioranza...»

«...E amico di Bastiano Angliesi e di Mario Manicotti...» l'interruppe Agrò. «Tutto quadra e si lega.»

La ragazza si mise a ridere: «Furbi, furbi... ma in fondo un po' coglioni...»

Verso le undici furono in piazzale Flaminio. Qui il procuratore ordinò all'autista di fermarsi e di aspettarli nella piazza della Ferrovia Roma Nord. A piedi, lui Marta e Girolamo attraversarono Porta Flaminia, salirono la breve scalinata ed entrarono in Santa Maria del Popolo. Prima di avviarsi verso la sagrestia, il giudice volle soffermarsi davanti alla Cappella Cerasi per rivedere le opere di Caravaggio.

Dopo qualche minuto, furono in sagrestia. Qui li aspettava un giovane frate filippino che li accompagnò al primo piano del convento, nella sala che veniva usata come refettorio. Scuto e Lignino erano già lì con Tossi-Toghmil, che era stato accompagnato in macchina sino all'ingresso laterale.

Gli inquirenti e il testimone iniziarono a ridiscutere il piano che stavano mettendo a fuoco.

Il lavoro andò avanti sino al pomeriggio. Su un tavolo un frate filippino aveva disposto un vassoio con tramezzini, alcune bottiglie d'acqua minerale e un cestello con il ghiaccio. L'ispettore Truglio, che era il segretario di Scuto, di tanto in tanto compariva con delle tazzine di caffè che andava a prendere al vicino bar Rosati.

Verso le cinque decisero di lasciare Santa Maria del Popolo per visitare i luoghi che erano sembrati adatti per mettere in esecuzione la trappola: solo due di essi sarebbero stati scelti. Il migliore come prima opzione, l'altro come soluzione di riserva.

Disturbati da un violentissimo temporale che aveva colpito le zone centrali di Roma, riuscirono comunque a compiere le visite che avevano in programma e a scegliere i posti più adatti.

Erano le nove di sera quando il gruppo si sciolse dandosi appuntamento per i giorni successivi a ferragosto. Lo Stello, Angliesi e Manicotti erano stati posti sotto un controllo discreto, per consentire agli investigatori di agire quando fossero rientrati a Roma.

Italo e Marta, prima di ritirarsi nella casa di piazza Adriana, cenarono nella trattoria ebraica Yotvata, in piazza Cenci, al centro dell'antico Ghetto.

L'indomani, domenica, dovevano partire per Acquapendente, dove intendevano trascorrere una decina di giorni. Avevano scelto quella località non molto lontana da Viterbo per essere pronti a tornare di volata, se fosse sopravvenuta qualche emergenza o qualche novità importante.

Italo preparò la sua valigia, mentre lei sonnecchiava ancora.

La radio, a basso volume, riferiva di allagamenti al Nord, di code e di incidenti sull'Autostrada del Sole.

Partirono verso le undici e raggiunsero Viterbo in poco più di un'ora. Qui Marta sistemò i suoi bagagli in un borsone e ripresero il viaggio. Pranzarono a Bolsena, da Picchietto, e furono all'Aquila d'oro di Acquapendente nel primo pomeriggio.

Avevano un po' più di una settimana per riposare in intimità, per qualche gita e per qualche fugace riapparizione a Viterbo, spettrale come tutte le città nel periodo del solleone.

La tranquillità di quelle giornate, lontano dai luoghi più frequentati, non fu turbata da alcun imprevisto. Evitati i festeggiamenti per sant'Ermete, patrono della cittadina, iniziati dopo il loro arrivo, si dedicarono a se stessi. Discussero spesso della trappola che intendevano preparare e misero a fuoco ogni possibile variante e imprevisto. Agrò compilò un nuovo completo pro memoria da esaminare insieme agli altri investigatori e a Tossi-Toghmil.

In quei giorni, Marta fu costretta a seguire il caso singolare di un ignoto maniaco dedito ai furti di biancheria intima a danno delle signore di Tarquinia. Si tenne in contatto telefonico con la questura e con i suoi colleghi, dando qualche suggerimento.

Martedì venti parteciparono a uno dei concerti del Festival del Barocco che si teneva nel castello Rospigliosi di Vignanello, il cui pezzo principale era la composizione di Händel dal titolo *L'arte dell'arco*. Quando, finita l'esibizione, gli spettatori si trasferivano in piazza per assistere ai fuochi d'artificio, Marta e Italo risalirono in macchina e rientrarono in albergo.

Un giorno arrivò al procuratore una telefonata del colonnello Duro: «Volevo sapere se hai novità… sto partendo per Cipro – solo un week-end, purtroppo – …se mi cercherai… se hai bisogno di qualcosa… me lo devi dire subito, in modo che io possa mettermi in moto prima di andarmene…» Lui, infastidito da quella che giudicava una premura eccessiva, lo rassicurò dicendogli che tutto andava bene e che non aveva bisogno di niente.

Il loro breve riposo ebbe così termine: un veloce passaggio da Viterbo e un paio di giorni a Roma, spesi insieme a Scuto e a Tossi-Toghmil per mettere a punto gli ultimi particolari dell'operazione, li riportarono al febbrile clima dei giorni cruciali di ogni indagine.

Venerdì 23-lunedì 26

61

Stavano completando la preparazione, quando Marta, nella notte del ventitré, venne chiamata dalla questura di Viterbo. Una telefonata concitata, alla fine della quale lei spiegò a un Italo ancora insonnolito: «Uno sconosciuto è stato assassinato… l'hanno trovato in un'automobile in prossimità di un night club, i Cigni, di Ronciglione. Debbo andare».

«Vengo anche io, voglio vedere e cercare di capire…» le rispose Agrò.

Poiché erano a Roma, presero la macchina del magistrato e si diressero a Ronciglione. Non appena furono sul posto e iniziarono a esaminare il cadavere, Marta Aletei impallidì e gridò per la sorpresa.

La vittima era l'ispettore Igino Pergolizzi e si trovava in condizioni imprevedibili: era vestito da donna e un trucco pesante aveva impedito sin lì l'identificazione. Era stato strozzato con un cavo elettrico e abbandonato.

C'era ancora qualcuno nel night e Agrò decise di interrogarlo subito. Il primo, uno dei gorilla che vigilavano all'ingresso, quando vide la salma gridò: «Chicco Banana!»

Ci volle poco per sapere che il posato ed efficiente ispettore Pergolizzi, truccato in modo da essere irriconoscibile, di tanto in tanto frequentava i Cigni con il nome d'arte di «Chicco Banana». S'era legato a un giro di omosessuali tra i quali riscuoteva un particolare successo per le doti amatorie e per le dimensioni dello strumento di cui era dotato.

C'era un ampio terreno da arare intorno a questo delitto.

Terminati i primi interrogatori, il giudice ordinò la rimozione del cadavere e il trasporto all'ospedale Bel Colle per l'autopsia.

La perquisizione del piccolo appartamento da single di Viterbo nel quale viveva Pergolizzi rivelò che l'ispettore conduceva in segreto una doppia vita. Ben celati a un normale visitatore c'erano indumenti femminili e fotografie compromettenti, nelle quali era ricorrente l'immagine di un giovane ritratto in abiti eleganti, in abiti femminili e completamente nudo. C'era da identificarlo, poiché tutto faceva ritenere che fosse l'amico fisso della vittima.

Interrogando di nuovo il personale dei Cigni, gli inquirenti ebbero la conferma che lo sconosciuto era il fidanzato di Pergolizzi, ma non riuscirono a compiere passi avanti nella sua individuazione. Decisero di allargare le ricerche ad altri locali della provincia e delle province limitrofe, partendo da quelli gay. E, alla prima sortita nel club di Capalbio Garofani verdi, scoprirono che era quello il posto dove almeno una volta la settimana l'ispettore e il suo amico si esibivano partecipando a gare di danza sudamericana e tango.

Il venticinque ebbero il risultato dell'autopsia: Pergolizzi era stato strozzato con un cavo elettrico, ma con ogni probabilità non si era accorto di nulla, essendo sotto l'effetto di una forte dose di cocaina. Le analisi mostravano che l'uomo soffriva proprio di una tossicosi da cocaina di cui non poteva non essere abituale consumatore, tenuto conto dello stato del fegato e delle arterie.

Marta Aletei sembrava subire ogni passaggio delle indagini come un colpo personale: aveva lavorato alcuni anni a fianco dell'ispettore di polizia, non si era accorta di nulla e si rimproverava aspramente considerandosi colpevole per avere mancato nella necessaria vigilanza.

Finalmente, dopo diversi interrogatori di frequentatori del Garofani verdi, Agrò ebbe la chiave per rintracciare l'amico di Pergolizzi. Un testimone disse di sapere che l'uomo si chiamava Giulio ed abitava a Roma, in corso Trieste. L'aveva incontrato lì più volte casualmente. Avevano preso l'abitudine di prendere un caffè insieme e, una volta, avevano anche mangiato una pizza alla Mezzaluna, il ristorante di piazza Ledra. Messo alle strette, il teste ammise di avere avuto una relazione con Giulio e di sapere che lavorava in centro, vicino a via Bissolati.

L'uomo venne atteso nella serata tra la domenica e il lunedì sotto casa e crollò subito, ammettendo d'essere l'assassino. Dichiarò d'essere un militare e di prestare servizio al CESIS, l'ufficio di coordinamento dei servizi segreti.

Quando ascoltò le rivelazioni di Giulio Gambini, Agrò divenne cauto: ordinò che fosse custodito in assoluto isolamento da una squadra di agenti di fiducia della Aletei e vigilato giorno e notte. E volle che sulla cattura fosse mantenuto il segreto. Anche le generalità dell'arrestato vennero tenute segrete. Nei registri di Mammagialla l'uomo venne indicato come Goran Baric, cittadino croato, vagabondo sospettato di furto.

Il lunedì ventisei, quando ebbe terminato con il misterioso amico di Pergolizzi, mentre mangiava un panino con Marta nel bar Neri di piazza Fontana Grande, Italo le confidò i suoi sospetti: «Quelle che abbiamo ritenuto insufficienze di Pergolizzi, potrebbero essere comportamenti indotti dal suo compagno e amante. Non escludo che questo dal suo ufficio del CESIS abbia favorito gli assassini di Claudio Raminelli e di sua moglie Hàlinka. Presto chiariremo tutto, ma per il momento non intendo uscire allo scoperto con nessuno, nemmeno con Gambini».

La Aletei concordò, sempre più preoccupata per quello che sarebbe potuto venir fuori sulle attività e sui comportamenti di Igino Pergolizzi.

Martedì 27

62

«Vorrei parlare con l'avvocato Gabriele Lo Stello», disse Aldo Tossi alla segretaria del capo di gabinetto del ministero della ricerca.

«Chi parla?» domandò quella.

«Mi chiamo Adel Toghmil, ma il nome non dirà nulla all'avvocato», rispose l'uomo. «Gli dica che sono il migliore amico di Claudio Raminelli del Vischio e che telefono a nome suo…»

Durante l'attesa, nell'apparecchio risuonarono le note di un motivo dei Beatles, *Yellow Submarine*, una musica del tutto inadatta a un ministero, in sintonia però con l'atmosfera che si respirava nella capitale – yuppismo e allegria, soldi facili e affarismo. Poi, passato qualche minuto, Tossi sentì una voce maschile: «Pronto, chi parla?»

«Sono Adel Toghmil, dottor Lo Stello, il migliore amico di Claudio Raminelli. Vorrei parlarle a suo nome...» ripeté Toghmil.

«Vediamoci, Adel», la voce di Lo Stello era nervosa, a scatti. Al telefono si percepiva con chiarezza il suo respiro affrettato.

«Mi dica dove, avvocato...» domandò Aldo.

«Un posto tranquillo, riservato...» L'avvocato dello Stato fece una pausa come se stesse pensandoci e di tanto in tanto inspirava forte, come per riprendere fiato. E aggiunse: «La caffetteria del museo Borghese, a villa Borghese, tra mezz'ora».

«Ci sarò. Mi riconoscerà perché avrò "l'Unità" in mano.» Adel-Aldo andava al pratico.

«No, "l'Unità" no. Si metta in mano "Il Giornale".» Anche in questa situazione Lo Stello non perdeva il vizio di temere di compromettersi mostrandosi con gente di sinistra.

«Vada per "Il Giornale"», confermò Toghmil, «tra mezz'ora.» Riagganciò il telefono e si guardò intorno. Era nel refettorio del convento agostiniano di Santa Maria del Popolo con il commissario Lanfranco Scuto, Marta Aletei, Italo Agrò, Girolamo Maralioti e Altero Lignino, il vice di Scuto. Agrò e la Aletei avevano ascoltato tutta la conversazione con due apparecchi collegati al suo.

«Procediamo», ordinò il procuratore. «Secondo lo schema concordato: la dottoressa la pedinerà, mentre il dottor Altero Lignino, con due uomini della squadra mobile, eseguirà il contropedinamento. Siamo tutti collegati via radio. La sua radio, Tossi, è sistemata bene?» Non riusciva a chiamarlo con il nome ceco.

L'uomo mostrò la minuscola trasmittente digitale nella giacca e il microfono appoggiato dentro la tasca.

«Si abbottoni e proviamo di nuovo.» Il giudice non voleva che quella rischiosa operazione fallisse per un particolare, sia pure insignificante.

Ogni cosa funzionò a dovere e anche il furgone d'appoggio, che si sarebbe sistemato all'inizio del viale del museo, confermò che l'ascolto era perfetto.

Tutti si mossero. Agrò, Maralioti e Scuto entrarono in quel medesimo furgone e si avviarono verso Villa Borghese; gli altri raggiunsero via Po con due anonime macchine-civetta. Qui Toghmil venne fatto scendere e scattò immediatamente il doppio pedinamento.

L'esca assunse un'andatura da passeggiata. Raggiunse via di Porta Pinciana e imboccò il percorso pedonale che portava alla Galleria Borghese. Venne subito agganciato: un uomo di mezza età che sembrava stesse prendendo il sole, seduto su un masso di marmo bianco, al suo passaggio si alzò e prese a seguirlo. Di certo una delle persone a lista-paga di Angliesi.

La funzionaria di polizia si venne a trovare fra Tossi e il seguio di mezza età. Era evidente che quest'ultimo avrebbe potuto rendersi conto della protezione di cui godeva la preda.

Il vibratore del cellulare si mosse nella tasca della donna: era il segnale che c'era qualcuno dietro di lei. Allora la donna si arrestò, abbandonando l'italo-ceco. Un altro poliziotto si incollò alla preda e al pedinatore.

La ragazza guardò l'orologio come se aspettasse qualcuno e si diresse verso il giardino pubblico.

Dopo un attimo Adel scomparve nel pianterreno del museo e si diresse alla caffetteria. Dovette attendere un quarto d'ora con «Il Giornale» in mano prima che un tipo basso e grassoccio gli si avvicinasse. Aveva la fronte imperlata ed emanava un acuto lezzo di sudore.

L'uomo sembrava impaurito e si girava intorno come se volesse controllare che nessuno di sua conoscenza fosse da quelle parti. Il timore dell'incontro con Tossi e di essere notato da qualche curioso era evidente. Quando furono vicini, prese per un braccio l'italo-ceco, lo condusse al bancone del bar e, senza sentire cose volesse, chiese due caffè. Aveva già lo scontrino in mano.

"Dato che non hai fatto la fila, qualcuno l'ha fatta per te…" pensò l'italo-ceco. "Nonostante la presunta furbizia, sei un vero coglione, aveva ragione Claudio…"

Lo Stello si avvicinò all'orecchio di Adel e gli sussurrò: «Un amico la vuole vedere presto, al più presto. In un posto discreto… la discrezione è importante… importantissima. Ed è lui che la incontrerà…» Con quel «lui» si riferiva ad Angliesi, il ministro alla cui ombra si erano consumati almeno due omicidi. L'avvocato dello Stato sudava copiosamente. La fronte era bagnata e una nuova zaffata di sudore si unì a quella che già gli impregnava gli indumenti. «Questa sera, alle nove e mezzo al ristorante Antica Dogana. È giorno di chiusura, ma c'è una saletta riservata. Chieda di Alfredo.»

«Va bene», annuì Toghmil, che non aspettò il caffè e se ne andò. Riprese la via di Porta Pinciana e si diresse verso il parcheggio sotterraneo, poco più avanti.

Scese alcune rampe di scale sino a raggiungere il livello C, dove era parcheggiata la sua Skoda. Percorse pochi metri e, invece di salire sulla propria automobile, sparì in un furgoncino Fiat Panda. L'interno era nascosto dal metallo che ricopriva le vetrate. Un attimo dopo comparve il segugio. Si guardò intorno: non riuscì a vederlo. Aspettò dieci minuti, un quarto d'ora, mezz'ora. Pensò di averlo perso. Rinunciò a ritrovarlo e, indispettito, si allontanò per telefonare.

Il furgoncino si mise in moto e muovendosi piano piano uscì, riportando Adel-Aldo nel segreto nascondiglio di Santa Maria del Popolo.

63

Il ristorante Antica Dogana era sul lungotevere sotto alla via Olimpica. Era un vecchio casello idraulico con giardino, un locale molto alla moda che un tempo si era chiamato Cuccurucù.

Con discrezione, numerosi agenti delle squadre omicidi di Roma e di Viterbo, mobilitati per l'operazione, appena calò la sera, si schierarono ai loro posti e si mimetizzarono con cura.

Alle nove e quaranta, Aldo Tossi, *alias* Adel Toghmil, parcheggiò la sua anonima Punto, presa a noleggio, a qualche metro dall'ingresso del locale. Scese e si fermò. Il suo atteggiamento ostentava incertezza e timore. Nel frattempo esaminò il posto. Non vide nessuno. Prese quindi la direzione del ristorante, trovò il cancello socchiuso e lo varcò. Era buio pesto. Come prevedeva il piano, non accese la piccola torcia tascabile che aveva con sé. Aveva percorso una decina di metri nel giardino del locale, non di più, muovendosi a tentoni, quando intravide qualcuno uscire da una siepe, sulla destra.

Toghmil ristette di nuovo incerto, finché non capì che il chiarore della via Olimpica alle spalle lo metteva in evidenza. Così, per attenuare la propria esposizione, si accostò verso il medesimo lato destro, appiattendosi contro la siepe. Udì il rumore soffocato di un colpo sparato da una pistola con silenziatore e sentì violento il proiettile attraversargli la giacca per finire contro il gilet antiproiettile che aveva indossato in questura.

In quel preciso momento la voce del commissario Scuto gridò: «Altolà, polizia!»

Venne accesa l'intensa illuminazione del giardino. E gli agenti accesero le lampade tascabili.

Mario Manicotti lanciò lontano da sé la pistola e tentò di fuggire verso il fiume. Inseguito da alcuni agenti, dopo qualche strattone fu costretto ad arrendersi.

Ammanettato, venne condotto dinnanzi ad Agrò. L'uomo schiumava rabbia e, immaginando un assedio di fotografi e cronisti, tentava di coprirsi il volto con la giacca. Il magistrato, dati i gravi rischi dell'operazione, aveva evitato qualsiasi messa in scena a beneficio di televisioni e di giornali. Tutto sarebbe stato scritto in un comunicato che avrebbe diramato l'indomani mattina, non prima dell'interrogatorio dell'arrestato. Ordinò agli agenti di Viterbo che avevano partecipato all'operazione: «Procedete come vi ha comunicato la dottoressa Aletei: isolamento a Mammagialla».

Dopo che la macchina con Manicotti e la scorta ebbe lasciato il lungotevere, gli inquirenti si trasferirono nella questura di Roma per commentare l'epilogo appena vissuto. Con bicchieri di carta colmi di caffè, la tensione si sciolse permettendo una coerente interpretazione dei vari passaggi dell'inchiesta. Il puzzle era ricomposto.

La presenza di Mario Manicotti lì e il suo tentativo di assassinare l'italo-ceco Aldo Tossi, infatti, confermava in pieno l'ipotesi paradossale, eppur veritiera, che un ministro della

Repubblica, per scongiurare la rivelazione di un segreto inquietante sul proprio passato di spia del blocco sovietico, si fosse trasformato nel mandante dell'omicidio dei coniugi Raminelli. E la rischiosa trappola immaginata e realizzata dal procuratore di Viterbo aveva funzionato, mettendo in evidenza una connessione criminale, altrimenti difficile da dimostrare.

L'arresto di Mario Manicotti suscitò un gran clamore politico e le reazioni furono, come sempre, d'ogni genere. I giornali di opposizione misero in risalto la gravità dei delitti – concorso in duplice omicidio premeditato e tentato omicidio – dei quali Manicotti era accusato. I fogli governativi, viceversa, attaccarono l'inchiesta e in particolare Agrò. Tornarono sulla vecchia pista del rumeno Rudescu e sollevarono dubbi sulla liberazione di Agostino Raminelli.

In questo turbinio di polemiche, non mancarono gli accenni malevoli e scandalistici riguardo alla storia d'amore fra il giudice e la commissaria.

Camilla Biondo, la giornalista di «Repubblica», si occupò della notizia, sulla quale aveva lavorato sin dall'inizio delle indagini sull'omicidio dei coniugi Raminelli, e ora non voleva perdersi la clamorosa svolta che avevano preso le indagini. Con l'aiuto del capo della procura intendeva chiarire i termini dell'inchiesta. Era solo necessario che questi facesse un passo in avanti e le spiegasse quei particolari che le risultavano oscuri. Lo aveva cercato più volte in quelle ore, senza riuscire a parlargli. Indispettita, fu costretta a scrivere un pezzo senza particolari ed esclusive rivelazioni. Evitò tuttavia di attaccarlo nella speranza di riuscire a sapere da lui ciò che mancava a una ricostruzione precisa della vicenda.

Il giorno successivo, l'arresto di Gabriele Lo Stello per concorso in omicidio risultò ancora più clamoroso, sia perché due collaboratori strettissimi del ministro Bastiano Angliesi venivano assicurati alla giustizia e accusati di omicidio, coinvolgendo indirettamente il loro capo, sia per le modalità della cattura. L'avvocato Gabriele Lo Stello era scomparso dalla sera del progettato incontro di Aldo Tossi con il ministro Angliesi ed era stato rintracciato nel piccolo convento occupato dalle monache che fungevano da infermiere nella clinica di un suo cognato. Una telefonata dal cellulare lo aveva tradito. La polizia aveva raggiunto la palazzina delle suore e aveva effettuato un'accurata perquisizione, trovandolo nascosto nell'interno di un profondo guardaroba, tra cumuli di tonache e di arredi sacri.

Mercoledì 28

64

Francesco Duro chiamò verso le sette. Agrò rispose subito, insonnolito e sorpreso.

«Italo, ho una identificazione di Ulisse, buona all'ottanta per cento», gli fece il colonnello. «Ulisse altri non era che Aldo Tossi, cioè il ceco Adel Toghmil, ed è stato assassinato ad Amburgo ieri pomeriggio. Un regolamento di conti tra ex spie, immagino. Sono sorpreso anch'io: Ulisse era un soggetto misterioso e si dubitava della sua esistenza fisica. E nessuno aveva mai potuto immaginare che Ulisse e Toghmil fossero la stessa persona. Abbiamo scoperto tutto per merito del Mossad che ha rilevato l'omicidio di ieri e ha chiarito il mistero. Vedrai tutta la storia sui giornali… e io ti manderò un rapporto completo entro un paio di giorni… ciao.»

Il procuratore rimase di sasso: l'italo-ceco l'aveva fregato. Si era liberato del pericolo Angliesi e, una volta a Praga, aveva ripreso i suoi ricatti, rimettendoci la pelle. Disse un asciutto «Grazie» a Duro e si preparò a uscire.

Quel giorno c'era in programma la decisione più delicata: l'inoltro della richiesta di autorizzazione a procedere nei confronti del deputato Bastiano Angliesi, ministro della ricerca. L'androne dell'ufficio era occupato da decine di giornalisti e fotografi che stazionavano lì ormai da qualche giorno. Anche se una cortina di riserbo era stata stesa sulla vicenda, la sua gravità era trapelata e tutti si attendevano qualche eclatante colpo di scena. Erano presenti anche alcune troupe televisive italiane e straniere. Tra di esse spiccava la postazione della CNN con il suo inviato, un giovane di origine italiana che si muoveva come fosse a casa propria: aveva conquistato la posizione più vicina alle scale in modo che nessuno dei personaggi dell'ufficio potesse sfuggirgli.

Linosa, il Gip, dopo un'interminabile riunione con gli investigatori, decise di andare avanti seguendo il consiglio del procuratore, ovvero non scoprire le carte sul tema dello spionaggio, bensì chiedere l'autorizzazione a procedere all'arresto dell'onorevole Bastiano Angliesi, ministro della ricerca, per la protezione assicurata al segretario Manicotti e l'intralcio al normale corso della giustizia e per i tentativi di inquinare le prove. Agrò, in tal modo, non intendeva rivelare gli elementi di incriminazione più pesanti, per riservarsi di metterli sul piatto al momento più opportuno. Alle due, Linosa firmò e, con una macchina della questura, la richiesta fu inviata alla Camera dei deputati.

Il pubblico ministero si diresse verso la propria stanza.

Nell'anticamera, insieme a Doberdò, lo aspettava Grazia Bastanti, la sostituta che era stata estromessa dall'inchiesta.

«Voglio parlarti», gli sussurrò con un filo di voce appena vide che stava attraversando l'ingresso. Era pallida e agitata, si toccava in continuazione un lembo della camicia.

«Prego, vieni.» Lui, gelido, sembrava a una distanza abissale.

Quando furono soli, la dottoressa Bastanti, per celare l'imbarazzo, tossì. Poi, estrasse dalla tasca una lettera e gliela porse. Mentre la stava per aprire, Grazia sbottò: «Per onestà e senso del dovere debbo chiederti scusa. Scusa a te e alla tua compagna, con la quale parlerò appena sarà possibile avere mezz'ora di tranquillità. Avevi ragione tu, sulla vicenda Raminelli, e io non avrei mai potuto arrivare a un intreccio così complesso... Vorrei riprendere la collaborazione senza preconcetti... preconcetti indotti dalle chiacchiere che mi avevano fatto sul tuo conto... questo c'è scritto nella lettera, leggila con calma».

Stupito per quella imprevista confessione, girò intorno al tavolo e le si avvicinò. Parlò piano anche lui per dirle: «Grazie...» e le strinse la mano.

Nel frattempo la notizia della decisione di chiedere l'autorizzazione a procedere era filtrata: un cancelliere del tribunale si era lasciato scappare l'indiscrezione e l'assalto dei giornalisti divenne inarrestabile.

Agrò fu costretto a improvvisare una conferenza stampa, addirittura sulle scale della procura. Si fermò sul primo pianerottolo e rispose in modo pressoché sibillino alle domande. Lo avevano seguito e si erano messi al suo fianco Girolamo Maralioti che, per l'occasione, imitandolo, sfoggiava un sigaro Toscano spento tra le labbra, e Marta Aletei, nervosa ed emozionata. Poco più indietro e su sua richiesta, c'era Grazia Bastanti che, con la propria presenza, intendeva testimoniare il superamento di ogni dissenso e contrasto nella piccola procura.

«Conferma che avete richiesto l'autorizzazione a procedere nei confronti del ministro Bastiano Angliesi?» chiese un primo cronista.

«Non confermo né smentisco», dichiarò il giudice. «Siamo nell'ambito di un procedimento penale e io sono abituato a spiegare esiti e conclusioni, non atti endoprocedimentali.»

La dichiarazione venne considerata una conferma, così un altro giornalista pose un nuovo quesito: «State esaminando un caso di reato ministeriale?»

La domanda, sottile, intendeva costringerlo a un'ammissione compromettente. Se, infatti, in qualche modo la richiesta di autorizzazione a procedere sfiorava il reato ministeriale, gli uffici giudiziari di Viterbo prima o dopo sarebbero stati costretti ad abbandonare l'inchiesta per incompetenza.

Il capo della procura non cadde nella trappola: «In questa inchiesta non mi sono imbattuto in reati definibili come reati ministeriali, cioè compiuti da un soggetto in quanto ministro della Repubblica. Sto trattando il caso di due omicidi commessi a Viterbo, in via del Macel gattesco. Un terzo assassinio, avvenuto in località Commenda, fa parte della medesima indagine. Niente di più, niente di meno».

Il ping-pong tra il pubblico ministero e gli inviati durò per oltre un'ora e, anche se non compromise le posizioni dell'ufficio giudiziario, dette al pubblico la chiara sensazione che il cerchio intorno ad Angliesi si fosse ormai stretto.

Il giorno seguente la polemica si arroventò e gli attacchi al procuratore della Repubblica di Viterbo divennero forsennati. Era infatti venuto fuori il ruolo che Aldo Tossi *alias* Adel Toghmil *alias* Ulisse aveva svolto nella vicenda e la circostanza che la procura di Viterbo l'aveva avuto tra le mani e se lo era lasciato sfuggire.

Ma Agrò scacciò ogni tentazione di replicare e si dedicò ad altri processi recandosi di persona in udienza. E il nugolo di giornalisti che era convenuto a Viterbo lo seguì sperando in una battuta, un'imprevista rivelazione e sorprendendo giudici, avvocati e imputati che discussero le loro cause senza importanza ripresi da televisioni nazionali e straniere. Anche l'avvocato Del Prete colse il suo momento di celebrità, difendendo con passione un imputato del furto di due automobili. Perse il controllo della propria oratoria e si rivolse al giudice dicendogli: «Vostro onore...»

Il magistrato scoppiò a ridere mentre gli rispondeva: «Avvocato Mason, non siamo a Dallas, ma a Viterbo...»

A sera, cenando in casa di Marta – dovevano evitare di girare per ristoranti in quei giorni cruciali – le confessò, sfiduciato per il tono delle notizie che arrivavano da Roma, di dubitare che il topo Angliesi finisse effettivamente in trappola.

Verso mezzanotte, il magistrato ricevette una telefonata del direttore di Mammagialla: Giulio Gambini, detenuto sotto il nome di Goran Baric, s'era suicidato un'ora prima, non di più, nonostante la vigilanza speciale alla quale era sottoposto. Un suicidio insolito: era coricato nel suo letto e aveva introdotto la testa in un sacco di plastica, chiudendolo ermeticamente con un nastro adesivo.

Stanco e sfiduciato chiamò Girolamo Maralioti e lo pregò di occuparsi dell'indagini.

Martedì 3 e mercoledì 4

65

Ettore e Laura Agrò arrivarono nella tarda mattinata, trovando Viterbo invasa dai turisti. Il trasporto della macchina di santa Rosa era previsto per la serata e già le strade del centro storico erano state chiuse al traffico. Lasciarono i bagagli e la loro auto al Minihotel e raggiunsero Italo in procura. Non erano mai andati nel suo ufficio ed erano intimiditi dalla solennità del luogo e dall'apparato di sicurezza che presentava.

Il magistrato aveva previsto di portarli a colazione ai Tre Re, una piccola trattoria sotto piazza delle Erbe, abbastanza vicino alla questura, in modo che anche Marta potesse aggregarsi al gruppo. Poiché tardava, ordinarono da mangiare. Notarono che la gente li osservava e qualcuno arrivava a indicare il giudice.

Uno sconosciuto si alzò dal suo tavolo e si avvicinò: «Dottor Agrò, bravo, complimenti... ho letto sui giornali...» Parlava a voce alta accompagnato dal brusio generale. Quando terminò, una specie di applauso si levò nella sala.

Imbarazzato, Italo fece un segno con la mano, per ringraziare e invitare a smettere. Lo strepito si arrestò.

Marta fu con loro dopo le due e si scusò del ritardo: «C'è stata una rapina all'ufficio postale di Tre Croci... abbiamo identificato i due malfattori... li prenderemo entro stasera...» Era trafelata. Bevve un bicchiere d'acqua e continuò: «La festa di santa Rosa è una specie di congresso dei borseggiatori di tutta l'Italia centrale con una partecipazione straordinaria della scuola napoletana che, in materia, ha una specie di riconosciuto primato. E io, come tutti i miei colleghi, sono di servizio sino a tardi. Prenderò soltanto una fetta di crostata: per voi ogni cosa è combinata, Italo sa come farvi da guida». Mangiò il suo dessert, consegnò tre copie dell'opuscolo informativo «Il cuore della città», redatto dalla cooperativa Girolamo Fabrizio, bevve un caffè e sparì.

Gli altri finirono con calma il loro pranzo e si diressero verso la Rocca dell'Albornoz e la chiesa di San Francesco. La prima era stata costruita dal cardinale Albornoz, reduce dalla Sicilia e dalle edificazioni di Erice, prima che si trasferisse a Spoleto e vi realizzasse l'altra Rocca che porta il suo nome. San Francesco era un tempio romanico con grandi influssi gotici che prefigura, in una dimensione contenuta, la basilica di Santa Chiara a Napoli.

Italo raccontò che la sera prima, nella sala delle conferenza della Camera di commercio, Travaglio, Barbacetto e Gomez avevano presentato il libro *Mani pulite* alla presenza dell'avvocato Vincenzo Siniscalchi, deputato DS, e di Antonio Di Pietro. Sottolineò che il volume era fondato su documenti giudiziari e, quindi, era difficilmente contestabile: «La memoria della gente è molto fragile e, per questo, è un bene che la memoria del passato recente non sia dispersa. Leggendo alcuni giornali sembra che Mani pulite sia stata una sorta di cospirazione contro un ceto politico specchiato e senza colpe. Invece… quanto è successo era conseguente a una degenerazione dei partiti, a una caduta del livello etico della vita pubblica e, soprattutto, a un sistema di corruzione diffusa e capillare che partiva dai leader romani e finiva ai capi-bastone dei più piccoli paesi. E, in questo, Craxi reca una responsabilità precisa. Per contestare il potere democristiano e quello comunista, ha tentato di intercettarne i finanziamenti e, attraverso il denaro, acquisire una innaturale centralità politica».

«Sei proprio convinto che questa sia la storia?» gli domandò Ettore. «O non piuttosto un concorso di fattori, tra i quali il pregiudizio antisocialista ha giocato un ruolo determinante?»

«Più che di pregiudizio poteva trattarsi di una constatazione. In ogni caso di corruzione saltava fuori un importante referente socialista…» osservò il magistrato. «Sembrava che la scelta di interrompere i flussi finanziari di altre forze politiche spingesse i quadri socialisti a un assalto alla diligenza mai visto. Non credo che prima di Craxi non ci fosse corruzione. Ma credo che mai, prima di lui, un partito si sia trasformato in una organizzazione volta al reperimento di quattrini per l'organizzazione e per i suoi uomini…»

Il fratello non sembrò convinto e, rinunciando a discutere, gli chiese di visitare il quartiere medievale di San Pellegrino.

Mentre attraversavano piazza della Morte, quella nella quale nel Medioevo erano giustiziati eretici e comuni delinquenti, incontrarono l'avvocato Cassio Del Prete. Dopo le presentazioni, questi si fece cauto e si guardò intorno prima di comunicare a bassa voce al giudice: «Ha saputo?»

Quando Agrò rispose negativamente, Del Prete proseguì:

«Ieri notte l'onorevole Rodolfo Gigli è stato male. Forse un attacco di cuore. L'hanno portato all'ospedale di Montefiascone e da qui al Gemelli in elicottero. Lo deve avere incrociato in qualche cerimonia: è il più influente leader di Forza Italia, scuola democristiana, anzi andreottiana».

E poiché il procuratore non diede segno d'una particolare reazione, l'avvocato aggiunse: «Qui a Viterbo non sono pochi quelli che si fregano le mani, sia per antipatia che per vero e proprio sciacallaggio. Se Gigli si ritirasse, si riaprirebbero tutti i giochi. Lei, che è un politico, mi capisce…»

Il magistrato fu preso dall'irritazione: «Premetto che io non sono un politico, se vuole, soltanto un ottuso applicatore delle leggi di questo Stato e dico ottuso perché non mi pongo problemi politici nell'applicare quelle leggi. Le ricordo che svolgo le funzioni di procuratore della Repubblica a Viterbo e, per la carica, pretendo rispetto. La richiamo ai suoi doveri professionali e sono pronto a firmare un esposto al consiglio del suo ordine».

Del Prete non accusò il colpo: «Dottor Agrò, in termini di comportamento, lasci perdere… per carità di patria.» E, senza salutare, dopo la scoperta allusione ai rapporti di Agrò con la Aletei, si allontanò.

«Non mi lascerò condizionare da gente del genere», s'era avvicinato al volto del fratello, «figurati. Tu mi conosci e sai bene se sono tipo che si lascia intimidire…»

«Noi andiamo in albergo a riposare un paio d'ore», Ettore capiva che, a quel punto, era meglio avere un intervallo. «Dimmi a che ora e dove ci rivedremo…»

«Alle sette e mezzo a porta della Verità. Non lontano dal vostro albergo», rispose Italo.

66

All'ora stabilita, accanto al procuratore c'era Marta Aletei. Disse che aveva una mezz'ora di tempo e che li avrebbe accompagnati alla Crocetta dov'era previsto uno dei riti preparatori del trasporto della Macchina di santa Rosa.

Si incamminarono per via Mazzini, mentre la ragazza forniva spiegazioni sulla manifestazione della sera: «Per la torre che vedrete più tardi e che si chiama Tertio millennio questo è l'ultimo anno. Nel Duemilatré sarà sostituita da un'altra macchina. In cima alla torre, a una decina di metri dal suolo, c'è la statua della santa. Il tutto viene trasportato a spalla da un centinaio di facchini. Li chiamano "ciuffi", riferendosi al fazzoletto bianco che copre loro la testa come una *kefiah* o come un ciuffo. Partono dalla chiesa di San Sisto e raggiungono il santuario di Santa Rosa. Ora li vedrete alla Crocetta, la piccola chiesa nella quale era custodita la salma della santa prima della costruzione della sua basilica. Verranno – senza macchina – per raccogliere benedizioni ed esortazioni. Poi vi accompagnerò in una casa sulla via del santuario. Una casa con terrazza: è il posto migliore per vedere il trasporto».

«Una specie di *morituri te salutant*?» domandò Laura.

«Nient'affatto, vedrete», rispose Marta.

Accompagnati da banda, stendardi e popoli, poco dopo arrivarono i «ciuffi», in gran parte marcantoni capaci di caricare sulle spalle cento chili ciascuno. Il saluto della Crocetta fu festoso e allegro. E, in effetti, anche loro apparvero allegri, per nulla preoccupati dal cimento di cui sarebbero stati protagonisti. Ricevuta la benedizione del parroco, inquadrati in file da dodici, raggiunsero la basilica della santa, nella quale avrebbero ricevuto il viatico finale.

Il gruppo degli Agrò raggiunse la via del santuario e Marta li introdusse nella casa con grande terrazza di cui sarebbero stati ospiti.

C'erano dolciumi e stuzzichini per consentire agli ospiti di aspettare l'arrivo del santo simulacro.

L'ospite, l'avvocato Aldo Perugi che Agrò aveva già conosciuto, passava da un crocchio all'altro dando spiegazioni sull'imminente arrivo.

Verso le undici, finalmente, la macchina si annunciò. La punta della torre e la statua della santa apparvero tra le antiche case, illuminate dalle candele nella via del Corso, a pochi metri di distanza, e proseguirono sino alla piazza Verdi, nella quale era prevista una sosta. Trascorsi una ventina di minuti, al grido «Avanti per santa Rosa», «ciuffi» e accompagnatori scattarono per l'ultimo sforzo. Tremolando in un posizione inclinata, evitando miracolosamente di cadere, la macchina raggiunse la piazza del santuario. Il rito era terminato.

L'indomani, gli Agrò non mancarono di visitare la grande fiera di santa Rosa che occupava gran parte del centro di Viterbo. E, la sera, di recarsi al teatro Unione per la rappresentazione della *Carmen* di Georges Bizet.

Marta non si fece vedere.

Pensarono che, impegnata nei servizi di pubblica sicurezza, non fosse riuscita a trovare un minuto per salutarli.

A sera, la ragazza raggiunse Italo nel suo appartamento. Era pallida e disfatta: «Mi ha chiamato il questore. Mi ha comunicato che sono stata trasferita a Potenza...» Stava per scoppiare a piangere. Nervosamente aprì la borsetta, prese una sigaretta e iniziò a fumare.

«Con che decorrenza?» chiese Italo.

«Dal sedici settembre...»

«Domani dovresti chiedere una proroga e, appena ti arriverà il provvedimento, faremo ricorso al Tar del Lazio.»

Quel «faremo» riscaldò il cuore di Marta. Gli si avvicinò e gli carezzò la testa.

«Ma il tuo questore, ha motivato il trasferimento?»

«"Decisione del ministero" ha detto. E ha aggiunto che di recente gli avevano chiesto un rapporto su di me. Me l'ha mostrato e non c'è niente di negativo, anzi solo elogi. Quindi una cosa che viene dall'alto sollecitata da qualcuno che sta in alto.»

«Tranquillità e navigazione a vista», raccomandò il giudice.

«Tranquillità e navigazione a vista», fece eco la commissaria. Era ancora sconvolta per quel provvedimento che aveva tutto un sapore punitivo.

Mercoledì 11

67

La Camera dei deputati non accordò l'autorizzazione a procedere nei confronti dell'onorevole Bastiano Angliesi.

Nei giorni precedenti, Agrò aveva già capito come le cose stessero andando a parare e si era preparato all'evenienza. Avvertiti Maralioti e la Aletei, aveva discusso in modo approfondito con Linosa sul modo di proseguire il procedimento almeno nei confronti di Manicotti e di Lo Stello. Soprattutto con Marta, però, non riusciva a nascondere amarezza e pessimismo. In vista della decisione della Camera dei deputati, aveva invitato Camilla Biondo. La giornalista di «Repubblica» si era presentata in procura nel pomeriggio del giorno fatale, prima che la decisione del Parlamento fosse presa.

Il magistrato la ricevette nel proprio ufficio dove erano presenti anche Maralioti e la Aletei.

La Bastanti, che aveva subito un piccolo intervento chirurgico, s'era messa in contatto con Agrò per comunicare di non poter intervenire: aveva però chiesto di essere informata su tutto quanto sarebbe stato deciso. All'improvviso, però, si era presentata da loro, dicendo soltanto: «Non posso disertare un momento come questo».

«Ho da dirti qualcosa di importante», disse Agrò alla giornalista di fronte ai colleghi. «Ma un minuto dopo che la decisione di negare l'autorizzazione a procedere su Angliesi sarà stata votata.» Era pallido e sudato. La mano destra gli tremava mentre portava la sigaretta alle labbra. Poi si alzò e passeggiò per la stanza, dalla scrivania al tavolo delle riunioni e dal tavolo delle riunioni alla scrivania. Nessuno dei presenti tentò di attenuare l'atmosfera nervosa e preoccupata, dicendo comunque qualcosa. A un certo punto, il procuratore prese in un cassetto la scatola del Maalox, mormorò: «Scusatemi», e si allontanò. Era la prima volta, da quando stava con Marta, che ricorreva alla medicina contro il bruciore di stomaco, segno inequivocabile di una tensione insopportabile. Raggiunse il gabinetto, chiuse la porta e si appoggiò con le mani al lavandino. Era solo con se stesso, come aveva desiderato. Si guardò allo specchio e vide sul viso un'espressione stravolta, le occhiaie e un colorito giallastro. Si tastò il polso per controllarsi il ritmo cardiaco: novantacinque battiti in un minuto, troppi per uno come lui che al mattino non superava i cinquanta e alla sera, anche quando era stanco e stressato, raggiungeva al massimo i settanta. Lo sapeva bene, stava vivendo un passaggio cruciale della propria esistenza che avrebbe inciso in modo profondo sul suo futuro e, forse, sui suoi rapporti con Marta. Chissà se lei avrebbe compreso e condiviso le decisioni che stava per prendere. Non poteva però che essere lui, senza nessun altro, insieme a se stesso, a decidere ciò che voleva decidere. Inspirò profondamente, tirò su il busto e, a occhi chiusi, ruotò più volte la testa. Il polso stava riprendendo il ritmo normale. Si osservò di nuovo allo specchio. La sua espressione era divenuta meno tesa. Sorrise: "Non sono io a dovere essere preoccupato... Altri debbono esserlo..." Decise di rientrare in ufficio. Erano trascorsi venti minuti.

Al ritorno nella stanza apparve serio, ma sereno, i lineamenti meno contratti.

La Biondo e la Aletei si tranquillizzarono. Maralioti, dal canto suo, non era affatto turbato. Anche se non immaginava cosa sarebbe accaduto nel momento in cui il rifiuto dell'autorizzazione a procedere sarebbe stato ufficializzato, aveva piena fiducia in Italo. Tutti, comunque, sapevano che le imminenti votazioni sull'autorizzazione a procedere avrebbero potuto vanificare un accurato e difficile lavoro investigativo e attendevano, con un misto di timore e di curiosità, la sua reazione.

La Biondo era anche eccitata dall'idea di vivere quei momenti in diretta e di poterli descrivere sul giornale.

Non ci volle molto perché sul monitor del computer collegato al sito dell'Agenzia Ansa apparisse la decisione: la Camera dei deputati aveva respinto la richiesta di autorizzazione a procedere.

Squillò nel medesimo istante il cellulare della Biondo perché dalla redazione volevano comunicarle la stessa informazione.

Allora il pubblico ministero aprì un cassetto e consegnò alla cronista una copia completa della traduzione dei tre fascicoli dei servizi segreti cechi su Bastiano Angliesi. Si rivolse verso Marta e Girolamo, emozionato: «Come temevo e vi avevo preannunciato, la giustizia è diventata un'utopia. Il suo fondamento è l'eguaglianza dei cittadini di fronte alla legge e ci è stato dimostrato che esso non esiste più. Quando anche le altre carte che abbiamo scovato e custodito e quelle che aspettiamo dalla Repubblica ceca arriveranno in Parlamento, anche allora temo, anzi sono quasi certo, l'autorizzazione a procedere non verrà concessa. Insomma, non potremo mai vedere Angliesi nel posto che merita, prima sulla sedia di imputato in un processo e successivamente in galera. Perciò questa sera io, a nome del popolo italiano, mi faccio giustizia da solo e consegno a Camilla Biondo il dossier che distruggerà questo incallito mascalzone. E sono convinto che il tuo giornale, Camilla, non avrà alcun timore a pubblicarlo. Quanto a me, per coerenza, firmo dinnanzi a voi le mie dimissioni dalla magistratura. E sarà quel che sarà».

Marta aggirò il tavolo e, incurante della presenza di colleghi e amici, lo abbracciò.

Lui la lasciò fare, poi, con delicatezza la allontanò.

Intanto gli altri si erano avvicinati per stringergli la mano.

Bruscamente, come fosse imbarazzato dalla manifestazione di affetto, Agrò rispose al saluto e si diresse verso il tavolo da riunione. Qui cominciò a sistemare fascicoli e volumi di diritto: era ora di sgombrare.

Marta comprese e iniziò ad aiutarlo, mentre Maralioti e la Bastanti osservavano la scena senza sapere cosa fare.

Camilla Biondo, colpita da quanto stava accadendo, disse: «A presto», e si dileguò.

Proprio allora suonò il telefono.

Il procuratore prese la cornetta: «Pronto...» Ascoltò per qualche attimo e aggiunse: «Le passo la dottoressa Bastanti, tratterà lei il caso...» Tornò vicino a Marta e le disse: «In via della Palazzina è stato rinvenuto il cadavere di una ragazza, una certa Veronica La Piana. È stata strangolata...»

«La figlia della tua compagna di scuola?» domandò la donna.

«Proprio lei... troppo bella... troppo furba...» rispose Italo.

«Se nemmeno l'assassinio della figlia di una tua amica ti spinge a recedere dalle dimissioni, vuol dire che è proprio finita...» commentò la Aletei.

Il giudice non replicò, mentre un sorriso amaro compariva sulla sua bocca.

Trascorse un'ora, forse più. Maralioti e la Bastanti se ne erano andati e lui e Marta avevano continuato in silenzio a raccogliere carte e libri e a sistemarli nelle scatole di cartone che Doberdò aveva rapidamente procurato.

Il pubblico ministero si rese conto di non poter più tacere. Doveva spiegare, dire qualcosa a Marta su un atteggiamento che poteva apparirle come una diserzione di fronte a un delitto consumato nel suo proprio ambito, quello delle sue conoscenze e amicizie. Si schiarì la voce, accese una sigaretta e, con lentezza, misurando le parole, le spiegò: «È dal momento in cui ho perso fiducia nel mio lavoro che ho deciso di rinunciare e di vivere diversamente. Non potrei aiutare la famiglia La Piana più di quanto possa fare Grazia. Sono fuori dall'ordine giudiziario, nulla mi trattiene. Non abbandono il campo, sono costretto a lasciare. Restare significherebbe essere complici, una coscienza compromessa con que-

sto modo di intendere la giustizia e la vita civile. Un addio vero, non una crisi psicologica. Una decisione meditata, non un
colpo di testa. Capisci?»

Fu la volta della Aletei di sorridere con amarezza, di an-
nuire e di suggerirgli: «Smettila, andiamo a casa...» C'era
un'intonazione affettuosa eppur ammiccante in quell'«andiamo a casa», quasi un'implicita promessa di tenerezze e coc-
cole.

«Vai avanti tu, debbo prima vedere Grazia.» La voce di
Italo era tesa come qualche ora prima, quando aspettava la
decisione del Parlamento sulla richiesta di autorizzazione a
procedere nei confronti di Angliesi.

La ragazza immaginò che dovesse affrontare qualche problema legato a indagini in corso e uscì.

Non appena fu solo, lui chiamò al telefono la Bastanti:
«Ti debbo parlare, vengo nel tuo ufficio». La raggiunse in un
attimo: «Debbo dirti che conoscevo Veronica La Piana. Anzi era venuta a trovarmi e mi aveva confidato di subire continue pressioni del padrone di casa: un vecchio sordido che
voleva andare a letto con lei. Prima di muovermi, le chiesi
qualche dettaglio in più. Ma lei tornò sui suoi passi e in sostanza ritirò l'accusa. Insomma, ebbi l'impressione che la
fanciulla – una personcina disinibita e provocante – avesse
inventato tutto per... come dire... agganciarmi. Valuta tu se
devi sottopormi a un formale interrogatorio...»

«Non c'è bisogno, Italo. Il caso è già chiuso. S'era messa
con un docente... dopo aver lasciato il suo ragazzo, un collega d'università, ma extracomunitario, tunisino, che ha già
confessato l'omicidio... non resisteva all'idea del tradimen-
to... E, poi, stai tranquillo... la La Piana viveva in un appartamento di sua proprietà... non c'era nessun padrone di ca-

sa... e hai ragione, ti ha raccontato una balla, penso proprio per agganciarti. Non ti crucciare, non hai mancato né omesso niente», lo rassicurò la magistrata.

"Ora è veramente finita", pensò il procuratore. "Non c'è proprio più nulla che mi leghi a questo ufficio, nemmeno l'ultimo omicidio."

Giovedì 9

68

Pucciò Ballarò si diresse verso l'ascensore accompagnato dalla moglie. Arianne, che era vicina al termine della gravidanza, teneva in mano un grosso mazzo di sterlizie e, con quell'ingombrante fardello, faticava a reggere il passo del marito. Salirono al secondo piano.

All'interno numero sei una targa in ottone recitava: "Studio legale Agrò-Aletei".

Suonarono alla porta e in pochi attimi si sentì lo scatto del pulsante. Spinsero ed entrarono in un'ampia anticamera con due poltrone e un divanetto. A un bancone sedeva una segretaria-telefonista che chiese chi fossero e se avessero un appuntamento.

«Ballarò sono. Il detective Giuseppe Ballarò. Il giudice mi aspetta», dichiarò Puccio. Si mise a ridere e aggiunse: «L'avvocato Agrò... l'avvocato...»

La ragazza parlò con qualcuno all'interfono e li invitò ad accomodarsi nella sala accanto, un locale da riunioni con un lungo tavolo e molte poltroncine. Subito si aprì una porta e apparve Italo Agrò, il volto sorridente e l'aria distesa: «Venite di qua, nel mio studio».

Arianne, con i fiori in mano, domandò a Italo di sua moglie e l'avvocato, in tutta risposta, tradendo la consueta riservatezza, annunciò allegro: «È rimasta a casa. Aveva le nausee. Capite, è di due mesi e mezzo».

Arianne gli diede i fiori ed esclamò: «Auguri! Le sterlizie sono per la sua signora!»

Puccio si accodò alla moglie dicendo: «Evviva!» Sembrava gridasse quanto era alto il suo vocione.

L'avvocato prese il telefono, compose un numero e domandò: «Puoi venire?»

Subito si spalancò la porta che era su un lato e di cui Puccio e Arianne non s'erano nemmeno accorti.

Entrò un giovane biondo e alto. Aveva gli occhi azzurri e il naso uguale a quello dell'avvocato Agrò.

«Mio nipote, il dottor Italo Agrò, praticante in questo studio», lo presentò lo zio.

«Certo, *avi la 'mpigna* di famiglia», sottolineò il detective.

«Hai capito?» chiese l'ex magistrato, rivolgendosi al giovane.

Questi fece spallucce, sicché lo zio spiegò: «Sostiene Puccio Ballarò che le tue caratteristiche fisiognomiche...» Gli venne da ridere e non riuscì ad andare avanti. «È una specie di marchio di fabbrica: il naso uguale al mio, a quello di tuo padre e a quello di tuo nonno. Comunque, ti ho chiamato per presentarti ad Arianne Ballarò e a suo marito, un poliziotto privato, di quelli bravi e perbene. Ti potrà servire finché farai questa professione...» Si girò verso gli ospiti e chiarì: «Vuole partecipare al concorso in magistratura... e qui a Roma, oltre a darmi una mano, segue un buon corso di preparazione agli esami».

Puccio si complimentò con il giovane Agrò e gli consegnò

un suo biglietto da visita. Poi tornò a rivolgersi all'avvocato. Parlarono un poco della nuova vita professionale dei coniugi Agrò e, quando sembrava che il colloquio stesse per volgere al termine, il detective si fece serio e si rivolse all'avvocato: «Prima di ringraziarla per tutto quello che ha fatto per il capitano Raminelli del Vischio, che da qualche giorno è entrato in possesso dei beni del padre e che, forse, adesso mi pagherà, debbo chiederle un favore speciale, come avvocato».

Agrò si mise a ridere e domandò: «E D'Ellia?»

«D'Ellia è di destra e questa non può essere roba sua», chiarì il detective. «Si tratta di mio cugino. È dentro da ieri per favoreggiamento di un presunto brigatista. Mi creda, lui non c'entra niente. Non aveva idea che la persona arrestata a casa sua fosse ricercata, né tanto meno come brigatista. Si prenda questo caso, avvocato. Io la seguirò come un cagnolino, alla siciliana, e farò le indagini che lei vorrà. La prego!» In quel momento Puccio si accorse del cartello "Vietato fumare" che era appoggiato sulla scrivania del legale. Poiché aveva appena iniziato la manovra per estrarre dalla tasca un pacchetto di sigarette, si fermò per commentare: «Nuova vita, avvocato. Ha anche smesso di fumare…»

Italo sorrise di nuovo: «Sì, non si fuma più, per me, per Marta e per il bambino che verrà. Quanto al suo protetto, andiamo bene, proprio bene! Per cominciare un brigatista… Ma io sono ancora un uomo dello Stato…» rifletté un momento e concluse: «Uomo dello Stato sì, ma avvocato. Vediamo cosa si può fare per il suo parente!»

I coniugi Ballarò uscirono e l'avvocato tornò alla scrivania. Non aveva sfogliato i giornali. Come sempre, iniziò con «Repubblica». La sua attenzione fu attratta da un titolo tra le notizie di cronaca: *Scoperta rete spionistica cecoslovacca.* L'articolo spiegava che era stato decifrato l'*Huss kód*, il Codice Huss cioè, il più segreto dei documenti dell'OT, il dipartimento per lo spionaggio del JM, il ministero della sicurezza della Repubblica cecoslovacca. Era emerso che alcuni ufficiali italiani erano state spie del blocco sovietico. Italo impallidì leggendo, tra gli altri, il nome del colonnello Francesco Duro del Sismi.

Non, mais l'âme
De paroles vacante et ce corps alourdi
Tard succombent au fier silence de midi:
*Sans plus il faut dormir en l'oubli...**

---

* Stéphane Mallarmé, «Pomeriggio di un fauno»: *No, ma l'anima / vacante di parole e questo corpo / appesantito, tardi ormai soccombono / al silenzio spietato del meriggio: / presto occorre dormire, nell'oblio...*

Altiero Ambigliani, colonnello dei carabinieri
Bastiano Angliesi, deputato e ministro per la ricerca
Giovanni Antetomaso, interprete
Antonio Baeder, detto Nino, avvocato
Giuseppe Ballarò, detto Puccio, titolare dell'agenzia Ballarò
  Investigations
Milena Baschi, amica di Claudio Raminelli del Vischio
Carlo Bergoian, manager
Camilla Biondo, giornalista di «Repubblica»
Willie Buzzanca, direttore d'albergo a Kios
Carmelo Carbonaro, detto Melo, amico taorminese di Italo
  Agrò
Emanuele Cardeti, diplomatico, ministro plenipotenziario
  all'ambasciata italiana a Praga
Roberta Caringi, insegnante di matematica
Giovanni Cattola, giardiniere di villa Raminelli a Capodimonte
Eutizio Crispigni, scalpellino
Roberto D'Ellia, avvocato
Cassio Del Prete, avvocato
Alfonso De Majo Chiarante, componente del Consiglio su-
  periore della magistratura
Augusto Doberdò, agente della polizia penitenziaria, segre-
  tario del dottor Italo Agrò

Francesco Duro, colonnello del Sismi

Alfredo Esposito, detto Pepito tango, titolare dell'accademia di ballo Sing-song

Roso Galeoni, detto Lo sgozzato, tatoo-man

Giulio Gambini, sergente maggiore dell'esercito

Sabrina Gordone, moglie di Alfredo Esposito, detto Pepito tango

Jaroslav Hadràsek, padre di Hàlinka

Jiri Hadràsek, fratello di Hàlinka

Veronica La Piana, studentessa universitaria

Altero Lignino, vicecommissario di pubblica sicurezza, vice del dottor Lanfranco Scuto

Guido Linosa, Gip nel tribunale penale di Viterbo

Edmondo Locci, capitano dei carabinieri

Gabriele Lo Stello, avvocato dello Stato, capo di gabinetto

Alfio Malambrì, dipendente Telecom

Mario Manicotti, capo della segreteria del ministro della ricerca

Goffredo Mantovani, procuratore della Repubblica di Roma

Angela Margheritini, detta Pallina, domestica di villa Raminelli a Capodimonte

Rolando Marrocco, ispettore di polizia

Marcello Masini, autista di Pronto auto

Igino Pergolizzi, ispettore di polizia

Regina Piedimonte, possidente

Adele Pifani, compagna di scuola di Italo Agrò

Otto Pospiszyl, cittadino ceco

Háno Prhal, madre di Hàlinka Hadràsek

Costantino Rudescu, lavoratore agricolo

Battista Scaleno, perito settore

Edrio Scriboni, pensionato.

Lanfranco Scuto, commissario di pubblica sicurezza nella questura di Roma

Adriana Tacconi, prima moglie dell'ambasciatore Claudio Raminelli del Vischio

Enrica Tacconi, sorella di Adriana Tacconi

Orazio Tarallo, operatore Telecom

Adel Toghmil, già Aldo Tossi, compagno di scuola di Claudio Raminelli del Vischio, pensionato

Arianne Zacapane, moglie di Puccio Ballarò

Sara Zammari, interprete

Bibiana Zuccari, ricamatrice e balia di Agostino Raminelli

ULTIMI VOLUMI PUBBLICATI

205. Annamaria Ruffa, *La durata della resa* (2ª ediz.)
206. Tom Robbins, *Feroci invalidi di ritorno dai paesi caldi* (2ª ediz.)
207. Haruki Murakami, *L'elefante scomparso* (2ª ediz.)
208. Colin Shindler, *La mia vita rovinata dal Manchester United*
209. Jane Langton, *Emily Dickinson è morta*
210. Piero Tarticchio, *Nascinguerra* (2ª ediz.)
211. Anna Pavani, *Brucerai all'inferno*
212. Mihály Földi, *Inquietudine*
213. Raul Montanari, *Che cosa hai fatto*
214. Matthew Reilly, *Tempio*
215. Angelo Cannavacciuolo, *Il soffio delle fate*
216. Paul Theroux, *O-Zone*
217. Fulvio Abbate, *Teledurruti*
218. Gene Brewer, *K-PAX. Da un altro mondo* (2ª ediz.)
219. Matteo B. Bianchi, *Fermati tanto così* (2ª ediz.)
220. Francesco Gazzè, *Il terzo uomo sulla luna*
221. Alfredo Chiàppori, *Il mistero del Lucy Fair* (2ª ediz.)
222. Annie Proulx, *Cartoline* (2ª ediz.)
223. John Dos Passos, *Manhattan Transfer* (2ª ediz.)
224. Pat Barker, *Labili confini*
225. Giosuè Calaciura, *Sgobbo* (2ª ediz.)
226. Aldous Huxley, *La scimmia e l'essenza*
227. Haruki Murakami, *La fine del mondo e il paese delle meraviglie*
228. Luigi Magni, *I cavalli della luna*
229. Kaye Gibbons, *L'amuleto della felicità*
230. Violette Leduc, *Thérèse e Isabelle* (3ª ediz.)
231. Maria Teresa Rienzi, *Mentre il re dorme*
232. Peter Moore Smith, *Rivelazione*
233. Peter Roos, *Amare Hitler. Storia di una malattia*

234. Marmaduke Pickthall, *Said il pescatore*
235. Mario Apice, *Oltre il passato*
236. Bruno Traven, *La nave morta*
237. Raul Montanari, *Il buio divora la strada*
238. Maurizio Micheli, *Garibaldi amore mio*
239. Martin Millar, *Io, Suzy e i Led Zeppelin*
240. Dagoberto Gilb, *L'ultimo domicilio conosciuto di Mickey Acuña*
241. Giorgio Faletti, *Io uccido* (13ª ediz.)
242. Franco Cuomo, *Il tatuaggio*
243. Paul Theroux, *Hotel Honolulu*
244. Dougie Brimson, *Il diario di Billy Ellis*
245. Beppe Sebaste, *Tolbiac*
246. Franco Matteucci, *Il visionario* (2ª ediz.)
247. Alberto Gavellotti, *Di tutte le fate*
248. John Birmingham, *Blocchi di fumo colorato*
249. Gillian Slovo, *Polvere rossa*
250. Jane Langton, *Sole nero a Nantucket*
251. Andrea Mancinelli, *Solitudini imperfette* (2ª ediz.)
252. Gianfranco Bettin, *Qualcosa che brucia*
253. Laura Facchi, *Il megafono di Dio*
254. Diogo Mainardi, *Contro il Brasile*
255. Salvatore Bruno, *L'allenatore*
256. Paul I. Wellman, *Vento di terre lontane*
257. Ralph «Sonny» Barger, *Corri fiero, vivi libero* (2ª ediz.)
258. Fausta Cialente, *Ballata levantina*
259. Fulvio Abbate, *Zero maggio a Palermo*
260. Matthew Reilly, *Ice Station*
261. Vieri Razzini, *Il dono dell'amante*
262. Franz Krauspenhaar, *Le cose come stanno*
263. David Wojnarowicz, *Hotel Waterfront*
264. Bruno Traven, *Il tesoro della Sierra Madre*
265. Mark Macdonald, *Flat*
266. Marco Bosonetto, *Morte di un diciottenne perplesso*
267. Guzstáv Rab, *L'unica donna*
268. Buthaina Al Nasiri, *Notte finale*

269. Paola Pitagora, *Antigone e l'onorevole*
270. Davide Boosta Dileo, *Dianablu*
271. Anonimo, *Madame Solario*
272. Giuliana Olivero, *Il calcio di Grazia*
273. Betool Khedairi, *Un cielo così vicino*
274. Raul Montanari, *Chiudi gli occhi* (3ª ediz.)
275. Lee Tulloch, *Favolose nullità*
276. Martin Millar, *Latte, solfato e Alby Starvation*
277. Fausta Cialente, *Cortile a Cleopatra*
278. Alan Lightman, *La diagnosi*
279. John Dos Passos, *Tempi migliori*
280. Andrea Mancinelli, *Cuori meccanici*
281. Heidi Julavits, *L'effetto di vivere al contrario*
282. K.M. Soehnlein, *Il mondo dei ragazzi normali*
283. Giuseppe Casa, *Veronica dal vivo*
284. Giulio Milani, *Gli struggenti (o i kamikaze del desiderio)*
285. Tom Robbins, *Villa Incognito*
286. Luigi Compagnone, *La vita nova di Pinocchio*
287. Holly Woodlawn, *Coi tacchi alti nei bassifondi*
288. Alvaro D'Emilio, *Uomini veri*
289. John Saul, *I cacciatori del sottosuolo*
290. Glen David Gold, *Carter e il diavolo*
291. Bruno Perini, *Richiamo di sangue*
292. Stephen Fry, *Hippopotamus*
293. Cass Pennant, *Congratulazioni. Hai appena incontrato la I.C.F. (West Ham United)* (3ª ediz.)
294. Fulvio Abbate, *Il ministro anarchico*
295. Giuseppe Scalzo, *L'ultima luna*
296. Pang-Mei Natasha Chang, *Petali di loto e vestiti occidentali*
297. Davide Sapienza, *I diari di Rubha Hunish. Brevi saggi sull'interruzione del pensiero in viaggio* (2ª ediz.)
298. Giorgio Faletti, *Niente di vero tranne gli occhi* (4ª ediz.)
299. Tom Petsinis, *Il dodicesimo dialogo*
300. Ken Bugul, *Dall'altra parte del cielo*
301. *I racconti del mistero*, a cura di Piero Gelli

302. *Morte per oroscopo*, a cura di Anne Perry
303. Lemmy (con Janiss Garza), *La sottile linea bianca. Autobiografia* (2ª ediz.)
304. Enrico Brizzi, *Jack Frusciante è uscito dal gruppo*
305. Pierluigi Severi, *I giorni del rancore*
306. Romano Forleo, *L'altro amore* (3ª ediz.)
307. Ilaria Bernardini, *Non è niente* (2ª ediz.)
308. Paul Theroux, *L'ultimo treno della Patagonia* (2ª ediz.)
309. Thomas Childers, *Fra le ombre della guerra*
310. Shawna Kenney, *Memorie di una dominatrice teenager*
311. Patricia Verdugo, *Calle Bucarest 187, Santiago del Cile* (2ª ediz.)
312. Diane Atkinson, *Romanzo di amore e di sporcizia*
313. Ralph «Sonny» Barger, *Morto in 5 battiti*
314. Valerio Millefoglie, *Manuale per diventare Valerio Millefoglie*
315. Jeanne Hersch, *Primo amore (Temps alternés)* (2ª ediz.)
316. Raul Montanari, *La verità bugiarda* (2ª ediz.)
317. Myers Ben, *Il Dio della Scopata*
318. Stephen Fry, *Le palle da tennis delle stelle*
319. Franz Krauspenhaar, *Cattivo sangue*
320. Andrea Levy, *Un'isola di stranieri*
321. Marie Ndiaye, *Tutti i miei amici*
322. John Saul, *Voci di mezzanotte*
323. Caryl Chessman, *Cella 2455. Braccio della morte*
324. Paul Theroux, *Mosquito Coast*
325. Giampiero Comolli, *Cineteca Eurasia. Ricordi di film visti in viaggio*
326. Giorgio Faletti, *Io uccido*
327. Lily Tuck, *Notizie dal Paraguay*
328. George Santayana, *L'ultimo puritano*
329. Edward Lewis Wallant, *Gli inquilini di Moonbloom*
330. Hwang Sŏk-yŏng, *Il signor Han*
331. Andrea Mancinelli, *Molto prima dell'amore*
332. Jim Hague, *Cinderella Man*
333. Maria Stella Conte, *Terza persona singolare*

334. Lynda Barry, *Uno schifo di storia*
335. David Maine, *Il diluvio*
336. Stella Rimington, *A rischio*
337. E. Annie Proulx, *Gente del Wyoming*
338. José Pablo Feinmann, *Il Giorno della Madre*
339. Giuseppe Goisis, *Senza replica*
340. Rick Moody, Flannery O'Connor, Sylvia Plath, Mark Doty, William T. Vollmann e altri, *Il gomito di Dorothy Parker. Scrittori e tatuaggi, scrittori tatuati* (a cura di Kim Addonizio e Cheryl Dumesnil)
341. Pap Khouma, *Nonno Dio e gli spiriti danzanti*
342. Ken Saro-Wiwa, *Sozaboy*
343. Philip Le Roy, *L'ultimo testamento* (2ª ediz.)
344. Enrico Brizzi, *Jack Frusciante è uscito dal gruppo*
345. Enrico Brizzi, *Bastogne*
346. Enrico Brizzi, *Tre ragazzi immaginari*
347. Enrico Brizzi, *Elogio di Oscar Firmian e del suo impeccabile stile*
348. Antonio Faeti, *Sul limitare*
349. Boosta, *Un'ora e mezza* (2ª ediz.)
350. Marco Baldini, *Il giocatore*
351. Luigi Carletti, *Alla larga dai comunisti*
352. Ken Bugul, *La ventottesima moglie*
353. Tariq Ali, *Un Sultano a Palermo*
354. Trevor Hoyle, *I padroni della notte*
355. Pippo Russo, *Il mio nome è Nedo Ludi*
356. Matteo B. Bianchi, *Esperimenti di felicità provvisoria*
357. Francesco Arcucci, Katia Ferri, *Nerone, Cristo e il segreto di Maddalena*
358. Mjriam Pressler, *Il veleno delle rose*
359. Guido Bagatta, *Little Luca e la maschera meravigliosa*
360. Paul Theroux, *Dark Star Safari*
361. Michael Gold, *Ebrei senza denaro*
362. Patrizia Chelini Liverani, *Continua a parlare*
363. Paola Pitagora, *Sarò la tua bambina folle*
364. Domenico Cacopardo, *L'accademia di vicolo Baciadonne*

Stampato nel marzo 2006
per conto di Baldini Castoldi Dalai *editore* S.p.A.
da *Grafica Veneta* S.p.A. - Trebaseleghe (Pd)